06,05

HEYNE <

ZUM BUCH

Jeden Herbst lassen die Männer von Loyalty Island den grünen Nebel der Olympic-Halbinsel hinter sich und fahren auf die Beringsee hinaus. Der vierzehnjährige Cal ist zu jung, um seinen Vater zu begleiten, aber alt genug, um zu wissen, dass sein Leben – wie das aller Familien im Ort – vom Schicksal der Krabbenfischer abhängt. Er ist ebenfalls alt genug, um die Spannungen zwischen seinen Eltern zu spüren – ob er, Cal, in die Fußstapfen seines Vaters treten soll, ist ein wiederkehrender Streitpunkt –, und auch das Verhältnis seiner Mutter zu John Gaunt, dem Besitzer der Flotte, wirft Fragen auf. Dann stirbt John Gaunt: ein Schock für Cals Mutter, aber auch eine handfeste Bedrohung für die gesamte eingeschworene Gemeinschaft von Fischerfamilien. Denn nun soll Johns Sohn Richard die Geschäfte übernehmen, der als zynischer Außenseiter gilt und obendrein noch nie einen Fuß auf einen Kutter gesetzt hat. Als Cal zufällig ein Gespräch zwischen seinem Vater und zwei weiteren Fischern belauscht, beschleicht ihn ein Verdacht – aber kann es wirklich sein, dass sie Richard aus dem Weg räumen wollen? Der Winter naht, Cals Verdacht erhärtet sich, und bald gerät sein moralischer Kompass massiv aus dem Takt.

ZUM AUTOR

Nick Dybek, geboren 1980 und aufgewachsen in Kalamazoo, Michigan, studierte in Ann Arbor an der University of Michigan. Für seine Kurzprosa wurde er bereits mit verschiedenen Preisen ausgezeichnet. Er lebt in New York City. *Der Himmel über Greene Harbor* ist sein erster Roman, dessen Übersetzungsrechte in mehrere Länder verkauft wurden.

NICK
DYBEK

DER HIMMEL ÜBER GREENE HARBOR

Roman

WILHELM HEYNE VERLAG
MÜNCHEN

Die Originalausgabe erschien 2012 unter dem Titel WHEN CAPTAIN FLINT WAS STILL A GOOD MAN bei Riverhead Books/ Penguin Group (USA) Inc., New York

MIX
Papier aus verantwortungsvollen Quellen
FSC® C014496
FSC
www.fsc.org

Verlagsgruppe Random House FSC® N001967
Das für dieses Buch verwendete FSC®-zertifizierte Papier
Holmen Book Cream liefert
Holmen Paper, Hallstavik, Schweden.

Vollständige deutsche Taschenbuchausgabe 08/2014

Printed in Germany 2014
Umschlaggestaltung: Nele Schütz Design, München unter
Verwendung des Originalcovers der deutschen Ausgabe,
© NIXENBERG/ Gallery Stock
Satz: Farnschläder & Mahlstedt, Hamburg
Druck und Bindung: GGP Media GmbH, Pößneck
ISBN: 978-3-453-41355-9

www.heyne.de

Für meine Mutter

»Seinem eigenen Bericht zufolge muss er
sein Lebtag unter einigen der verruchtesten
Menschen zugebracht haben, welche Gott
jemals auf dem Meere geduldet.«

Robert Louis Stevenson,
Die Schatzinsel

»... wie sauer wird doch süßeste Musik,
Wenn's Taktmaß bricht,
die Harmonie nicht stimmt!«

William Shakespeare,
Richard II., 5. Akt, 5. Szene

Als meine Schwester noch ein Baby war, nahm meine Mutter sie manchmal aus dem Hochstuhl und sang: »Raus, raus, raus! Raus mit dem Teufel!« Wir wohnten in der Seachase Lane 213, Loyalty Island, Bundesstaat Washington. Im Wohnzimmer brannten Messinglampen, die mit je vier Ketten an der Decke befestigt waren und so tief hingen, dass ich sie bei ausgestrecktem Arm gerade noch mit den Fingerspitzen in Schwung versetzen konnte. An solchen Abenden drehte meine Mutter den Dimmer hoch und hielt meine Schwester an das Fenster mit Blick auf Greene Harbor, als würde sie das Baby durch die Glasscheibe drücken wollen. Das ist viele Jahre her, aber ich habe die Melodie noch immer im Ohr. Ich sehe immer noch meine Mutter vor mir, wie sie Em etwas steif hält und sich dabei in der Hüfte wiegt. Hinter den schwach reflektierten Gesichtern der beiden wird die Dunkelheit durchdrungen vom sanften Lichtschein anderer Fenster und von den Lichtern der Kutter unten im Hafen, die hin und her schaukeln, als hörten auch sie die Melodie.

Eines Abends fragte ich meine Mutter: »Hast du mir dasselbe Lied vorgesungen?«

»Nein, Cal.« Sie setzte Em in die Schaukel.

Ich ging hinter ihr her in die Küche. »Und warum nicht?«

Das war im Frühjahr 1987. Meine Mutter war im Winter aus Kalifornien zurückgekehrt, die Haare feuerrot gefärbt. Sie legte ihre Platten nicht mehr auf und sang auch kaum etwas anderes.

»Ich hab's irgendwo gehört«, sagte sie. »Es geht mir nicht aus dem Kopf. Das passiert schon mal. Warum?«

Meine Schwester war wieder eingeschlafen. Der Regen peitschte ans Fenster. Meine Mutter erwartete eine Antwort von mir: dass ich ihr sagen würde, das Lied sei meiner Meinung nach eine Art Zeichen, ihre eigene Art, zur Kenntnis zu nehmen, was in unserer Stadt und bei uns zu Hause passiert war; dass ich ihr Dinge sagen würde, die ich mit vierzehn nicht sagen konnte und auch jetzt, im Alter von achtundzwanzig Jahren, nur mit Mühe. Damals war ich so nahe dran wie nie, meinen Teil an dem einzugestehen, was sich ereignet hatte. Die Stille habe ich seitdem wie einen bohrenden Schmerz empfunden.

1

Loyalty Island – das war der Gestank von Hering, Lackfarbe und fauligem Seetang an Anlegestellen und auf Stränden. Der Geruch von Kiefernnadeln, die sich am Boden braun verfärbten. Das Rumpeln von Außenbordern, von Windböen und Eismaschinen, das Heulen hydraulischer Winschen. Es war graues Dämmerlicht, das morgens und abends kam und ging – wie Ebbe und Flut.

Es war eine Aura der Einsamkeit. Wir behielten den Kalender im Auge und warteten auf das Chaos, das ausbrach, wenn die Funkgeräte knisterten und knackten, die Telefone läuteten und Reifen auf den Parkplätzen rund um Greene Harbor Staub aufwirbelten. Wir suchten den Horizont nach zurückkehrenden Fischern ab, die abgerissen und mit speckigen Klamotten an Land gingen, ihr Seemannsgarn spannen, ihre Geheimnisse aber für sich behielten.

Es ist ganz normal, dass man seinen Geburtsort für einmalig hält, aber Städte wie unsere gab es auf der ganzen Halbinsel, entlang der ganzen Küste. In den Leihbüchereien gab es Bücher, die nie, und Filme, die immer ausgeliehen waren. Die Kinder spielten Baseball auf verwilderten Plätzen. Die Highschool-Schüler schwänzten den Unterricht in billigen Schnellrestaurants und imitierten die Flüche ihrer Eltern mit Zungen, die sie sich an stark gesüßtem Kaffee verbrannt hatten. Die Erwachsenen kauften Autos und Waschmaschinen auf Pump. Wir heulten und trösteten uns gegenseitig, wenn eine Katastrophe passierte, und davon gab es bei uns mehr als genug.

Loyalty Island war eigentlich gar keine Insel. Der Ort erstreckte sich über eine Landzunge, die in die Straße von Juan de Fuca hineinragte – eine schmale Halbinsel, die im rechten Winkel abknickte wie der Hals und der Kopf einer Giraffe. Hinter uns wuchsen im Regenwald Farne und Moos, das sich leuchtend grün von der Rinde der Bäume abhob. Entlang der Straßen neigten sie sich dicht an dicht und verwandelten sie in dämmerige Schluchten, durch die man wie auf Glatteis hindurchglitt. Hinter dem Wald leuchteten die weißen Berggipfel im Nebel. Die Meerenge war eine Palette aus grauem, blauem, grünem und schwarzem Wasser. Man konnte tagelang auf einer Pier, einem Hügel oder – wie in meinem glücklichen Fall – im Wohnzimmer sitzen und nur über Namen für die unterschiedlichen Farben grübeln. Und jenseits dieser Schichten aus Wasser und Licht zeichneten sich am Horizont Inseln ab, die von den Silhouetten dunkler Bäume überzogen waren. Hinter den Inseln trieb der Ozean die Wolken am Himmel vor sich her. Es regnete im Herbst, im Winter und im Frühling. Der Himmel hob und senkte sich; der Ozean zog sich zurück und rauschte heran, aber bis zu jenem Sommer, in dem ich vierzehn Jahre alt wurde, blieb Loyalty Island so, wie es war.

—

In jenem Sommer, dem Sommer 1986, regnete es pausenlos. Mein Vater kam jeden Abend mit quietschenden Gummistiefeln nach Hause. Meistens wartete ich, bis sich seine Umrisse auf der bleiverglasten Haustür abzeichneten, aber an dem Abend war ich bei meiner Mutter in der Küche, beim Umluftgebläse des Backofens.

»Ich bin morgen Abend bei den Gaunts«, sagte mein Vater. »John wird den morgigen Tag vielleicht nicht überleben.«

»Komm mal her«, rief meine Mutter mir zu. Sie stand gebückt und mit glühendem Gesicht vor der offenen Klappe des Backofens.

»Vielleicht stirbt er auch diese Nacht«, sagte mein Vater, »aber wahrscheinlich eher morgen.«

Ich griff mir die Auflaufform mit dem blubbernden Gemüse, aber sie entglitt meinem Ofenhandschuh, und meine Mutter musste das glühend heiße Glas mit ihrer bloßen Hand auffangen. Sie stieß die Backofenklappe mit dem Fuß zu und hielt ihren Arm unter den Wasserhahn. »Das kann nicht sein«, sagte sie.

»Es stimmt aber.«

»Hast du nicht mehr dazu zu sagen?«, fragte sie.

»Was kann ich denn *noch* sagen?« Mein Vater hatte seit Langem an der Oberlippe eine Narbe von einem Hundebiss, und manchmal sah es so aus, als würde er durch seine Narbe sprechen und nicht aus dem Mund. »Leberversagen, Nierenversagen, was weiß ich. Ich habe kaum mitbekommen, was der Arzt sagte.« Er ließ sich auf die rote Kunstlederbank in unserer Frühstücksecke fallen und rubbelte sich die Nässe aus dem Haar.

Mein Vater wusste nie, wie er uns etwas beibringen sollte. Das hatte nichts mit Faulheit oder mangelnder Sensibilität zu tun. Er hatte keine Ahnung, weil er uns einfach nicht kannte. Mindestens die Hälfte des Jahres war er in Alaska und konnte die entgangene Zeit kaum wettmachen. In den Sommermonaten las er mir jeden Abend vor dem Zubettgehen vor, hauptsächlich, glaube ich, um meine Mutter zu beeindrucken, um ihr zu beweisen, wie ernst er ihre Anordnung nahm, ich solle nicht blindlings in seine Fußstapfen treten. Als ich acht Jahre alt war, las er mir Robert Louis Stevensons *Schatzinsel* drei Mal von vorne bis hinten vor. Ich mochte den jungen Erzähler Jim Hawkins, aber insgeheim himmelte ich die dem Untergang geweihten Piraten an. Den Blinden Pew, der auf der Straße zusammengeschlagen wurde. Black Dog, dessen Finger so verstümmelt wurden wie die von Don Brooke, dem Freund meines Vaters. Israel Hands, der von der umschlagenden Ruderpinne getötet wurde. Und natürlich vor allem Käpt'n Flint, tot und begraben wie sein Schatz. Käpt'n Flint, der noch einen langen Schatten warf – viele Jahre, nachdem er sich in Savannah zu Tode gesoffen hatte. Ich bat meinen Vater, mir noch mehr zu erzählen.

»Was soll ich dir denn noch erzählen?«, fragte er lachend. »Da musst du Robert Louis Stevenson fragen. Aber der ist ja tot. Na, lass mich mal nachdenken.«

Ich wartete unter der Bettdecke, während mein Vater es sich auf dem blauen Sitzsack auf dem Fußboden bequem machte und die Nachttischlampe ausschaltete. Ich konnte den Duft der allabendlichen Tasse Kaffee in seinem Atem riechen. »Vor vielen Jahren«, begann er, »als Flint noch ein guter Kerl war …«

Jeden Abend in diesem Sommer erzählte mir mein Vater eine neue Geschichte. Käpt'n Flint verteidigte in Haiti die Dörfer gegen Banditen, befreite in Brasilien Sklaven und freundete sich in Nepal mit dem Yeti an.

Wie immer brach mein Vater auch in diesem Herbst nach Alaska auf, und den ganzen Winter dachte ich über Käpt'n Flint nach. Wie konnte es angehen, fragte ich mich, dass sich der gute Käpt'n in den Mann verwandelte, der seinen Schatz auf der Skelettinsel vergrub und seine Mannschaft umbrachte, um sein Geheimnis zu hüten; in den Mann, der Allardyce verrotten ließ, dessen ausgestreckter Arm den Weg zum Schatz zeigte? Als mein Vater im Frühjahr nach Hause kam, hätte ich ihm diese Frage beinahe als erste gestellt.

»Das sind doch bloß Geschichten, Cal. Das weißt du doch – oder?« Er ging durch alle Zimmer unseres Hauses. Das tat er immer, wenn er aus Alaska zurückkam, als müsste er das Haus erst wieder kennenlernen.

Wusste ich, dass es nur Geschichten waren?

Ich sagte Ja.

»Nun«, sagte mein Vater, während ich ihm ins Wohnzimmer folgte, »er wurde wahrscheinlich einfach gierig.«

»Wonach?«, fragte ich. »Was wollte er denn?«

Die Hände meines Vaters waren so fleischig und dick wie Steaks, sie waren vernarbt und schwielig – besonders an den Fingerspitzen. Er war breitschultrig und hatte kurze Beine, die wie geschaffen waren für ein schlingerndes Deck. Selbst zu Hause stand er breitbeinig da, als müsste er die Balance halten.

»Darum geht es nicht«, sagte er. »Gier bedeutet nicht, dass du nur *eine* Sache willst. Es heißt, dass du einfach *alles* willst und dass du nicht weißt, *was* du willst. Etwas haben zu wollen – das geht in Ordnung. Aber das nennen wir nicht Gier.«

»Wie nennst du es dann?«, fragte ich.

Ich wünschte, ich könnte mich an seine Antwort erinnern. Warum kann ich es nicht? Wer entscheidet, was wir behalten und was wir vergessen? Wer hatte entschieden, dass ich die Verzweiflung im Gesicht meines Vaters, als er uns an jenem Abend sagte, dass John Gaunt im Sterben lag, immer sehen würde? Unter normalen Umständen machte er den Eindruck einer vollkommen ausgewogenen Naturkraft – salzverkrustet und klatschnass von der See und vom Sprühregen –, aber an jenem Abend schälte er sich aus seiner mit Lammfell gefütterten braunen Cordjacke, breitete sie auf dem Küchentisch aus und legte seinen Kopf darauf.

»Du merkst es einfach nicht, wenn es dich jahrelang angestarrt hat«, sagte er. »John gehört alles. Wenn Richard herkommt, kriegt er alles.«

Meine Mutter zuckte mit den Mundwinkeln. Ihre grünen Augen waren umrahmt von feinen weißen Linien, die wie Wellenkämme aussahen. Mein Vater sagte stets, er habe sie geheiratet, damit er immer an der See sein konnte. Ziemlich abgeschmackt, aber er meinte es wirklich.

»Hast du gerade gesagt, dass John im Sterben liegt? Bist du wirklich gerade mit diesen Worten zur Tür reingekommen?« Sie starrte ihn an und schloss dann die Augen, als ob sie den Anblick nicht ertragen konnte.

»Für mich ist das auch nicht schön«, sagte mein Vater.

Meine Mutter ging wieder zum Wasserhahn und sagte mit lauter Stimme, um das Rauschen zu übertönen: »Wie lange weißt du es schon? Warum hast du nichts gesagt?« Sie wollte noch etwas anderes sagen, aber das bekam ich nicht mehr mit. Schließlich drehte sie den Hahn zu und wischte sich die Augen mit dem Geschirrtuch ab.

Mein Vater sah auf, den Kopf immer noch auf seiner Jacke. Auf seinem Handgelenk klebte ein Rest verkrusteter weißer Farbe, der wie ein Eisberg aussah. Er roch nach Terpentin. »Er ist gestern zusammengebrochen, aber bis heute Abend wusste keiner, wie schlimm es war. Ich fühl mich beschissen. Das kannst du dir doch denken.« Er setzte sich auf, und seine Stiefelabsätze quietschten über die orangefarbenen Fliesen, als er die Beine ausstreckte. Meine Mutter kniete vor ihm, die verbrannte Hand mit einem Geschirrtuch umwickelt. Mit ihrer freien Hand zog sie ihm langsam die Stiefel aus. Ich hatte sie das noch nie machen sehen.

»Wir kommen mit zu John morgen«, sagte meine Mutter. »Cal und ich.«

Mein Vater schwieg. Er konnte ihr nie etwas abschlagen. Das Spaghettiwasser verdunstete in Dampfwolken. Sie brachte die Stiefel an die Küchentür. »Gieß bitte die Nudeln ab, Cal«, sagte sie. Dann begann sie zu weinen. Mein Vater sah sie einen Augenblick an, legte den Kopf zurück auf die Jacke und presste seine Unterlippe gegen einen Metallknopf.

—

John Gaunt war der Chef von Loyalty Fishing, dem größten Fischereiunternehmen der Gegend – und der einzige Mensch in der Stadt, der über nennenswerten Reichtum verfügte. Ihm gehörten der rund fünfundvierzig Meter lange Krabbenkutter *Laurentide,* den mein Vater fuhr, der Kutter, den der Freund meines Vaters, Sam North, kommandierte, die *Cordilleran,* und überhaupt alle weiteren Schiffe der Loyalty-Flotte. Er besaß auch das Kühlhaus. Und außerdem die stinkende Fischverarbeitungsfabrik, die Krabbenkörbe, die in Dutch Harbor lagerten, und die Schleppnetze in Greene Harbor. Ihm gehörten die Schleppangelruten, die künstlichen Fliegen und die gut sechzehn Zentimeter langen Blinker. Ihm gehörten die Loran-Funknavigationssysteme, die Bordfunk-, Radar- und Echolotgeräte in den Ruderhäusern der Kutter. Ihm gehörten die Teekessel und Kaffeemaschinen, die angeschlagenen Becher, die Kiefernschapps in den Kombüsen und die kleinen Messinghaken, an denen die Kaffeebecher baumelten. Ihm gehörten die Slipanlagen in Greene Harbor, wo seine Schiffe eindockten, und alle anderen Slipanlagen sowieso. Und natürlich ein Anteil am gesamten Fang, der angelandet wurde: Königskrabben, Schneekrabben, Tannerkrabben, Heilbutt, Kabeljau und Schellfisch.

All dies gehörte ihm von Geburt an. Die Firma und angeblich auch die Stadt waren von Johns Urgroßvater Raleigh gegründet worden und wurden gewissermaßen durch drei Generationen der Gaunt-Sippe weitergereicht.

Für uns war die Geschichte der Gaunts so grundlegend und schwer zu fassen wie ein griechischer Mythos. Man munkelte, Raleigh wäre der unerwünschte Sohn einer Prostituierten aus Seattle gewesen, die ihn während einer mondlosen Nacht in einen Weidenkorb gesteckt und in der Elliott Bay ausgesetzt hätte. Die Flut hätte Raleigh über die Meerenge in den Pazifik getragen, bevor sie ihn zurückwarf ans Nordufer der Olympic-Halbinsel. In einer anderen Version wurde Raleigh als englischer Ballonfahrer dargestellt, als Gentleman-Abenteurer, der den Pazifik solo überqueren wollte. Nur wenige Hundert Kilometer von Vancouver entfernt wäre die Heißluft aus der Ballonhülle entwichen, und er sei an unserer Felsenküste gelandet.

Don Brooke, einer von Johns Skippern, erzählte jedes Mal im September seine Version der Geschichte. Er war ein erbärmlicher, kleinwüchsiger Kerl. Dabei ging es nicht so sehr um seine Körpergröße – er war wirklich *klein*; was ich damit sagen will, ist: Er war mickrig. Er konnte niemandem in die Augen sehen, schon gar nicht Kindern. Er fand es witzig, so zu tun, als wollte er einen erwürgen, und er drückte immer zu fest zu. Aber einmal im Jahr war Don mein Held.

In Loyalty Island kam man nicht im Krieg um. Man ertrank in den Strömungen der Beringsee. Bevor die Fangsaison im September begann, feierten wir den Gedenktag mit einer Schweigeminute vor dem Salat. Nach dem Essen klopfte John Gaunt für gewöhnlich mit seinem Ehering ans Glas und ließ seine sanfte Stimme über den Tisch schweben. »Auf das kommende Jahr«, sagte er und hob sein Glas. »Mehr wollen wir gar nicht.«

Die Erwachsenen zündeten sich Zigaretten an. Sie nahmen die Servietten vom Schoß und pflanzten sie auf den Tisch wie

Flaggen, den Mund wischten sie sich mit dem Handrücken ab. Daraufhin ging Don schwerfällig zum oberen Ende der Tafel und erzählte die Geschichte von Raleigh Gaunt mit mörderisch schleppender Stimme – der Stimme von Billy Bones. Dabei stützte er sich mit dem Knie auf einem Stuhl ab, um seine angegriffene Hüfte zu entlasten, er wandte sich dem Kindertisch zu und starrte jeden von uns der Reihe nach an.

»Raleigh Gaunt«, sagte er dann und ballte die Faust, als ob allein der Name ein Grund zum Feiern wäre. »Was wissen wir von Raleigh Gaunt? Er war Offizier an Bord eines Walfängers aus San Francisco. Das wissen wir. Und wir wissen auch, dass das Schiff, statt auf südlichen Kurs zu gehen, sich nördlich hielt und Jagd auf Buckelwale in der Straße von Juan de Fuca machte – und da in raues Wetter geriet. Bei Anbruch der Abenddämmerung waren sechsundzwanzig Mann an Bord, am frühen Morgen hatte die halbe Mannschaft ihr nasses Grab gefunden.« An dieser Stelle machte Don eine Pause, kniff ein geschwollenes Auge zu und musterte mit dem anderen messerscharf jedes Kind. »Wie viele waren dann noch übrig?«

»Dreizehn!«, riefen wir.

Er tat so, als würde er jeden Einzelnen an den Fingern abzählen. Der Zeigefinger seiner rechten Hand war in einen Köderkorb geraten und dabei verstümmelt worden, und bei »dreizehn« wackelte er bedrohlich mit dem Stumpf und grinste.

»Und was ist Brauch bei dreizehn Leuten?«

»Über die Planke gehen!«, riefen wir.

Don hielt wieder inne und ließ den nächsten Satz wirken. Der tat es aber nicht – nicht auf Jahre hinaus.

»Brauchtum, das wissen wir, ist die Triebkraft der Geschichte. Die Überlieferung sagt uns, dass die Zahl Dreizehn Unglück bringt. Dreizehn Männer – das war das Letzte Abendmahl. Der

Käpt'n trommelte seine Leute am Morgen zusammen. ›Tut mir leid, Männer – wir müssen Lose ziehen.‹ Aber Raleigh Gaunt fiel ihm ins Wort.«

An dieser Stelle wandte sich Don an John Gaunt. »Was hat Raleigh gesagt?«

John fuhr sich immer mit der Hand durch den Bart, als würde er über die Frage nachdenken. »Warum nicht ich?«

»Warum nicht ich?« Und Don klopfte mit seinen Knöcheln auf den Tisch, als wollte er die körperliche Verletzlichkeit demonstrieren und uns vor Augen führen, was Raleigh aufzugeben bereit war. »Tapfere Worte.«

Die Sonne, erzählte Don, war gerade aufgegangen, aber schon hell, als die übrigen Männer an Deck antraten. Der Flaschenzug quietschte, als das Walfangboot zwei Decks tief zur Wasseroberfläche abgefiert wurde. In der gleißenden Morgensonne konnte Raleigh die Gesichter der Männer nicht ausmachen, aber er roch die Fichtennadelseife, mit der sie nach dem Sturm das Deck geschrubbt hatten, und diesen Geruch konnte ich am Kindertisch beinahe erschnuppern. Ich spürte auch fast den Geschmack des Schiffszwiebacks, den sie Raleigh als letzte Mahlzeit gegeben hatten, und ich konnte auch beinahe den Wind hören, der die Flaggen flattern ließ und das Großsegel blähte, als sich das Schiff aufrichtete und ihn dem Vergessen überließ.

»Und warum nicht Raleigh?«, fragte Don. »Irgendjemand musste ja all dies aufgeben. Raleigh war nur tapfer genug, das auch zu tun. Nach einer Stunde war das Schiff nur noch ein Punkt an der Kimm. Aber nach nur einer Woche hatte er schon unsere Ortschaft gegründet.«

Wir klatschten und jubelten. Raleighs Geschichte war *unsere;* sie sagte etwas über uns aus. Und was waren wir? Die Nachkommen – zumindest im Geiste – eines Mannes von außergewöhnlichem Mut, der seelenruhig seinen Platz achtern in einem Walfangboot einnahm, weil das Brauchtum es so forderte. Der ein offenes Boot quer über den Nordpazifik steuerte und an der Spitze des Kontinents anlandete – erschöpft, mit aufgeplatzten Lippen, und der aus alten Traditionen neue schmiedete. In dem Augenblick hatte ich das Gefühl, als gäbe es kein Schicksal auf der ganzen Welt, das so einzigartig war wie meines.

Selbst nachdem ich Loyalty Island verlassen hatte, blieb dies Gefühl lebendig. Manchmal verbringe ich im September ganze Sonntagnachmittage damit, Kartoffeln zu schälen, Fischfond köcheln zu lassen, bemehlten Heilbutt anzubraten, um so das Gedenktagsmahl meiner Kindheit wiederaufleben zu lassen. Während ich koche, kann ich nicht umhin, mir vorzustellen, wie ich mich an den Tisch zu meinem Vater und all den anderen Fischern setze, die unterwegs zur Beringsee sind. Stattdessen lade ich Freunde ein, von denen so mancher sogar noch nie den Ozean gesehen hat.

Dons Geschichte war womöglich nur Bockmist. Wahrscheinlicher ist es, dass Raleigh auf der Suche nach Gold buchstäblich aus dem Nichts im Westen auftauchte, und als sich das nicht bezahlt machte, sich auf Fischfang verlegte, und dabei ging er weit genug die Küste hinauf, um ungehindert über die Bestände an Lengdorsch, Lachs und einigen dickköpfigen Grauwalen verfügen zu können. Nach dreißig Jahren war der Lengdorsch abgefischt, nach vierzig gab es kaum noch Lachs, aber zu dem Zeitpunkt spielte das schon keine Rolle mehr. Dieselmaschinen und Kühlhäuser gestatteten es den Gaunts, immer weiter in den Ozean vorzudringen, nach Norden und Westen, Generation für Generation.

Im Unterschied zu den Städten, die einst Textilien herstellten und verödeten oder sich in belanglose Touristenfallen verwandelten, blieb Loyalty Island rund hundert Jahre lang so, wie es war. Und das hatten wir den Gaunts zu verdanken. Größere Schiffe, bessere Ausrüstung, auf Kredit und vor dem Abschwung gekauft, versetzten die Männer in die Lage, den Fanggründen entlang der Küste zu folgen, sich aufzuteilen und Beute zu machen. Als die Krebsfischerei in Alaska in den Siebzigerjahren außer Rand und Band geriet, war John Gaunt besser darauf vorbereitet als alle anderen in der pazifischen Fangflotte. Seine brandneue Armada aus fünf Schiffen, von denen zwei rund fünfundvierzig Meter lang waren und je hundertzwanzig Krebskörbe an Bord hatten, verhalf den Fischern von Loyalty Island zu Spitzenpositionen und Fangergebnissen in Höhe von Millionen von Dollar.

Den Gaunts war es zu danken, dass die Fischer sichere Arbeitsplätze hatten und folglich auch die Lehrer und Elektriker. Bob Rusk zapfte nach wie vor Olympia-Bier in Eric's Quilt (benannt nach der wärmenden Decke, die Bobs Lebensgeister wieder wachrief, nachdem man ihn aus der Beringsee gefischt hatte). Mrs. Zhou drückte weiterhin in der Reinigung auf den Knopf, der das Gestell mit den Kunststoffhüllen für die Kleider in Schwung versetzte. Will Percy führte nach wie vor seine linkischen Gespräche mit Besuchern des Orpheum-Kinos, dessen Foyer nach seinem Pfeifentabak roch. Mrs. Gramercy, deren eine Gesichtshälfte gelähmt war, machte in der Leihbücherei weiterhin ihre Runden und staubte in den Regalen Buchrücken für Buchrücken ab.

—

John Gaunt starb an einem für den Nordwesten typischen Morgen: Es hatte den Anschein, die Sonne wäre über Nacht ausgebrannt und würde nur herabfallende Asche hinterlassen. Während ich unter der Dusche stand, betrat meine Mutter, ohne anzuklopfen, das Badezimmer. Durch den Plastikvorhang sah ich schemenhaft, wie sie ihr Haar im Spiegel zurechtmachte. Falls sie dabei etwas sagte, ging es im zischenden Strahl des heißen Wassers unter. Als ich in mein Zimmer zurückkam, war mein grauer Anzug schon auf dem Bett bereitgelegt. Unten im Flur gab sie mir meinen schwarzen Mantel, der viel zu warm und schwer war für das Wetter.

Bevor mein Vater sie nach Loyalty Island verfrachtete, hatte sie in Santa Cruz in Kalifornien unterrichtet. Das konnte ich mir kaum vorstellen. Nicht zuletzt war sie weitaus schöner als jede Lehrerin, die ich jemals gehabt hatte. An jenem Morgen trug sie ein bodenlanges dunkelgraues Kleid. Ein Anhänger aus Bernstein, der die Form einer Pfeilspitze hatte, leuchtete an einer Kette um ihren Hals. Sie war damals im fünften Monat schwanger, und ich hatte sie wochenlang nichts anderes als geblümte Umstandskleider tragen sehen. Die schlichte Gestalt, die ich vor mir sah, war erstaunlich.

Einmal, vor vielen Jahren, läutete während des Mittagessens das Telefon. Meine Mutter hielt den Hörer lange ans Ohr, schwieg und zupfte an ihrem Pferdeschwanz. Nachdem sie den Hörer aufgelegt hatte, setzte sie sich in die Essecke und legte beide Hände flach auf den gelben Küchentisch. »Andromeda«, sagte sie. *Andromeda* war unser Kennwort des Monats. An jedem Monatsersten während der Abwesenheit meines Vaters suchten wir uns aus Edith Hamiltons *Großem Buch der klassischen Mythen* einen neuen Namen aus. Einen Monat war es Hermes, im nächsten Hades. Wenn wir etwas Wichtiges zu besprechen hatten, sagten wir das Kennwort und legten unsere Handflächen mit gespreizten Fingern auf den Tisch, bis wir beide meinten, es könne losgehen.

»Die *Laurentide* meldet sich seit gestern nicht mehr über Bordfunk«, sagte meine Mutter. »Verstehst du?«

»Ja.«

»Man hat keine treibenden Wrackteile gefunden, und das ist ein gutes Zeichen. Verstehst du?«

»Ja.«

Bei ihren nächsten Worten sah sie mir direkt in die Augen, als hätte sie es geübt. »Die Chancen stehen trotzdem nicht sonderlich gut. Verstehst du?« Sie legte ihren Arm um mich und strich mir das Haar zurück, wobei sie mir sanft ins Ohr flüsterte: »Geht's dir gut?«

»Ja«, sagte ich, und es stimmte auch. Ich wäre aufgelöst gewesen, hätte sie in ihrem Blick nicht diese Ausdauer und in ihrer Stimme nicht diese Festigkeit bewiesen, die sich meiner Meinung nach auf ihre Überzeugung gründeten, dass mein Vater noch am Leben war und dass er – wie immer – aus Alaska zurückkehren würde. Und so war es auch. Am Tag danach stellte sich heraus, dass Bordelektronik und -funk der *Laurentide* ausgefallen waren, das Schiff ansonsten aber gut in Schuss war.

An diesem Abend deckte meine Mutter zum Essen einen dritten Platz ein, was sie oft tat, als ich noch klein und mein Vater nicht zu Hause war. »Kennst du den einzig richtigen Weg zu feiern?«, fragte sie. »Du musst gleichzeitig kochen und tanzen.« Sie schenkte sich einen Whiskey ein und schickte mich in ihr Kellerstudio, um eine Schallplatte auszusuchen. Ich hatte die Wahl unter Hunderten von Platten auf Regalen, die ich gerade noch mit dem Arm erreichen konnte. Sie ließ mich selten allein da herunter, und ich nahm den Auftrag ernst. Ich wählte ein Stück mit dem Titel *Quartett auf das Ende der Zeit,* weil es sich wie eine Abenteuergeschichte anhörte.

»Hmmm«, machte sie. »Nun – versuchen wir's mal.« Als die Musik erklang – geisterhafte Violinen und dissonante Klavierakkorde –, begann sie, sich in den Hüften zu wiegen.

»Ich hole was anderes«, sagte ich.

»Ich finde es perfekt«, antwortete sie.

Sie wirbelte in ihrem langen Rock herum. Die Küche roch nach köchelnden Tomaten. Sie nahm noch einen Schluck Whiskey, drehte sich im Kreis und warf dabei einen Löffel herunter. Sie machte die Deckenbeleuchtung aus und ließ nur das Licht über dem Herd brennen – wie einen Spot, der den verkehrten Teil der Bühne beleuchtet.

»Na los«, sagte sie. »Tanzen kann man nicht allein. Das geht nicht.« Sie nahm mich bei der Hand, und wir drehten uns fast wie im Walzertakt.

»Irgendwie stimmt das nicht«, sagte ich. »Es passt nicht.«

»Stimmt. Du musst führen.«

Das Klavier klang wie Hufgetrappel. Eine Klarinette jaulte und trillerte. Ich versuchte, mich im Takt der Musik zu bewegen, und meine Mutter beobachtete mich dabei und lächelte mir zu. Sie ahmte mich spiegelverkehrt nach und machte wilde Drehbewegungen, die Hände hoch über dem Kopf, bis wir so lachen mussten, dass wir nicht weitertanzen konnten.

Später, beim Essen, lachte sie nicht mehr, und ich sah ihr an, dass sie nicht mehr glücklich war. Ich kannte diese Stimmungsumschwünge. Sie hatte sich früher immer wieder für Jobs beworben, wollte aber nicht zum Vorstellungsgespräch erscheinen. Sie kochte Mahlzeiten mit mehreren Gängen, nur um sie anschließend in den Müll zu werfen. Vielleicht bezog sie daraus eine gewisse Stärke, eine gewisse Freiheit, sich anders zu entscheiden, jeden Augenblick aufzubegehren, und wenn auch nur gegen sich selbst.

»Da siehst du, wie gefährlich das alles ist«, sagte sie, »was dir alles passieren könnte.«

Das war mir klar, aber die Tatsache, dass mein Vater wieder einmal überlebt hatte, gab mir die Gewissheit, dass niemand, der mir etwas bedeutete, jemals sterben könnte.

»Wer nicht wagt, der nicht gewinnt«, äffte ich meinen Vater nach. Meine Mutter nickte, stand auf, schenkte sich noch einmal Whiskey nach und sagte dann: »Du kannst nichts dafür. Aber ich kann dir gar nicht oft genug sagen, wie dumm das ist, was du gerade gesagt hast. Wenn du etwas Sinnvolles mit deinem Leben anfangen willst, dann solltest du das wenigstens erklären können. Übernimm nicht einfach Ideen anderer Leute. Ich weiß, dass die meisten Menschen das tun, aber du solltest das nicht machen. Es wäre nicht fair.«

»Fair wem gegenüber?«, fragte ich.

»Mir gegenüber«, sagte sie.

Wenn es um meinen Vater ging, um meine Zukunft, dann gab es keine Kompromisse. Sie war fast immer so standhaft. Aber am Tag, als John Gaunt starb, ging sie im Wohnzimmer auf und ab und rieb sich die geröteten Augen. Sie hatte Flecken auf den Wangen, und ihr Augen-Make-up war schon ganz zerlaufen. Während ich mir die guten Schuhe anzog, hustete sie in ein zerknülltes Papiertaschentuch. Als ich zur Tür ging, zog sie mich zu sich heran und drückte ihre Stirn auf meine Schulter.

»Du musst mir heute helfen«, sagte sie mit sanfter Stimme. »Wenn wir bei John sind, werde ich deine Hilfe brauchen.« Ich war so überrascht, dass ich nicht fragte, wobei.

—

John fuhr schon lange nicht mehr zur See. Ich kann mich jedenfalls nicht daran erinnern, ihn jemals an Bord gesehen zu haben. Er war so um die fünfundsechzig, groß und von schlanker Statur. In meiner frühesten Erinnerung hatte John schon einen weißen Bart, der aber immer noch einen orangefarbenen Hauch aufwies – wie die erste Morgendämmerung auf einer Nebelbank. Er humpelte leicht und stützte sich auf einen polierten Spazierstock.

Außerhalb der Fangsaison, wenn er und die anderen Skipper zu uns zum Abendessen kamen, traf John immer als Erster ein und kündigte sich durch zweimaliges Klopfen mit seinem Spazierstock an unserer Haustür an.

An jenen Abenden, wenn meine Mutter kochte, war die ganze Küche in Aufruhr: das zischende Öl in der Schmorpfanne, das Klicken der Brenner, die blauen Flammen, die unter den Töpfen aufblühten. Sie stand über den Herd gebeugt, überprüfte Suppen und Gemüse durch wabernde Dampfwolken. Sie wirbelte vom Schneidebrett zum Spülbecken, wobei ihre Absätze auf den orangefarbenen Fliesen klapperten.

Mir fiel bald auf, dass das stakkatoartige Klopfen an der Haustür das Signal für meine Mutter war, sich die Haare glatt zu streichen und noch einmal einen Blick ins Wohnzimmer zu werfen. Wenn sie dann die Tür öffnete, schien der Druck aus dem ganzen Haus zu weichen.

Wenn auch die anderen Skipper, Don Brooke und Sam North, eingetroffen waren, setzten wir uns zu sechst an den Tisch mit seiner cremefarbenen Leinendecke und zogen die Servietten aus den Plastikringen. Meine Mutter fragte andere Leute niemals, was sie von ihrer Kochkunst hielten, aber wenn John ihr Komplimente machte, schürzte sie ein bisschen die Lippen, als würde ein richtiges Lächeln verräterisch wirken.

Bei Tisch wurde nur über das Geschäft gesprochen. John, Sam, Don und mein Vater kabbelten sich über Treibstoffkosten und die Frage, welche Fischverarbeitungsanlage sie über den Tisch ziehen würde und welcher sie trauen konnten. Ich schob meinen Stuhl zurück und bohrte meine Ellbogen in die Platzdecken, genauso wie es die anderen machten, und bemühte mich, das alles einzuordnen. Ich glaubte, wenn ich mir alles merken könnte, würde der Tag kommen, an dem Don, Sam oder sogar mein Vater einen Fehler machen würden – nur einen kleinen –, und ich könnte ihn dann korrigieren. Aber irgendwann schweiften meine Gedanken ab zu dem Fisch, der auf meinem Teller lag, oder zum Jazz aus der Stereoanlage.

Erst wenn sich das Gespräch den angepeilten Fanggebieten zuwandte, konnte ich mich konzentrieren. Die Inside Passage. Cape Decision. Veta Bay. Alaska. Diese Namen klangen nicht weniger fantastisch als Argos, Schädelinsel oder Stadt der Affen. Beim Klang der Namen fühlte ich, wie sich mein Verstand weitete. Ich stellte mir weiße Seen und Stille vor. Tröpfelndes Licht und kalte Windstöße. Schiffe, die Wellen durchpflügten, begleitet von Vogelschwärmen so schwarz wie Schlüssellöcher im Himmel.

—

Wir hatten in der Auffahrt zum Haus der Gaunts Staub aufgewirbelt und waren durchs dunkle Wohnzimmer gelaufen und die Treppe hinaufgerannt, dann aber hielt meine Mutter uns vor der offenen Tür zu Johns Schlafzimmer zurück. Wir hörten Stimmen.

»Wir müssen jetzt nichts entscheiden – dein Vater, zum Donnerwetter, wir wissen doch noch nicht ...« Die erste Stimme war die von Sam North.

»Sieht es etwa so aus, als würde mein Vater sich demnächst wieder aufsetzen im Bett? Wohl kaum.« Die zweite Stimme klang trübe und unbarmherzig. Ich wusste sofort, das war Richard, Johns einziger Sohn. Ich hatte ihn mindestens ein Jahr lang nicht gesehen. Er war weg. Das sagten sie immer über Richard. Er war weg. Niemand hatte eine Ahnung, wo.

»Dann musst du jetzt die Entscheidungen treffen. Der Zeitpunkt ist natürlich beschissen. In einem Monat ist Hochsaison. Wir kümmern uns um alles, aber wir müssen uns darauf verlassen können, dass wir rausfahren«, sagte Sam.

»Oder ich könnte mit euch kommen«, sagte Richard.

»Wenn du willst.«

»Es würde mich nur ein paar Frostbeulen im Gesicht kosten, richtig?«

Sam lachte. *»Höchstens.«*

»Könnte aber auch sein, dass ich nicht aussehen möchte wie in einem Horrorfilm.«

»Richard, du musst wissen, was dies alles deinem Vater bedeutete.«

»Was es John *bedeutet*«, sagte Don Brooke. »Nicht, was es *bedeutete.* Er kann uns hören. Ich möchte nicht, dass er denkt ...«

»Er denkt überhaupt nichts«, sagte Richard.

Sie sprachen darüber, was nach Johns Tod aus der Firma werden sollte. Mir war klar, dass Richard alles erben würde, obwohl er noch niemals das Deck eines Kutters betreten hatte. Ich wusste auch, dass die Geringschätzung meines Vaters und die von Sam und Don für Richard es mit seinem Hass auf die drei aufnehmen konnte. Mir war aber auch klar, dass sich nichts jemals ändern würde.

Jeden Herbst fuhren die Schiffe nach Dutch Harbor. Und jedes Frühjahr kehrten sie zurück. Und jeden Sommer war die

Sonne bis spätabends hoch am Himmel, wenn in Cousins Park Grillpartys gefeiert wurden. An Wochenenden erstrahlte der Himmel über Greene Harbor vom Feuerwerk, und eine Band spielte auf der kleinen Bühne bei der Promenade. Aber schon im August hatte Safeway Tiefkühlkost und Milchpulver auf Lager. Die Männer, die den Sommer über ausgeschlafen oder im Fernsehen Baseball geguckt hatten, machten sich wieder an die Arbeit, verpassten den Schiffen einen neuen Anstrich und reparierten die Ausrüstung. Alle anderen konnten nur zusehen, wie sich der Sommer verabschiedete – über Wochen, Tage, Stunden.

Jeder hatte seine eigene Art, sich zu verabschieden. Justin Howard, Deckarbeiter auf Sams Schiff, fuhr den ganzen Weg nach Ashland, um sich beim Shakespeare-Festival eine Inszenierung anzusehen, weil er sich in eine der Schauspielerinnen verliebt hatte. Andrew Ramzi guckte sich nächtelang Filme an, damit er sie während der Schichtarbeit an Deck im Gedächtnis wieder abspulen konnte. Andere, viele andere soffen in Eric's Quilt, bis sie vom Hocker fielen.

Mein Vater nahm sich den Bart ab. Jedes Mal im September: das Klappern der Schere, wenn er ihn stutzte; das Wischen des altmodischen Pinsels, wenn er allmählich Wangen, Kinn und Hals einschäumte; dann das Schaben des Rasierers, das Abstreifen des Rasierschaums. Bis er ein neues Gesicht hatte, das irgendwie einen weniger freundlichen Eindruck machte – vielleicht, weil ich wusste, was das zu bedeuten hatte. An dem Abend drückte er mich an seine glatte, nach Bay-Rum-Aftershave riechende Wange, und am Morgen war er fort und hatte nur die Stoppeln im Waschbecken hinterlassen – rostrote Reste auf dem Weiß des Beckens, obwohl sein Kopfhaar braun war.

Die Zurückbleibenden igelten sich ein. Den ganzen Herbst, den ganzen Winter lebten wir – so kam es uns vor – an der

Grenze zum richtigen Leben, das sich woanders abspielte. Es schien, als ob *wir* die Abwesenden waren, nicht die anderen, dass *wir* diejenigen waren, die sich verabschiedet hatten. Ist es dann vielleicht ein Wunder, dass so viele von uns alles dafür gegeben hätten, dieses Leben teilen zu können, egal, wie wenig es zu uns passte, wie wenig wir davon verstanden?

»Geh rein«, sagte meine Mutter.

Das Zimmer wirkte wie aus dem vorigen Jahrhundert: das leere Himmelbett, sorgfältig gemacht, die dunkelroten, mit Kordeln gerafften Vorhänge, die bis zu den dunklen Dielen reichten. Die Bücher auf den Wandregalen waren in Staub eingehüllt. Die Luft roch nach dreckigen Fingernägeln. Hinten in der Ecke standen drei Männer, mit dem Rücken zu uns.

»Henry«, flüsterte meine Mutter, »wir sind da.«

Mein Vater drehte sich um und ging auf uns zu. John lag in einem Krankenbett, umgeben von grün-schwarzen Monitoren. Meine Mutter schloss die Augen.

»Deine Familie, Henry?«, fragte Richard. Er saß neben dem Krankenbett, die Ellbogen auf die Knie gestützt. Er trug ein schwarz gestreiftes Hemd mit offenem Kragen, aus dem ein Schopf dunkler Haare hervorlugte. Die Strähnen seines dunklen Ponys hingen knapp über seinen Augen. Seine Nase neigte sich nach rechts und erweckte den Eindruck, als wolle sich sein Gesicht vom Schädel davonmachen.

»Möchtest du, dass sie gehen?«, fragte mein Vater.

»Ist mir egal.« Richard stand auf. »Sie dürfen bei dieser Sache genauso dabei sein wie ihr.« Er ging hinüber und fläzte sich auf das Himmelbett. »Ich finde, das ist eine Familienangelegenheit. Nur – wer entscheidet, wo die Familie anfängt und wo sie aufhört?«

»Sag einfach, was du willst, Richard«, sagte mein Vater.

»Tu, was *du* willst«, entgegnete Richard. »Ich kann jetzt nicht groß nachdenken.« Er stützte sich auf einen Ellbogen und gab ein schmallippiges Lächeln von sich. »Henry, glaubst du, dass die Chinesin von der Wäscherei meinem Vater auf dem Totenbett einen Besuch abstatten möchte? Ich glaube, sie hatte ihn immer gern.«

»Richard, wir können auch alle gehen«, sagte Sam, »aber ich glaube nicht, dass es deinem Vater guttut, sich so was anzuhören.«

»Du hast recht. Ich bin wahrscheinlich hysterisch oder so.«

»Das ist verständlich«, sagte Sam.

»Natürlich«, sagte Richard ruhig. Als er wieder aufsah, trafen sich unsere Blicke. »Toller Anzug. Feierst du heute deinen Abschluss von der Junior High School?«

Ich blickte auf die Bügelfalte meiner Hose. Don Brooke hatte die Ärmel seines Flanellhemdes aufgerollt. Die Arbeitsstiefel meines Vaters hatten Matschränder. Ich schämte mich und war wütend, aber nicht auf Richard. Ich starrte meine Mutter an, aber sie biss sich nur auf die Unterlippe und schüttelte den Kopf, mehr aus Ärger denn aus Trauer.

Auch mein Vater übersah mich geflissentlich, er hatte weder mich noch meine Mutter beachtet, als wir ins Haus kamen. Er hatte Richards Platz am Bett eingenommen und lehnte sich mit hochgerecktem Kinn zurück, als zöge ihn jemand an den Haaren. Meine Mutter und ich standen verloren herum, kaum in der Tür, bis Sam North zu uns kam und meinen Oberarm drückte.

»Hältst du die Ohren steif, Eisenmann?« Er nannte mich immer Eisenmann – nach dem berühmten Baseballstar Cal Ripken Jr.

»Erzähl mir, was los ist«, sagte meine Mutter.

Sam war ein Riese. Er musste sich herunterbeugen, um meiner Mutter den Arm um die Schulter zu legen.

»Es passiert alles Mögliche, aber nichts klappt«, sagte er. »Jetzt gerade ist es sein Blutdruck. Sie geben ihm irgendein Medikament, um ihn hoch zu halten, aber der Blutdruck will immer sinken.«

»Ist er … Kann er uns überhaupt hören?«

»Der Monitor da ist für den Blutdruck.« Sam deutete auf das Bett und das Arsenal zwitschernder Bildschirme. »Wir haben den ganzen Morgen hier am Bett alte Geschichten erzählt. Manchmal, wenn eine gute dabei ist, können wir wirklich sehen, wie der Blutdruck steigt. Das ist aber auch das Einzige.«

»Was für Geschichten sind das?«, fragte meine Mutter.

Sam drehte sich mit einem Lächeln, das nach Whiskey roch, zu mir herum. »Ich habe einen Job für dich, Eisenmann. Jamie ist irgendwo da draußen. Würdest du ihn für mich suchen?«

»Was für Geschichten, Sam?«, fragte meine Mutter noch einmal. »Glaubst du vielleicht, ich hätte deine schmutzigen Geschichten noch nie gehört?«

Sam kniff die Lippen zusammen. »Donna«, sagte er, »ich weiß nicht, was für Geschichten du gehört hast.«

—

Als mein Vater schließlich vom Stuhl an Johns Krankenbett aufstand, streckte meine Mutter die Hand nach ihm aus. Er drehte sich mit der Schulter zur Tür. Er wandte sich auch nicht um, als er das Zimmer verließ. Nicht überraschend. Wenn meine Eltern nicht glücklich waren, sahen sie gewöhnlich aneinander vorbei, manchmal wochenlang. Ich kann mich nur an wenige Male erinnern, wo sie tatsächlich miteinander kämpften. Als ich sechs oder sieben Jahre alt war, wurde ich einmal auf

Geschrei im Wohnzimmer aufmerksam. Meine Mutter hatte eine Stehlampe umgetreten, dabei war der Schirm abgefallen. Schlagartig war das Zimmer grell erleuchtet, und der Schatten meines Vaters war deutlich an der Decke zu sehen. Er bückte sich schweigend, richtete die Lampe auf und brachte den Schirm wieder an.

»Tut mir leid«, sagte meine Mutter, während mein Vater Staub aus den Schirmfalten klopfte. »Es ist nur ... er könnte alles Mögliche werden. Es gibt so viele andere Berufe neben deinem. Vielleicht weißt du das gar nicht.«

»Wirklich? Du glaubst, ich weiß das nicht?«, sagte mein Vater. »Das ist das Letzte, was ich für ihn möchte.«

Später machte ich meiner Mutter Vorwürfe. Dabei ging es nicht um das, was sie, sondern darum, was mein Vater gesagt hatte. So wie ich ihr die Schuld dafür gab, dass mein Vater in Johns Schlafzimmer einfach an uns vorbeiging, ohne einen Ton zu sagen. Als er im Hausflur war, drehte sie sich zu mir um.

»Als mein Großvater im Sterben lag«, sagte sie, »ging ich zu ihm und küsste ihm die Stirn, obwohl ich Angst hatte.«

»Ich habe keine Angst«, sagte ich. »Und er ist nicht mein Großvater.«

Sie schnalzte mit der Zunge, ihr verheerendster Ausdruck der Enttäuschung. Warum begriff meine Mutter nicht, dass wir schon längst hätten gehen sollen? Unsere bloße Gegenwart verstieß gegen einen Codex, einen Bann.

Als ich zum Krankenbett ging, lauschte ich auf eventuelles Knarren der Dielenbretter, auf ein Zeichen, dass ich mich bewegte, aber der Orientteppich schluckte jedes Geräusch. Der Bettbezug war zerwühlt über Johns Bauch. Ich überlegte, ob ich ihn glätten und bis zum Kinn hochziehen sollte. Die Barthaare waren um seine grauen Lippen herum schmutzig, überall hingen Schläuche heraus, und ich konnte ihre Verbindungen zu den piepsenden Monitoren nicht ausmachen. Alles sah so empfindlich aus; ich befürchtete, ein weiterer Atemzug würde alles zusammenbrechen lassen.

Ich legte zwei Finger auf Johns Hand. Die Haut war kalt, und als ich meine Finger zwischen seinen Zeigefinger und Daumen schob, schien die Haut noch kälter zu werden. Ich sah auf den Blutdruckmesser und rechnete fast damit, dass der Druck aus Protest sinken würde. Ich wollte hinaus aus dem Zimmer, aber ich spürte, dass Sam, Don und Richard mich beobachteten.

Mir war nie aufgefallen, wie lang Johns Finger waren. Und ich erinnerte mich daran, was meine Mutter mir einmal über ihn erzählte: dass er auf dem College auch klassische Gitarre studiert hatte. Niemand, den ich kannte, hatte John jemals mit einer Gitarre gesehen, und auf einmal war ich neugierig, ob diese Geschichte stimmte.

Mir kam es vor, als hätte ich ein ganzes Jahrhundert neben Johns Bett gestanden, meine Hand in seiner. Ich war beinahe froh, dass ich den Anzug trug, froh über den gefassten Anblick, den ich abgab: sorgfältig gescheiteltes Haar, vom schwachen Sonnenschein von hinten beleuchtet. Ich bildete mir ein, die Männer starrten mich an, bewunderten meine gefasste Haltung. Aber als ich mich zu ihnen umdrehte, standen sie mit gesenkten Köpfen in den Ecken herum und unterhielten sich leise. Nur meine Mutter sah mir zu.

—

Draußen fand ich Jamie North auf einem Hügel, der sich zum Wald hin neigte. Wir waren nicht weit weg vom Wasser, und Stürme von See her hatten die höchsten schwarzen Äste hinweggefegt und sie über den Hügel verteilt. Jamie hielt einen langen Ast fest, gebogen und verkeilt unter seinem Schuh.

»Cal«, sagte er, »was zum Donnerwetter ...«

Jamie – mein obligatorischer Kumpel bei Hochzeiten, Dinnerpartys und manchmal auch Begräbnissen – war fast genauso alt wie ich. Er sagte immer Dinge, die gut klangen, aber offenbar nicht viel bedeuteten. Als wir beide neun Jahre alt waren, wohnte er einen Monat lang bei uns, während sein Vater in Alaska war und seine Mutter sich von irgendeiner Krankheit erholte. In der Zeit hatte er mit mir hauptsächlich in einem Kauderwelsch geredet, von dem er Stein und Bein schwor, es sei Französisch.

»Was zum Donnerwetter ... was?«, fragte ich.

»Keine Ahnung.« Er lächelte. »Was zum Donnerwetter machst du hier?«

»Wahrscheinlich dasselbe wie du. Meine Mom hat mich mitgeschleppt.«

»Mich nicht«, sagte er. Ich mochte sein Lächeln nicht. »Hat sie dich auch angezogen?«

»Was meinst du mit ›mich nicht‹?«

»Meine Mutter ist zu Hause. Mein Dad hat mich hergeschleppt. Sagte zu mir, wenn ich nicht mitkäme, würde ich es auf ewig vergessen.«

»Wohl eher: bereuen?«

Jamie griff sich einen weiteren Ast, klemmte ihn unter seinen Fuß und lehnte sich dagegen. *Knack.* »Ja, vielleicht hat er das gemeint.«

»Mein Dad hat mich noch nicht mal angeguckt«, rutschte es mir heraus.

»Wahrscheinlich reichte es ihm mit schlechten Nachrichten«, sagte Jamie.

»Halt die Fresse«, erwiderte ich.

»Ist ja gut«, sagte Jamie und wühlte in den Taschen seiner Cordhose. »Ich hatte gehofft, du wärst hier. Ich habe einen Baseball und fünf Zigaretten. Was wollen wir machen?«

»Kann ich den Ball mal sehen?«, fragte ich. Er hatte mir den Ball kaum gegeben, da schleuderte ich ihn in die Bäume.

Hätte man mich erwischt, dass ich mich im Garten hinter Johns Haus prügelte, während er drinnen im Sterben lag, würde man mir niemals verzeihen, aber ich war froh darüber, dass Jamie mir einen Grund geliefert hatte, wütend zu sein. Ich rechnete damit, dass er mich anrempeln würde, aber stattdessen legte er den Arm um meine Schultern und lachte.

»Tut mir leid. Ich habe vergessen, dass du aufgehört hast mit Baseball. Tut mir *wirklich* leid«, sagte er. Ich gebe zu, was ich am wenigsten an Jamie leiden konnte, war, dass er mich als Lügner entlarvt hatte.

Vor zwei Sommern hatte sich Sam North ein Virus eingefangen, das in seinem Innenohr verheerenden Schaden anrichtete. Er fiel plötzlich in Ohnmacht oder stürzte, von Schwindelanfällen gepackt, zu Boden. Schließlich hatte er das Schlimmste überstanden, aber ganz überwinden konnte er es nicht. Jedenfalls konnte er nicht mehr zur See fahren. Ans Land gebunden, hatte er wochenlang üble Laune. Sam hatte als Halbprofi in jungen Jahren Baseball gespielt, und deshalb schwor er sich, er würde aus Jamie einen erstklassigen Spieler machen – einen *Pitcher,* einen *Shortstop.* Ich sollte dabei behilflich sein. In jenem Sommer fuhr Sam Jamie und mich jeden Abend zum Baseballfeld hinter der Highschool. Im schwindenden Abendlicht fingen wir haushohe Flugbälle, rannten mit hoch erhobenen Handschuhen hin und zurück über das Außenfeld und fingen beidhändig, bis die Sprinkler stotternd ansprangen. Wir nahmen flache *Ground Balls,* wobei das *Plink* des Aluminiumschlägers den Takt vorgab wie die Hi-Hat beim Schlagzeug, und Sam rief: »Nimm den Ball von vorn! Hintern runter, runter damit!«

Aber dies war nur die Aufwärmphase für die Marathonrunden eines Spiels, das Sam erfunden hatte und »Off-the-Wall« nannte. Dazu malte er mit Kreide ein Rechteck auf die Backsteinfassade der Schule – das war die *Strike Zone.* Sam war immer *Pitcher,* und es lag nun an Jamie und mir, den harten Gummiball in die zuvor markierten Bereiche zu schlagen, die als »Aus«, »Single«, »Double« und »Triple« gekennzeichnet waren. Das Homerun-Feld war so weit entfernt, dass wir nicht einmal auf fünfzehn Meter herankamen.

Gegen Ende Juni schlenderte Jamie manchmal auf der nicht überdachten Tribüne herum und stromerte durch die Reihen aus Aluminiumsitzen, in denen sich die Abendsonne spiegelte. Wenn Sam ihm zurief, er solle wieder aufs Spielfeld kommen, rief Jamie zurück: »Deine Stimme hallt in diesen Schalensitzen aus Metall wider. Sag mal was anderes.«

Sam langte in seinen Segeltuchbeutel voller Bälle und deckte mich weiter mit Würfen ein.

Im Juli galt Sams ganze Aufmerksamkeit nur noch mir. Er sprudelte nur so über vor Lob, besonders, wenn Jamie ganz in der Nähe war. »Ich habe noch nie erlebt, dass jemand in deinem Alter so präzise aus dem Außenfeld wirft«, sagte er dann. »Dein Arm ist gut – keine Kanone, aber gut. Aber die Präzision – das ist schon was Besonderes.« Oder: »Bei deiner Statur kommt irgendwann auch die Kraft. Schon bald werden sich deine *Line Drives* in Flugbälle verwandeln, die in den Lücken zwischen den Feldspielern landen.«

Das waren rührende Komplimente, aber gegen Ende des

Sommers kam ich mir unschlagbar vor. Beim Einschlafen durchlebte ich noch einmal das Gefühl, die *Line Drives* genau so zu schlagen, wie Sam es mir beigebracht hatte: Deck das Feld mit *Hits* ein! Ich stellte mir flache *Ground Balls* vor, die ich mit den Augen verfolgte, während sie über den roten Staub hüpften. Ich spürte, wie ich in die Knie ging, um darauf gefasst zu sein, mich in letzter Sekunde positionieren zu müssen, weil alles Mögliche den Weg eines Balls beeinflussen kann – ein Kiesel, ein Windstoß.

Baseball hat seine eigenen Rituale, und bald hatte ich mir auch meine angewöhnt. Ich stopfte mir eine Handvoll Sonnenblumenkerne in den Mund und spuckte jedes Mal, wenn ich am Schlag war, genau drei Schalen aus. Was ich aber an diesen Abenden auf dem Spielfeld am liebsten mochte, war die Tatsache, dass ich alles sagen konnte, was ich wollte. Und es war nicht einmal ich, der da sprach, es war diese Phantomgestalt, dieser *Ballspieler,* den Sam und ich erfanden. Eines Abends im August brüllte ich: »Ich glaub, du wirfst nicht deine besten Bälle!«

»Tu ich auch nicht«, rief er.

»Dann zeig's mir doch mal.«

»Wozu soll das gut sein? Ich baue dich doch noch auf. Dich wieder auf den Boden der Tatsachen zu holen, ist im nächsten Sommer dran!«

»Nur einen Wurf«, sagte ich.

Sam ließ die Arme hängen, reckte die Schultern und ließ mit einem Hüftschwung die Ballhandschuhhand einen Augenblick an seiner Wampe ruhen. Im folgenden Moment strahlte sein Körper eine fast hypnotisierende Anmut aus, die ich nie wieder bemerkte. Er brachte das Bein auf Hüfthöhe, wobei er gleichzeitig den rechten Arm hob, als wären beide Glieder mit demselben Hebel verbunden. Während der Arm über der Schulter kreiste, zeigte sich in seiner Handfläche einen kurzen Augenblick der weiße Gummiball, der in der Abenddämmerung wie Schnee leuchtete. Das war das Letzte, was ich von dem Ball mitbekam, bevor er an der Mauer hinter mir aufschlug und dann zur Mitte des Spielfelds zurückschoss. Ich hatte noch nicht einmal daran gedacht, mit dem Schläger auszuholen. Ich hätte genauso gut gegen einen Kugelblitz ausholen können.

Die Anmut wich urplötzlich aus Sam. Er setzte den Fuß falsch auf und fiel aufs Knie. Der Ball hüpfte vorbei.

»Hast du den getroffen?«, fragte er und blinzelte. Aus seinem Gesicht sprach so viel Bewunderung, dass ich nicht wagte, die Wahrheit zu sagen.

»Verflucht – hast du den getroffen?«

»Nicht so richtig«, sagte ich. »Da stand groß und deutlich *Double Play* drauf.«

Er drehte sich um und starrte auf den Ball, der etwa sechs Meter entfernt im ungemähten Gras lag. »Jamie, hast du das gesehen?«

Jamie erhob sich von seinem Schalensitz und winkte. »Hörst du das Echo?«, rief er zurück.

»Cal, das ist wirklich unglaublich.« Sam schüttelte den Kopf. »Das ist wirklich ein Hammer.«

Seit dem Abend war Sam davon überzeugt, dass ich ein Star werden würde – der nächste Teddy Ballgame, Mr. Cub, Yankee Clipper. Es war richtig peinlich, wie er damit hausieren ging. Er zitierte aus Berichten von Talentsuchern über die besten Schlagmänner beim Baseball und bot mir an, mich mit über die Meerenge zu nehmen, um in einem »richtigen« Schlagkäfig zu trainieren. Ein Angebot, das ich immer abgelehnt habe. Wie dem auch sei, als der Sommer zu Ende ging, hatte sich Sam so weit erholt, dass er mit nach Alaska fahren konnte, und damit war meine Karriere als Baseballspieler beendet.

—

Jamie und ich stolperten den Abhang hinunter und bahnten uns einen Weg durch junge Bäume, bis nur noch der Dachgiebel des Hauses der Gaunts hinter dem Hügelkamm zu sehen war. Jamie zog eine zerknüllte Packung grün-weiß gestreifter Newports aus der Tasche. Oben auf der Packung stand in grünen Buchstaben »Kings«. Er fummelte zwei Zigaretten heraus und gab mir eine, die in der Mitte wie ein Finger gekrümmt war. Ich hielt sie behutsam in der Hand. Er riss den Feuerstein eines lila Bic-Feuerzeugs an. Ich hatte meine Hand ausgestreckt. »Du solltest dir zuerst die Zigarette zwischen die Lippen stecken«, sagte Jamie. »Und jetzt einatmen.« Der Boden war matschig unter einer Decke bronzefarbener Nadeln. Ich lehnte mich an einen Baum und kaute an der Zigarette.

»Wenn du damit nicht aufhörst, muss ich noch lachen«, sagte er. »Du stehst nicht vor einem Erschießungskommando. Entspann dich. Du rauchst ja wie ein Mädchen.«

»Was redest du da?«

»Du hältst die Zigarette zwischen Zeige- und Mittelfinger und nimmst sie mit diesen Fingern auch wieder aus dem Mund.« Er machte es mir vor und strich sich dabei nach Mädchenart das Haar aus dem Gesicht. »So rauchen Frauen, Cal. Ein Mann macht's am Anfang so wie du, aber wenn du den Rauch ausatmest, dann klemm die Zigarette zwischen Daumen und Zeigefinger. Genau so. Na also.«

»Woher weißt du das alles?«

»Erinnerst du dich noch an den Film *Ein einsamer Ort*, den wir letzten Monat im Englischunterricht durchgenommen haben? Miss Sulberg hatte mir erlaubt, nach dem Unterricht dazubleiben, um ihn noch mal zu sehen, weil ich so was Ähnliches machen möchte. In Filmen, vielleicht in Samuraifilmen.«

»Ist das dein Ernst?«, fragte ich. In meiner Altersgruppe kam es selten genug vor, dass jemand etwas anderes werden wollte als Fischer.

Wir rauchten die Newports ohne großes Gerede zu Ende. Danach legte ich mich auf den Abhang.

»Was geht da drinnen wohl vor sich?«, fragte Jamie.

»In Johns Schlafzimmer? Da stirbt ein alter Mann«, sagte ich.

»Tolle Antwort, Superman. Ist dir vollkommen egal, stimmt's?«

»Wäre mir auch egal, wenn es dich erwischt hätte.« Ich drehte mich zu Jamie um, die Nadeln der Lärchen piksten mich angenehm in die Wange. »Kann ich noch so eine haben?« Ich rauchte im Liegen und stellte mir dabei vor, ich wäre auf Geschäftsreise, in einem Hotelzimmer, den Kopf auf weiße Kissen gestützt, die Füße in dunklen Socken gekreuzt, mit einem Glasaschenbecher auf der Brust. »Ich mag John. Wie alt ist er eigentlich?«, fragte ich. »Ist doch normal, wenn man in einem gewissen Alter stirbt, oder?«

»Auch wenn es normal ist – traurig ist es trotzdem«, sagte Jamie. »Du könntest wenigstens deine Eltern bedauern.«

»Bei meinem Dad weiß ich es nicht«, sagte ich. »Aber meine Mom ist ganz schön durch den Wind.«

Vielleicht hatte John auf dem College ja gar nicht klassische Gitarre studiert, aber er kehrte als Musikliebhaber nach Loyalty Island zurück und teilte diese Liebe mit meiner Mutter. Wenn mein Vater auf See war, kam John mindestens einmal in der Woche zu uns. Dann zogen er und meine Mutter sich zurück in ihr Kellerstudio, um Schallplatten zu hören. John lud sie dazu ein, aber nie meinen Vater, obwohl er das Studio für sie gebaut hatte.

Donna Parson, meine Mutter, zog in dem Jahr nach Loyalty Island, in dem ich geboren wurde. In jenem Sommer nahm Henry Bollings, mein Vater, die Fähre nach Seattle und flog von dort nach San Jose. Er mietete für den Umzug einen Laster und fuhr damit vor ihre Haustür in der High Street in Santa Cruz. Das war schon beachtlich. Mein Vater war der Sohn und Enkel von Fischern. Er hasste Flughäfen und Schnellstraßen wie andere Leute Ärzte.

Sein Trip nach Santa Cruz ging in die Familiengeschichte ein. Er erzählte sie auf sommerlichen Ausflügen zum Strand von Sand Point, aber ich bezweifle, dass er es jetzt noch tut. Wenn sich Familien auflösen, passiert dasselbe mit ihren Geschichten, und jetzt muss ich mir alles in Erinnerung rufen.

Er hatte vorgehabt, im frisch gebügelten Frackhemd aufzukreuzen, das er extra für das Hochzeits-Probeessen gekauft hatte. Aber im Flugzeug fing er schon an zu schwitzen. Egal, wie oft er mit der Frischluftdüse über seinem Kopf herumfummelte, er schwitzte. Und er schwitzte weiter, als er die Fluggastbrücke hinaufging; als er, auf einem Strohhalm kauend, am Gepäckband wartete; als er im Taxi saß; als er vor dem Büro der Autovermietung wartete. Als er endlich auf dem Highway 17 war, war sein neuer Kragen unter den Adamsapfel gerutscht, durchgeweicht bis auf die Kragenstäbchen. In der Ferne schlängelte sich die Straße den Berg hinauf wie eine verwickelte Angelschnur.

Er hätte sich darauf einstellen sollen. Schließlich hatte er sich auf den Weg gemacht, die gesamte Habe seiner zukünftigen Frau abzutransportieren. Er hatte sich nur nicht vorstellen können, dass alles, was mit meiner Mutter zu tun hatte, in Stress ausarten könnte. Auf ihren Fotos von damals kann man sehen, warum: ihre schlanke Taille, der grazile Hals, die hauchzarte Frisur. Er hatte sich ausgemalt, er würde Hutschachteln und Kleidertaschen tragen. Er hatte sich ausgemalt, sie mit Leichtigkeit nach Washington zu bringen, all ihr Hab und Gut zu befördern, als wäre es so leicht wie meine Mutter.

Als er an ihrem Haus in der High Street ankam, sah er sich getäuscht. Sie hatte weder Hutschachteln noch Kleidertaschen, und die Möbel hatte sie verkauft oder verschenkt. Wofür sie ihn nach San Jose hatte fliegen und den ganzen Weg nach Santa Cruz hatte fahren lassen, das war ihre Schallplattensammlung. Unmengen an Kartons voller Schallplatten, und die hatten enormes Gewicht.

Im Supermarkt kaufte mein Vater zwei Rollen Klebeband und zwölf Dosen Negra Modelo. Dann setzten sie sich im Haus meiner Mutter auf den staubigen Fußboden, tranken Bier, und mein Vater packte jede einzelne Platte ein, füllte den Zwischenraum mit zerknülltem Zeitungspapier und wickelte das Klebeband wie einen Verband kreuzweise um die Kartons.

Verheiratet waren sie noch nicht, aber sie war schon schwanger, und sie werden es wohl nicht leicht gehabt haben, an jenem ersten Tag die richtigen Worte füreinander zu finden. In den Jahren danach ging das problemlos. Ich kann ihre Stimmen beinahe hören, seine sanft, ihre scharf.

»Leg doch mal eine von den Platten auf«, sagt er.

»Welche Musik hörst du gern?«, fragt sie. »Ich glaube, ich weiß es nicht mal.«

»Ich? Ich höre alles.«

»Das habe ich mir gedacht«, sagt sie. »Wenn du sagst, du magst alles, dann magst du eigentlich gar nichts.«

Das Klebeband knarzt um einen Karton herum. Er hat die Kartons gleich mehrfach umwickelt, weil er gern mit ihr hier sitzt. »Glaub ich nicht. Es heißt nur, dass ich eben alles mag.«

»Ich würde dir gern das Gegenteil beweisen«, sagt sie, aber sie nimmt Otis Reddings *Live in Europe* aus einem Karton und spielt das ganze Album ab, während sie mit angezogenen Knien dasitzt, den Kopf an seine Schulter gelehnt.

Die Woche darauf schlängelten sie sich durch Kalifornien Richtung Norden. Am Straßenrand hielten sie an und aßen Pfirsiche. Baten Touristen aus Iowa darum, sie als lächelndes Paar über den Felsklippen am Highway 1 zu fotografieren. Hielten Händchen unter den ausgebrannten Stämmen von Mammutbäumen. Hatten im Autoradio einen Gospelsender eingestellt, und der Himmel breitete sich schachbrettartig in weißen und blauen Flicken über ihnen aus.

Aber als sie in Loyalty Island ankamen, hatte meine Mutter keinen Job, keine Freunde, und außerdem war es schon fast Herbst. Mein Vater zog das Rollo des Panoramafensters hoch, die Sonne beschien die kahlen Wände, und man konnte zur Bucht hinunterschauen. Im Wohnzimmer standen nur ein paar Möbel herum, die schon drei Generationen überdauert hatten. »Ich muss bald zurück an die Arbeit«, sagte er. »Aber hier sind wir nun zu Hause.« Und meine Mutter drehte sich mit Tränen in den Augen zu ihm um und sagte: »Es ist sehr schön hier.«

In der ersten Woche packte meine Mutter keinen einzigen Umzugskarton aus. Aber in der Woche darauf fand mein Vater zu Hause das reinste Chaos vor. Er hörte die Musik schon, bevor er den Motor ausmachte. Eine Trompete, die wie ein Seelöwe hupte. Ein Saxofon, schrill wie ein kochender Teekessel, das heulende Triller über dem Scheppern des Schlagzeugs ausstieß. Damals hätte er es weder gewusst, noch hätte es ihn interessiert, aber das war John Coltranes Album *Live in Seattle.*

Im Haus sah er meine Mutter auf dem Fußboden sitzen, ein Bein ausgestreckt, das Kinn auf das andere Knie gestützt. Das Sofa war mit Schallplattenhüllen übersät. Die Kartons, die er sorgsam gepackt hatte, waren aufgerissen, und an den Deckeln hingen Reste von Klebeband.

Im nächsten Frühjahr fing mein Vater mit der Arbeit am Studio an. Er hatte noch das alte Haus meiner Mutter in Santa Cruz im Kopf, mit den Bücherregalen, die vom Fußboden bis an die Decke reichten. Und weil er Monate am Stück mit anderen auf engem Raum auf einem Schiff zubrachte, begriff er die Notwendigkeit von Privatsphäre, von vertrauter Umgebung. Das Wichtigste aber war ihm, dass seine Stadt, sein Zuhause, sein Leben meiner Mutter vertraut sein, ein Teil von ihr werden sollten.

Das Studio war ohnehin schon halb fertig. Mein Vater hatte das Haus von seinem Vater geerbt, der schon vor Jahren eine Trennwand im Keller gebaut hatte. Ursprünglich hatte er eine Dunkelkammer einrichten wollen, war aber nicht weitergekommen, als in einer Ecke ein doppeltes Spülbecken aus Metall einzubauen. Mein Vater räumte den alten Krempel aus – sein verrostetes Schwinn-Kinderfahrrad, Netze und Bojen, alte Farbdosen, einen alten Weihnachtsbaumständer, stapelweise Magazine von *National Geographic.* Er kehrte den Dreck zusammen und beseitigte Spinnweben. Dann legte er den Boden mit einem orangefarbenen Teppich aus und errichtete Regale aus Weymouth-Kiefer, die er mit Bolzen verstärkte, damit sie das Gewicht der Schallplatten tragen konnten. Er baute auch einen Fenstersitz ein, obwohl es gar kein Fenster gab, und bestellte aus Vancouver ein Sitzkissen aus Mohair. Er kaufte jede Menge

Korkplatten zur Verkleidung der Wände und der Decke. Er ließ meine Mutter nicht in den Kellerraum, bis er fertig war – als wäre er Michelangelo, der die Decke der Sixtinischen Kapelle hüten müsste.

Als er schließlich fertig war, wartete er so lange, bis sie mit der Autofähre nach Seattle gefahren war, um dort einzukaufen und sich im Kino einen Film in spanischer Originalfassung anzusehen. Er schnappte sich also noch mal die insgesamt neunzehn Kartons und ordnete die Platten auf den weißen Regalen in alphabetischer Reihenfolge ein. Mein Vater war von Natur aus penibel, aber ihm war auch klar, dass er seine Frau aus ihrem Leben abgeholt und in seines verfrachtet hatte. Die Schallplatten waren gewissermaßen die Grammatik, in der sie diesen Wandel zum Ausdruck brachte. Wenn sie diesen ganzen Weg seinetwegen gegangen war, dann war es nur fair, dass er auch ihre Sprache sprechen sollte. Aber meine Mutter blieb meinem Vater immer irgendwie ein Rätsel. Und der Ort, an den er sie gebracht hatte und der mein Zuhause wurde, blieb ihr immer ein Rätsel.

Eines Tages – ich war vielleicht neun Jahre alt – kam Mrs. Gramercy, die Bibliothekarin, zu uns. Sie sagte, sie habe gehört, meine Mutter sei Lehrerin gewesen. Ob sie ihr vielleicht helfen könne, einen Buchclub zu gründen, als sinnvolles Freizeitangebot? An der Art und Weise, wie meine Mutter in der Küche krampfhaft nach Eistee und alten Plätzchen suchte, konnte ich erkennen, wie rührend sie es fand, dass Mrs. Gramercy bei dem Buchclub an sie gedacht hatte.

Zusammen entwarfen meine Mutter und ich das Faltblatt: Auf leuchtend grünem Papier sah man ein Buch mit Flügeln, das sich scheinbar vom Blatt erhob. Als wir das Faltblatt auf dem Küchentisch ausbreiteten, kam mein Vater nach Hause.

»Wer ist Edith Wharton?«, fragte er.

»Das weiß ich selbst nicht so genau«, sagte sie. »Das war Mrs. Gramercys Idee.«

Das stimmte nicht. Ich hatte gehört, wie meine Mutter im Gespräch mit Mrs. Gramercy darauf bestand, dass Whartons *Zeit der Unschuld* die ideale Wahl wäre. Gerade an dem Morgen hatte sie mir davon erzählt, wie sie das Buch zum ersten Mal gelesen hatte, auf der Rückbank im Dodge ihrer Eltern, auf der Fahrt durch Arizona.

»Na ja«, sagte mein Vater. »Du wirst es schon noch herausfinden.«

An jenem Abend gingen wir zu dritt durch die Straßen, befestigten die Faltblätter an Telefonmasten, an Schaufenstern und an der Anschlagtafel bei Greene Harbor, nachdem meine Mutter die Stellenangebote der vergangenen Saison abgerissen hatte. Aber am Abend der Veranstaltung sah ich sie auf der Wohnzimmercouch sitzen und sich einen alten James-Bond-Film anschauen.

»Ich kann nicht«, sagte sie, bevor ich sie etwas fragen konnte. »Ich habe Mrs. Gramercy schon angerufen. Ich habe ihr gesagt, mir geht's nicht gut. Solltest du ihr begegnen, dann sag ihr nicht die Wahrheit.« Sie legte die Füße auf den Couchtisch. Sie trug einen Rock mit Nadelstreifen und schwarze Nylons. »Ich bin schon enttäuscht«, sagte sie. »Ich weiß nicht, warum.«

Sie sah mich nicht an und erwartete wohl auch keine Antwort von mir. Etwas später hörte ich sie in der Küche, und dann hörte ich, wie sie die Kellertreppe hinunterging, und dann Musik aus ihrem Studio. Zu der Zeit war das Studio schon ihr Zufluchtsort – vor meinem Vater, vor allem, was Loyalty Island ausmachte, mich eingeschlossen.

Manchmal schlich ich mich mit Bettdecke und Kissen nach

unten und legte mich im Wohnzimmer auf den Fußboden, mit dem Ohr am Warmluftschacht der Heizung, aus dem die Musik herausströmte. Ich hörte ihr zu, wie sie sich ihre Musik anhörte. Im Winter, wenn mein Vater auf Fangfahrt war, blieb ich die ganze Nacht dort, wenn ich wollte. Wenn die Heizung ansprang, fühlte ich die Wärme vom Luftschacht auf meiner Wange und beobachtete die schwankenden Staubfahnen. Warum bloß wollen wir den Menschen dann am nächsten sein, wenn sie mit sich ganz allein sein wollen?

»Deine Mom ist traurig«, sagte Jamie, während er seine zweite Zigarette rauchte. »Jede Wette.«

»Ja, stimmt. Ich habe es doch gerade gesagt.«

»Weißt du, ich habe niemals geglaubt, was sich die Leute so über sie erzählen.«

»Über wen?«

»Über John und deine Mutter. Ich habe es nie geglaubt.«

»John ist ihr einziger Freund«, sagte ich.

Ich legte mich wieder in die Nadeln, mir war schlecht. Jetzt, wo es raus war, schien es zu stimmen. Wahrscheinlich war John wirklich ihr einziger Freund. Ich nahm den letzten Zug von der Zigarette, schloss die Augen und öffnete sie etwas später wieder, als ich meine Mutter hörte. Ich rannte den Abhang hinauf zum Haus. Meine Mutter stand auf der Anhöhe. Der Wind hatte aufgebrist und ließ ihren Pferdeschwanz flattern. Als ich nahe genug bei ihr war, packte sie mich am Arm und klopfte die Kiefernnadeln von Jacke und Hose. »Er stirbt, in diesem Augenblick«, sagte sie. »Jetzt, in diesem Moment.« Sie zerrte mich hinüber zum Haus. »Der Arzt ist gerade gekommen. Sie wollen John keine Medikamente zur Stabilisierung des Blutdrucks mehr geben. Meine Güte, ich weiß nicht, wie lange so was dauert. Dein Vater hat gesagt, ich soll dich holen.« Sie betonte den letzten Satz auf eine Art und Weise, als wollte sie klarmachen, dass sie sonst nicht von Johns Seite gewichen wäre.

Wir rannten durch den Flur und hinauf in den zweiten Stock, wo sie wieder sagte, ich solle mich still verhalten. Sie strich sich die Haare glatt und holte tief Luft. Wir gingen weiter. Die Tür von Johns Schlafzimmer war geschlossen. Meine Mutter klopfte behutsam an. Sie wartete einen Augenblick und klopfte noch mal, diesmal lauter. Keine Antwort. Sie probierte den Türknauf, aber der ließ sich nicht drehen.

»Was ist los?«, wollte ich wissen.

Sie biss sich auf die Unterlippe und wischte sich die Augen. »Du stinkst nach Zigarettenrauch«, sagte sie. »So kann ich dich doch nicht mit hineinnehmen.«

Wir warteten im Flur, bis John Gaunt gestorben war und die Männer herauskamen.

2

In Port Angeles presst eine steinerne Frau ein Kind gegen ihren Oberschenkel und schaut hinaus aufs Meer. Dabei beschattet sie die Augen mit einer steinernen Hand. In Seattle hat ein Mann aus Kupfer einen Felsenbarsch am Haken, aber die Fangleine hat sich um seinen Kopf gewickelt und erdrosselt ihn beinahe. Das Fischerdenkmal von Loyalty Island, errichtet von – wem sonst? – John Gaunt, steht auf einer hölzernen Uferpromenade rund fünfhundert Meter östlich von Greene Harbor.

Ein Mann in Ölzeug und Südwester kauert in einem Knäuel aus Tauwerk. Sein Körper ist der Bucht zugewandt, aber sein Gesicht ist himmelwärts und nach links gerichtet, der Mund verschlossen, die Augen sind weit aufgerissen. Er spreizt das rechte Bein ab und hält den linken Arm im selben Winkel vom Körper wie das Gesicht, so, als wolle er einen bösen Geist abwehren. Man kann beinahe den grünen Wellenkamm sehen, der über ihm dräut und aus voller Kraft rauscht. Der Mann ist dem sicheren Tod geweiht.

Ich weiß nicht, wie es bei den Leuten in Port Angeles oder Seattle zuging, aber in Loyalty Island starrten wir durch unser Denkmal hindurch. Die Skulptur stellte nur das dar, was wir vergessen wollten. Deswegen war es eigenartig, Richard Gaunt hier zu sehen, wie er das Denkmal im ungewöhnlich grellen Licht der Septembersonne mit zusammengekniffenen Augen anstarrte.

Seit Johns Begräbnis war ich ihm nicht mehr begegnet. An jenem Tag blieben der Supermarkt, die Reinigung, das Kino, die Schulen und selbst der Himmel geschlossen. Der Nebel senkte sich durch die Bäume herab auf die Friedhofswege. Während ich den Sargträgern folgte – Richard, meinem Vater und all den anderen –, verlor ich ihre schwarzen Schultern und weißen Hände minutenlang aus dem Blick. Ich ging neben meiner Mutter, hielt Schritt mit ihren geschwollenen Fußgelenken. Ich wäre vorausgelaufen, aber jedes Mal, wenn ich es versuchte, griff sie meine Hand und drückte sie gegen ein feuchtes Papiertaschentuch.

Seit dem Tag war es zu Hause unerträglich geworden. Ich war daran gewöhnt, dass meine Eltern sich wie Fremde in einem Flugzeug verhielten und sich an engen Stellen im Haus höflich aneinander vorbeidrückten. Aber seit Johns Tod kam es mir vor, als hätten sie jegliche Geduld im Umgang miteinander gänzlich verloren. Beim Abendessen trommelte mein Vater mit den Fingern auf dem Tisch und sah sich um, als sei ihm gerade erst aufgefallen, was für ein interessanter Raum die Küche war. Meine Mutter inspizierte Gabel und Löffel mit kaltem Blick. Eines Abends sagte sie: »Alles nicht so schlimm, oder? Wenn die Kutter nicht rausfahren, können wir einfach das ganze Jahr so weitermachen.«

Mein Vater sah sie an, vielleicht zu erschöpft, um richtig wütend zu werden. »Ich bemühe mich, das Problem in deinem Sinn zu lösen. Nicht ganz einfach, ehrlich gesagt.«

»Tut mir leid«, sagte meine Mutter. »Das war nicht fair.«

Aber die meiste Zeit in den Tagen nach Johns Begräbnis zeigte sie keinerlei Interesse daran, sich fair zu benehmen. Sie telefonierte stundenlang mit Meg, ihrer besten Freundin in Santa Cruz, und wenn ich in der Nähe war, hielt sie die Hand über die Sprechmuschel, wartete und sah mich dabei so an, wie sie manchmal meinen Vater ansah; als hätte ich ihr Ärger gemacht, obwohl ich nichts gesagt hatte, obwohl ich nur ins Zimmer gekommen war. Sie verbrachte die Abende in ihrem Kellerstudio bei geschlossener Tür. Nachts hörte ich durch den Ventilationsschacht im Wohnzimmer ihre Musik, Bruce Springsteens Album *Nebraska,* Bob Dylans *Blood on the Tracks,* Miles Davis' *Porgy and Bess,* aber eigentlich wartete ich auf die Stille zwischen den einzelnen Platten, auf ein Zeichen von ihr, ein Hüsteln, ein Schluchzen.

Ich musste irgendwohin gehen, mit jemandem reden, aber ich hätte eine andere Richtung eingeschlagen, wenn ich geahnt hätte, dass Richard mich ansprechen würde. Er saß auf einer grünen Bank, über ihm kreisten Möwen. Er trug einen schwarzen Mantel von militärischem Zuschnitt, der bis oben hin zugeknöpft war, als wolle er gegen das warme Wetter protestieren. »Hey, Mann!«, rief er mir zu.

»Was machst du denn gerade?«, fragte ich.

»Siehst du das nicht? Ich starre in die Unendlichkeit, die Tiefe, das Verborgene und Geheimnisvolle – so was in der Richtung.«

Seit Johns Begräbnis hatten sich alle das Maul über ihn zerrissen. Mein Vater war jeden Tag zu Hause, zeichnete mit dem Becher Kaffeeringe auf den Küchentresen und klapperte mit dem Telefon. Alle paar Minuten, so kam es mir vor, hörte ich den Namen: Richard, Richard, Richard. Wenn mein Vater mit mir sprach – was selten passierte –, ging es um Richard. Wenn Sam North am Telefon war, hieß es: »Richard, das Arschloch«. Und wenn Don Brooke bei uns aufkreuzte, war es »Richard, das schwule Arschloch«.

Ich vermute, er hatte etwas Feminines an sich – seine anmutige Haltung, die Art, wie er seine Hände hielt, als ob er Klavier spielen wollte. Niemand hatte sich jemals die Mühe gemacht, herauszufinden, warum er während der Highschool-Sommerferien nicht bei den Lachsfischern mitfuhr oder warum er nach dem Highschool-Abschluss nach Seattle aufs College ging, statt auf Krebsfang nach Alaska zu fahren. Die Leute fragten sich, was John im Sinn hatte, was er für den Fall seines Todes für das Unternehmen geplant hatte, aber er ließ sich nie darüber aus. Und als Richard erst einmal Loyalty Island verlassen hatte, war es leicht – für mich jedenfalls –, so zu tun, als sei er für immer verschwunden, zumindest so lange, bis er unweigerlich wieder-auftauchte; wie aus dem Nichts, eine schwarze Gestalt, die auf der hölzernen Uferpromenade mit ihrem Vater spazieren ging.

Einmal sah ich ihn, wie er durch den nebligen Schein einer Straßenlampe fuhr, er hing lachend über der Seitentür eines Cabrios und ließ dabei eine schleifende Schaufel Funken auf der Fahrbahn schlagen. Und einmal kam er zu uns nach Hause zum Abendessen mit seinem Vater und den anderen Skippern. Er trank den meisten Wein und ging alle zehn Minuten nach draußen, um sich eine anzustecken, obwohl alle anderen bei Tisch rauchten. Irgendwann an dem Abend wandte er sich mir zu und fragte: »Hast du eine Ahnung, worüber sich diese Kerle unterhalten? Willst du, dass ich mit dir eine Runde drehe?«

Alles andere waren Gerüchte. Man munkelte, John hätte ihn zur Arbeit auf der Fangflotte zwingen wollen und dass Richard bei dem nachfolgenden Streit seinem eigenen Vater die Nase gebrochen hätte. Es wurde behauptet, Richard habe sich an einem Sommerabend in Eric's Quilt volllaufen lassen und seine alten Freunde gebeten, nicht nach Alaska zu fahren, wobei er geheult habe. Man sagte ihm nach, er sei schwul, er sei teils indianischer, teils mexikanischer und japanischer Abstammung; er sei gar nicht Johns Sohn. Er habe auf Johns Tod gewartet und sei nur deswegen weiter in Loyalty Island aufgekreuzt, um sicherzugehen, dass er auch in Johns Testament berücksichtigt würde. Man munkelte auch, Richard sei, schon Monate bevor John überhaupt erkrankte, von den Japanern angesprochen worden, die Johns Fanglizenzen, seine Schiffe und seine Ausrüstung übernehmen wollten. Er sei bei Sonnenaufgang auf der Uferpromenade gesehen worden – bekleidet mit einem Kimono, und er habe Tee ausgeschenkt.

An dem Tag im September war Richard knapp dreißig Jahre alt. Er hatte hohe Wangenknochen wie die Schauspieler in ausländischen Filmen, die sich meine Mutter anschaute, und wenn er lächelte, warf sich die Haut zu kleinen Wülsten über den Knochen auf. Glücklicherweise lächelte er so gut wie nie. Ich sehe sein Gesicht immer noch vor mir. Manchmal, selbst jetzt noch, kommt es vor, dass ich Richard zu sehen meine, wenn ein Mann auf der Straße an mir vorbeigeht oder in den Bus steigt, mit dem ich unterwegs bin. Und in jenem Sekundenbruchteil, bevor ich merke, dass er es nicht ist, spüre ich ein unerklärliches Glücksgefühl.

»Hey, hey, warte mal«, sagte er. Aus der Innentasche seines Mantels zog er ein Zigarettenetui aus Metall hervor, auf dessen Deckel eine Frau abgebildet war, die einem zuzwinkerte. »Ich habe eine Frage. Bist du schon mal in Alaska gewesen, Cal?«

»Nein«, sagte ich. Ich war weitergegangen, und er muss gewusst haben, dass mich seine Frage innehalten lassen würde. »Ich meine, noch nicht. Mein Vater will mir eine Stelle verschaffen, wenn ich mit der Highschool fertig bin.«

Das war gelogen. Wir hatten nie darüber gesprochen, und selbst die flüchtigen Anspielungen meines Vaters auf meine mögliche Zukunft an Bord der *Laurentide* waren allmählich verebbt. Mir dämmerte langsam, dass ich vermutlich nie im Leben Alaska sehen würde, jedenfalls nicht auf einem Fischkutter.

»Als ich zur Highschool ging«, sagte Richard, »ich meine, gleich nach der Highschool, bat ich meinen Vater, mich mit der Fangflotte fahren zu lassen. Setz dich doch, Cal.«

Ich schüttelte den Kopf und ließ mich nicht umstimmen.

Richard zuckte mit den Achseln und ließ sich Zeit für ein süffisantes Grinsen; ihm war vollkommen egal, was ich tat, was alle anderen taten. »Ich flehte ihn regelrecht an, aber er lehnte es ab. Ich habe also ein Leben lang von Alaska gehört, und ich habe nach wie vor keine Ahnung, wie es da aussieht. Du?«

Ich hätte das Alaska meiner Fantasie beschreiben können: Wolken, die von Weiß zu Rot-Orange verglühten, von morgens bis abends. Die See ein grauer Schlund mit Wellen, die wie Zungen daraus hervorschnellten. »Eher nicht«, sagte ich.

»Alle meine Freunde gingen nach Alaska. Mein Dad stellte sie ein. Jim Osborne, Dan Fosse, Bobby Rollins. Und ich? Ich bekam die Anstecknadel einer Burschenschaft. In meinem ersten Studienjahr am College bin ich an dem Tag hierhergefahren, als die Fangflotte zurückkehrte. Ich hatte so ein Audi-Cabrio, und ich wartete ungefähr fünf Stunden lang da drüben auf dem Parkplatz.«

Er nahm die Zigarette in die rechte Hand und rieb sich die Kopfhaut, als wollte er sein Erinnerungsvermögen beschwören. »Ich sah sie alle einlaufen. Mit ihren Latzhosen aus Ölzeug, schmuddelig und unrasiert. Sie sahen aus, als wären sie der Hölle entkommen, so, als wäre die Hölle ein Schlammtümpel und kein Feuerloch. Daran erinnere ich mich: dass ich das gedacht habe. Und ich fuhr einfach wieder weg. Ging ins Kino oder irgend so was. Ich konnte noch nicht mal ›Hi, willkommen daheim‹ sagen, verfluchte Scheiße!«

Richard richtete den Blick auf mich, aber ich wusste nicht, ob er eine Antwort von mir erwartete. Ich sah in ihm nichts anderes als jenen Pimpf, der mich einmal auf dem Weg zur Schule aus einem fahrenden Auto angespuckt hatte, und ich fragte mich, warum er mir das alles erzählte.

»Dan Fosse kam im Jahr darauf ums Leben«, fuhr er fort. »Ertrank im Golf von Alaska, vor Coronation Island. Angeblich ein ruhiger Tag, keine Dünung, keine Wolken. Niemand hörte es platschen, nicht einer wusste, wann er verschwunden war. Als Dan gestorben war, ich meine, nachdem ich endlich erfahren hatte, dass Dan gestorben war – ich war wieder auf dem College, und einen Monat lang hielt es niemand für nötig, mir das mitzuteilen –, versuchte ich, mir das vorzustellen. Aber ich kam einfach nicht an dem Namen der Unglücksstelle vorbei. Coronation Island – Krönungsinsel. Ich sah bloß einen Buckel aus Sand, auf dem immergrüne Pflanzen wie Zacken auf einer Krone wuchsen. Was sagt das über mich, Cal?«

»Bist du deshalb hier?«, fragte ich.

»Bin ich weswegen wo? Na los, versuch mal, einen vernünftigen Satz zustande zu bringen.«

»Niemand guckt sich die Statue an.«

»Willst du wissen, wer das Scheißding entworfen hat, das keiner anschaut? Hier sitzt er. Ich war's.«

»Du hast eine Statue entworfen?«

»Nachdem Dan verunglückt war, brachte mich mein Vater mit diesem Schweden aus Eureka zusammen. Rein technisch gesehen, entwarf er das beschissene Ding. Aber ich habe ihm gesagt, wie ich es haben wollte. Ich sagte zu ihm, lass das arme Schwein so aussehen, dass jeder sofort merkt: Der hat nicht den Hauch einer Chance.«

Richard zerkrümelte die Zigarette zwischen den Fingern, bevor er sie wegschnippte. Er lehnte sich auf der Bank zurück und hob das Gesicht, Schweißperlen auf der Stirn.

»Die Sonne hat Nerven, so zu scheinen, was?«, sagte er. »Sprichst du noch? Ich hätte schwören können, dass du früher sprechen konntest.«

Er knöpfte seinen Mantel etwas auf, und zum Vorschein kam ein seidig glänzendes knallrotes Hemd. Riesige schwarze Knöpfe zierten den Kragen und Blumen wie Windräder die Brust. Er muss mein Starren bemerkt haben. »Ich habe mir nichts dabei gedacht, als ich mich anzog«, sagte er. »Mein Vater ist vor einigen Tagen gestorben, und ich habe mir *dieses* Hemd ausgesucht. Manchmal wundere ich mich über mich selbst. Das ist schon ziemlich komisch, was?«

Das war es überhaupt nicht. An jedem beliebigen Tag Anfang September hätte man Don Brooke, Sam North, meinen Vater und fünfzig weitere Fischer in salzverkrusteten Flanellhemden knapp fünfhundert Meter weiter beim Streichen oder bei Instandsetzungsarbeiten gesehen. Stattdessen saßen sie zu Hause und warteten darauf, was Richard ihnen zu sagen hatte. Ich dachte an die öffentliche Ehrerbietung, die sie ihm erwiesen hatten, und an ihre privaten Gespräche. Sie hatten Angst vor ihm, weil ihm jetzt alles gehörte und er keine Ahnung hatte, was er damit anfangen sollte. Als ich Richard mit seinem dicken Mantel da so schwitzen sah, war mir klar, dass ich etwas wusste, was die anderen nicht wussten. Richard hatte nämlich auch Angst – vor ihnen.

Ich setzte mich auf eine Bankecke. »Schickst du die Fangflotte nach Alaska, Richard?«

Er nahm sich noch eine Zigarette und hielt das Metalletui so lange geöffnet in der Hand, dass ich dachte, er wolle mir eine anbieten. Er klappte es zu, als ich die Hand ausstreckte. »Ich habe noch nichts entschieden.«

»Du könntest mit rausfahren.«

»Meinst du?«

»Keiner kann dich aufhalten.«

»Nein«, sagte Richard. Er blickte mürrisch drein, sein Gesicht verdüsterte sich. »Stimmt, nichts kann mich aufhalten. Außer der Tatsache, dass ich noch nicht den Verstand verloren habe. Ich könnte ums Verrecken kein Schiff führen. *Was* würde ich denn tun?«

»Du bist doch aufs College gegangen, oder?«

»Ich habe Psychologie studiert. Könnte ich vielleicht als Psychoanalytiker an Bord gehen? Was, denkst du, würde Don Brooke wohl tun, wenn ich ihn auffordern würde, mir etwas über seine Mutter zu erzählen? Würden ihm die Augen aus dem Kopf fallen? Oder würde er mich spaßeshalber mit Klebeband am Mast festmachen?«

»Keiner könnte dir etwas antun«, sagte ich.

»Draußen auf See?« Er knöpfte seinen Mantel zu, griff den Sturmriegel am Kragen und schloss ihn um seinen Hals. »Da draußen könnten sie mir alles Mögliche antun.«

—

Am nächsten Tag verschwand Richard. Er hinterließ keine Anweisungen oder Anhaltspunkte, was er mit der Firma zu tun gedachte. Die Hochsaison für die Fischer würde in wenigen Wochen beginnen. Würde die Fangflotte auslaufen? Würde sie überhaupt jemals wieder auslaufen nach Johns Tod? Angesichts der violetten Tränensäcke unter den Augen meines Vaters erübrigte es sich für mich, ihn zu fragen.

Er machte sich wieder an die Arbeit und roch nach Farbe, wenn er nach Hause kam, nach der letzten Farbschicht, bevor die Schiffe ausliefen. Abends saß er zusammengesackt in seinem Lehnstuhl aus Bambusrohr und den Sitzkissen mit grünem Dschungelmuster. Wenn das Telefon klingelte, zuckte er zusammen, als ob jedes einzelne Läuten wie ein schweres Kettenglied zu Boden fiel. Eines Abends nahm ich einen Anruf entgegen, der durch einen Schneesturm fast nichts als Knistern war, und hörte eine Männerstimme rufen: »Bollings? Verdammter Bollings? Bollings?« So klang Alaska. Mit einer heftigen Bewegung griff sich mein Vater den Hörer.

»Wie soll ich es denn noch sagen? Nein!« Er sprach, wie immer, behutsam und langsam, als könnte sich seine Zunge bei jedem Wort überheben. »Ist mir egal, was du gehört hast. Sind wir seit zehn Jahren jedes Jahr dort gewesen? Das habe ich auch gedacht.« Er legte den Hörer auf die Gabel und gönnte mir ein spärliches Lächeln. »Wollen wir was spielen?«, fragte er.

Jedes Jahr kehrte mein Vater entweder völlig aufgedreht oder niedergeschlagen aus Alaska zurück. Er brauchte einige Wochen, bevor er nachts wieder durchschlief oder bei einer Mahlzeit sitzen bleiben konnte. Aber dieser Prozess der Wiederanpassung war harmlos. Er hingegen musste den Eindruck gehabt haben, dass er nach seiner Rückkehr in jedem Frühjahr einen neuen Sohn vor sich sah.

Ich legte Zentimeter um Zentimeter zu und verlor meine Milchzähne. Das eine Jahr war ich verrückt nach ferngesteuerten Autos, im nächsten schwärmte ich für Robert Louis Stevenson. Mein Vater konnte nie mithalten. Manchmal fragte ich mich, warum er überhaupt nach Hause gekommen war.

Eines Abends, ich war acht oder neun Jahre alt, sah ich ihn allein unter der gelben Deckenlampe in der Frühstücksecke sitzen. Er war vor ein paar Tagen zurückgekommen. Er klopfte mit der flachen Hand auf den Platz an seiner Seite, als er mich an der Tür sah. Die Leuchtstoffröhren an der Decke waren ausgeschaltet, und die Tischleuchte verbreitete gerade genügend

Licht, dass ich die grauen Strähnen in seinem Haar wahrnahm. Er hatte eine Karte der Beringsee auf dem Tisch ausgebreitet, deren Ecken er mit Bierkrügen beschwert hatte.

»Komm mal her«, sagte er. »Ich zeige dir, wo ich war.«

Er zeigte auf Bowers Ridge und die Pribilof-Inseln und sprach schnell, während er schwarzen Kaffee aus einem blau geblümten Becher schlürfte. »Wir waren hier und hier und dort«, sagte er, während er seine dicken Finger über die Seekarte wandern ließ. Plötzlich nahm er einen der Bierkrüge hoch, sodass die Karte sich zusammenrollte. Er lehnte sich gegen die Bank und stieß einen Seufzer aus. »Ist schon ein hartes Leben«, sagte er. Das schien mir eine vollkommen schlichte Erkenntnis zu sein, aber er fuhr fort: »Wenn du nämlich da draußen bist, denkst du nur an dein Zuhause, und wenn du wieder hier bist, denkst du nur noch an das, was da draußen ist.«

Mehr hat er mir niemals über seine Arbeit erzählt. Was war denn da draußen? Ich wusste genau, wir würden uns niemals verstehen, wenn ich mich nicht mit eigenen Augen davon überzeugte. Und so lange klammerten wir uns an jeden möglichen gemeinsamen Nenner.

Mein Vater nahm also den immer wieder geklebten Karton mit dem Spiel *Vier gewinnt* aus dem obersten Regal des Einbauschranks im Flur. Wir bauten alles, wie immer, auf dem Küchentisch auf: das Kunststoffgitter in der Mitte, die Spielsteine aufgestapelt vor uns. Während wir spielten, rieb er sich den Bart oder zupfte an seinen Schläfenhaaren.

»Du hast mich am Telefon gehört«, sagte er. Die Schärfe in seiner Stimme überraschte mich. »Machst du dir Sorgen?«

»Ich weiß nicht. Nein, ich glaube nicht.«

»Wieso?« Er kniff ein Auge zu und schaute mit dem anderen durch ein Loch im Kunststoffgitter.

Ich war nur offen und ehrlich. Mir kam es so vor, als hätte ich die vergangenen anderthalb Wochen durch den roten View-Master aus Kunststoff betrachtet, der früher zu meinem Spielzeug gehört hatte. Man hielt ihn sich vor die Augen und sah einen glutroten Sonnenuntergang mit GIs, die in Walkie-Talkies brüllten. Dann drückt man den Hebel herunter, und das nächste Bild erscheint. Ein purpurroter Bratrost, ein Football, erstarrt in einer perfekten Flugkurve. Diese Wahlmöglichkeit, das Bild einfach wegzudrücken, war die Macht, die in der Kindheit noch gegeben war.

»Weißt du, wer sich keine Sorgen macht?«, fragte er. »Dieselben Leute, die Steuern hinterziehen. Blödmänner, verdammte Arschlöcher.«

Er hatte nie so geflucht, zumindest nicht in meiner Gegenwart, und seine Worte kribbelten mir im Nacken. Mein Vater war nicht wie die meisten anderen Leute. Er war mit genau dem zufrieden, was er hatte: seiner Familie, seinem Auskommen. Für jemanden, der ihn nicht gut kannte, so wie ich, war es ein Leichtes, seine Sanftmut als Schwäche auszulegen. Erst später begriff ich, dass genau diese Haltung ihn so gefährlich machte.

Wir setzten unser Spiel wortlos fort. Die Zeit zum Abendessen verstrich, und meine Mutter blieb im Kellerstudio verschwunden. Die Küchenfenster nahmen allmählich die tiefgrüne Tönung einer Schultafel an. Der Abendregen setzte ein, und seine Tropfen zeichneten sich wie Schweißperlen an der Scheibe der Hintertür ab. Ich gewann das achte Spiel, und als Sieger betätigte ich den Hebel am Gitter und ließ die Spielsteine wieder auf den Tisch purzeln. Als wir die Steine nach Rot und Schwarz sortierten, sagte mein Vater: »Wir können vielleicht nicht immer so üppig leben wie jetzt, das will ich damit sagen.

Wir können nicht immer herumträumen und darauf warten, dass Geld wie Mensa vom Himmel fällt.«

»Manna«, sagte ich. Ich hätte ihn nicht korrigiert, wenn ich nicht gespürt hätte, dass er wütend wurde. Ich hatte schon immer den Verdacht gehabt, dass mein Vater eine andere Seite hatte, die er jedes Jahr in Alaska zurückließ, eine Seite, die wir nie zu Gesicht bekamen. »Mensa heißt der Verein für Hochbegabte.«

Seine Augen wurden zu Schlitzen hinter dem Kunststoffgitter, sein Mund zu einem Strich unter dem Bart. »Zu dem du sicher gehörst.« Er wurde immer noch nicht lauter.

»Ist ja gut«, sagte ich. »Ich weiß.«

»Was weißt du?« Er lehnte sich zurück gegen die Küchenbank, knallte die Hacken auf den Fußboden, und es war, als wäre ein Bann gebrochen – dieser Trancezustand, aus dem ich uns schließlich befreit hatte. »Wie kannst du etwas dazulernen, wenn du schon Bescheid weißt? Glaubst du vielleicht, ich will dir Angst machen? Keineswegs. Wir haben große Schwierigkeiten. Ich meine, du, ich und deine Mutter. Aber damit stehen wir nicht alleine da. Hier gibt es nur eine verarbeitende Industrie, Cal. Hast du eine Ahnung, welche das ist?«

»Fisch«, antwortete ich.

»Fisch? Ja, der gottverdammte Fisch. Aber wir reden von Millionen Dollar. Allein die Fangflotte – Herrgott noch mal. Das gehört jetzt alles Richard. Das könnte alles den Bach runtergehen. Und es sind nicht bloß die Schiffe, die Ausrüstung oder das Kühlhaus. Es sind die Fanglizenzen, und auch die gehören Richard. Du kannst nicht einfach nach Alaska fahren und einen Krebskorb über Bord schmeißen. Eine einzige Lizenz kostet dich sechzigtausend Dollar. *Wenn* du eine ergattern kannst – und du kannst es nicht. All das gehört Richard, nach all dem, was mir gewisse Rechtsanwälte mitgeteilt haben, mit denen zu sprechen ich das Vergnügen hatte. Und all das soll verscherbelt werden.«

»An wen?«

»Vermutlich an die Japsen. Die zahlen Summen, die wir nicht mal im Traum aufbringen könnten.«

Mein Vater erzählte mir das nicht etwa, weil er wollte, dass ich es wusste. Er konnte einfach über nichts anderes reden, an nichts anderes denken. Er rechnete nicht damit, dass ich richtig zuhörte, dass ich es verstand. Aber ich glaubte, ich würde es verstehen. Er hatte *wir* gesagt. »Was können wir denn tun?«, fragte ich.

»Richard überreden, nicht alles zu verkaufen. Was keine leichte Übung ist, weil wir ihn nicht dazu bringen konnten, uns mehr zu sagen als nur ein paar Worte, und jetzt wissen wir noch nicht mal, wo sich der Kerl aufhält.«

Ich dachte an Richards Worte auf der Uferpromenade, und es quälte mich, dass ich eine Chance verpasst hatte. Ich hatte nicht einmal meinem Vater von der Begegnung erzählt, und ich wagte es nicht, ihm mit einer Woche Verspätung davon zu berichten. Ich schwieg also, und mein Vater ließ weiter gehörig Dampf ab. Normalerweise äußerte er sich in straffen Sätzen, die in sich geschlossen und versiegelt waren wie eine Packung Salz. Jetzt aber hatte er beinahe Schaum vor dem Mund.

»Ich sag dir mal Folgendes«, fuhr er fort. »Im Grunde ist der Kerl, dem das alles jetzt gehört, so wie du, nur noch viel schlimmer. Er hat es bisher in seinem Leben immer leicht gehabt, und er glaubt auch nach wie vor, dass er alles weiß. Wenn ich dich also sagen höre ›Ich weiß, ich weiß‹, dann möchte ich über die Tischplatte langen und dich erwürgen.«

Er griff mich an der Schulter und warf dabei den Haufen

schwarzer Spielsteine um. Ich versuchte mich aus dem Klammergriff zu befreien, aber er drückte mich mit aller Kraft auf die Bank, bevor er losließ. Ich wich zurück in die Nische, fühlte aber noch die Schraubzwinge seiner Finger.

Wir blinzelten uns an.

»Tut mir leid«, sagte er. »Alles in Ordnung? Tut mir leid.«

Seit Langem hatte ich auf so einen Augenblick gewartet, sogar gehofft. Es gelang mir, die Tränen zurückzuhalten, aber ich konnte meinem Vater nicht antworten.

—

Einige Tage später merkte ich beim Aufwachen, dass alle Fenster und Türen weit offen standen. Meine Mutter stand in der Küche und bearbeitete mit einem Besen die Spalten unter der Anrichte. Ihre Haare hatte sie mit einem grünen Tuch im Nacken zusammengebunden.

»Dieses Haus geht vor die Hunde«, sagte sie, aber ihre Augen glänzten dabei. »Das passiert wohl, wenn man wie ich den Laden eine Woche lang vernachlässigt.«

»Es sind jetzt schon zwei Wochen«, sagte ich.

»Ich weiß«, antwortete sie. »Sicher hast du dich schon gewundert, was mit mir los ist. Ich bin schlicht und einfach traurig. Und ich bin wütend.«

»Auf wen?«

»Weiß ich nicht. Es ist so, als wäre ich in einem U-Boot, als könnte ich spüren, dass ich mich bewege, es aber nicht sehen. Ergibt das einen Sinn?«

»Ich weiß nicht.«

»Ich auch nicht. Aber es täte mir gut, wenn du mir verzeihen würdest. Es könnte mir das Gefühl geben, wieder unter den Lebenden zu sein. Was meinst du?«

»Ich glaube, ich sag okay.«

»Gut«, sagte sie. »Wir haben nämlich eine Menge zu tun.«

»Wie meinst du das?«

»Hat dein Vater dir das nicht gesagt? Er hat vorgeschlagen, dass wir am alljährlichen Gedenktag das Festessen ausrichten.«

Ich rieb mir frustriert die Augen. Ich hatte mich bemüht, den Rat meines Vaters zu befolgen, hatte versucht, mir Sorgen zu machen, und wieder hatte sich etwas geändert, und ich hatte es verpasst.

»Läuft die Fangflotte aus?«, fragte ich.

Sie zuckte die Schultern. »Geht es nicht genau darum beim Festessen am Gedenktag?« Sie zog mich mit dem Arm zu sich heran, und als sie weitersprach, hatte ihre Stimme einen leichteren Tonfall. »Egal«, sagte sie, »auf einmal haben wir fünfzig Leute zum Abendessen. Da müssen wir uns schon eine Menge einfallen lassen.«

Sie legte die Platte *Presenting the Fabulous Ronettes* auf, und wir machten uns mit Scheuermittel und Putzschwamm an die Arbeit. Sie beugte sich über die Spüle, wobei ihr runder Bauch – jetzt schon deutlich größer – gegen die Arbeitsplatte drückte, als sie das Spülbassin gründlich schrubbte. Sie hob einzeln die Füße an, während ich um sie herum den Fußboden wischte und vom Eimer zu ihr hochlächelnd in jede Ecke glitt, denn mit der Musik, zu der meine Mutter summte, mit den offenen Fenstern und mit der Sonne überall im Haus fiel es nicht schwer, so zu tun, als wäre sie glücklich. Und es fiel auch nicht schwer, sich vorzustellen, wir wären in Santa Cruz.

Selbst jetzt noch sehe ich sie im Geist in Santa Cruz, wenn ich sie mir glücklich vorstellen will. Jedes Jahr im Juni waren wir mindestens eine Woche dort zu Besuch bei ihrer Freundin Meg, die in einem Bungalow abseits der Pacific Avenue wohnte.

Meg verkaufte selbst gemachte Seife auf Bauernmärkten, und ihr Haus roch immer nach Palmöl und Lauge. In jedem Zimmer lagen Orientteppiche, manchmal sogar übereinander, und als Kind malte ich mir aus, ich würde das Haus schichtweise pellen wie eine Zwiebel.

An manchen Abenden waren wir nur zu dritt und spielten Trivial Pursuit, wobei meine Mutter Züge von Megs Zigaretten nahm. An anderen Abenden stürmten Megs Freunde – die alten Freunde meiner Mutter – das Haus. »Dee Dee«, riefen sie dann. »Hey, Dee Dee!« Das war ihr Kosename, auch Meg nannte sie so.

Die Verbundenheit, die diese Leute mit meiner Mutter hatten, war mir rätselhaft. Da gab es einen Gary, der einen tätowierten Sigmund Freud auf dem Unterarm hatte. Einen Mann namens Fritz, der sein zahmes Frettchen durchs Haus rennen ließ. Eine kahlköpfige Frau namens Darlene, die behauptete, die Rolling Stones persönlich zu kennen, und eine gewisse Casey, die alles und jeden mit einer Super-8-Kamera aufnahm.

Stundenlang konnten sie sich über Leute unterhalten, die sie kannten, und andere, über die sie etwas gelesen oder die sie in Filmen gesehen hatten; dabei war nie ganz klar, um wen oder was genau es sich drehte. Und ab und zu stieg jemand auf den Tisch und las ein Gedicht vor, oder es wurde jemandem eine Gitarre in die Hand gedrückt, und alle anderen haben die Gläser erhoben und demjenigen zugejubelt. Zu einem bestimmten Zeitpunkt, als wäre es heimlich verabredet, wurde die Beleuchtung herunter- und die Musik aufgedreht. Wenn sie dann zu tanzen anfingen, knarrte und wölbte sich der Dielenboden.

Obwohl ich an solchen Abenden meist mir selbst überlassen wurde, machte es sich meine Mutter zur Gewohnheit, mich aufzuspüren, egal, wie sehr sie vom Tanzen außer Atem sein mochte oder wie rot ihre Lippen vom Wein waren. Sie legte ihre Hände auf meine Schultern. »Geht's dir gut?«, fragte sie mich dann, die Musik übertönend.

Ich bejahte ihre Frage immer, und oft stimmte es auch. Die meisten der Leute dort waren nett zu mir. Sie interessierten sich für mich. Selbst als ich noch sehr jung war, redeten sie auf eine Art mit mir, die den Freunden meines Vaters nie in den Sinn gekommen wäre, nämlich wie mit einem Erwachsenen – besonders Meg. Eines Abends, ich war wohl zwölf, hatte sie einen über den Durst getrunken, und wir waren allein auf der Veranda, und sie erzählte mir, wie sich meine Mutter und mein Vater kennengelernt hatten. »Er war ein gut aussehender Mann«, sagte sie. »Und sie mochte auch seinen Beruf. Sie hatte das Gedankengut ihres Vaters verinnerlicht – er war Sozialist, das wirst du wohl wissen –, sehr romantisch, aber sie hatte keine Vorstellung davon, worauf sie sich einließ. Sie ahnte nicht, was das für *sie* bedeuten würde. Tut mir leid, ich sollte so etwas nicht sagen. Ich vermisse sie eben, weißt du?«

Das wusste ich. An jenen Abenden, wenn ich meiner Mutter zusah, wie sie tanzte, lachte und trank, vermisste ich sie auch. Sie war sie selbst, und dann wieder auch nicht. Ihre Bewegungen hatten eine Leichtigkeit und ihr Gesichtsausdruck eine Schutzlosigkeit, die ich selten bei ihr bemerkt hatte. Ich fragte mich, warum sie in Loyalty Island nicht so sein konnte. Und selbst heute noch frage ich mich, ob sie glücklich geworden wäre, wenn sie unter anderen Umständen nach Loyalty Island gekommen wäre, wenn sie sich für das Leben dort nur selbst *entschieden* hätte.

Doch hatte sie sich nicht selbst entschieden? An dem Abend auf der Veranda in Santa Cruz erzählte Meg mir, dass meine

Mutter sich zu einem Ausflug nach Seattle entschieden hatte. Sie hatte entschieden, dass der Mann mit der sanften Stimme und der seltsamen Narbe an der Oberlippe sie in einer Bar in Ballard auf einen Gin Tonic einladen durfte. Und sie entschied sich, zu bleiben und noch einen Gin Tonic mit ihm zu trinken, und teilte Meg mit, sie würde den Weg nach Hause schon selbst finden. Später hatte sie sich entschieden, die Nacht mit ihm in seinem schimmelbefallenen Motelzimmer in der Aurora Avenue zu verbringen. Am nächsten Morgen, als sie sich an der Zimmertür den Mantel zuknöpfte, stützte er sich im Bett auf und fragte sie schüchtern nach ihrer Telefonnummer in Kalifornien, und sie entschied sich, sie ihm zu geben. Und als er in der darauffolgenden Woche anrief, entschied sie sich, auf eine Party bei Freunden zu verzichten, damit sie sich weiterunterhalten konnten. Und als er gegen Ende des Gesprächs sagte: »Ich weiß, es ist verrückt, aber wenn du einverstanden bist, würde ich dich gern besuchen«, da entschied sie sich, Ja zu sagen. Und was am wichtigsten war: Als sie zwei Monate später erfuhr, dass sie schwanger war, entschied sie sich, es ihm zu sagen. Das Problem bestand also nicht darin, dass sie keine Entscheidung getroffen hatte; das Problem war vielmehr, dass sie nicht ahnte, *welche* Entscheidung sie getroffen hatte. Das Problem bestand darin, dass sich die Entscheidung als grausame Illusion entpuppte.

Einen Großteil meiner Kindheit verbrachten wir allein, und ich muss meiner Mutter Anerkennung zollen. Sie gab sich Mühe. An meinen Geburtstagen organisierte sie Schnitzeljagden, und sie brachte mich zum Cellounterricht nach Port Angeles. Als ich nach einem halben Jahr aufgab, protestierte sie nicht, obwohl sie sichtlich enttäuscht war. An den Winterabenden blieben wir lange auf und schauten Filme, und sie kaufte rot gestreifte Pappschachteln für Popcorn und schmolz Butter auf dem Herd. Sie gab sich wirklich Mühe. Aber plötzlich, als ob all ihre Kraft verbraucht war, verschwand sie einen halben Tag lang, eine Nacht lang in ihrem Kellerstudio.

Schließlich reichte ihr noch nicht einmal mehr das Studio. Eines Tages, ich war zehn Jahre alt, kam ich von der Schule nach Hause und dachte, sie würde auf mich warten. Zu unserem Garten konnte man gelangen, ohne von der Straße aus bemerkt zu werden, wenn man durch den Henderson Park und das Wäldchen ging, das an seinem Rand lag, und ich tat gern so, als müsste ich mich verstecken, als wäre ich ein Spion oder Verbrecher. Aber als ich feststellte, dass niemand zu Hause war, ging ich wieder hinaus und versuchte es mit der vorderen Haustür. Das war das Einzige, was mir in den Sinn kam.

Sie kam eine Stunde später zurück, beide Arme voller Einkaufstaschen. »Tut mir leid«, sagte sie. »Tut mir wirklich leid. Du hättest mich sehen sollen, auf dem Rückweg von Port Angeles hätte ich fast einen Unfall gebaut. Ich bin gerast wie eine Verrückte.«

Ihre Wangen waren gerötet, und ich konnte den Wind von der Überfahrt mit der Fähre förmlich in ihrer Kleidung riechen, als sie mich umarmte.

»Ich wollte heute Abend Kalbsbraten machen«, sagte sie. »Hier bei Safeway haben sie kein Kalbfleisch, deshalb bin ich nach Port Angeles gefahren. Ich dachte, ich wäre zeitig genug zurück. Hast du was gegessen?«

»Ich habe mich gefragt, wo du warst«, sagte ich.

»Ich weiß. Aber sieh mal, du hast es überstanden! Ich weiß, dass du allein klarkommst. Das hast du gut gemacht.«

Sie packte ihre Einkäufe aus: Bücher und Videos. Kleine Vögel, die in Schlachterpapier eingewickelt waren. Weinflaschen mit italienischen Etiketten. Ganz klar, sie war in Seattle gewesen. Sie musste losgefahren sein, gleich nachdem ich mich auf den Schulweg gemacht hatte.

Später ertappte ich sie bei anderen Lügen, zum Teil, weil sie sich keine Mühe gab, sie zu verheimlichen. Einmal hörte ich eine Lautsprecherdurchsage in der Leitung, als sie mich angeblich von Belinda's Deli in der Innenstadt anrief. Ein anderes Mal fand ich auf dem Armaturenbrett ihres Chevrolet Chevette einen Kontrollabschnitt der Fähre nach Vancouver Island.

Zu Anfang kam es mir fast wie ein Spiel vor. Die Lügen schienen ziemlich harmlos, und ich registrierte sie wie einen Code, den es zu knacken galt. Allmählich akzeptierte ich, dass meine Mutter ein Geheimnis brauchte, dass sie jemanden wissen lassen musste, dass sie ein Geheimnis hatte. Erst viel später begriff ich, dass ihre Spritztouren nach Santa Cruz, dass die Nächte, die sie im Kellerstudio zubrachte, ihre Notlügen, nur Probeläufe für einen Ausbruch waren.

War es das, was John Gaunt ihr bedeutete? Gern erzählte mein Vater die Geschichte von seinem Trip nach Santa Cruz, wie er das Kellerstudio gebaut und wie er die Schallplatten, jede einzeln, in die Regale eingeordnet hatte. Aber in jenem Sommer musste meine Mutter auch zum ersten Mal John begegnet sein, und *diese* Geschichte hat nie irgendjemand erzählt.

Manchmal öffnete ich die Tür, wenn John zu Besuch kam, weil sich meine Mutter gerade umzog oder Blumen arrangierte. Manchmal fragte er mich etwas über die Schule oder erzählte mir Neues aus Alaska. Manchmal brachte er auch eine Flasche Wein mit. Einmal kam er mit einem leeren Einweckglas. »Wofür ist das denn?«, fragte ich. »Für mein Gebiss«, antwortete er. »Könnte sein, dass ich es gleich rausnehmen muss.« Mir verschlug es die Sprache, und er musste bemerkt haben, dass ich rot wurde. »Kleiner Scherz.« Er lachte. Aber bevor er noch etwas anderes sagen konnte, rauschte meine Mutter ins Zimmer, nach Parfum duftend, und führte ihn ins Kellerstudio.

Als sie im September 1986 aus dem Kellerstudio auftauchte, stellte sie genau dieses Einweckglas auf die Fensterbank über der Spüle. John Gaunt war tot. Das Glas war blind und verkalkt, aber ich konnte darin noch Pennys erkennen – grün am Glasboden bis kupferfarben in der obersten Schicht.

»Soll ich das auswaschen?«, fragte ich sie.

»Nein. Riech mal dran.« Sie hielt das Glas unter meine Nase.

»Die Pennys riechen?«, fragte ich.

Sie streichelte ihren Pferdeschwanz wie eine Katze und sah aus dem Küchenfenster. Ich bildete mir ein, ich könnte ihre Traurigkeit mit einem Schwamm von ihrem Arm abwischen, so wie man den Staub von der Fensterbank abwischt. »Hier sieht es immer noch fürchterlich aus«, sagte sie.

»Wir müssen uns eben noch mehr anstrengen«, sagte ich.

»Wir könnten das Haus auch einfach abfackeln.« Als ich schwieg, lächelte sie und trat an die Spüle. »Das war natürlich nur ein Witz.« Sie ließ den Eimer noch einmal für den Schrubber volllaufen, hob ihn aus dem Spülbecken und kippte ihn über den Fußboden. Es sah aus, als würde sie Wasser aus einem Boot schöpfen. Ich beobachtete, wie der Bogen aus Seifenwasser auf die Fliesen klatschte. »Kein Feuer hier«, sagte meine Mutter. Dann setzte sie sich an den Küchentisch. »Aber ich glaube nicht, dass es was genützt hat.« Sie lachte.

»Kann man so sehen«, sagte ich.

»Weißt du, ich habe in meinem ganzen Leben wahrscheinlich noch nie so viel geweint. Ich habe versucht, aufzuhören, aber es geht einfach nicht.« Ihr Augen-Make-up war zerlaufen, nicht über die Wangen, sondern über die Seiten; sie sah aus wie Figuren, die ich auf Bildern aus dem alten Ägypten gesehen hatte.

»Was ist mit dir?«, fragte ich.

»Mein Schlafrhythmus ist gestört. Ich hätte wissen müssen, dass ich nur ein bisschen Hausarbeit brauche, damit ich erledigt bin.«

»Möchtest du einen Film gucken?«

»Sehr gern«, sagte sie und lächelte.

Während die Fliesen trockneten, sahen wir uns *Sansho Dayu – Ein Leben ohne Freiheit* an. Mein Vater hatte ihr fast jeden Film von Mizoguchi Kenji extra aus New York bestellt. Sie forderte mich immer wieder auf, mir diese Filme mit ihr anzusehen. Meistens war für mich alles Mögliche interessanter als langsame Kameraschwenks über graue Landschaften, aber an dem Nachmittag konzentrierte ich mich, so gut ich konnte. Sie mochte es, das wusste ich, wenn ich hinterher etwas dazu zu sagen hatte.

Mitten im Film flüchtet die Hauptdarstellerin in die Wälder, weil sie weiß, dass der Herr über das Sklavenlager sie foltern und mit einem Brandzeichen versehen wird. Von Ästen eingerahmt und von der Sonne beschienen, sieht der Teich, auf den sie stößt, eher aus wie eine spiegelglatte Fläche, an der man sich den Schädel brechen könnte. Und dennoch geht sie leichtfüßig ins Wasser und zittert nicht einmal vor Kälte. Knöchel, Knie, Hüfte, Brüste, Kehle. Das Wasser kräuselt sich kaum, während sie versinkt.

—

Das Haus der Gaunts war gebaut für große Festessen; unseres war gebaut für Picknicks. Acht Gäste konnten wir auf engstem Raum am Esstisch zusammen platzieren, noch einmal fünf in der Essecke in der Küche. Für rund dreißig weitere mussten wir deshalb auf Kartentischen im Wohnzimmer eindecken. Meine Mutter bestand darauf, dass alle ihre Schuhe auszogen, und um sieben stapelten sich Arbeitsstiefel und Pumps im Hausflur wie Gebeine in einer Höhle.

Ich reichte scharf gewürzte gefüllte Eier auf Serviertabletts herum, während Scheinwerfer über die Fenster huschten und sich Äste im Wind bogen. Ehepaare trotteten auf Socken durch unser Wohnzimmer, grüßten sich flüsternd und schnippten Asche in die hohle Hand. Sie schlurften durch die Zimmer und zogen blaue Rauchfahnen hinter sich her. Sie glitten von Tür zu Tür, klopften sich auf die Schulter, murmelten Entschuldigungen.

Niemals hatte es ein Festessen zum Gedenktag, niemals eine Fangsaison ohne die Gaunts gegeben. Obwohl die Luft im Wohnzimmer inzwischen stickig war von Rauch und Schweiß, war es nach wie vor das falsche Wohnzimmer. Obwohl sich unsere Gäste seit Kindheitstagen kannten, verhielten sie sich so höflich und vorsichtig wie Fremde und fanden stets einen Grund, ein Gespräch zu unterbrechen – ein Getränk, das lange Warten vor der Toilette. Sie schlürften Punsch aus Pappbechern und hatten dabei Schweißtröpfchen auf der Stirn, und ihr Atem bewirkte, dass die Scheiben beschlugen. Draußen trampelte der Regen auf Dach und Fenster, auf den schwarzen Asphalt der Straße, auf die Docks, auf die Kieselstrände; und weiter draußen trampelte eine Welle auf die vorige.

Ich stellte die leeren Tabletts in die Spüle und zog mich über die Hintertreppe nach oben in mein Schlafzimmer zurück, meine Hände rochen nach Schuhen, und ich wollte bis zum Abendessen oben bleiben. Als ich das Licht anmachte, sah ich Richard Gaunt auf meinem Bett sitzen. Er trug einen schwarzen Anzug und eine gemusterte gelbe Krawatte. Auf dem Fußboden stand zwischen seinen Beinen ein brauner Koffer mit einem Donald-Duck-Aufkleber auf einer Ecke.

»Du kannst nicht einfach hier hereinplatzen«, sagte er.

»Dies ist mein Zimmer«, sagte ich.

»Dein Zimmer? Willst du das wirklich zugeben?« Richards Blick strich über meine Bücherregale. »Du solltest ein paar Dinge umbauen, bevor du dir ein Mädchen nach hier oben mitnimmst. Sind das Legosteine? Glaubst du vielleicht, dass sich jemand in einem Zimmer mit Legosteinen flachlegen lässt?«

Ich tastete mein Zimmer ab – gewissermaßen mit Richards Augen. Der Wimpel eines Seemanns, der weit aufgesperrte Kiefer eines Hais, ein Druck von van Goghs Zimmer, den meine Mutter mir geschenkt hatte. Meine Flotte, bestehend aus einem Löschzug, roten Schiffen aus Legosteinen – Schoner, Schaluppe, Flugzeugträger –, hatte auf dem obersten Regal Anker geworfen, gemeinsam mit Seeleuten, die Augenklappen und Holzbeine hatten. Am schlimmsten aber war der riesige Stofftiger am Fuß meines roten Stahlrohrbetts. Seine weit geöffneten Augen und das aufgerissene Maul spiegelten meine Gefühle haargenau wider.

»Wie bist du hier heraufgekommen?«, fragte ich.

Er stand auf, ein bisschen wackelig auf den Beinen. »Ich war mir nicht sicher über die Umgangsformen. Sollten ungeladene Gäste den Hintereingang oder die Haustür benutzen?«

»Weder noch, glaube ich.«

»Ich hab mich für die Hintertür entschieden. In der Küche war niemand, und das war für mich ein schlechtes Zeichen. Bei guten Partys halten sich immer irgendwelche Leute in der Küche auf, oder? Da dachte ich mir, ich gehe nach oben und warte ab, bis die Sache so richtig in Gang kommt.«

»Also weiß keiner, dass du hier oben bist?«

»Jeder ist eingeladen, nicht wahr? Das müsste *mich* doch einschließen, oder? Als ich die Mitteilung deines Vaters bekommen hatte, dass er die Fangflotte auslaufen lassen wollte, musste ich kommen.«

»Aber was machst du *hier oben*?«, fragte ich.

»Die Frage geht in Ordnung.« Er senkte seine Stimme, sodass er nur noch flüsterte. »Vielleicht verstecke ich mich.«

»Wovor?«

»Du glaubst, ich verstecke mich? Tu ich nicht, Cal.«

»Ich habe nicht gesagt, dass du dich versteckst.«

Er ging im Zimmer auf und ab und biss sich dabei auf die Unterlippe. Er griff sich den Lego-Schoner und wiegte ihn in der Hand. »Mein Vater«, sagte er, »war der King dieser Partys, der absolute Herrscher. Als ich sieben Jahre alt war, fiel mir auf, wie die Leute ihn ansahen, wenn er zur Tür hereinkam, so, als würden sie ihm einen Geschenkkorb voller Erstgeborener anbieten. Nach dem Motto: ›John, du hast da noch was in deinem Mundwinkel. Nimm mein Erstgeborenes und wisch es damit ab. Mach dir keine Sorgen, seine Schädeldecke ist noch ganz weich.‹ Scheiße, was rede ich da eigentlich?«

Richard hielt den Lego-Schoner wie ein Baby in der Armbeuge. Der Mast aus Plastik stach in seine Brust.

»Willst du mit nach unten kommen?«, fragte ich.

»Auf keinen Fall. Lass mich einen Augenblick nachdenken.«

Er stellte das Schiff zurück, an genau dieselbe Stelle im obersten Regal, und setzte sich wieder auf mein Bett, die Ellbogen auf die Knie gestützt.

»Dieser Kerl, mein Vater, wusste über alles Bescheid, was jeden Einzelnen dieser Leute da unten anging. Aber hat er mich jemals eingeweiht? Gib mir nur einen Augenblick. Ich weiß, es ist dein Zimmer, klar, aber ich brauche nur eine Minute für mich.«

Ich war mehr als glücklich, Richard mein Zimmer zu überlassen. Ich machte die Tür zu und suchte nach meinem Vater.

—

Unten saßen an den geliehenen und mit weißen Papiertischtüchern bespannten Kartentischen dicht gedrängt die Fischer und ihre Frauen. Jeder trank Bier und schlürfte Austern. Das Abendessen hatte begonnen. Ich setzte mich auf einen freien Stuhl neben Jamie an einen Kartentisch im Wohnzimmer, den Kindertisch.

»Hast du meinen Dad gesehen?«, fragte ich ihn.

Noch bevor er antworten konnte, kündigte das Klingen von Gabeln und Messern auf Flaschen, das von Tisch zu Tisch wanderte, eine Rede an. Bevor uns das Signal am weit entfernten Ende der Galaxis erreichte, hatte sich die Stimme des Redners zu einem enormen Crescendo gesteigert. Ich hörte erst nicht zu. Ich musste meinen Vater ausfindig machen und ihn vor Richard warnen. Es dauerte ein Weilchen, bis bei mir der Groschen fiel: Der Redner war *mein Vater.*

»*So* haben wir das alljährliche Festessen nicht in Erinnerung, nicht wahr?«, sagte er mit dröhnender Stimme, der die gewohnte Sanftheit fehlte. »Ich weiß nicht recht, was ich sagen soll, außer dass sich die Dinge ändern. Wir konnten uns glücklich schätzen, wir alle konnten uns sehr glücklich schätzen, dass wir bei John arbeiten konnten, und wir haben Glück, dass wir durch seine Arbeit und all unsere Arbeit immer noch in der Lage sind, das zu tun, was wir tun. Und wir werden auch in Zukunft das tun, was wir tun. In dieser Fangsaison, meine ich.«

Aus dem vorderen Zimmer hörte ich zustimmendes Gemurmel, und ich versuchte, einen Blick um die Ecke herum ins Esszimmer zu erhaschen. Ich bekam flüchtig Don Brooke zu sehen, wie er die Zähne seines schwarzen Plastikkamms wie eine Mundharmonika über die Lippen führte. Aber das Kopfende des Tisches konnte ich nicht sehen.

»Für das, was unser ist«, sagte mein Vater, »würde ich sofort mein Leben hergeben. Ich habe es beinahe getan. Mehrmals. Und ich werde wohl noch mindestens einige Finger hergeben müssen, bevor ich den Job hinschmeiße. Und warum auch nicht? Normalerweise trinke ich ohnehin nicht mehr als drei Finger hoch Whiskey.«

Allgemeines Gelächter. Ich begriff den Scherz nicht, aber er hatte wahrscheinlich nichts damit zu tun. Irgendjemand im Esszimmer brüllte: »Dann hau lieber noch ein paar von Dons Fingern ab. Könnte ihm das Leben retten.« Wieder Gelächter. Don grinste und grölte zurück: »Bei dir müssten wir die ganze Hand abhacken, damit du nüchtern bleibst, Borky.« Einige pfiffen, andere klatschten Beifall. Und plötzlich schien es, als hätte mein Vater all die Befürchtungen der vergangenen Wochen zerstreut, die Befürchtungen, dass Loyalty Island verwelken und eingehen würde. Die Fangflotte würde auslaufen. Diese Saison wären die spindeligen Beine der Königs- und Tannerkrabben an der Reihe, die zerstoßen und zu Konserven verarbeitet wurden. Es würde Arbeit und Geld geben, um Hypotheken und Schulden abzustottern.

Aber unter den vereinzelten Beifall mischte sich eine Stimme, die vergleichsweise schüchtern klang. »Entschuldigt bitte. Ich würde gern etwas sagen. Ich hoffe, das geht in Ordnung und keiner stört sich daran.«

»Richard«, sagte Jamie mir ins Ohr. Er stand auf. »Richard ist da.« Ich folgte Jamie an den Tischen vorbei bis kurz vor dem Esszimmer. Die Gesichter, die ich im Vorbeigehen sah, schienen sich zu verziehen, sie stellten sich auf Richards Anwesenheit, seine Bedeutung ein.

»Ich fühle mich …« Er hielt inne mit offenem Mund. »Sehr hin und her gerissen. Ich weiß nicht, wofür ich Henry zuerst danken soll. Ich bin ihm als Gastgeber zu Dank verpflichtet. Mir ist aber andererseits auch klar, dass ich dies Festessen hätte geben müssen, aber da ich in New York war, konnte ich es nicht. Deswegen gebührt ihm auch dafür mein Dank. Die meisten von euch wissen, dass mein Vater vor Kurzem gestorben ist. Und als Erbe habe ich nicht viel zustande gebracht. Henry – und ich sollte hier nicht nur Henry erwähnen, weil jeder von euch seinen Beitrag geleistet hat – hat mir sehr großzügig geholfen. Ich musste ihn noch nicht einmal bitten.«

Mein Vater stand immer noch auf seine gewohnte Art breitbeinig am Kopfende des Tisches. Die anderen Männer und Frauen saßen reglos am Tisch – die Ellbogen auf die Rückenlehnen gestützt, mit gerecktem Hals. Delia Dole, Thurman Doles Frau, hielt ihr Wasserglas wie angefroren an den Lippen. Der breite Türrahmen zwischen Wohn- und Esszimmer war voller Gesichter, auf den Stühlen im Wohnzimmer saß niemand mehr – bis auf Tom und Linda Rileys acht Jahre alten Sohn Kip, der immer noch am Kindertisch saß und seine Papierserviette wie hypnotisiert in Streifen riss.

»Nun«, sagte Richard, »das Beste ist wohl, ich bedanke mich für alles und hoffe, dass Henry mich versteht.« Er streckte seine Hand aus wie ein angeberischer Zirkusdirektor. Mein Vater schaute auf die Hand wie auf ein Stück abgestorbenes Fleisch, schüttelte sie aber trotzdem.

»Und allen anderen«, sagte Richard und wandte sich ihnen

wieder zu, »wünsche ich Glück für diese Fangsaison. Ich werde für eure sichere Rückkehr beten.« Er griff sich ein Glas Bier vom Tisch, das von Betty North, soweit ich das sehen konnte, und prostete uns zu. »Auf uns.« Er schluckte die Hälfte herunter und hustete.

Die Männer an den Tischen trampelten mit den Füßen wie ein Orchester, das seinen Dirigenten hochleben lässt. Und wie er da so in seinem dunklen Anzug am Kopfende des Tisches stand, sah Richard nicht mehr aus wie der unerzogene Pimpf, den wir in Erinnerung hatten, sondern eher wie ein wohlwollender Pfarrer. Auf einmal kam es uns töricht vor, zu vermuten, er würde allem und jedem, was ihm vertraut war, den Rücken zukehren.

Als der Tisch rumpelte, tanzte das Tafelsilber und reflektierte das Licht der Leuchter. Ich sah meine Mutter in der Küchentür stehen und klatschen. Sam North stand auf und gab Richard die Hand, der sie heftig schüttelte. Jamie klatschte. Ich klatschte. Don Brooke steckte die Finger in den Mund, um zu pfeifen, brachte aber keinen Ton heraus.

Schließlich setzte Richard sich, und wie auf ein Zeichen stand Don auf, hob einen gekrümmten Finger hoch und bellte: »Raleigh Gaunt. Was wissen wir über Raleigh Gaunt?«

Das ganze Programm: lachen, singen, fluchen. Aber ich machte es rein mechanisch. Während Don von Raleighs heroischen Taten fabulierte, beobachtete ich, wie sich Richards Lächeln hinter seine erhitzte Miene zurückzog. Er hatte seinen Stuhl vom Tisch weggeschoben und die Füße auf den Koffer gesetzt. Sein Mund zuckte. Als Raleigh freiwillig den Kürzeren zog, war Richard auf seinem Stuhl zusammengesunken, die Hand über den Augen, als hätte er Angst davor, herauszufinden, wie die Geschichte zu Ende ging.

Als Don sich wieder hinsetzte, stand Richard auf und heizte noch einmal den Beifall der Runde an. »Vielen Dank, Don. Die Geschichte verfehlt nie ihre Wirkung auf mich.« Kurze Pause. »Sie verursacht mir Brechreiz.«

Damit lag er anscheinend richtig. Mit seiner grünlich schimmernden, blassen Haut sah er aus wie ein seekrankes Gespenst. Er wischte sich den Mund mit dem Handrücken ab, wobei sein Adamsapfel auf und ab hüpfte. Er schwankte etwas nach vorn und hielt sich an der Stuhllehne fest, die Tafel dehnte sich vor ihm aus – ein Ödland nicht zueinanderpassender Gabeln und Löffel, an Austernschalen voller Zitronenrinde, an überquellenden Aschenbechern.

»Wozu braucht ihr diesen Säulenheiligen?«, fragte er. »Was glaubt ihr wohl, was das über euch aussagt?«

»Es ist nur eine Geschichte, Richard«, sagte Sam North. Er sprach mit derselben gelassenen Stimme, mit der er mir gewöhnlich Ratschläge für meinen Schwung ins gegenüberliegende Feld beim Baseball gab.

Mein Vater hatte die Lippen so heftig zusammengepresst, dass sie verschwunden waren. Ich sah mich nach meiner Mutter um, aber sie war auch verschwunden.

»Also, ich kann diese Geschichte nicht leiden«, sagte Richard.

Sam nahm die Serviette aus seinem Hemdkragen und legte sie auf den Tisch. Seine Hände sahen doppelt so groß aus wie Richards. »Okay«, sagte er mit ruhiger Stimme. »Es liegt jetzt wohl an dir.«

Don machte den Mund auf und biss wieder auf seinen Plastikkamm.

»Ich habe eine Frage, Sam. Wieso wissen wir das alles?«, sagte Richard. »Ich meine, woher wollen wir wissen, dass Raleigh ein solcher Held war, unerschrocken seinen Sitz im Heck einnahm und das ganze Blabla?«

»Das ist nun mal so überliefert.«

»Aber die Erinnerung, das musst du zugeben, kann sich als fehlbar entpuppen, als unvollkommen.«

»Das wird wohl stimmen«, sagte Sam. Sein Blick glitt von Richard über Don zu meinem Vater. Ein Zeichen hätte genügt, und er hätte diese großen Pratzen um Richards Hals gelegt.

»Du kannst dich nicht *nur* auf die Erinnerung verlassen, Sam. Ich will dir ein Beispiel geben. Ich bekam doch diese Mitteilung von meinem Freund Henry Bollings, als ich in New York war. Kannst du dich daran erinnern, was du mir mitgeteilt hast, Henry?«

Mein Vater antwortete nicht. Er hatte die Ellbogen auf den Tisch aufgestützt und die Hände vor dem Mund gefaltet. Hätte ich es nicht besser gewusst, ich hätte gedacht, er betete.

»Du hattest mir mitgeteilt: ›Richard, wir laufen aus, es sei denn, du gibst uns andere Anweisungen.‹ War es nicht so? Deshalb dachte ich, ich muss so schnell wie möglich bei dieser Party antanzen. Verdammt, wenn jemand weiß, wie es bei solchen Partys zugeht, dann bin ich es doch, oder? Aber als ich mich darauf zurückbesann, erinnerte ich mich an diese Abendessen als Veranstaltungen, bei denen jeder Gast etwas zum Büfett beisteuert. Aber offensichtlich waren sie das nicht.«

»Worauf willst du hinaus, Richard?«, fragte Sam.

»Was ist schon ein Mann, wenn er keinen Beitrag leistet? Ballast, nicht wahr? Und da fiel es mir wieder ein: Ich hatte vor Kurzem einige sehr interessante Gespräche mit einigen sehr netten Herren aus Asien.«

Don Brooke wickelte die Serviette um seine Faust wie ein Boxer, der sich vor dem Kampf die Hände bandagiert. Betty North saß da mit übergeschlagenen Beinen und fingerte an einer Laufmasche in ihren Nylons herum. Ich hatte offene Münder erwartet, bleiche Wangen, aber in nicht einem Gesicht konnte ich eine Spur Überraschung entdecken. In gewisser Hinsicht erschien es seit Johns Todestag unvermeidlich, dass Richard am Kopfende dieses Tisches stehen würde, wüst schimpfend, mit blitzenden Augen.

»Mein Vater sagte immer, für einen guten Decksmann sei nur eins wichtig, er müsse fünf Dinge gleichzeitig tun können – stimmt's, Sam? Das einzig Maßgebliche sei sein *Beitrag.* Deshalb ging ich vor meiner Abreise aus New York nach Chinatown und raffte zusammen, was ich tragen konnte. Geld spielte keine Rolle. Wenn du es hast, gib es aus für die Leute, die dir am Herzen liegen, stimmt's?«

Er wuchtete den Koffer mit dem Donald-Duck-Aufkleber hoch und hielt ihn an die Brust. Irgendetwas tropfte vom Scharnier und lief über die Bügelfalte seiner Hose.

»Chinatown – das ist das reinste Füllhorn. Grillen, Fischaugen, Schweinebacken mit Zähnen, Kalbsmilz und auch etwas Kalbsherz. Die Seepferdchen waren teuer, deshalb habe ich nur einige mitgebracht, dafür aber jede Menge Seeigelrogen und Bullenhoden – sie sollen *grandios* sein.«

Er sprach schnell. Das Gewicht des Koffers zerrte an seinen Armen.

»Und das alles habe ich getan, weil ich schlechte Neuigkeiten für euch habe. Tut mir leid, aber die Schiffe der Fangflotte werden nirgendwohin fahren. Sie laufen nicht aus. Sie bleiben, wo sie sind, also hier, bis sich Fuji und Kim-Chi mit ihnen davonmachen.«

Er löste die Verschlüsse, und der Koffer sprang auf. Ein Wasserfall aus zerbrochenem Glas, aus Salzlake und aus farbiger Masse ergoss sich auf die Tafel – das Orange erbsengroßer Fischeier, das dunkle Rotbraun innerer Organe, das metallische Grün von Grillenpanzern, das Silber von Flügeln.

Die Sauerei breitete sich auf dem Tisch aus – mit ihr ein stechender Geruch nach Salz und Verfaultem und Knoblauch und Soja – und verteilte Bruchstücke und Splitter in alle Richtungen. Das splitternde Glas kämpfte sich durch eine Kakofonie anderer Geräusche: das Schrammen von Stuhlbeinen, als sich alle blitzschnell vom Tisch wegschoben, und ein kollektives Aufstöhnen – nicht vor Ekel, sondern aus Resignation.

3 Viele Jahre später genehmigte ich mir einen Drink in einer Bar namens The Bowman in Chicago, als eine ältere Frau, eine Krankenschwester, hereinschneite. Sie hatte gerade ihre Nachtschicht beendet und sah so erschöpft aus, als hätte sie die schlimmste Nacht ihres Lebens hinter sich. Sie setzte sich neben mich an die Bar und betrank sich zügig. Sie hieß Martha oder Marta. Die Musikbox spielte gerade den Jazz-Klassiker »Goodbye Pork Pie Hat« von Charles Mingus, und sie erzählte mir, das Stück erinnere sie an den Norden Michigans, wo sie aufgewachsen war – an die Eisenbahnlinie hinter ihrem Elternhaus, an die Eisstürme und an das Weizenfeld, wo sie den Hund ausgesetzt hatten, nachdem er den Nachbarn gebissen hatte. Ich gebe zu, ich fand sie liebenswert, so wie ihr die Tränen kamen und sie in nostalgische Erinnerungen verfiel nach einigen wenigen Takten Musik.

»Wie war's denn?«, fragte sie. »Wie war's dort, wo du aufgewachsen bist?«

»Ich kann mich kaum daran erinnern«, sagte ich. »Es ist schon so lange her.«

Ich erzählte ihr allerdings nicht, dass in Chicago der Geruch der Kanalisation manchmal durch den Gitterrost im Bürgersteig herausschoss oder dass der Wind wie von Zauberhand plötzlich auffrischte, Fahnen aufblähte und Hängeampeln zum Schwingen brachte und mich so wieder nach Hause versetzte. Die Bruchstücke dieser Vergangenheit waren einfach zu mächtig – sie wollten sich nicht von der Gegenwart lösen. Der saure Gestank aus der Kanalisation war der Geruch von Greene Harbor. Der beißende Wind war das eiskalte Heulen in der Straße von Juan de Fuca. Die grinsenden Säufer im Bowman waren die Männer, die in Eric's Quilt am Tresen abhingen. Die Musik, die aus der Jukebox floss, war die Musik meiner Mutter, und die Krankenschwester, die zur Musik leise wimmerte, war meine Mutter.

—

In jener Nacht, nachdem Richard Loyalty Island den Todesstoß versetzt hatte, konnte ich nicht schlafen. Ich stand auf, weil ich wissen wollte, ob sich meine Mutter ins Kellerstudio verzogen hatte. Ich hatte das schon so oft getan, dass ich genau wusste, wo ich auf dem kastanienbraunen Läufer entlangzugehen hatte. Es war ein Minenfeld, und obwohl mir klar war, dass ich mich schon reichlich kindisch verhielt, folgte ich einem eingebildeten Pfad durch abgestorbene Kletterpflanzen. Mit einer Hand am Geländer schlich ich am Badezimmer vorbei, unter dem forschenden Mondlicht, das durch das Flurfenster peilte, unter dem hängenden Spinnenfarn, zurück in die Schatten, zum obersten Treppenabsatz.

Ich hatte auch meine Methode für die Treppe, aber ich erstarrte förmlich, als ich gerade am Badezimmer vorbei war, weil ich Zigarettenrauch schnupperte. Meine Eltern rauchten beide nicht. Ich drückte mich an die Wand und ließ mich zu Boden sinken, wobei ich fast ausrutschte, weil sich der Läufer unter meinen Füßen wellte. Ich wusste, wer unten war, noch bevor ich die Stimmen hörte.

»Es *muss* wohl so kompliziert sein, weil ich immer noch kein verdammtes Wort davon verstehe.« Dons Stimme. »Hank, es tut mir leid, dass du dich die ganze Zeit mit diesen Rechtsanwälten abgeben musstest, aber rede bitte nicht wie einer von ihnen, okay?«

»Grundsätzlich ist Richard Johns Universalerbe«, hörte ich meinen Vater sagen. »Das wussten wir schon immer. Wenn er sagt, es wird nicht gefischt, dann wird auch nicht gefischt.«

»Und wenn er all diesen gottverdammten Scheiß verscherbeln will, für den wir unser Leben riskiert haben?«

»Auch das kann er.«

»Wie kann jemand, der so gewieft war wie John, bloß solche Scheuklappen gehabt haben in dieser Sache?«, fragte Don. »Er war wohl der Einzige, der nicht geahnt hat, was da aus Asien auf uns zukam.«

Sie lachten. »Vielleicht ist das falsch ausgedrückt.« Das war jetzt Sam North. »Er hat wohl nicht damit gerechnet, so schnell zu sterben. Wie dem auch sei, wenn es um die Kinder geht, sind alle Eltern Idioten, Don. Hättest du Kinder, dann wüsstest du es.«

»Stimmt«, sagte mein Vater. »Alle Eltern sind die Narren dieser Erde. Wir können die Schuld nicht auf John schieben.«

»Was können wir denn sonst noch tun?«, fragte Don.

Keine Antwort. Ich hörte das Klicken eines Feuerzeugs, und jemand – ich glaube, es war Sam – stieß einen Seufzer aus. Ich hörte, wie eine Flasche entkorkt wurde, und nahm das Klirren schwerer Gläser wahr. Ich sah die drei vor mir, die Ellbogen auf den Esstisch gestützt, den Rauch, der durch den Kronleuchter aufstieg. Sie saßen auf genau denselben Plätzen wie gestern, als Richard ihnen gesagt hatte, dass die Arbeit, die sie ihr Leben lang verrichtet hatten, jetzt nicht mehr gefragt war.

Ich will ihre Arbeit gar nicht verklären, weil ich das niemals getan habe. Aber *sie* verklärten ihre Arbeit, weil sie dafür litten. Sie stolperten, nachdem sie an rund drei Tagen vielleicht zwei Stunden geschlafen hatten, aus ihren Kojen aufs vereiste Deck, wo sich sechs Meter hohe Wellen brachen. Sie hievten enorme schaumtriefende Krabbenkörbe vom Grund des kältesten Ozeans. Wie konnte sich jeder Einzelne von ihnen ein Leben mit roten Augen, erfrierenden Ohren, knietiefem Salzwasser und Ellbogen in zerstückeltem Hering plausibel machen? Es musste einfach Teil einer größeren Bestimmung sein; der Kampf, um wach und am Leben zu bleiben, musste irgendwie von schierer Plackerei in Heldentum umgedeutet werden.

Sich aus dem Ruderhaus zu wagen, an jenen seltenen klaren Tagen, wenn sich die Meeresoberfläche spiegelglatt präsentierte, die Seewassertanks vollgestopft mit roten Königskrabben, die sich für einen Dollar fünfzig das Pfund verkaufen ließen – der Preis war mit der Fischfabrik schon ausgehandelt –, war das Beste, was es je gab. Ein Stahlrumpfschiff zu steuern, das über die Tiefen des Ozeans glitt, der dort unten heimlich wogte, das war eine Kunst für sich. Da draußen hatte man die Freiheit, einfach alles zu tun. Wer sollte einem da draußen schon andere Anweisungen geben?

Aber ihre Freiheit barg Risiken und wurde bestimmt von Konsequenzen. Don Brooke büßte seinen Zeigefinger bis zum Knöchel ein. Meinem Vater wurde der Fußknöchel am zweiten Tag der Tannerkrabbensaison zertrümmert, und er musste zwei Wochen harter Arbeit mit zusammengebissenen Zähnen durchstehen. Aber Sam North erwischte es am schlimmsten. Eines Abends nannte mir mein Vater den wahren Grund, warum Sam eine Zeit lang das Fischen ganz aufgegeben hatte. Sollte ich Jamie oder irgendeinem anderen davon jemals ein Sterbenswörtchen verraten, würde er mich grün und blau prügeln und auf die Straße setzen, versicherte er mir.

Normalerweise arbeiteten auf John Gaunts Schiffen ausschließlich Männer aus Loyalty Island, aber in jenem Jahr bekam ein Mann der Besatzung kurz vor dem Auslaufen aus Dutch Harbor die Nachricht von einem Notfall in der Familie und musste nach Hause fliegen. Seinen Platz nahm ein Junge namens Ramo ein, der in Dutch Harbor mit einem Seesack und einem halben Diplom der Universität von Südkalifornien eingetroffen war. Als sie ungefähr fünfzig Seemeilen weit draußen waren, war Ramo vor Übelkeit grün im Gesicht. Seekrankheit war zulässig, sogar ein günstiges Vorzeichen. Aber Ramo wollte sich da nicht durchkämpfen. Es waren anscheinend nicht einmal die Brecher, die ihm auf den Magen schlugen; es war der Geruch der Köderheringe.

Weil nun ein Mann ausfiel, gab Sam seinen Platz im Ruderhaus auf, um Schichten an Deck zu übernehmen. Einer der rund dreihundertsechzig Kilogramm schweren Krabbenkörbe – mit einem Stahlrahmen von der Größe eines Doppelbetts, bespannt mit Nylongewebe – wurde zum Ausbringen fertig gemacht. Sam kroch also hinein, um den Korb mit demselben Köderhering zu bestücken, bei dem Ramo speiübel geworden war. Aber Sams Finger waren von der Kälte taub geworden, und mit fünfundvierzig Jahren war er nicht mehr fit genug für die Arbeit mit Ködern. Er hinkte zehn Sekunden hinterher, und das war mehr als genug, um das Unheil heraufzubeschwören.

Eine Monsterwelle rauschte über das Deck, warf jeden zu Boden und sorgte dafür, dass der Krabbenkorb mitsamt Sam über Bord ging. Der Korb war so beschwert, dass er etwa tausendfünfhundert Meter tief auf den Grund der Beringsee sinken konnte, und als die Tür hinter ihm zuknallte, war Sam klar, dass er mit in die Tiefe musste.

Wie oft bin ich von diesem Bild in Albträumen heimgesucht worden? Flüssiges Eis drang in Sams Seestiefel ein, in seine

Ärmel und Nasenlöcher. Seine Finger, die sich um das Nylonnetz des Korbs wickelten. Der Druck, der in seinen Ohren in nur dreieinhalb Metern Tiefe ein Rattern auslöste, das Schwindelgefühl aus dunklem Wasser und Schwerelosigkeit. Er versucht, seine Hände herauszuziehen, aber seine Finger hängen wie Klauen im Netz; die lebenswichtige Energie in seinem Blut und seinem Hirn nimmt allmählich ab, sie erstarrt.

Der Korb rast in die Tiefe, eingehüllt in Blasenschaum. Sams Hände wollen sich nicht lösen, und er windet sich gegen das Nylonnetz. Er spürt, wie flach der Korb ist, seine Enge. Im dunklen Rauschen des Wassers fühlt sich der Korb für ihn wie ein Sarg an. Inzwischen ist er tief genug gesunken, um viermal begraben worden zu sein. Der Druck hat sich in seinen Nebenhöhlen, im Innenohr und in seinen Schläfen aufgebaut; er scheint seine Fingernägel und seine Ohrläppchen zu verziehen. Irgendwie gelingt es ihm, der Versuchung zu widerstehen, zu schreien und zu atmen. Er bildet sich ein, er könne den Köderhering riechen, dessen geschlitzter Kunststoffbehälter neben ihm schwebt wie ein Wimpel am Gepäckträger eines Fahrrads. Der Hering – Lockruf für eine Heerschar von Königskrabben, die über den Meeresgrund trippeln mit einer Spannweite von je einem Meter und erhobenen Scheren, die hin und her schwingen wie Laternen. Sam sieht sich schon tot, nach zweitägigem Durchweichen. Dann das Anziehen der Hydraulikwinsch, der Korb steigt auf, durchbricht die Wasseroberfläche und knallt gegen den Stahlrumpf der *Cordilleran.* Ohne zu zögern, wird er an Deck geholt, sein Körper aufgequollen vom Seewasser, abgezehrt bis auf die Knochen.

Seine Füße durchstoßen die Dunkelheit, und wundersamerweise öffnet sich der Korb unten – oder oben? Seine Finger lassen schließlich los; er zieht seine Arme zurück. Aus dem Krabbenkorb gleitet er hinaus ins freie Wasser und ist versucht, es wie Luft einzuatmen. Er möchte mit den Beinen strampeln, hat aber Angst, dass sie ihn weiter in die Tiefe ziehen. Er dreht und windet sich und versucht, sich im Blasenwirbel zu orientieren, und erspäht die Bojenleine, die in der Dunkelheit beinahe phosphoresziert. Mit der Leine als Orientierungshilfe sieht er, wie der Korb einem Zug gleich davonrauscht.

Er ist fünfzehn, vielleicht achtzehn Meter unter Wasser. Er hangelt sich an der Bojenleine entlang, gierig nach Atemluft, während es in seinen Ohren immer wieder knallt. Er taucht aus dem Wasser auf und kann gerade noch nach Luft schnappen, bevor ein Brecher ihn wieder nach unten reißt. Als er das zweite Mal auftaucht, ist das Schiff nicht mehr zu sehen. Er rechnet nicht mehr damit, das alles zu überleben, ist aber dankbar, dass er nicht in einem Käfig auf dem Meeresgrund stirbt. Er greift nach der Boje, drückt sie mit beiden Armen an seine Brust.

Unter Deck wacht er auf, eingewickelt in Decken, zitternd und kotzend. Er fühlt kaum seinen Körper, denkt sich aber, die Mannschaft würde ihn nicht in grenzenlosem Erstaunen mit offenen Mäulern anstarren, wenn er tot wäre.

Als Sam wieder zu Hause war, sagte er meinem Vater, und nur meinem Vater, keine zehn Pferde würden ihn zur Beringsee zurückbringen. Und vielleicht litt er danach wirklich unter Höhenangst, aber es war die Höhenangst jener Augenblicke des Windens und Drehens im Krabbenkorb, eingespannt in einen Schrecken, den er niemals beschreiben oder vergessen könnte.

Ich wollte mich gerade zu meinem Zimmer zurückschleichen, als ich Sam reden hörte. »Zwei Dinge können wir noch tun.«

Dann redete mein Vater. »Wir könnten Richard vielleicht

dazu bringen, mit uns rauszufahren. Ich bin immer noch der Meinung, wenn er einen Eindruck von unserer Arbeit bekäme, sähe alles anders aus für ihn.«

»Das führt doch zu nichts«, sagte Sam. »Lass uns alles noch mal durchgehen. Damit Don es auch kapiert.«

»Wenn du was für mich tun willst, dann halt die Klappe«, sagte Don.

»Was genau steht im Testament?«, fragte Sam.

»Dass Richard alles erbt. Wie oft soll ich es denn noch sagen?«

»Und was passiert, wenn Richard nicht in der Lage wäre, das Erbe anzutreten?«

»Dann wird der gesamte Besitz, einschließlich des Unternehmens, vom Nachlassgericht verwaltet. Unterdessen wird die Firma einer Treuhandgesellschaft übertragen, die das Unternehmen zu Richards Gunsten verwaltet, und zwar so lange, bis Richard das Erbe antreten kann. Ich habe es so oft gelesen, dass ich es mittlerweile auswendig kann.«

»Hättest wohl nicht gedacht, du würdest das Testament eines anderen auswendig lernen, was?«, fragte Sam.

»Besser als mein eigenes«, antwortete mein Vater. Wieder Gelächter.

»Und was passiert, wenn Richard sein Erbe niemals antritt?«

»Weiß ich nicht. Man müsste dann einen Erben finden, und soweit ich weiß, gibt es keine engen Familienangehörigen. Es würde Jahre dauern, das alles vor Gericht zu klären.«

»Und in der Zwischenzeit fischen wir einfach weiter.«

»Ja.«

»Wer sind die Treuhänder?«

»*Du* hörst dich an wie ein Anwalt. Mehrere Leute. Wir drei zum Beispiel. Der Anwalt. Aber was macht das schon aus?

Richard muss nur aufkreuzen und unterschreiben, und alles andere spielt dann keine Rolle mehr.«

»Aber noch ist er nicht aufgekreuzt«, sagte Sam.

Ich sah das Licht vom Esszimmer die Treppe hinaufgleiten, aber sonst fast nichts. Ich fühlte mich wie Jim Hawkins in der *Schatzinsel,* der, versteckt im Apfelfass, zuhört, wie Long John Silver und die übrigen Piraten die Meuterei planen. Aber ich hatte die Piraten mein Leben lang gekannt, und ich hatte niemanden, dem ich die Neuigkeiten mitteilen konnte. Ich war nur ein Spion in eigener Sache. Ich schloss die Augen, damit ich auch alles mitbekam.

»Sam«, sagte Don, »nun mal langsam. Wir werden schon Arbeit finden. Schließlich sind unsere Schiffe nicht die einzigen in Alaska.«

»Wenn du glaubst, du kannst einfach in Dutch Harbor antanzen und dir von irgendjemandem die Schlüssel zum Ruderhaus geben lassen – dann viel Glück!« Sams Stimme war schneidend. »Und was hast du gerade gesagt, Don? Du hast gesagt ›unsere Schiffe‹. Das sind *unsere* Schiffe, nicht die von irgendeinem Scheißkerl. Brauchst du noch weitere Gründe? Was hat John uns immer über Sicherheit beigebracht? Selbst wenn einige von uns da oben Arbeit finden sollten, steht es fifty-fifty, dass sie an irgendeinen Kokser geraten. Wie viele von uns würden wohl draufgehen über die nächsten fünf oder zehn Jahre?«

»Lass gut sein«, sagte Don.

Ich spitzte die Ohren, um zu hören, was mein Vater sagte. Vermutlich hatte er so leise geredet, dass seine Stimme oben am Treppenabsatz nicht mehr zu hören war.

»Es wäre ganz einfach«, sagte Sam.

»Es?«, fragte Don.

»Da draußen kommen immer irgendwo Leute ums Leben. Sie werden nie gefunden.«

Mir stockte der Atem. Schließlich hörte ich die Stimme meines Vaters. »Wir müssen mit Richard reden. Ich glaube, er wird es irgendwann begreifen. Er muss es.«

»Nicht jeder ist so sehr darauf angewiesen wie wir, Hank«, sagte Sam. »Die meisten Leute sind's wirklich nicht.«

»Hey, keiner von uns *muss* seine Frau vögeln, aber wir tun es trotzdem«, sagte mein Vater.

»Verbindlichsten Dank«, sagte Sam. »Herrgott noch mal! Hast du noch was von dem Glenlivet? Diese ganze Chose tut weh, oder?«

»Die Flasche steht oben«, sagte mein Vater. »Ich musste sie auf der Party vor Don verstecken, damit er mit seiner Geschichte fertig wird. Er ist der einzige Kerl, den ich kenne, der 'n Whiskey-Ständer *und* 'ne Whiskey-Zunge kriegt.«

Ich nutzte ihr Gelächter als Deckung und schlich zurück in mein Zimmer.

—

Am nächsten Morgen quietschte mein Türknauf, und meine Schritte klangen dumpf – die melancholische Stimmung eines leeren Hauses. Gegen Mittag läutete das Telefon. Meine Mutter war zum Einkaufen in Seattle. An der Universität wurde ein Film von Louis Malle gezeigt. Sie würde die letzte Fähre von Edmonds nehmen, sagte sie. Ich hielt das Gespräch mit ihr in Gang. Worum geht es in dem Film? Wer spielt die Hauptrolle? Ist das derselbe Regisseur, der den mit der Blonden gedreht hat, die im Regen herumläuft? Ich spielte auf Zeit und überlegte dabei, ob ich ihr erzählen sollte, was ich am Abend zuvor mitbekommen hatte. In der Leitung übertönte der lärmende Betrieb von Pike Place ihre knappen Antworten, aber ich wusste wenigstens, dass ihre Angaben darüber, wo sie sich gerade befand, der Wahrheit entsprachen.

»Ich wäre gern mitgekommen«, sagte ich.

»Ich weiß«, antwortete sie. »Ich brauchte nur ein bisschen Zeit für mich selbst.«

»Warum?«, fragte ich. »Warum brauchst du so viel Zeit für dich selbst?«

Es gab ein krachendes Geräusch, so als ob jemand mit Eiswürfeln hantierte. Ich wusste, wo das Münztelefon war. Es gab da eine Bäckerei und ein paar Schritte weiter einen Imbiss und gerade daneben einen Gemüsestand. Da gab es die besten Äpfel, sagte meine Mutter immer.

»Ich glaube, diese Frage kann ich nicht beantworten.«

»Versuch es«, sagte ich.

»Meinetwegen. Also, beim Aufwachen heute früh dachte ich an den grünen Bildschirm neben Johns Bett. Ich erinnerte mich daran, wie die Blutdruckanzeige nach und nach absackte, bis er tot war.«

»Hast du sogar das gesehen?«, fragte ich.

»Ich nahm dich mit in den Innenhof, weißt du noch? Und die Tür war abgeschlossen, als wir zurückkamen. Ich habe es also nicht mitbekommen.«

»Ist das meine Schuld?«

»Nein. Nein, natürlich nicht.« Sie atmete hörbar ein. »Ich habe dir doch gesagt, ich kann es nicht erklären. Egal, ich bin spät dran. Ich erzähle dir von dem Film, wenn ich ihn gesehen habe.«

Auch mein Vater blieb den ganzen Tag weg. Er rief nicht an. An dem Abend ging ich ins Bett, ohne mit einer Menschenseele gesprochen zu haben. Aber ich nahm mir vor, zu lauschen.

In jenen vergangenen Tagen, wenn John, Sam und Don zu uns zum Dinner kamen, war mir immer klar, dass da irgendetwas unter der Oberfläche ihres Gesprächs im Gange war, das ich nicht hören sollte, etwas, das auftauchte, wenn mich meine Mutter ins Bett geschickt hatte. Ich hatte das Gefühl, am vergangenen Abend endlich etwas davon mitgekriegt zu haben, aber was ich aufgeschnappt hatte, machte mir Angst.

Ich stellte meinen Radiowecker auf ein Uhr zwölf nachts ein. Warum gerade auf diese Zeit, weiß ich nicht, aber ich hatte ein merkwürdig zufriedenes Gefühl, als die grün leuchtenden Ziffern aufschienen. Ich drehte die Lautstärke auf dem Radiowecker hoch. Dann setzte ich mir Kopfhörer auf und schlief auf dem Rücken ein, reglos wie ein Vampir. Ich wachte auf, als eine Bläsergruppe Musik von James Brown auf dem Oldie-Sender spielte.

Ich schlich über den Flur zum oberen Treppenabsatz. Aus dem Wohnzimmer hörte ich die Stimme meines Vaters, die hinter einem Schleier aus Geräuschen hin und her schwang. Unten spielte dieselbe Musik von James Brown, die allmählich leiser wurde, so als hätte jemand die Lautstärke heruntergedreht.

»Wenn ihr eine andere Möglichkeit seht, dann lasst es mich wissen«, sagte er. »Ich höre es mir an – das verspreche ich euch.«

Ich ließ mich auf alle viere nieder, wobei ich mit der linken Hand auf den abgestorbenen Blättern des Spinnenfarns ausrutschte. Ich hatte nicht mitgekriegt, ob meine Mutter nach Hause gekommen war. Hatte sie vielleicht die Fähre von Edmonds verpasst?

Das Radio wurde wieder aufgedreht. Diesmal war es nicht James Brown, sondern die Platters mit »Smoke Gets in Your

Eyes«. Die Stimme des Sängers zerfetzte fast die blechernen Lautsprecherboxen, bevor die Lautstärke plötzlich absackte.

»Helft mir«, sagte mein Vater. »Ich brauche Hilfe.«

Irgendetwas fiel krachend auf den Fußboden. Ein Stuhl? Von meinem Beobachtungsposten auf dem Treppenabsatz konnte ich nur das obere Drittel des Wohnzimmers überblicken – die Vorhangstangen aus Messing, das oberste Bücherregal. Ich bemerkte ein gebundenes blaues Buch, von dem ich immer annahm, sein Titel laute *Exotic Washrooms.* Vom Treppenabsatz aus konnte ich jetzt sehen, dass der Titel vielmehr *Exotic Mushrooms* hieß. Unten im Wohnzimmer redete mein Vater laut, denn jemand hatte das Radio wieder aufgedreht. Die Musik machte mich verrückt, sie verzerrte jede Silbe. Doch mitten in der Überleitung brach der Song ab und hinterließ nur trockene, deutliche Stimmen.

»Ich hau das verfluchte Ding zu Klump, ich sag's dir! Wer ist ›er‹? Von wem sprichst du?«

»John«, sagte meine Mutter. »Du solltest mich nicht über Richard ausfragen, du solltest mich über John ausfragen. Du hast doch mitbekommen, was die Leute so sagen. Sagst du mir das nicht genau deswegen?«

Meine Rückenmuskeln spannten sich an. Ich schaute auf den blauen Buchrücken und las *Exotic Mushrooms, Exotic Mushrooms, Exotic Mushrooms.*

»Hast du nicht mehr alle Tassen im Schrank? *Darüber* soll ich jetzt nachdenken?«, sagte mein Vater. »Gerüchte machen mir nichts aus. Ich weiß ohnehin zu viel über dich.«

»Was weißt du? Was glaubst du über mich zu wissen?«

»Lass es gut sein.«

»Ich würde sehr gern hören, was du über mich weißt«, sagte sie. »Ich frage mich das schon seit Jahren.«

»Dass du moralisch denkst und handelst, finde ich.«

»Möchtest du wissen, wie moralisch ich denke und handele? Manchmal habe ich mir in Tagträumen ausgemalt, wie es wäre, wenn du im Frühling nicht mehr zurückkämst. Da hast du deine Genehmigung, wenn du sie unbedingt brauchst.«

Ich spürte förmlich den Blutdruck hinter meinen Augen. Die Lautstärke des Radios schoss wieder in die Höhe, wurde aber abgewürgt, bevor ich hörte, was gerade gespielt wurde. Ich vernahm noch ein Krachen, Metall schlitterte über die Fliesen. Eine Weile war es still. Ich hörte, wie eine Tür geöffnet wurde, wie ein Besen über den Küchenfußboden kratzte. Als die beiden wieder redeten, klangen sie erschöpft.

»Hast du das wirklich gedacht?«, fragte mein Vater.

Sie antwortete nicht.

»Okay«, hörte ich ihn dann sagen. »Okay, okay, okay«, was fast wie eine rhythmische Beschwörung klang. Seine Stiefel klackten auf den Fliesen, und ich sah ihn vor mir, wie er auf und ab lief, dabei okay, okay, okay sagte und seine Taschen abklopfte, um sicherzugehen, dass er alles bei sich hatte, was er bei der Arbeit brauchte, bevor er aus dem Haus ging.

»Tut mir leid«, sagte sie. »Ich hätte das nicht sagen sollen. Es ist nur – ich habe Angst vor allem und das Gefühl, kaum meine Arme hochzukriegen.«

»Irgendwas stimmt nicht mit dir.«

»Das weiß jeder. Du hättest mehr achtgeben sollen.«

»Habe ich doch. Aber achtgeben und darüber reden ist nicht dasselbe. Und jetzt müssen wir darüber reden.«

Ohne Vorwarnung ging meine Mutter vom Esszimmer ins Wohnzimmer. Sie stand unten an der Treppe, ihr rotes Haar zu einem Knoten im Nacken gebunden, im bleigrauen Kleid, dickleibig, barfüßig. Sie sah mich sofort, sagte aber nichts, hob nur die Hand mit der Fläche nach unten und schüttelte ihr Handgelenk. *Mach dich aus dem Staub.* Ihren Gesichtsausdruck konnte ich nicht deuten. Die Augen waren zu Schlitzen verengt. Ihr Gesicht strahlte jene warme Rauheit von Wintersonntagen aus, die ich aus frühen Kindertagen kannte, wenn wir beide lange im Bett blieben und erst aufwachten, wenn sich der Tag verloren und rauchfarben gezeigt hatte.

—

An Schlaf war nicht zu denken. Ich lauschte, das Ohr am Schlüsselloch oder am Schlitz unter meiner Tür. Kein Laut, trotzdem hielt ich eine Stunde lang durch. Ich konnte mich aber nicht dazu überwinden, die Tür aufzumachen. Um zwei Uhr legte ich mich wieder hin, schloss die Augen und stellte mir vor, mit einer Rakete durchs All zu schießen, wie ich es in dem Jahr schon oft getan hatte, wenn ich nicht schlafen konnte.

Ich hatte ein Buch über die *Voyager*-Raumsonde gelesen und verfolgte ihren Weg in meiner Vorstellung. Ich hatte gelesen, dass *Voyager* auf die Reise ins All geschickt wurde mit einer goldenen Schallplatte an Bord, die Grußworte in fünfundfünfzig Sprachen enthielt, von denen viele schon ausgestorben waren. In meiner Fantasie hörte ich die Aufnahmen, während die Rakete durch die eisige Dunkelheit raste – fremd, unverständlich, aber nicht mehr sprachlos. »Hallo, hallo«, sagte ich auf Quechua, der Sprache des Inkareichs. Aber *Voyager* war erbärmlich langsam. Ich schoss an der weißen Kugel vorbei – die glatt polierte Io und der einsam verkrustete Triton, diese beiden Jupitermonde, waren in Sekundenschnelle erreicht, nicht in Jahrzehnten. Jenseits von Pluto tat sich der Himmel auf wie ein Garten. Ich erkannte den Pferdekopfnebel, den Krebsnebel und den Katzenaugennebel von Fotografien wieder, die ich in Büchern meiner Mutter gesehen hatte; Farben, die aus der Dunkelheit herauswuchsen wie auf Stängeln.

Ich glaube, ich wandte mich diesen Bildern wieder zu, weil sie eine meiner frühesten Kindheitserinnerungen wieder zum Leben erweckten. Der Abend am Black's Beach. Mein Vater hatte seine Joppe um mich gelegt. Wir beobachteten eine rote Algenblüte. Wir saßen auf getrocknetem Seetang und sahen das Plankton leuchten, das die dunkle See mit einem hellen Schimmer übermalte. Wir tranken heißen Kakao, während das kalte Licht erstrahlte und wieder schwächer wurde.

An jenem Abend aber blendete sich noch eine andere Erinnerung an Black's Beach ein. Mein Vater und ich ließen Steine über das Wasser hüpfen. Er hatte es gerade siebenmal geschafft, und ich versuchte mitzuhalten. Ich warf aus vollem Lauf. Mein Stein hüpfte nur ein- oder zweimal, aber durch den Schwung vollführte ich eine Vierteldrehung, sodass ich den Strand hinaufsah. In etwa fünfzehn Metern Entfernung lugten in der Mulde zwischen einem Stück Treibholz und einem Findling zwei nackte Beine hervor. Ich wusste sofort, dass es sich um einen Toten handelte.

Mein Vater packte mich am Arm und sagte mir, ich solle mich nicht von der Stelle rühren. Er lief den Strand hinab, und als er den Toten erreicht hatte, stützte er sich mit einem Bein auf dem Treibholz ab und beugte sich hinunter, als wollte er sprechen. Als er zurückkam, drückte er meine Schulter. »Mach dir keine Gedanken«, sagte er. »Es ist ein Fremder.«

Gegen drei Uhr früh hörte ich Schritte im Flur. Die Tür ging auf, und meine Mutter stand in einem Spalt aus warmem Licht.

»Cal«, sagte sie. »Du schläfst ja gar nicht.«

»Worüber habt ihr euch gestritten?«, fragte ich.

Sie ging an den bläulichen Fenstern vorbei und hielt kurz

vor meinem Bett inne. Ihre Stirn glänzte von Schweiß, und sie schien erschöpft zu sein.

»Du weißt, dass dein Vater keinem Menschen wirklich wehtun würde. Mach dir keine Gedanken über das, was wir uns gegenseitig an den Kopf geworfen haben.«

Sie kam näher ans Bett heran und setzte sich, die Hände um den Bauch gelegt.

»Was meinst du? Wem sollte er wehtun?«

Sie war noch nie mitten in der Nacht in mein Schlafzimmer gekommen. Sie hatte noch nie dort in der Dunkelheit gesessen, und das Ganze hatte etwas Unnatürliches, etwas Inszeniertes an sich.

»Aber was man tut, ist nicht das einzig Wichtige«, sagte sie. »Was man denkt, was sogar möglich erscheint, das ist ebenso wichtig. Ich behaupte nicht, dass ich besser bin als er.«

»Ich weiß nicht, wovon du sprichst«, antwortete ich.

Sie sah aus dem Fenster und runzelte die Stirn, obwohl es dunkel war und es nichts zu sehen gab. »Ich fahre nach Santa Cruz. Willst du mitkommen?«

Sie schaute mich an, als könnte ich ihr eine Antwort geben. Was könnte ich schon sagen: Ja? Nein? Diese Worte bedeuteten nicht das, was sie vorher bedeutet hatten.

»Wir wohnen bei Meg. Das wäre doch schön.«

»Wie lange denn?«

»Das überlegen wir uns.«

»Würde ich auch zur Schule gehen?«

»Darüber können wir auch nachdenken. Wir überlegen uns alles.«

»Hast du überhaupt darüber nachgedacht?«

»Ich habe über nichts anderes nachgedacht.«

»Hast du dir Gedanken gemacht, was *ich* tun würde?«

Ihre Haut war gerötet und rau, ihr Gesichtsausdruck so leer wie das Foyer eines verlassenen Theaters. In jenem Augenblick wollte ich von ihr nur eins: Abstand. Ich hatte meinen Vater in der Küche gehört. Er hatte nicht darüber gesprochen, jemandem wehtun zu wollen. Er hatte sich bemüht, ihr etwas über Richard mitzuteilen, über eine Zukunft, die wir gemeinsam bewältigen müssten, und sie hatte nicht zuhören wollen. Er war derjenige, der Hilfe brauchte. Nicht sie. Und auch ich brauchte Hilfe, nicht sie.

»Ich möchte nicht mitkommen«, sagte ich. »Aber ich glaube, du solltest, wenn du schon an seinen Tod denkst, dort darüber nachgrübeln, wo du dich am wohlsten fühlst.«

»Cal.«

»Ich habe dich verstanden.«

Vielleicht hatte ich zu laut gesprochen, vielleicht hatte im Dämmerlicht meines Zimmers mein Gesichtsausdruck mehr verraten als meine Worte, denn sie drehte sich weg und schoss plötzlich vom Bett hoch, als stünde die Decke unter Strom.

»Menschen sagen manchmal Dinge, die sie nicht meinen«, sagte sie. »Vielleicht tust du es auch.«

Ich hatte sehr wohl gemeint, was ich gesagt hatte. Und mehr sagte ich auch nicht.

—

Um sieben Uhr durfte ich mit Fug und Recht meine Schlafzimmertür aufmachen. Es war Morgen. Dennoch lauschte ich eine Minute lang am Schlüsselloch, bevor ich durch den verminten Flur schlich. Das Licht im Wohnzimmer sah eher nach Abenddämmerung als nach Morgengrauen aus. In der Ferne trübte sich der Hafen unter Wolken ein, die wie Knoten am Himmel hingen.

Im Esszimmer stand eine leere grüne Flasche Glenlivet auf dem Tisch. Ich inspizierte die Flasche: Der Hals war ein wenig angesplittert, eine Ecke des Etiketts hatte sich aufgerollt. Die Verschlusskappe war schräg aufgedreht und wies in eine Richtung wie der Daumen eines Anhalters.

Die Kellertür war geschlossen. Ölflecken markierten den Platz in unserer Einfahrt, wo normalerweise der Chevrolet Chevette geparkt war. Die Küche war makellos sauber. Das Haus brauste wie eine leere Muschel.

Ich zog das Buch mit dem Titel *Exotic Mushrooms* aus dem Regal. Mein Vater hatte immer versprochen, mich zum Pilzesammeln mitzunehmen, wir hatten es aber nie geschafft. Ich wollte die englischen und lateinischen Namen möglichst vieler Pilze lernen, kam aber nur bis *Amanita ocreata,* dem »Todesengel«. Der Hut misst im Durchmesser wenige Zentimeter, der Stängel ist salzweiß.

Ich schlug die Hochglanzseiten zum Anfang des Buches zurück, als mein Vater oben an der Treppe auftauchte. Er tat einen schwerfälligen Schritt, dann noch einen und tastete nach dem Geländer. Er trug das Hemd von gestern, das er am Kragen zu einem V geknöpft hatte. Aber was war mit der Hose von gestern passiert? Seine bleichen Beine waren nackt bis hinauf zu den Boxershorts. Er verfehlte eine Stufe, rumpelte zwei weitere hinunter, wobei seine Hüfte am Geländer entlangschrammte. Er hatte die Augen zu und die Lippen geöffnet wie ein ausgestopfter Fisch, der an der Wand hängt. Er trug kurze weiße Socken. Die Ferse der linken Socke hatte ein Loch, und nur eine Art Bügel aus Stoff sorgte dafür, dass sie an seinem Fuß blieb.

Er hielt auf seinen Lehnstuhl aus Bambusrohr zu, und ich sah ihn schon darin zusammensacken und sich den Schlaf aus dem Gesicht reiben. Ich sah mich – den Band mit den exotischen Pilzen auf dem Schoß und meine Ellbogen auf dem Buch – ihn fragen: »Dad, was um Himmels willen ist passiert? Ich habe versucht, es rauszukriegen, wie du gesagt hast, aber jetzt möchte ich, dass du es mir sagst.« Er sah mich traurig an, respektierte den Ernst meiner Frage und erkannte den gewählten Zeitpunkt an. Sein Kopf war immer noch benebelt, und zu so einer frühen Stunde schien alles leicht erklärbar. Das musste er mir zubilligen. »Na gut«, sagte er. »So sieht's aus.«

Aber nichts dergleichen geschah. Mein Vater beugte sich über den Lehnstuhl und nahm das Sitzkissen hoch. Er zog seinen Schwanz heraus, atmete aus und pisste auf den Stuhl. Er legte seine Hände auf die Hüfte und bog den Oberkörper zurück. Schließlich wischte er sich die Hände am Hemdsaum ab und packte das Sitzkissen wieder auf den Lehnstuhl. Ich hätte ihn aufhalten können, wäre ich nicht wie erstarrt gewesen.

—

Stunden später wachte ich auf, als mein Vater meine Schlafzimmertür aufstieß, wobei ein heftiger Luftzug über mein Bücherregal fuhr. Er tat einen Schritt ins Zimmer, aber nur einen, als hätte er vergessen, weswegen er gekommen war. Er hatte immer noch dasselbe Hemd an, aber irgendwo hatte er eine Hose und Stiefel aufgetrieben. Er hatte sich den Bart abrasiert.

»Du bist wach. Gut.« Er machte allerdings keinen zufriedenen Eindruck. »Gut. Es ist fast drei Uhr nachmittags.« Er spielte mit einem Halbfingerhandschuh. Mit einer Hand fasste er sich an den Nacken.

»Wir müssen heute los. Beide«, sagte er.

»Du weißt einfach nicht, wie man anderen etwas beibringt«, sagte ich, rieb mir die Augen und bemühte mich, den Schlaf abzuschütteln.

Der Blick meines Vaters mutete an wie eine Brechstange. Er verlagerte sein Gewicht auf den zurückgesetzten Fuß. Er zog einen Handschuh aus, und einen Augenblick dachte ich, er würde mir damit ins Gesicht schlagen. »Danke für den Hinweis. Ich kümmere mich darum, wenn ich aus Alaska zurückkomme.«

Ich fuhr im Bett hoch. »Seit wann das denn?«

»Wir laufen heute aus. Die ganze Fangflotte.«

»Was ist mit Richard?«

»Er kommt mit«, sagte mein Vater. Ich prüfte seinen Gesichtsausdruck. Die reinste Gruft.

»Wie hast du ihn umgestimmt?« Ich strampelte unter dem Bettzeug und versuchte aufzuspringen. Er hob die eine behandschuhte Hand. Seine Fingerspitzen waren so rot wie Zungen.

»Gute Frage, aber ich muss dir viel erklären und habe keine Zeit.« Er ging einen Schritt auf mein Bett zu. »Hast du keinen Stuhl hier?«

»Nur den Sitzsack.«

Er ließ sich auf den blauen Sack auf dem Fußboden fallen, wo er mir vor Jahren den Lebensweg von Käpt'n Flint erzählt hatte. »Das ging alles zu schnell«, sagte er, »und deswegen musst du sofort packen.«

»Ich fahre also mit dir raus?«

»Nein. Du gehst zu den Norths. Und bei denen bleibst du, bis ich zurück bin. Ich kann dich hier nicht allein zurücklassen.«

Mir brannten die Augen, im Nacken brach mir der Schweiß aus. »Und was ist mit Mom?«

»Sie ist auf dem Weg nach Santa Cruz«, sagte mein Vater.

»Ohne sich zu verabschieden?«

»Hat sie das nicht?« Er schien darüber einen Augenblick nachzugrübeln, bevor er sich wieder mir zuwandte. »Hör mal, ich bin sicher, dir ist aufgefallen, dass es ihr nicht besonders gut geht. Das hast du doch bemerkt, oder?«

»Ja.«

Er starrte mich unverwandt an. »Soll ich dir sagen, was sie mir gesagt hat?« Ich antwortete nicht, aber er fuhr fort: »Sie sagte, sie hält es hier nicht mehr aus, auch dann nicht, wenn ich weg bin. Geht's dir genauso?«

»Nein.«

»Gut.« Er lächelte, aber es war ein trauriges Lächeln. »Wir haben es zusammen entschieden. Wir haben beschlossen, dass sie hier nicht allein bleiben sollte, wo doch das Baby unterwegs ist. Sie wollte sofort aufbrechen. Hat sie dir das wirklich nicht gesagt?«

Doch, sie hatte mich gebeten, mitzukommen, und, ja, ich hatte abgelehnt. Aber das Gespräch kam mir schon wie ein Traum vor. Ich war sicher, ich würde sie am nächsten Morgen unten am Küchentisch vorfinden oder zumindest ihre Musik aus dem Kellerstudio hören. Ohne es eigentlich zu wollen, sprang ich aus dem Bett, ging einige Schritte und hielt plötzlich inne. »Sie wäre nicht allein gewesen«, sagte ich.

»Schnapp dir 'ne Hose«, sagte mein Vater.

Ich hatte eine enge Unterhose mit einem pflaumengroßen Riss links unterhalb des Gummizugs an. Als ich meine Jeans vom Fußboden aufsammelte und sie mit meinen Beinen fütterte, sah mich mein Vater verdutzt an. Nicht unbedingt verärgert oder wütend, eher verwirrt, beinahe amüsiert. Es war ein Blick, der immer ein kaltes Schamgefühl in mir wachrief. Wie kann ich so werden wie du, wenn du mir nicht hilfst? Diese Frage wollte ich stellen, verkniff sie mir aber immer, denn manchmal versuchte er in der Tat, mir zu helfen, und das war noch schlimmer.

Drei Jahre zuvor waren die Schiffe schwer beladen zurückgekehrt. Die Fangsaison war ausgezeichnet gelaufen. In dem Sommer hatte es für jeden gutes Geld geben. Man spürte die Schwingungen überall, in der Tonlage der Stimmen in Belinda's Deli, im Popcorn des Orpheum-Kinos, in der Stärke in Mrs. Zhous Waschsalon. Geld, so sagte mein Vater immer, ist nichts als Energie, Energie, die – in diesem Fall – in Form von Würmern und Weichtieren auf dem Grund der Beringsee entstand. Energie, die in den Mägen der Königskrabben verschwand, in die Bäuche der stählernen Schiffe wanderte und dann in den Gewölben stählerner Banken ruhte.

Mein Vater brachte einen Videorecorder für meine Mutter mit, ein Luxus in jenen Tagen, zusammen mit einem Haufen Filme, die sie liebte, von Akira Kurosawa, Michelangelo Antonioni und Robert Bresson.

»Gibt's auch was für mich?«, fragte ich.

»Steig ein«, sagte er. »Du wirst dies hier brauchen, wenn wir bei der *Laurentide* sind.« Er gab mir ein Filetiermesser in einer schwarzen Plastikscheide.

Wir parkten vor dem Slip der *Laurentide* und kletterten die Stahlleiter hinauf. Das Deck war gerade abgespritzt worden; Wassertropfen saßen wie Perlen auf der Reling. Mein Vater atmete durch die Nase ein und schlug sich auf die Oberschenkel.

»Ich bin gleich zurück«, sagte er und grinste, »also glaub ja nicht, du könntest eine Spritztour machen, okay?« Er ging unter Deck und kam wenig später mit einem riesigen Königslachs auf der Schulter zurück. Bevor ich etwas sagen konnte, hatte er den Fisch bei der Schwanzflosse gepackt und haute mir damit gegen den Arm. Ich rutschte auf dem Deck aus und knallte hin. »Ist das mein Geschenk?«, fragte ich, aber meine Enttäuschung war gespielt. Wir lachten beide.

Wir legten den Lachs auf den Arbeitstisch im Heck. Mein Vater nahm ein weißes Taschentuch, faltete es zur Hälfte und band es mir um die Stirn. »Wir wollen nicht, dass der Schweiß dir in die Augen rinnt. Und nun das Skalpell, Doktor.«

Er zog das Filetiermesser aus der Scheide und bot es mir auf der flachen Hand dar. Ich hatte ihn das Hunderte Male so machen sehen. Ich rollte die Ärmel auf und nahm das Messer, als sich zwei braune Pelikane auf der Reling niederließen und ihre langen Schnäbel an die Brust pressten.

»Die Kiemen zuerst, oder?«, fragte ich.

»Ja, und sei vorsichtig. Ich kann dich nicht mit einem Finger wie Dons nach Hause bringen.«

Ich versenkte die Klinge im Kopf des Lachses, knapp hinter den Kiemen, setzte einen senkrechten Schnitt an und zog das Messer dann bis zum Maul. Das Fleisch war so kalt wie das Wasser, aus dem der Lachs gezogen worden war, aber das Messer glitt hindurch. Über mir kreischten die Möwen. Auf der Innenseite sahen die Kiemen aus wie kastanienfarbener Lehm. Ich warf die Abfälle, ohne zu gucken, über Bord, wie es mein Vater immer tat. Ich hörte schlagende Flügel, vielstimmige Schreie und das Geräusch des aufspritzenden Wassers. Ich drehte den Lachs um und machte mich an die andere Seite.

»Genau, Doktor!«, sagte mein Vater. »Bring ihm jetzt den Bauchtanz bei!«

Ich sah auf in einen Wirbel aus Gefieder. Noch mehr Möwen sanken herab um den Arbeitstisch. Sie schossen im Sturzflug herunter und kamen dabei nahe genug heran, dass ich den heftigen Luftzug verspürte.

»Worauf wartest du noch?«, fragte mein Vater. »Nicht zu tief. Schlitz nicht den Magen auf, sonst drehen die Vögel durch.«

Schuppenreste saßen unter meinen Fingernägeln. Meine

Hände fühlten sich an, als steckten sie in klebrigem Schnee. Ich wischte eine Handfläche an meinem Ärztestirnband ab und richtete die Spitze des Filetiermessers auf eine Stelle knapp unterhalb der Kiemen.

»Konzentrier dich«, sagte mein Vater. »Hände ruhig. Achte jetzt auf den Magen.«

Ich kannte den Kniff: Man musste gerade so tief einschneiden, dass man die Haut abziehen konnte, ohne die Organe zu verletzen. Als ich aber den Einschnitt machte, bildete ich mir ein, die Möwen landeten auf meiner Schulter und ich spürte ihre Federn unter meiner Nase und ihre Schnäbel in meinen Ohren. Das Messer klebte an einer Schuppe, und ich sägte nicht, ich schnitt sanft ins Fleisch ein, so wie ich es meinem Vater abgeschaut hatte. Aber zu tief. Ich durchschnitt den Magen. Ich wusste es, aber ich konnte nicht aufhören. Ich sah hinauf zu den umherwirbelnden weißen Vögeln, und als ich wieder hinunterblickte, waren meine Hände übersät mit schwarzen Hornhechten. Die Hornhechte strömten zu Hunderten aus dem Magen, über den Arbeitstisch und auf meine Hose und Schuhe.

Ich ließ das Messer fallen und stolperte drei oder vier Schritte zurück, dabei streifte ich die Hornhechte, als wären sie Funken. Ich habe, glaube ich, keinen Schrei ausgestoßen. Die Möwen ließen sich herabsinken, kreischten, spießten die Fische auf und breiteten ihre Flügel aus. Sie zankten sich auf dem Deck – überall weißes Gefieder und schwarze Augen. Auf einmal verstummten sie, die Schnäbel zu voll, um zu kreischen, und das Deck schäumte wie unter weißen Wolken.

Mein Vater verscheuchte drei Möwen mit dem Stiefel und bückte sich nach dem Messer. »Das war's. Wasch dich, bevor du zum Auto gehst. Ich mache hier klar Schiff.«

»Lass mich dir helfen«, sagte ich.

Drei Jahre später, in meinem Schlafzimmer, sagte ich es wieder. Ich wollte erreichen, dass er mir erklärte, was am Abend vorher passiert war, dass er mir erklärte, wieso meine Mutter so mir nichts, dir nichts abhauen konnte. Ich wollte ihn eines Verbrechens beschuldigen, aber dann kamen ganz andere Worte heraus. »Lass mich dir helfen. Lass mich mitkommen.«

Als er lächelte, kräuselte sich die Haut um seine Augen wie Zellophan. Seitlich am Hals hatte er einen rechteckigen, fleischfarbenen Wundverband, den ich noch nicht bemerkt hatte.

»Nein, ich glaube nicht«, sagte er. »Richard an Bord zu haben, reicht mir schon. Und außerdem bin ich fast sicher, dass du dieses Jahr zur Schule gehst.«

»Hast du es wirklich geschafft, Richard umzustimmen?«

»Nein«, sagte er. Sein Mund schrumpfte, während er mit seinen Augen meinen Blick durchdrang. »Musste ich gar nicht. Er hatte nie die Absicht, zu verkaufen. Ich habe den Rat deiner Mutter angenommen und Richard heute Morgen überall herumgefahren, zum Orpheum-Kino, zur Wäscherei von Mrs. Zhou und zu Belinda's Deli, und ihm dabei klargemacht, dass es an ihm liegt, alle diese Leute am Leben zu erhalten. Das hat er schließlich kapiert.«

»Aber warum? Warum gerade jetzt?«

Als Antwort packte er mich behutsam im Nacken und rieb ihn mit seinem rauen Daumen.

—

Mein olivgrüner Seesack, der so vollgestopft war, dass ich ihn nicht tragen konnte, plumpste auf jede Treppenstufe bis nach unten zum Wohnzimmer. Das Buch über die exotischen Pilze stand wieder im obersten Bücherregal. Der Bambuslehnstuhl war verschwunden. Mein Vater kam aus der Küche und trank hastig ein paar Schlucke Wasser aus einem mattierten Coca-Cola-Glas. Der Dreck unter seinen Fingernägeln sah aus wie zehn schwarze Monde.

»Ich brauche deine Schlüssel«, sagte er.

»Wozu?«, fragte ich.

»Ich muss einen Satz Schlüssel bei Marty im Büro hinterlegen, für den Fall der Fälle.«

»Für welchen Fall?«, fragte ich.

»Das weißt du genau.«

Ich wühlte meine Hausschlüssel aus der Tasche. Es bedeutete Unglück, auch nur darauf anzuspielen, man würde nicht zurückkehren, egal, wie die Dinge lagen.

»Eigentlich brauchst du auch gar nicht zurückzukommen«, sagte mein Vater. »Sieht so aus, als hättest du das gesamte Haus eingepackt.« Er warf sich mit übertriebenem Stöhnen den Seesack über die Schulter, und dann gingen wir nach draußen. Es regnete, und wir warteten unter dem Dachvorsprung.

»Jamies Mom holt dich ab«, sagte mein Vater.

»Du musst nicht warten.«

»Betty wird jeden Augenblick hier sein.«

Zu viel war passiert. Ich konnte keinen einzigen Gedanken einordnen. Ich hätte Hunderte Fragen stellen können, aber obwohl das Schweigen unerträglich war, schien es sinnlos, über irgendetwas Wichtiges zu sprechen. Die Zeit war zu knapp.

»Ich habe in deinem Pilzbuch gelesen«, sagte ich. »Hast du jemanden gekannt, der gestorben ist, nachdem er den *Amanita*-Pilz gegessen hatte?«

»Nein.« Er kratzte sich am Hals, dort, wo sein Wundverband saß. Doch dann sagte er, als wolle er kein Spielverderber sein:

»Ich kenne aber Leute, die aus weit weniger dämlichen Gründen gestorben sind.«

Unsere Schuhspitzen waren vom Regen dunkel geworden. Der blaue Buick Skylark der Norths bog mit tanzenden Scheibenwischern in unsere Einfahrt ein. Mein Vater warf den Seesack auf die Rückbank, packte mich kurz mit einem Arm und warf mich auf den Beifahrersitz.

»Die Straße ist regenglatt, Cal«, sagte Betty. »Schnall dich bitte an.« Ich schloss den Gurt. Als ich wieder aufschaute, war unsere Haustür zu und verschwand hinter einem Regenschleier.

—

Jamies Zimmer war ungewohnt aufgeräumt und sparsam eingerichtet – ein Tisch zum Schreiben aus hellem Holz, ein Doppelstockbett, glänzender Hartholzfußboden –, aber die Wände waren zugepflastert mit Filmplakaten. Einige kannte ich – *Der weiße Hai, Blade Runner, French Connection* –, doch auf den meisten waren wild dreinblickende, schwarzhaarige Schwertkämpfer mit weißen Gewändern zu sehen. Betty hatte mir gesagt, ich müsste nicht anklopfen. Ich würde jetzt hier wohnen und sollte mich entsprechend verhalten. Diese Worte waren nicht so tröstlich, wie sie wohl gehofft hatte.

Jamie saß über seinen Tisch gebeugt, drehte sich aber um, als er meinen Seesack auf den Boden plumpsen hörte.

»*Meissenier, chelat te'jeneten cormer.*«

»Wie bitte?«

»Das ist die neue Sprache, an der ich gerade arbeite. Klingt doch wie Französisch, oder?«

»Was hast du denn gerade gesagt?«

»Hmmm, na ja, so weit bin ich noch nicht.«

Er schoss von seinem Stuhl hoch, griff sich meinen Seesack

und schleuderte ihn über den Hartholzfußboden halb unters Bett. Ich verspürte einen plötzlich aufsteigenden, brennenden Hass ihm gegenüber, obwohl ich entfernt geahnt haben muss, dass er mit meinen Problemen nichts zu tun hatte.

»Ich mach hier nur so rum«, sagte er. »Aber ich sollte – oder wir sollten – eine eigene Sprache erfinden. Das könnte eine Art Projekt sein, solange du mein Gast bist.«

Ich hatte noch nie jemanden geschlagen. In meiner Fantasie zischte meine Faust wie ein Dartpfeil ins Bullseye. Ich sah mich breitbeinig über einem am Boden liegenden, bewusstlosen Häuflein Jamie stehen. Stattdessen streifte meine Faust nur Jamies Schulter. Er drehte sich weg, sein Gesichtsausdruck eher überrascht als verletzt. Ich machte einen Ausfallschritt, die Schulter voran, und erwischte ihn seitlich, gerade unterhalb der Achsel. Wir taumelten zum Bett. Er duckte sich, um nicht gegen das obere Bett zu knallen, und rutschte dabei aus. Mit der Wange klatschte ich auf den Fußboden und schien dort festgeklebt zu sein wie Kuchenteig am Backblech. Ich wusste überhaupt nicht, was meine Arme oder Beine taten, und konnte sie auch kaum von Jamies unterscheiden. Ich merkte, wie er sich befreite und allmählich aufstand. Ich packte ihn am Knie und schlug es mit der Faust. Er versuchte noch einen Schritt und fiel dann zu Boden. Ich haute noch einmal halbherzig drauf und fiel erschöpft auf den Rücken.

»*J'emaine tulouse confitette.*« Jamie setzte sich keuchend auf.

»Was?«, fragte ich.

»Ich glaube, ich habe gefragt, warum du das getan hast.«

Aber das konnte ich mir selbst nicht erklären.

—

In dieser Nacht – wie in jeder Nacht in den kommenden Monaten – starrte ich im Bett in die Augen von Sigourney Weaver, kostümiert als Zuul aus *Ghostbusters.* In der Dunkelheit aber sah ich Richard Gaunts Gesicht, wie er beim Festessen seinen Koffer auf unserem Esstisch ausleerte. Trotz des Wahnsinns mit dem zerbrochenen Glas war seine Miene ausdruckslos. Es war das Gesicht eines Menschen, der seinen kranken Hund tötet. Wie hatte Richard nur einen solchen Auftritt planen können, wenn er eigentlich einen Rückzieher machen wollte? Ich versuchte ihn mir an Bord der *Laurentide* vorzustellen, auf dem Weg nach Dutch Harbor.

Jamies Vater hatte *anscheinend* vorgeschlagen, Richard umzubringen. Ungeachtet dessen hatte mein Vater gesagt, er würde noch einmal mit Richard reden, ihn umstimmen. Und jetzt schien es so, als wäre ihm das tatsächlich gelungen. Vielleicht hatte Richard sich ja anders entschieden. Wieso nicht? Wusste ich genug über ihn, dass ich behaupten konnte, er könne das nicht? Ich wusste aber mehr über meinen Vater. Ich wusste, er war kein Mörder.

Aber wusste das auch meine Mutter? »Er würde niemandem etwas zuleide tun«, hatte sie gesagt.

Ich dachte daran, wie sie in der vergangenen Nacht in der Tür gestanden und auf meiner Bettkante gesessen hatte. Sie musste gewusst haben, dass mein Vater am nächsten Morgen aufbrechen würde. Sie hatte es gewusst, und sie war trotzdem weggefahren. Hatte ich sie vergrault? Ich *wollte* grausam sein. Ich wünschte, ich könnte das, was ich ihr im Dämmerlicht gesagt hatte, zurücknehmen – und dennoch: Jetzt, da sie fort war, meinte ich das, was ich zu ihr gesagt hatte, mehr denn je.

Ich streckte meine Beine über dem Bettlaken aus. Es war glatt und abgenutzt. Ich konnte beinahe Jamies alten Schlaf unter meinem Rücken spüren. Die Bettdecke war aus mottenzerfressener Wolle und zu warm für das Wetter. Anderes Bettzeug, andere Decke. Anderes Zimmer. Alles war anders.

Etwa jede Minute sprang ein Lichtpunkt auf die gegenüberliegende Wand. Ich hörte, wie im unteren Bett Seiten umgeblättert wurden.

»*Penthouse* oder *Playboy?*«, fragte ich.

»Normalerweise ausschließlich *Hustler.* Aber seit Kurzem lese ich eher *Film Comment*«, sagte Jamie.

»Punktlandung«, antwortete ich.

»Wieso?«

»Meine Mutter abonniert *Film Comment.* Warum liest du das Blatt?«

»Manchmal steht da was drin über Samuraifilme. Will vom Orpheum hat es mir gesagt. Eigentlich hat er gesagt, ich sollte es lesen, wenn ich älter bin, aber ich hatte keine Lust, zu warten. Das ist komisch. Ich hätte nicht gedacht, dass noch jemand anders auf der Halbinsel das Heft abonnieren würde.«

»Ist so, als hätte man dich und mich bei der Geburt verwechselt oder so.«

»Schon gut, Arschloch.« Ich hörte Jamie umblättern, weiter und weiter. »Wo ist sie überhaupt?«, fragte er. »Deine Mutter?«

»Santa Cruz? Ich weiß es eigentlich gar nicht.«

»Das weißt du nicht? Das ist ungeheuerlich.«

»Was glaubst du, wer du bist? Der bescheuerte Roald Dahl? Ich bin sicher, deine Mutter kommt gleich rein, um dir die Brust zu geben.«

»Glaub ich nicht«, entgegnete Jamie ruhig. »Sie ist weg.«

»Weg? Wohin?«

»Sie ist wahrscheinlich in ihrem Zimmer. Aber wenn Daj ausläuft, dann ist sie so.«

»Daj?«

»Mein Dad. Wenn er auf Fangfahrt geht, dann ist sie oft irgend wie weg. Du wirst noch früh genug sehen, was ich meine.«

Es stimmte schon, dass nur ganz wenige Menschen derart zerstreut wirkten wie Betty North. Sie hatte gertenschlanke, sommersprossige Arme, die zur Taille herabfielen wie Auswüchse ihrer dunkelblonden Haare. Ihre Augen waren wie Frontscheiben an einem hellen Tag. Mein Vater hatte meine Mutter oft ermuntert, sich mit Betty anzufreunden. Sie hätten viel gemeinsam, sagte er. Schönheit, Söhne im gleichen Alter und übel riechende, unsensible Fischer als Ehemänner. »Tut euch zusammen und beschwert euch über uns«, pflegte mein Vater zu sagen.

»Ich habe genug Zeit allein verbracht«, antwortete meine Mutter.

»Sei fair.«

»Versuch mal, Augenkontakt mit ihr herzustellen«, sagte meine Mutter. »Das ist ungefähr so einfach, wie den Blick eines Leuchtturms zu erhaschen. Es ist so, als würde sie sich ein- und ausblenden.«

»Ist das schwierig?«, fragte ich Jamie von oben. »Das mit deiner Mutter?«

»Ich kenne es ja eigentlich nicht anders.«

»Hast du mal mit deinem Dad darüber gesprochen?«

»Meinst du das ernst?«

»Na ja, egal«, sagte ich. »Vielen Dank fürs Bett.«

»Das war nicht meine Idee«, sagte er.

»Es war auch für mich eine verdammt traurige Überraschung.«

Jamie knipste die Taschenlampe aus und sprach leiser. »Eine Überraschung, das kann man wohl sagen. Ich hätte nie gedacht, dass Richard mit nach Dutch Harbor fahren würde. Du vielleicht?«

Na klar. Jamie wunderte sich genauso wie ich. Soll er nur. Ich brauchte seine Hilfe nicht, und meine würde er nicht bekommen.

»Hast du noch nie deine Meinung über irgendwas geändert?«, fragte ich.

»Nicht, wenn ich eine Einkaufswagenladung eingemachter Schweineinnereien und Ungeziefer auf einen Esstisch gekippt hätte. Und dann war da noch die Sache mit dem Verkauf. Hast du das kapiert?«

Ich setzte mich auf und stieß mir dabei fast den Kopf an der Decke. »Nein, darüber habe ich nicht nachgedacht. Wo bin ich überhaupt? Sieht nicht aus wie mein Zimmer. Bei mir gibt es nicht diese ganzen schwulen Poster. Wie bin ich hierhergekommen?«

»Sarkasmus ist die Zuflucht der Schwächlinge«, sagte er. »John Knowles.«

»Jamie North ist ein weinerliches kleines Arschloch. Alle.« Er reagierte nicht, also machte ich weiter. »Ich wette mit dir, dass Richard nur darauf aus war, dass die Leute, dass unsere Väter ihn bitten. So ein Typ ist er. Wie könnte er denn alles einfach verkaufen? Das gehört doch alles seit mehr als hundert Jahren seiner Familie.«

Als ich das sagte, hielt ich es für die reine Wahrheit.

—

Am nächsten Tag, einem Freitag, rief meine Mutter zweimal an. Beim ersten Mal stellte ich mich schlafend, aber beim zweiten Mal erwischte Betty mich in der Küche und drückte mir den Hörer in die Hand. Sie hatte Frühstück gemacht, und der Geruch nach gebratenem Schinkenspeck hing noch in der Luft. Die Wände waren übersät mit gerahmten Fotos – Familienbilder, weihnachtliche Schnappschüsse von Jamie als kleinem Kind, vergilbte Fotos verstorbener Verwandter – zahllose forschende Augenpaare.

Ohne den Hörer ans Ohr zu nehmen, legte ich ihn zurück auf die Gabel. Ich wandte mich um zu Betty und rechnete fast damit, dass sie mir eine Ohrfeige geben würde – vielleicht verdiente ich das ja. Sie lächelte verständnisvoll, aber ihre Augen sahen müde aus. Sie zündete sich eine Zigarette mit einem Streichholz an, schüttelte es aus und fuhr damit fort, nachdem die Flamme schon erloschen war. Ich musste daran denken, wie sie im September in Greene Harbor inmitten der Menschenmenge stand und noch winkte, lange nachdem die Schiffe in der Ferne verschwunden waren. Wie sie auf zwei Fingern pfiff – ein schriller, trauriger Klang.

»Warum hast du das gemacht?«, fragte sie.

»Ich kann nicht mit ihr reden«, antwortete ich.

Betty nickte, als hätte sie es verstanden. »Vielleicht würde sie reden.«

»Kannst du es ihr sagen?«, fragte ich sie. »Kannst du ihr sagen, dass ich nicht mit ihr sprechen kann?«

Betty hatte Sommersprossen unter den Augen, die sie jünger aussehen ließen, als sie wahrscheinlich war. Ich fragte mich, ob sie all die Fotos gemacht hatte. Eine ganze Reihe Landschaftsfotografien hing im Wohnzimmer – Sturmszenen, Berglandschaften und Felder –, aber es gab keine Fotos von Alaska.

»Ach, mein Schatz«, sagte sie. »Deine Mutter würde mir niemals verzeihen.«

Das Telefon klingelte noch einmal.

»Ich kann ihr nicht verzeihen«, sagte ich.

»Hör dir an, was sie zu sagen hat, bevor du dich entscheidest.«

»Ich versuche es«, sagte ich. »Lässt du mich bitte allein?«

Die Küchentür war kaum zugefallen, als ich den Hörer aufnahm und wieder einhängte. Nach einem Augenblick nahm ich den Hörer von der Gabel und ging durch die Hintertür nach draußen. Die Straßen im Stadtzentrum waren verlassen, wie sie es Anfang September immer waren. Ich lief trotzdem weiter, den ganzen Weg nach Greene Harbor.

Schläfrige Vögel säumten die Pier. Die großen Schiffe waren weg. Fast konnte ich den Abdruck erkennen, den sie im Wasser hinterlassen hatten.

—

An diesem Montag begann die Schule. Als wir am Mittwoch nach Hause kamen, stand Betty am Küchentresen und trank weißen Traubensaft aus dem Karton.

»Ich habe dich gebeten, das zu lassen«, sagte Jamie.

Sie ging auf ihn zu und berührte seine Wange mit ihrem Handrücken. »Don Brooke war gerade hier mit einer schlechten Nachricht«, sagte sie. »Richard Gaunt ist in der Inside Passage über Bord gegangen. Sie haben die Suche nach ihm abgebrochen.«

Ich war weder erschüttert noch überrascht. Ich wünschte nur, meine eigene Mutter hätte mir die Nachricht überbracht.

4 Mitte September wirkte es so, als würde die Sonne dreimal am Tag auf- und untergehen. Nach zwei Wochen vorgetäuschter Gleichgültigkeit kletterte ich auf Jamies Kommode und aus dem Schlafzimmerfenster. Zehnmal hatte ich ihm dabei zugeguckt, für ihn war es ein leichtes und elegantes Kunststück. Aber meine Knie fanden keinen Platz auf dem Sims. Ich schrammte mit dem Rücken am Schiebefenster entlang und purzelte mit der Schulter voraus in die Dunkelheit.

»Hat nicht allzu wehgetan, oder?«, fragte Jamie. Er saß auf dem Flachdach mit dem Rücken zum Haus, die Beine auf dem Teer und Splitt ausgestreckt wie ein Landstreicher, der gerade auf einen Güterzug gesprungen war. Ich entfernte ein Stückchen Splitt von meiner Handfläche und schnippte es zu ihm hinüber.

»O Mist, mein Auge!« Er schüttete sich aus vor Lachen.

»Bist du fertig mit Rauchen?«, fragte ich.

»Willst du mir damit sagen, du möchtest ein erstklassiges Tabakprodukt mit mir teilen?«

»Darf ich?«

Am Morgen war es nasskalt gewesen, aber nachmittags wurde es richtig heiß. Der Teer war noch warm. Das Flachdach lag wie eine Schürze über der Dunkelheit. Jamie warf mir eine Packung Winston herüber. Ein Streichholz flammte zischend auf und beleuchtete die Sommersprossen um seine Nase.

»Danke«, sagte ich. So viel hatten wir nicht mehr miteinander gesprochen, seit Richard über Bord gegangen war.

An jenem Tag verbreitete sich die Nachricht wie ein Lauffeuer über die Straßen und Telefonleitungen unserer Stadt. Männer in Rechtecken aus gelbem Licht verbreiteten die Todesmeldung in dunklen Bars. Frauen vor Schaufenstern in der Stadtmitte seufzten vor Kummer – oder war es diesmal Erleichterung? Das Telefon der Norths läutete stundenlang.

Als ich am Nachmittag auf der hölzernen Uferpromenade entlangging, begegneten mir zwei Polizisten, Garrett Lindstrom und ein anderer, dessen Nachname Heiner war. Beide hatten mal für meinen Vater gearbeitet. Sie standen mit gespreizten Beinen über ihren Fahrrädern, ihre blauen Umhänge waren glitschig vom Regen.

»Ich meine, was hatte er denn erwartet?«, fragte Heiner. »Ich dachte immer, er wäre schlauer gewesen. Nicht unbedingt fähiger, aber zumindest schlauer.«

»Cal«, sagte Lindstrom und grinste, als er mich sah. »Das mit Richard hast du schon gehört, oder?«

Aber am Montag erwähnte niemand in der Schule Richard. Ich hatte mich in Belinda's Deli umgehört, und auch dort war sein Name nicht gefallen. Es kam mir vor, als sei er ausradiert worden. Nicht gerade überraschend. Was soll man schon über ein Feuer sagen, das ausgegangen ist?

Für jeden in Loyalty Island war sein Tod eine ausgesprochen glückliche Tragödie. Sosehr Richard auch gehasst wurde – er war ein Gaunt. Es hatte niemals ein Loyalty Island im Bundesstaat Washington ohne die Gaunts gegeben. Jetzt war es so weit. Es war unmöglich, zu beschreiben, wie das auf den Kerl auf dem Barhocker neben einem wirkte oder auf die Frau, die hinter einem in der Schlange an der Supermarktkasse stand, oder auf den Jungen neben dir auf der Toilette, der in der Mittagspause heimlich eine Zigarette rauchte.

Es gab in der Stadt nur einen einzigen Menschen – zumindest, soweit ich wusste –, der noch über Richard sprechen wollte und mit dem ich unglücklicherweise das Zimmer teilte. Am Morgen nachdem wir die Nachricht gehört hatten, stand Jamie schweigend in der Tür zum Badezimmer, während ich mir die Zähne putzte.

»Was ist?«, fragte ich. »Was? Was?«

Er holte tief Luft. »*Was* stimmt. Meinst du nicht auch –«

Ich spuckte Zahnpasta auf seinen Fuß und machte die Tür zu.

In den nächsten zwei Wochen NR – »Nach Richard« – sagte Jamie nie, was er dachte, aber ich bemerkte, wie der Argwohn seine Mundwinkel zum Zucken brachte. Ich war mir sicher, dass er diesbezüglich eine Theorie hatte – die hatte er nämlich immer in solchen Fällen. Auf dem Schulweg ging ich zwei Schritte voraus. Das Abendessen, das Betty machte, aß ich allein oben im Schlafzimmer. Wie Jamie gesagt hatte, es störte sie offenbar nicht.

Ich war mir nicht schlüssig darüber, was Richards Tod auf See besagte. Die Einzelheiten über das Geschehen waren nach wie vor lückenhaft. Die Fangsaison wurde nicht abgebrochen, wenn jemand über Bord ging, selbst dann nicht, wenn derjenige Richard Gaunt hieß. Eine ganze Weile redete ich mir ein, dass ich schon bald Bescheid wissen würde, dass ich, wenn ich bei der Rückkehr meines Vaters dabei wäre, wenn ich Augenkontakt mit ihm hätte, während er von Bord ging, ihn unvorbereitet erwischen würde, dann wäre alles klar. Nach ein oder zwei Tagen musste ich diese Wunschvorstellung aufgeben.

Das Problem bestand darin, dass mein Vater in meinem Kopf niemals so lebendig präsent war wie seit dem Augenblick, als ich ihn des Mordes verdächtigte. Ich konnte jedes Fältchen um seine Augen erkennen, die wie ein Setzling geformte Narbe, die sich von seiner Oberlippe bis zum linken Nasenloch wand. Ich sah ihn am ersten Arbeitstag auf der Beringsee, sah seinen ersten Blick auf die Wellen, die wie Bruchplatten aus Schiefer an den Rumpf schlugen. Ich roch den grünen Schlamm, den die Mannschaft auf den Rücken seiner Öljacke schmierte – das sollte Glück bringen, wie sie sagten. Und ich sah, wie er Dons und Sams Zigarettenrauch mit der Hand fortwedelte, damit er mit ihnen die Köpfe zusammenstecken und schreckliche, mörderische Dinge flüstern konnte.

Mit meiner Mutter war es eine ganz andere Sache. Ich hatte erwartet, dass sie wieder anrufen würde, aber das hatte sie nicht. In der zweiten Woche sah ich schon nicht mehr auf den Anrufbeantworter, wenn ich aus der Schule kam. Stattdessen dachte ich immer wieder über unser letztes Gespräch nach. Manchmal bedauerte ich, was ich zu ihr gesagt hatte. Manchmal glaubte ich, dass alles anders gelaufen wäre, wenn ich mich in jenen Minuten in meinem dunklen Schlafzimmer anders verhalten hätte. Meine Mutter wäre dann noch in Loyalty Island. Richard Gaunt wäre noch am Leben. Manchmal dachte ich, dass nichts, was ich getan hatte, jemals eine Rolle spielte.

Eines Nachts träumte ich, dass ich die schwach beleuchteten Flure in einem Krankenhaus entlangging. Unter den Türen lief Wasser aus. Ich öffnete eine der Türen und sah meine Mutter im Bett, ihr Bauch aufgebläht, groß wie eine Schildkröte. John Gaunt stand am Bett, gekleidet wie ein Arzt, und hielt ihre Hand mit seinen langen weißen Fingern. »Cal«, sagte er. »Du bist der reinste Forscher. Furchtlos!« Dann nahm er sein Gebiss heraus und legte es meiner Mutter auf den Kopf wie ein Diadem.

Als ich aufwachte, hatte ich den Wunsch, mit ihr zu reden.

Megs Telefonnummer hätte ich mit Leichtigkeit herausbekommen. Aber als ich mir den Verlauf unseres Gesprächs vorzustellen versuchte, hörte ich nur gezupfte Gitarrenklänge und roch die Seifenlauge von Megs abgewetzten Läufern. Und deshalb stellte ich mir unser Gespräch nur vor. Immer wieder rief ich mir in Erinnerung, was sie an jenem letzten Abend in meinem Zimmer gesagt hatte. »Du weißt, dass dein Vater keinem Menschen wirklich wehtun würde.« Und ich rief mir auch die Worte meines Vaters in Erinnerung, die er mir am Morgen seiner Abfahrt gesagt hatte. »Ich bin sicher, dir ist aufgefallen, dass es ihr nicht besonders gut geht. Das hast du doch bemerkt, oder?«

Was hatte ich bemerkt? Das war die Frage, die ich mir in dem September fast jeden Tag aufs Neue stellte. Gleichzeitig aber kamen mir die Antworten distanziert und nicht sehr wirklichkeitsnah vor. Es kam mir vor, als sei ich in ein anderes Leben getreten, ein Leben, dem ich Mitgefühl und Interesse entgegenbrachte, aber eben auch ein Leben, das ich nicht ändern konnte.

Eines Tages nach der Schule kam ich an einem Rasen vorbei, der mit einem Sprinkler bewässert wurde – im September vollkommen unsinnig auf der Olympic-Halbinsel. Mit einem geschwinden Schritt wich ich dem Sprühregen aus, der zum Gehweg herumschwang, dabei fiel mir der Hefter aus der Hand. Als ich mich bückte, um meine Hausaufgaben zur Geschichte der Welt aufzuheben, haute mich ein Gedanke fast um. *Wo ist sie?* Und plötzlich hatte ich Atembeschwerden. Ich saß vielleicht eine halbe Stunde lang auf dem Rasenstück zwischen Straße und Gehweg, während der Sprinkler wie eine Spielzeugeisenbahn ratterte.

Später am Abend fand ich Jamie auf dem Dach vor. Seine Zigarette glühte kirschrot in der Dunkelheit. Sie schien so weit entfernt wie das blinkende Licht an der Tragflächenspitze eines Jets. Seine Tennisschuhe schrappten über den Splitt. Ich spürte eine leichte Brise.

»Also, sag mal«, begann ich. »Was ist los mit Richard, was glaubst du?«

»Ich verstehe wirklich nicht, was du meinst«, antwortete Jamie. »Er ist tot, ich glaube, das steht fest.«

Der Schatten, den das Haus warf, ließ sein Gesicht in der Dunkelheit verschwinden. Seine Stimme verriet keine Verschlagenheit.

»Ist das alles?«, fragte ich.

»Stimmt was nicht?«

»Ich dachte, du hättest irgendeinen Einfall«, sagte ich. »Warum zum Teufel wolltest du denn mit mir reden, wenn du keinen Einfall hast? Worüber könnte man denn sonst reden?« Meine Stimme klang brüchig, und ich konnte nichts mehr sagen. Ich hörte, wie Jamie aufstand.

Zwei Hemlocktannen reichten bis auf Augenhöhe zu uns herauf. Jamie griff sich eine Handvoll flacher Nadeln und zerrieb sie zwischen Zeigefinger und Daumen. Er setzte sich wieder neben mich.

»Ich liebe diesen Geruch.« Er reichte mir die zerriebenen Nadeln. Meine Nase lief. Ich hoffte, es war zu dunkel, um mein Gesicht zu sehen. Er schnippte die Nadeln weg und zündete zwei Zigaretten an. Eine gab er mir.

»Wir haben kein Date«, sagte ich.

»Du hast niemand anderen, mit dem du reden kannst«, sagte er.

Jamie North. Seine Intelligenz machte keinen Eindruck auf mich, obwohl sie offenkundig war. Auch seine Ansprüche beeindruckten mich nicht, aber ich war eifersüchtig auf ihn. Wenn *sein* Vater mit uns Baseball spielen wollte, kaute ich Sonnenblumenkerne und schlug *Line Drives.* Das musste ich. Aber Jamie konnte einfach auf der Tribüne herumspazieren und Echos nachlauschen. Dass alle anderen nicht so viel Glück hatten wie er, fiel ihm nicht auf – das war sein Problem.

Jamies erster Schwarm war ein Mädchen namens Andrea, das im Sommer vor der sechsten Klasse nach Loyalty Island zog. Schon im Alter von zwölf Jahren hatte sie eine frauliche Schönheit, nicht bloß die eines Mädchens. Wahrscheinlich hätten sich alle Jungs um sie gerissen, wenn da nicht etwas gewesen wäre. Ihr rechtes Bein war um einige Zentimeter länger als ihr linkes. Sie gab sich Mühe, diese Fehlbildung mit bodenlangen Röcken zu vertuschen, aber wenn man erst einmal die leichte Unsicherheit ihres Ganges und die dicke Sohle ihres linken Schuhs bemerkt hatte, war es nicht möglich, dieses Handicap zu ignorieren.

In Loyalty Island waren wir an Hände mit vier Fingern und an Querschnittsgelähmte gewöhnt, aber für die meisten unter uns war Andreas Fehlbildung verdächtig, weil sie so vollkommen sinnlos war. Jamie war nicht wie die meisten von uns. Er folgte ihr auf Schritt und Tritt. Sie aßen gemeinsam zu Mittag, allein auf der Bühne in der Sporthalle. Im Biologieunterricht sezierten sie gemeinsam denselben Frosch, und sie schrieben auch einen Einakter über die Neandertaler, der damit endete, dass Andrea Jamie bewusstlos schlug und ihn zurück in ihre Höhle schleifte. An Halloween gingen sie beide als Vampire, und Jamie musste vor dem Schulkarneval Kunstblut auf ihre Lippen tupfen. »Ich hätte sie küssen können«, sagte er später. »Ich bin mir ziemlich sicher, ich hätte sie küssen können.«

In dem Januar nannte einer aus unserer Klasse mit Namen Kinjo während der Geografiestunde Andrea einen »komischen Vogel«. Kinjo war ein Rüpel und Quälgeist, und wir wussten alle, dass eine Beleidigung von ihm so gut wie ein Kompliment war. Dennoch sprang Jamie mitten im Unterricht auf. Nicht nur Kinjo, uns alle schrie er an, wir wären bekloppt, über Andrea zu urteilen. Andrea ist anders, sagte er, ist das vielleicht ein Problem? Er redete, als hätte er seine Ansprache im Kopf vorformuliert; möglich wäre es gewesen. Unsere Lehrerin, Mrs. Waltz, stand an der Tafel und strahlte.

Aber Andreas Gesichtszüge schrumpelten förmlich; ihr Mund verschloss sich zu einem Strich. Wenn Jamie nur einmal zwischendurch zu ihr geschaut hätte, dann hätte er unter ihren zitternden Augenlidern die Tränen hervorquellen sehen, wobei sie ihr Kinn gegen die Schulter gedrückt hielt. Aber er fuhr fort, bis Andrea schließlich flüsterte: »Halt die Klappe, Jamie.« Und dann immer lauter: »Hör einfach auf, bitte halt die Klappe, bitte, bitte halt die Klappe! Halt's Maul! Halt's Maul!«

Am nächsten Tag aß Jamie allein in der Cafeteria und sah weg, wenn Andrea vorbeiging. Er schien sich damit abgefunden zu haben, dass sie ihm nicht verzeihen würde, aber er begriff einfach nicht, was er falsch gemacht hatte, dass nämlich seine Verteidigungsrede demütigender war, als Kinjos Beleidigung es je hätte sein können. Zu der Zeit war ich mir sicher, dass er es nie begreifen würde. Niemals hätte ich gedacht, dass Jamie nur zwei Jahre später der einzige Mensch auf der Welt sein würde, mit dem ich reden, dem ich vertrauen konnte.

Wir saßen am Rand des Daches und ließen die Beine in die Dunkelheit baumeln. Ich roch den Duft der Tannennadeln an meinen Fingern, ein Aroma, das mich an den Winter erinnerte. Der Wind ließ die Zweige erzittern.

»Ich würde dich schon fragen, was mit deiner Familie los ist«, sagte Jamie, »aber du möchtest ja nicht darüber reden. Aber wenn du es wolltest ...«

»Wenn ich es wollte«, sagte ich. »Klar.«

»Ich will dir nicht blöd kommen«, sagte er. »Du hattest recht. Neulich Abend wollte ich schon sagen, dass unsere Dads ihre Finger im Spiel gehabt haben könnten bei dem, was vorgefallen ist.«

»Aber jetzt sagst du es nicht?«

»Jetzt glaube ich, wir beide sind mit einer Menge Geschichten groß geworden.«

Wir krochen durch das Fenster zurück und gingen zu Bett, ohne das Licht anzumachen. Jamie hatte recht. Selbst als ich mich den Flur unseres Hauses in der Seachase Lane entlanggeschlichen oder am Türspalt meines Schlafzimmers gelauscht hatte, dachte ich an Jim Hawkins aus der *Schatzinsel* – ich versuchte, eine Geschichte zu durchleben, die nicht wirklicher war als irgendeine andere, die Robert Louis Stevenson jemals geschrieben hatte. Ich war erleichtert, aber auch auf seltsame Weise enttäuscht. Und ich begriff, dass diese Enttäuschung über den Gedanken daran, dass mein Vater kein Mörder war, den Beweis lieferte, den ich brauchte. Ich war schon fast eingeschlafen, als Jamie sich noch einmal meldete.

»Da wäre noch etwas«, sagte er. »Erinnerst du dich daran, wer meine Mutter über den Vorfall mit Richard informiert hat?«

»Don Brooke«, antwortete ich.

»Genau. Und warum ist er jetzt nicht mit den anderen in Alaska?«

—

Die Reifen meines Fahrrads wühlten den Kies in unserer Einfahrt auf. Ich war nur einmal zu unserem Haus in der Seachase Lane zurückgekehrt, hatte mir das Fahrrad aus der Garage geschnappt, war losgestrampelt und hatte keuchend über dem

Lenker gehangen. Das war in der ersten Woche nach Richards Tod, als der Schatten meines Vaters über mir schwebte, immer wenn ich in der Sonne war. »Du wirst nicht zurückkommen müssen«, hatte er gesagt. Aber jetzt war fast ein Monat um, und die Worte meines Vaters hatten nicht mehr dieselbe Macht über mich. Dennoch stellte ich mein Fahrrad an einer Bank im Henderson Park ab und arbeitete mich durch den Wald zu unserem Hintergarten vor.

Ich fummelte unter dem Gasgrill nach dem Schlüssel und schloss die Hintertür schnell und leise auf. Es würde noch Monate dauern, bis mein Vater wiederkam, aber ich rechnete jeden Augenblick damit, den Tritt seiner Stiefel an der Tür zu hören. Sein Bambuslehnstuhl stand hinter dem Haus, die Sitzkissen durchgeweicht vom Regen, das Holz weiß von Schimmel.

Ich hatte in den vergangenen zwei Wochen jeden Abend auf Jamies Dach verbracht, seine Zigaretten geraucht und mit ihm über die Mädchen gequatscht, von denen wir wussten, dass bei ihnen die Brüste sprossen, und über die Jungs, die uns Lügenmärchen auftischten über Mädchen, die ihnen angeblich einen runtergeholt hatten. Wir sprachen auch über bestimmte Ecken der Welt, die unsere Traumziele waren. Wir räsonierten über *Krieg der Sterne,* und ich hörte mir an, was Jamie mir über die Samuraifilme erzählte, die auf seinen Postern dargestellt waren: *Harakiri, The Sword of Doom – Das Schwert des Schicksals, Yojimbo – Der Leibwächter;* und die Filme, über die er etwas in Zeitschriften gelesen hatte: *Der Fremde im Zug, Die Ratte von Soho, Der dritte Mann.*

»Hast du denn einige von den Filmen überhaupt gesehen?«, fragte ich.

»Wo hätte ich sie denn sehen sollen?«, entgegnete er ungeduldig. Er sagte, das sei doch egal, und vielleicht war es das ja auch.

Viele Jahre später, als ich in einem Studentenkino in Ann Arbor in Michigan endlich den Film *Der dritte Mann* sah, musste ich an die Abende auf Jamies Dach denken, wenn wir darüber sprachen, was für ein Vollidiot Kinjo doch war und dass es die Leute einen Scheißdreck kümmern würde, wenn er morgen abkratzte. Dort, in der Dunkelheit des Kinosaals, zig Kilometer und viele Jahre entfernt von Loyalty Island, fragte ich mich, ob Jamie es jemals geschafft hatte, sich den Film anzusehen. Und ich wurde unendlich traurig, weil mir klar war, dass er nicht einmal meine Stimme erkannt hätte, wenn ich ihn angerufen hätte, um ihn danach zu fragen.

Einer der Filme, die Jamie in jenem Herbst immer wieder erwähnte, war Kurosawas *Das Schloss im Spinnwebwald*. Ich wusste, dass sich die Kassette in einem Karton neben unserem Videorecorder befand, zusammen mit zwanzig anderen japanischen Filmen, deren Titel ich nicht aussprechen konnte. Ich war ein Volltrottel, seit ich bei den Norths untergekommen war – und es war tatsächlich auch meine Absicht gewesen, auf Volltrottel zu machen. Jetzt hoffte ich, es dadurch gutzumachen, dass ich den Videorecorder und alle Kassetten, die ich tragen konnte, mit zu Jamie nahm. Das war das Mindeste, was mir meine Mutter schuldete, dachte ich.

Im Haus zog ich mir wie immer die Schuhe aus. Ich rechnete mit dem Geruch nach abgestandener Luft, dem Geruch von Kartons im Keller und von vergilbtem Packband. Wenn ich nach einer oder mehr Wochen wieder nach Hause kam, registrierte ich zuerst den Geruch. Riecht so mein Leben, dachte ich dann bei mir, oder ist das der Geruch der Abwesenheit meines Lebens? Jetzt roch das Haus nach Regen, als hätten die Fenster die ganze Zeit offen gestanden. Aber die Fenster waren zu, und der Teppichboden gab weich nach, als hätte ihn lange niemand mehr betreten. Die Küchenschränke waren geschlossen, die Bücher standen aufgereiht in den Regalen. Dennoch sah ich mich instinktiv nach Lebenszeichen um. Steckte im Ablauf der Spüle ein Schwamm, als ich wegging? Gab es da einen Kaffeering auf der Resopalplatte? Einen dunklen Schmutzfleck auf dem Zettel mit der Telefonnummer, der neben den Apparat geklebt war?

Als ich noch zu klein war, um es besser zu wissen, hatte ich meinem Vater gesagt, dass ich ihn vermisste, wenn er weg war. Er nahm mich dann hoch und setzte mich auf den Schoß. »Weißt du«, sagte er, »wenn du mich irgendwann mal erreichen musst, dann ist es auch möglich. Es ist nicht einfach, aber möglich.« Er riss ein Stück von einem Briefumschlag ab und schrieb darauf die Nummer der Pacific-Fischfabrik in Dutch Harbor. »Sie können mich per Sprechfunk erreichen«, sagte er. »Es würde eine Weile dauern, aber ich würde mich bei dir melden.« Wir klebten den Zettel neben das Telefon in der Küche, und selbst als das Klebeband vergilbt und die blaue Schrift verblasst war, erinnerte die Nummer noch daran, dass *weggegangen* nicht *vergangen,* sondern nur *irgendwo anders* bedeutete.

Aber als ich diese verlassenen Räume inspizierte, ging es mir durch den Kopf, dass die Leute, die in einigen Wochen oder Monaten nach Loyalty Island zurückkämen, nicht dieselben wären wie diejenigen, die Anfang September nach Alaska aufgebrochen waren. Der Mann, der in der Essecke in der Küche seinen Kaffee getrunken hatte, war weg. Die Frau, die am Herd gestanden, Nudeln ins kochende Wasser geschüttet und den Dampf mit der Hand weggewedelt hatte, war auch weg.

Ich stopfte *Das Schloss im Spinnwebwald* und alle anderen Filme, die ich noch auftreiben konnte, in meinen Rucksack. Ich kämpfte mit der Verkabelung des Videorecorders und bemühte mich, mir zu merken, welches Kabel wo eingesteckt war. Ich kroch hinter den Fernseher, um es besser sehen zu können, und erstarrte. Ich hockte regungslos da, eine volle Minute, atmete ganz leise und wartete darauf, dass die Täuschung verflog.

Aber ich hatte mich nicht getäuscht. Ich hörte Musik. Ich kroch zum Warmluftschacht der Heizung. Das Metallgitter war warm an meinem Ohr. Die Heizung lief mit leisem Brummen zu den Akkorden von Duke Ellingtons »Lotus Blossom«, einem Song, den meine Mutter mindestens tausendmal aufgelegt hatte.

5

Graue Wolken glitten über den Himmel, türmten sich zu Haufen auf und schüttelten den Regen ab wie Hunde. Das Licht verblasste, während die Tage kürzer wurden. Das Wasser in der Bucht verwandelte sich in ein trübes Grün, und egal, wie lange ich hinaussah, es starrte zurück mit demselben gelangweilten Ausdruck. War es schon Winter? Ich wusste es nicht.

An den meisten Nachmittagen nahm ich mir Zeit für unser Haus in der Seachase Lane. Nach der Schule verdrückte ich mich, schlich aus dem Haus der Norths, wenn Jamie Fernsehen guckte und Betty in ein Kreuzworträtsel vertieft war. Wenn ich zurückkam, blies ich mir in die Hände und rieb meine Waden, als hätte ich eine Radtour gemacht.

Es war nicht so, dass ich von Jamie nicht erwartete, er könne das verstehen. Ich wollte nicht erklären müssen, was ich tat, weil ich es nicht erklären *konnte.* Diese Nachmittage allein im Haus meiner Eltern machten einen verschwommenen und geheimnisvollen Eindruck auf mich, genau das, was mir fehlte.

Wie dem auch sei, Jamie hatte seinen neuen Videorecorder und einen ganzen Haufen körniger, untertitelter Filme, mit denen er sich beschäftigen konnte. »Hast du eine Ahnung, wie schwer es ist, manche von diesen aufzutreiben?«, sagte er, während er meinen Rucksack durchwühlte.

»Hol dir zu den Filmen keinen runter, wenn ich in der Nähe bin«, sagte ich.

»Nein, im Ernst, danke.« Sein Gesichtsausdruck verbarg nie

etwas. Ich wäre stolz gewesen, hätte ich an irgendetwas anderes denken können als an zu Hause.

Am ersten Nachmittag rannte ich nach nur wenigen Takten von »Lotus Blossom« wieder aus dem Haus. In dieser Nacht lag ich im Bett und hörte, wie Finger Mollakkorde auf dem Klavier griffen. Am nächsten Tag ging ich wieder hin und rechnete immer noch vage damit, dass ich mir alles nur eingebildet hatte. Aber ich hörte wieder Musik, als ich ins Wohnzimmer ging. Synthesizer-Passagen aus Brian Enos Album *Another Green World* schlängelten sich wie Kletterpflanzen durch den Warmluftschacht. Nach Eno legte sie *Saxophone Colossus* von Sonny Rollins auf, danach eine Rhythm-and-Blues-Platte, die ich nicht kannte, und dann Robert Johnson. Ich konnte hören – zumindest dachte ich das –, wie die Nadel knisterte, als sie noch einmal »Kind Hearted Woman« abspielte.

Ich begriff nicht, was da geschah, aber zunächst einmal kümmerte es mich auch kaum. Es reichte mir, den Fußboden vibrieren zu spüren, wenn die Heizung ansprang, und zu fühlen, wie die aufsteigende Warmluft den Saum meiner Jeans trocknete. Ich hätte in den Keller gehen und an die Tür klopfen können, aber ich befürchtete, wenn ich den Traum durcheinanderbrachte, würde er sich vor meinen Augen auflösen oder ich mich vor ihm.

Es kam mir nicht in den Sinn, dass meine Mutter hören würde, wie der Fußboden über ihr knarrte, die Hintertür zuschlug, das Wasser in die Spüle lief. Solche vernünftigen Überlegungen konnte ich mir nicht erlauben. Ihre Abreise ergab so wenig Sinn, und ihre Gegenwart jetzt, obwohl geheimnisvoll, kam mir seltsam vertraut, seltsam tröstlich vor.

Ich suchte das Haus nach Beweisstücken ab. Der Kühlschrank war ausgeräumt bis auf eine verkrustete Senfflasche von French's und ein halb volles Glas Oliven. Die blau und orange gewürfelte Tagesdecke auf dem Bett meiner Eltern war ordentlich aufgelegt. Ich riss ein Stück Papier aus meinem Notizbuch und legte es ans Fußende. Am nächsten Tag war es noch da, unberührt, das einzige Zeichen meiner Gegenwart, das ich hinterließ. Ich lief in der Nachbarschaft herum und hielt Ausschau nach dem Chevrolet Chevette. Ich überprüfte die Schmutzränder an den Toilettenschüsseln. Ich untersuchte feuchte Abdrücke auf dem Wohnzimmerteppich, wobei ich meine eigenen Fußspuren vergaß.

Aber das war nichts als Show. Ich rief nicht Megs Nummer an, die auf ein Stück Papier gekritzelt war, das unter der Nummer der Pacific-Fischfabrik klebte. Ich ging nicht hinunter in den Keller und näherte mich nicht der mintgrünen Studiotür, weil ich mich wohler fühlte, wenn ich mich im Wohnzimmer an die Wand lehnte und am Warmluftschacht lauschte, wohler als je zuvor, nachdem John Gaunt gestorben war.

Ich tat so, als wären die Platten, die sie auflegte, verschlüsselte Signale, und ich war überrascht, wie viel ich davon kapierte. Obwohl ich nicht jede Schallplatte kannte, konnte ich genug einordnen. Ich hatte nie begriffen, wie viel von ihrer Musik bei mir hängen geblieben war während der Wintermonate, die wir gemeinsam im Haus verbrachten. Eines Nachmittags legte sie Bud Powells Album *The Invisible Cage* auf. Ich konnte mich an den Tag erinnern, als sie die Platte in einem Musikladen am Pioneer Square gekauft hatte. »Nach dieser Platte suche ich schon eine ganze Zeit«, hatte sie gesagt. »Bud war damals schon ziemlich hinfällig, aber immerhin ...« An einem anderen Tag spielte sie ein Album mit dem Titel *Firebirds* von einem Saxofonisten namens Prince Lasha, das sie schon besaß, als ich noch ein kleines Kind war. Ich erinnere mich daran, dass ich die Plattenhülle anguckte und sie fragte, ob der wirklich ein Prinz war. Sie hatte gelächelt und so getan, als würde sie den Covertext lesen. »Keine Ahnung«, antwortete sie. »Hier steht es jedenfalls nicht drauf.« Einmal legte sie Neil Youngs *After the Gold Rush* auf, und ich erinnerte mich, dass sie mir den Text zu »Tell Me Why« beibrachte, während wir das Abendessen zubereiteten. Bei solchen Anlässen versuchte ich herauszubekommen, welche Platte wohl als nächste an der Reihe wäre.

Ich stellte mir meine Mutter in ihrem blauen Morgenrock aus Flanell vor, den sie trug, als ich noch klein war. Auf dem Revers war ein goldener Löwenkopf eingestickt. Ich stellte sie mir vor, wie sie im engen Zimmer auf und ab ging und darauf achtete, nicht auf die Plattenhüllen zu treten. Ich stellte mir vor, wie ihr Arm bis zum Ellbogen in einem gelben Karton voller Cornflakes steckte, während sie die hohle Hand unter den Wasserhahn des doppelten Spülbeckens hielt. Ich stellte mir vor, wie ihre Augenlider flatterten, wenn sie durch ein Klopfen an der Kellertür aufgeschreckt wurde. »Cal?«, sagte sie. »Gib mir noch ein bisschen Zeit. Mach dir keine Gedanken. Nur noch ein bisschen.«

Ich musste nur an die Tür klopfen.

In der Schule saß ich an meinem Pult, fühlte das mintgrüne Holz an meinen Knöcheln und hörte das hohle Klopfen. Tag für Tag – »Tell Her No« von den Zombies in der Dauerschleife, Erik Satie, das Freejazz-Album *Spirits Rejoice,* noch mehr Robert Johnson, Thelonious Monks Album *Brilliant Corners* –, ich konnte es einfach nicht.

In der nächsten Woche fuhr ich mitten in der Nacht mit einem erstickten Schrei hoch. Ich kroch aus dem Etagenbett und durch das Fenster aufs Dach. Der Himmel war klar genug, dass man Tausende Sterne sehen konnte, und immer noch regnete es. Feuchter Splitt klebte an meinen Füßen. In meinem Albtraum hatte meine Mutter die Kellertür geöffnet, ihre geisterhaften grünen Augen waren tief eingesunken, und sie ging auf Zehenspitzen in ruckartigen Schritten wie in einer Zeitraffer-Aufnahme. Sie verströmte einen Geruch von Würmern und Gras.

»Hast du meine Mitteilungen nicht bekommen?«, fragte sie.

Ich sah mich nicken.

»Was besagen sie?«

»Dass du umgebracht wurdest«, antwortete ich.

Sie sprang mit wehendem Haar durch die Decke, ich rannte die Treppe hoch und konnte gerade noch sehen, wie sie durch das Wohnzimmer glitt, hinauf auf den Dachboden und dann hinaus in den Himmel.

—

Obwohl ich es kaum bemerkte, spie die Flut Treibholz auf die Steine von Black's Beach, neue Ausgaben des *Loyalty Journal* stapelten sich ungelesen in orangefarbenen Plastikhüllen auf den Veranden, und die Zeit verging, Tag um Tag. In der ersten Oktoberwoche gab es Neuigkeiten aus Alaska.

Mein Vater sagte immer, man könne Erfolg oder Misserfolg einer Fangsaison einschätzen, bevor der erste Korb nach oben kommt. Wenn die Hydraulikwinsch heult und knarrt, dann weiß man, dass man gerade gutes Geld gemacht hat. Aus Gründen der Tradition würde er in so einem Augenblick die Arbeit an Deck einstellen und die Mannschaft an der Reling aufstellen lassen – zum Jubeln oder Fluchen.

In jenem Jahr heulte, knarrte, zitterte und keuchte offenbar die Winsch. Man konnte noch nicht einmal Energie zum Feiern vergeuden. Der neunzig Tonnen fassende Laderaum war innerhalb weniger Tage randvoll. Und das nicht nur auf der *Laurentide,* sondern auch auf der *Cordilleran* und auf fast allen anderen Schiffen der Bering-Flotte.

Jeder Skipper prahlt für gewöhnlich, er habe gelernt, wie ein Krebs zu denken, aber die Krebse strafen ihn normalerweise Lügen. In dem Jahr jedenfalls hatten die Krebse beschlossen, die Kodiak-Bucht in Massen zu boykottieren. Die dort ansässigen Fischer hauten mit leeren Fangkörben auf die Reling, verwünschten sich gegenseitig, dazu ihre Skipper und ihre Kinder. Aber in der Beringsee, wo die Männer von Loyalty fischten, schienen die Königskrabben vom Grund des Ozeans aufzuquellen – in Mengen, wie sie nie zuvor gesehen worden waren.

Dies Missverhältnis brachte die Männer der Fisch verarbeitenden Betriebe in Kodiak zum Kettenrauchen und führte dazu, dass sie Unmengen von Zahnstochern zerkauten. Das war ja das Schöne. Dieselben Wichser, die in den vergangenen Jahren die Schiffe die ganze Nacht darauf warten ließen, ihre Ladung zu löschen, während der Fang in den Seewassertanks krepierte, die mit den Schultern zuckten und vor sich hin spuckten, wenn man sich darüber beschwerte, wie viel Geld ihr Verhalten einen kostete, die waren jetzt am Arsch. Sie flehten die Bering-Flotte über Bordfunk an, ihre Ladung nach Kodiak zu bringen, und boten den Fischern mehr pro Pfund, als sie jemals bekommen hatten.

Eines Abends rief mein Vater von einem der Betriebe in Kodiak an, mit der begeisterten, erschöpften Alaska-Stimme. Jedes Mal, wenn er eine Atempause einlegte, gab es den reinsten Blizzard an atmosphärischen Störungen in der Leitung. Als ich den Hörer aufnahm, setzte die alte Routine ein.

»Wie steht's mit der Qualität?«, fragte ich, als stünde ich in der Küche in der Seachase Lane, als würde ich Zeit gewinnen wollen, bevor ich den Hörer meiner Mutter zurückgeben musste.

»Unglaublich. Wirklich scheißunglaublich. Fast keine vergammelten Exemplare oder irgend so was.«

»Und das Wetter war erträglich?«

»Nee, es war scheiße, aber wenn du so eine Fangfahrt hast, dann glaubst du, du bist aus Stahl. Ich fühle mich wie Green Lantern, oder wie heißt der Kerl noch mal?«

»Superman«, sagte ich.

»Superman«, sagte er. »Natürlich! Superman! Was habe ich gesagt? Ich muss erst mal eine Runde schlafen.«

»Solltest du wirklich«, sagte ich und durchbrach dann die Routine. »Ich habe das mit Richard gehört.« Die atmosphärischen Störungen meldeten sich kurz zurück.

»Ich glaube, jeder hat es mitgekriegt«, sagte mein Vater.

Wie viele Kilometer Unterwasserkabel mochten diese Worte gerade zurückgelegt haben, ohne mir etwas zu sagen? Ich ließ das Rauschen in der Leitung antworten und hoffte auf mehr von seiner Seite.

»Ja, das ist schon eine Tragödie. Aber so was kommt vor. Das weißt du doch. Und er wusste es auch.«

»War es das?«, fragte ich.

»Nein, keineswegs. Es ist eine Katastrophe. Allein die Versicherungen. Ungefähr zehn verschiedene Anwälte. Ein Haufen Fragen, die beantwortet werden müssen. Es trifft sich gut, dass Don sich entschieden hatte, wegen seiner Hüfte dieses Jahr zu Hause zu bleiben. Meist hat er sich um den ganzen Kram gekümmert, das arme Schwein. Anwälte machen ihm nämlich Angst. Egal, die ganze Angelegenheit ist schrecklich, aber, weißt du, wir zerreißen uns nicht das Maul darüber, klar? Es gibt auch viel Gutes, worüber wir reden können. Krebse wie diese habe ich jedenfalls noch nie gesehen. Meine Güte, müssen die ein Sexleben da unten haben! Wirklich. Ich wünschte, du könntest es mal von dieser Warte aus sehen. Eines Tages wirst du es müssen.«

»Na gut«, sagte ich. »Würde ich gern.«

Falls ich Geld für irgendwas brauchte, fügte er hinzu, dann sollte ich es Betty sagen, und er würde später mit ihr abrechnen. Wie war die Schule? Er schlug vor, ich sollte mich schon mal schlaumachen, wohin wir nächstes Jahr in den Ferien fahren wollten. Ich sollte mir was ganz Tolles überlegen. Ich ließ ihn eine Minute später auflegen, ohne meine Mutter zu erwähnen.

—

Meine Mutter sagte immer, einen abergläubischen Fischer aufzutreiben, sei genauso einfach, wie einen unzuverlässigen Musiker zu finden. Jeder in Loyalty Island war Fischer, wenn schon nicht von Beruf, dann aus Leidenschaft. Als sich die gute Nachricht verbreitete, wurde allmählich klar, dass es ein Leben nach den Gaunts geben würde. War es wirklich reiner Zufall, dass der beste Fang seit Jahren gemacht wurde, kurz nachdem die Sippe ausgestorben war? War es denkbar, dass sie uns in den vergangenen Jahren in Wahrheit im Wege gewesen waren, anstatt uns voranzubringen?

Einige Tage lang hielten mich meine Albträume vom Elternhaus fern. An manchen Nachmittagen schlug ich die Zeit mit Jamie im Kino und in der Leihbibliothek tot. Wir rauchten getrocknete Bananenschalen in Kaffeefiltern und kauften Mini-Thin-Energiekapseln bei Safeway. Wir machten im Regen benommene Spaziergänge auf der Strandpromenade. Eines Nachmittags begegneten wir zwei Frauen, die auf der Bank am Fischerdenkmal saßen, auf derselben Bank, wo ich Richard im vorigen Sommer gesehen hatte. Sie trugen Regenmäntel über geblümten Kleidern und Gummistiefel. Die Ältere hielt eine Leine, an der ein weißer Hund zerrte. Sie wandte sich ihrer Freundin zu und sagte: »Wenn man bedenkt, was dieser Scheißkerl uns gekostet hätte.«

Einige Tage danach, als Jamie und ich darauf warteten, dass die Saalbeleuchtung im Orpheum langsam ausging, lauschte ich auf Stimmen hinter mir; ein Sohn, jünger als ich, und dessen Vater, älter als meiner. »Kennst du die letzten Worte, die Richard zu John sagte, bevor er starb?«, fragte der Junge. »Keine Sorge, Dad, ich werde nicht vergessen, die Fische zu füttern.« Sein Vater bedeutete ihm, die Klappe zu halten, lachte aber während der Vorschau in sich hinein. Noch ein paar Fangfahrten mehr wie diese, und ich fragte mich, ob die Gaunts überhaupt noch eine Pointe verdienten. Tragödien verwandeln sich mit zunehmendem Alter in Komödien und sterben ab, wenn die Witze nicht mehr komisch sind.

—

Als ich zum Haus zurückkehrte, hörte ich Bob Dylans Stimme aus der Küche: »They say I shot a man named Gray.« Und ich hörte noch etwas. Im Wohnzimmer bebte der Fußboden unter dem Backbeat. Irgendjemand hämmerte an die Wand oder die Decke. *Rumms, rumms.* Ich lauschte. »Idiot Wind« ging über in »You're Gonna Make Me Lonesome When You Go«. *Rumms, rumms,* gleich nach dem Beat. Die Heizungsschächte spien heiße Luft aus. Ich merkte, dass die Heizung voll aufgedreht war.

Ich zog mich aus bis auf mein T-Shirt, wagte aber nicht, ein Fenster zu öffnen. Die Wände schienen zu schimmern, der Fußboden schien sich zu neigen. Das Hämmern ging weiter. *Rumms, rumms, rumms,* jetzt ohne Rücksicht auf den Song, rollend wie von einer Snaredrum oder einer automatischen Waffe. Die Musik und die Hitze schienen zu einem greifbaren Ding zu verschmelzen, das ich wie die Sprossen einer Leiter hinaufkletterte. Eine Schicht heißer Staub tanzte in der Luft bei jedem *Rumms, Rumms.* Ich hatte einmal beim Seattle Symphony Orchestra auf diese Art den Sand auf den Fellen der Pauken tanzen sehen, als ich vor vielen Jahren mit meiner Mutter dort war.

Meine Mutter. Die Musik. Die Hitze. Der Sound entlud sich aus dem Heizungsschacht wie Asche aus dem Mount St. Helens. Unser Haus wurde zur Opiumhöhle, zu einem Wal, der vor dem Abtauchen seine Fluke zeigt, zu einem Wolkenbruch über Kirchenkuppeln, zu einem Luftangriff. *Rumms, rumms.* Draußen war es schon dunkel, und der Regen zerriss den Schein der Straßenbeleuchtung. *Rumms, rumms.* Es kam mir vor, als könnte das Haus aufsteigen wie der Ballon, mit dem Raleigh Gaunt einst an den schwarzen Ufern von Loyalty Island gelandet war.

—

Am nächsten Tag musste ich mein Ohr an das kalte Lüftungsgitter halten, um Patsy Cline zu lauschen. Ich fühlte mich beinahe wie sitzen gelassen und machte mich schnell aus dem Staub, so schnell, dass ich fast den Löffel übersehen hätte. Er lag in der Spüle mit einem Rest Wasser in der Löffelschale. Ich wagte nicht, den blauen Plastikgriff zu berühren, der nahe am Abfluss lag. Am Rand bemerkte ich Spuren einer weißen Kruste, ein Fleckchen Rost am Cromargan. Ich merkte mir jede Kleinigkeit als Beweisstück. Ich wusste, dass ich diese Einzelheiten brauchte, um mich am Abend, wenn ich im Bett lag, daran zu erinnern, dass ich mir das alles nicht ausgedacht hatte.

—

Tags darauf schlief ich auf Jamies Sofa ein, während wir uns Kurosawas *Die verborgene Festung* anguckten. Er rüttelte mich wach und drückte mir den Telefonhörer in die Hand, dessen Elastikschnur bis in die Küche reichte. »Cal?«, sagte die Stimme.

Ich meinte, im Hintergrund Musik zu hören. Ich ertappte mich dabei, wie ich mehr darauf als auf die Stimme lauschte.

»Cal, hörst du mich?«

»Ich bin da«, sagte ich. »Leg nicht auf.«

»Mache ich nicht«, sagte meine Mutter.

Ich legte meine Hand auf die Sprechmuschel und zog in Jamies Richtung die Augenbrauen hoch, wie ich es bei meinem Vater gesehen hatte, wenn er einen wichtigen Anruf entgegennahm und ungestört sein wollte. Aber beinahe hätte ich Jamie zurückgerufen, als er das Zimmer verließ. Seine Stimme war mir mittlerweile vertrauter als die am anderen Ende der Leitung.

»Bist du noch dran?«, fragte meine Mutter.

»Ich bin da.«

»Schön, deine Stimme zu hören«, sagte sie.

»Mag sein«, antwortete ich.

»Weißt du, was ich heute gesehen habe?«, fragte sie.

»Nein.«

»Draußen vor der Buchhandlung an der Pacific Street hat ein Mann die Geigenstimme aus Messiaens *Quartett auf das Ende der Zeit* gespielt. Weißt du noch, wie wir zu dem Album getanzt haben? Kannst du dich noch daran erinnern?«

»Wo war das?«, fragte ich.

»Wir haben in der Küche getanzt«, antwortete meine Mutter.

»Wo hast du den Mann gesehen?«

»An der Pacific«, sagte sie. »Bei der Buchhandlung und dem Diner, zu dem wir immer gehen.«

Die nächste Frage flatterte in meinem Mund. Ich konnte meine Lippen nicht bewegen. »Dieses verflixte Telefon«, sagte meine Mutter. »Cal, hörst du mich noch?«

»Wo bist du?«, fragte ich.

»Wo? In Santa Cruz.«

»Bist du schon die ganze Zeit da gewesen?«

Einen Augenblick lang antwortete sie nicht. In der Stille hörte ich, wie sie die Zähne aufeinander biss. Ich versuchte mir vorzustellen, wie sie da im Liegestuhl auf Megs vorderer Veranda lag, einen Streifen Sonnenlicht zu ihren Füßen. Megs buschiges schwarzes Haar, das den Türrahmen streifte, während sie meiner Mutter etwas zu essen anbot.

»Ich hatte dich gebeten, mitzukommen«, sagte sie.

Ich rutschte vom Sofa im Wohnzimmer auf den Fußboden. Die Telefonschnur dehnte sich wie ein Drahtseil. Die Deckenleuchte hatte einen Schirm aus Mattglas in Form einer Meeresschnecke. Mein Blick verschleierte sich, die Umrisse der Meeresschnecke verschwammen.

»Einen Moment, Cal. Bleib dran.«

Ich hörte, wie sie die Hand auf die Sprechmuschel legte und wie sie sagte: »Ich gehe nach oben. Nein, nein. Alles in Ordnung. Sind ja nur ein paar Stufen.«

Ich konnte aus meiner Vorstellung das Bild nicht verdrängen, wie sie an der Seachase Lane die Kellertür öffnete und zur Küche hinaufstieg. Sie war außer Atem.

»Im Augenblick habe ich das Gefühl, dass die Welt nicht mehr in sich zusammenfällt«, sagte sie. »Das ist wirklich gut so. Kannst du das verstehen?«

»Nein«, antwortete ich.

»Du bekommst bald eine kleine Schwester. In zwei Wochen soll es so weit sein, es könnte aber auch jeden Tag losgehen.«

»Warum hast du nicht angerufen?«

»Habe ich doch.« Sie machte eine Pause. »Tut mir leid. Wie soll ich darauf antworten?« Sie legte erneut eine Pause ein. »Ich schämte mich, dass du mitbekommen hattest, was ich deinem Vater in jener Nacht gesagt hatte. Und ich war beschämt über das, was du dann zu mir sagtest, und dass du aufgelegt hast, als ich anrief. Vielleicht nimmst du mir das alles nicht ab oder glaubst, dass es mich davon abhalten könnte, dich anzurufen. Weil ich deine Mutter bin, hältst du zu große Stücke auf mich.«

»Das würde ich nicht sagen«, antwortete ich.

»Okay. Nein, das würdest du nicht. Entschuldige bitte, ich habe nicht richtig nachgedacht. Wahrscheinlich tue ich das immer noch nicht.«

»Wann kommst du zurück?«, fragte ich.

»Wäre es zu viel verlangt, zu fragen, wie es dir so geht?«

»Kommst du nach Hause?«

»Du kannst immer noch hierherkommen.«

»Kommst du nach Hause?«

»Ich weiß noch nicht. Auf keinen Fall vor der Geburt des Babys. Danach will ich mal sehen.«

»Was willst du sehen?«

»Nun, Meg hat angeboten, mir nach der Geburt zur Seite zu stehen. Für mich allein wäre das zu mühsam. Und endlich einmal sind dein Vater und ich derselben Meinung.«

»Schön«, sagte ich. »Hier ist alles bestens. Hast du schon von der Fangsaison gehört?«

»Außer mit dir habe ich mit keinem Menschen gesprochen.«

»Sie scheffeln Geld ohne Ende da oben. Ist wahrscheinlich die Fangsaison ihres Lebens.«

»Dann ist wohl jeder überglücklich«, sagte sie.

»Natürlich. Das ist der Zweck der Übung. Geld scheffeln.«

»Also ist jeder heilfroh.«

»Jeder außer Richard.«

»Was ist mit ihm?«

Es war mir nicht in den Sinn gekommen, dass sie von Richards Tod nichts wissen könnte, aber als mir jetzt klar wurde, dass sie wirklich keine Ahnung davon hatte, kribbelte es mir in den Fingern. Es gibt einem ein Gefühl der Macht, wenn man der Erste ist, der schlechte Nachrichten überbringt. Ich wollte sie damit fertigmachen.

Es war ein heller, wolkenloser Tag, sagte ich. Ungewöhnlich ruhige See. Er rauchte am Heck eine Zigarette und blinzelte in die Sonne, im nächsten Augenblick war er weg. Niemand hörte ein Geräusch. Ich hatte die Einzelheiten natürlich erfunden. »Bist du noch dran?«, fragte ich.

»Bist du sicher?« Ihre Stimme klang so hohl wie in einer Schlucht. »Bist du sicher?«

»Alle wissen es«, sagte ich.

»Okay«, antwortete sie nach einer langen Pause. »Okay, ich rufe dich in ein paar Minuten zurück, ja? Ich rufe zurück.«

Erst nach drei Monaten sprachen wir wieder miteinander.

—

Später am Abend saß ich an Jamies Tisch und hatte einen Stapel seiner Taschenbücher vor mir ausgebreitet. Die Bücher waren alt, sie stammten aus dritter oder vierter Hand. Sie rochen süßlich, und die Seiten knisterten, wenn ich sie umblätterte. *Der Fremde, Der Prozess, Geschlossene Gesellschaft* – alles Titel, von denen ich dachte, sie würden gut zu Horrorromanen passen. Ich rechnete nicht damit, dass sie mir eine Hilfe wären, aber ich steckte in einer Sackgasse und war noch jung und naiv genug, zu glauben, dass die bedeutenden Fragen irgendwo beantwortet waren. Ich glaube, das war die Illusion eines zu meisternden Lebens.

Am späten Nachmittag war ich zu meinem Elternhaus zurückgekehrt und hatte das Ohr an den Lüftungsschacht der Heizung gelegt. Nichts. Ich meinte, die Frage, die ich mir jetzt stellte, sei durchaus einleuchtend. Wenn man nichts findet, wo *etwas* sein sollte, was soll man dann tun? Auf das, was ich gerade las, konnte ich mir keinen Vers machen.

Die Tür ging auf, und ich beförderte die Bücher auf den Fußboden, wobei ich den Stapel mit einem Fuß unter den Tisch stieß. Jamie zog die Augenbrauen hoch, als spielte er vor Publikum. »Sollte ich dich vielleicht einige Minuten mit Camus allein lassen?«

»Mit wem?«

»Ca-*müü*, er hat das Buch geschrieben, das du gerade mit dem Fuß bearbeitest, okay?«

Vor einigen Wochen noch hätte ich das Buch entzweigerissen (und das hätte ich auch können, der Rücken war brüchig und vergilbt). Stattdessen stellte ich die Bücher wieder ins Regal, genau so, wie ich sie vorgefunden hatte. »Wenn du mir eine Frage beantworten kannst«, sagte ich, »würde ich mich freuen.«

»Ach ja?« Er warf einen Blick auf das Regal und ordnete die Bücher ein wenig, aber als er sich zu mir umdrehte, hatte er sich sein Lächeln noch immer nicht verkneifen können. »Lass uns nach draußen gehen.«

Die Nacht war bitterkalt, aber Jamie hatte recht. Es hatte sich als passend herausgestellt, die großen Fragen des Lebens auf dem Dach zu besprechen. Er warf mir eine extra Jacke zu, eine Marinejacke, die der Größe nach zu urteilen seinem Vater gehörte, und wir krochen durch das Fenster aufs Dach – darin waren wir jetzt Experten. Ich stampfte mit den Füßen, um mich aufzuwärmen, zog heftig an der Zigarette und beschrieb ihm im trüben Mondlicht meine Krise.

»Ich habe was gesucht«, sagte ich. »Und nun stellt sich heraus, dass da gar nichts war.«

Jamie ging auf dem Dach auf und ab. Im öligen Schimmer seines Schlafzimmerfensters sah ich, wie er sich an den Ohrläppchen zog, als wolle er einen Gedanken an die passende Stelle zerren. »Es würde mir helfen, wenn du mir sagen könntest, wonach du gesucht hast.«

»Kann ich nicht.«

»Diese Sache – gibt es sie, ist sie greifbar?«

»Sollte so sein, ja.«

»Okay«, sagte er, »weil ich glaube, dass sie über die große geistige Leere sprachen, über ein Leben ohne Gott. Ist das dein Problem?«

»Eigentlich nicht«, antwortete ich.

Jamie musterte mich mit kühlem Blick. »Dann tut es mir leid. In dem Fall ist Camus keine Hilfe.«

Ich ging zurück zum Fenster, aber Jamie versperrte mir den Weg. »Andererseits«, sagte er, »gab es da im Buch eine Menge Zeugs, das ich nicht verstanden habe. Ich muss das Ganze wohl noch mal lesen. Aber lass mich mal sehen, vielleicht fällt ja irgendwie der Groschen, oder?«

Unten im Haus quietschte die Verandatür und schlug zu. Bevor ich wusste, was los war, hatte Jamie sich auf den Bauch geworfen und zog mich am Ärmel zu sich herunter. Ich zuckte mit dem Gesicht zurück, als meine Nase am Teer kratzte und sich ein Stückchen Splitt in meine Wange bohrte.

Betty North schwebte in einem eisblauen Nachtgewand über

die Veranda. Sie klapperte mit einem Gartenstuhl aus Metall herum und setzte sich im Mondlicht an den Tisch, das ihrem Körper ein verschwommenes Ebenbild verlieh. Ich vermutete, dass sie gekommen war, um uns gehörig zu schelten und ins Haus zurückzuscheuchen, aber sie saß nur da und starrte die Bäume an. Wir waren steif gefroren und klebten am Dach.

»Was macht sie da?«, flüsterte ich.

»Halt die Klappe«, zischte Jamie. Sie hatte die Arme vor der Brust gefaltet und saß aufrecht, aber sie zitterte in der Kälte. Ich konnte nicht ausmachen, ob ihre Augen offen oder geschlossen waren. Ihr Nachtgewand flatterte undeutlich im Wind. Sie sah aus wie ein Springbrunnen, dem gerade das Wasser abgedreht wird.

Allmählich schien sie sich zu entspannen. Sie beugte sich mit dem Oberkörper über den Verandatisch und formte mit gefalteten Unterarmen ein Kissen, so wie ich es immer tat, wenn ich an meinem Pult in der Schule ein Nickerchen machte. So ruhte sie da vielleicht zehn Minuten lang, ihr schmaler Rücken hob und senkte sich beim Atmen, während sich mein Kinn in das Teerdach grub.

Als die Verandatür wieder zuschlug, folgte ich Jamie durchs Fenster zurück ins Schlafzimmer. Er machte das Licht aus und legte sich ins Bett.

»Was hat sie da gemacht?«, fragte ich. »Jamie?«

»Wusstest du«, sagte er nach einer Minute, »dass in den Tagen des Walfangs jede Frau in Nantucket opiumsüchtig war?«

»Hat sie sich einen Schuss gesetzt, oder so was?«, fragte ich. Ich bereute die Frage sofort. Hätte Jamie so etwas über meine Mutter gesagt, ich hätte ihn umgebracht. Ich stieg ins Bett und bemühte mich, meine Worte mit raschelnder Bettwäsche auszulöschen.

»Tut mir leid«, sagte ich.

»Ich finde, du solltest dir kein Urteil anmaßen. Sie geht manchmal auf die Veranda. Aber nicht so oft wie früher.«

»Wir können ja so tun, als wäre es nicht passiert«, sagte ich.

Unten im Bett machte er seine Taschenlampe an. Der Lichtstrahl glitt über die Zimmerdecke und zuckte an der Wand hinunter.

»Sei still.« Er seufzte. »Eines Nachts, irgendwann im vergangenen Jahr, ging mir ein Licht auf, wie einfach es war, aufs Dach zu gehen. Ich lag im Bett und dachte, steig einfach auf die Kommode, zieh das Fliegengitter hoch.«

»Ich weiß.«

»Habe ich also gemacht. Und eines Nachts sah ich sie herauskommen. Beim ersten Mal sagte ich nichts, weil ich sie nicht wissen lassen wollte, dass ich auf dem Dach war. Doch sie kam immer wieder heraus, zwar nicht jede Nacht, aber mehrmals in der Woche ging sie raus und saß einfach nur da herum, im Regen, in der Kälte.«

»Was glaubst du, was sie da gemacht hat?«

»Kannst du nicht einfach mal zuhören?«, sagte er. »Sie ging gegen halb zehn ins Bett. Einige Nächte lang blieb ich die ganze Zeit auf dem Dach. Sie ging niemals nach elf auf die Veranda.«

Der Strahl der Taschenlampe tastete die Wand ab wie das langsam wandernde Strahlenbündel eines Leuchtturms. In den Pausen zwischen Jamies Worten hörte ich den strömenden Regen am Fenster, eiskalt und gepeitscht vom Wind. Beinahe Graupeln.

»Sie hatte so eine Art Ritual, wenn mein Dad nicht zu Hause war«, sagte Jamie. »Mir Gute Nacht sagen und dann nachgucken, ob beide Haustüren abgeschlossen waren. Wenn nicht, dann schloss sie die Türen ab. Wenn sie aber abgeschlossen waren, schloss sie die Türen erst wieder auf und dann wieder ab. Danach löste sie am Küchentisch Kreuzworträtsel. Dann machte sie dasselbe noch mal: aufschließen, abschließen, und dann ging sie zu Bett. Ich bestimmte also eine Nacht, und als ich sie abschließen hörte, versteckte ich mich im Wandschrank des Schlafzimmers.«

Der Strahl der Taschenlampe schoss noch einmal über die Wand gegenüber unserem Etagenbett, kam zurück und zeichnete zwei Lichtkreise. Ein heller Fleck, ein tanzendes Schlüsselloch. Ich lachte. Nicht ins Kissen, was ebenso einfach gewesen wäre, sondern ins Dunkel, in dem Jamie unten im Bett lag. »Das glaube ich nicht«, sagte ich. »Du hast dich doch nicht im Wandschrank versteckt. Warum hast du sie nicht einfach gefragt?« Der Lichtstrahl fuhr wieder die Wand hinunter und schwebte kurz über die Rücken der Bücher, von denen ich nun wusste, dass er sie gar nicht gelesen hatte. Überraschenderweise lachte er auch.

»Ich weiß auch nicht. Ich habe eben gemacht, was ich gemacht habe.«

»Jamie, knips die Taschenlampe aus«, sagte ich, und der Fleck auf der Wand verschwand.

»Ich hockte auf der Seite im Wandschrank, die mein Dad benutzte, bei einem Paar alter Stiefel, eingezwängt zwischen einem Mantel und einem Anzug, den er nie getragen hat, wenn ich dabei war.«

Draußen hatten sich die Graupeln in Schnee verwandelt. Das war der Unterschied zwischen Regenschauern und Schneestürmen. Man hörte den Regen schon von weit weg, konnte die dickbäuchigen grauen Wolken sehen und das Grummeln des Donners vernehmen. Aber der Schnee kam auf leisen Sohlen. Auf einmal war er einfach da.

»Das Licht war aus, als sie ins Schlafzimmer kam, und sie machte es auch nicht an. Sie ging einfach zu Bett, und so konnte ich nichts erkennen, aber ich hörte sie mit dem Bettzeug rascheln. Ich hatte vorgehabt, bis elf Uhr zu bleiben und mich dann zu verdrücken, wenn nichts passierte, weil es, wie ich schon gesagt habe, eben nicht jede Nacht passierte. Ich hatte aber kein Licht bei mir, und deshalb konnte ich meine Uhr nicht ablesen. Ich hatte das Gefühl, es wären schon Stunden vergangen, und in Wirklichkeit waren es nur Sekunden.«

Er legte eine Pause ein, und ich war mir sicher, er erwartete von mir, dass ich irgendetwas sagte. Ich hatte aber nichts zu sagen. Ich hatte angefangen, an meine eigene Mutter zu denken, und bemühte mich, das zu unterdrücken. Ich fragte mich, wie lange der Schnee schon fiel, ob er wohl liegen blieb und ob sich schon eine dünne Schicht auf den Gehwegen gebildet hatte.

»Das war so eine der Stunden, wenn du vollkommen das Gefühl dafür verlierst, wo dein Körper ist, weißt du? Ich meine, du weißt natürlich, dass dein Arm an der Schulter sitzt, wie es sich gehört, aber es fühlt sich nicht so an. Du hast das Gefühl, da bist du, und da ist das Nichts, und dein Körper ist irgendwo auf der anderen Seite vom Nichts. Dann schrie auf einmal jemand. Das war zwar nicht so laut, aber ich spürte, wie viel Druck dahinter saß. Irgendwie fiel ich ins Schlafzimmer, und der Mond schien gerade so hell, dass ich alles erkennen konnte. Sie war noch im Bett, hatte sich aber aufgesetzt. Sie hielt sich kerzengerade, als wäre sie auf dem elektrischen Stuhl hingerichtet worden. Sie trug eine dieser Schlafmasken und schrie mit den Händen vorm Gesicht. Und sie schrie stoßweise, als ob sie alle Luft herausschreien würde, und dann musste sie durchatmen, aber als sie erst mal Luft geholt hatte, fing sie wieder an zu schreien. Ich stolperte über einen Bettpfosten, und sie trug immer noch die Schlafmaske, aber sie muss gespürt haben, dass irgendwer im Zimmer war, weil sie plötzlich aus dem Bett stürzte, dabei das Federbett mitriss und ununterbrochen in ihre Hände schrie. Als sie aber die Schlafzimmertür erreicht hatte, hörte sie einfach auf. Sie öffnete die Tür langsam und ging wie auf Zehenspitzen in den Flur. Ich hörte sie auf der Treppe und an der Haustür, aber nur noch sehr leise.«

Er knipste die Taschenlampe wieder an und ließ den Lichtstrahl über das Bücherregal wandern. Ich wollte nichts sagen und ihn auch nicht anstoßen. Aber es vergingen einige Minuten, der Lichtstrahl malte Loopings an die Decke, und Jamie sagte immer noch nichts.

»Jamie?«

»Ich habe mit ihr nie darüber gesprochen«, sagte er.

»Warum nicht?«

»Ich habe es nicht einfach so vergessen. Danach bin ich zur Bücherei gegangen und habe etwas darüber gelesen. Ich glaube, sie hat Nachtangst. Es ist eine Art Schlafwandeln, glaube ich, wenn sie auf die Veranda geht, leise, damit niemand es merkt. Oder damit ich es nicht merke.«

»Willst du es denn nicht genau wissen?«

»Nein. Ich wünschte, ich könnte es einfach vergessen.«

»Dann vergiss es doch.«

»Wenn ich es könnte, würde ich es nicht wollen, weißt du?«

»Das ist doch Schwachsinn.« Ich war plötzlich wütend. »Das denkst du dir doch bloß aus. Wie könntest du es über dich bringen, sie nicht zu fragen?«

»Ich denke es mir nicht aus«, antwortete er, und ich wusste, dass er die Wahrheit sagte. »Jedenfalls passiert es immer seltener. Diese Nacht war es das erste Mal seit einer Ewigkeit, und deswegen hoffe ich ...«

»Ich höre die Musik von den Schallplatten meiner Mutter aus dem Kellerstudio unseres Hauses heraufklingen«, sagte ich. »Ich bin sicher, dass es meine Mutter war. Aber ich glaube, in Wirklichkeit ist sie in Santa Cruz, also habe ich keine Ahnung, was da los ist. Ob ich vielleicht durchdrehe oder an Geister glaube oder irgend so was.«

Jamie knipste die Taschenlampe an und aus. Ein Muster aus Punkten und Strichen blitzte im Schlafzimmer auf.

»Ist das das Morsealphabet? Hast du gehört, was ich gefragt habe?«

Diesmal machte er die Taschenlampe endgültig aus. »Das ist nicht das Morsealphabet. Daj verspricht immer, es mir beizubringen, aber er hat's noch nicht getan. Das *ist* eigenartig.«

»Das war's? ›Eigenartig‹?«

»Geh nicht wieder zu eurem Haus.«

»Meinst du das ernst?«

»Ja, das meine ich.«

Ich hätte nicht enttäuschter sein können. Ich hatte geglaubt, ich hätte es Jamie erzählt wegen der Geschichte, die er mir anvertraut hatte, weil er mich schließlich überzeugt hatte, dass jemand anders meine Geschichte verstehen würde. Ich hatte meine Grenze erreicht. Ein Jahr später oder ein Jahr früher hätte ich vielleicht weitergehen, an die Studiotür klopfen können, aber nicht dort, nicht zu dem Zeitpunkt und schon gar nicht allein.

»Warum?«, fragte ich. »Warum sagst du das?«

»Es schneit ein bisschen, stimmt's?« Jamie ging zum Fenster, obwohl ich sicher war, dass er den Schnee schon eher bemerkt hatte. Sein Rücken hob sich als Silhouette vom bläulichen Fensterglas ab. Weißer Schneeregen schien sich über seine Schultern zu ergießen. »Ich sag's dir«, antwortete er nach einer Minute, »weil ich es beim nächsten Anruf meinem Vater sagen muss, wenn du noch mal zu eurem Haus zurückgehst. Ich will damit sagen, er hat mich gebeten, ihm Bescheid zu sagen, wenn du wieder nach Hause zurückgehst.«

Ich setzte mich im Bett auf und sprang herunter.

»Was ist los?«, fragte ich. »Ist es meine Mutter? Ist sie wirklich da im Haus?«

»Weiß ich nicht«, sagte Jamie.

»Hast du es deinem Vater schon gesagt?«, fragte ich. »Du weißt, dass ich den Videorecorder da rausgeholt habe.«

Der Schnee fiel jetzt langsam und in dichten Flocken, nicht wie Eispartikel. Es wirkte so, als wäre das Fenster verschwunden und wir beide stünden im Schneesturm. Ich wünschte mir, wir *wären* dort draußen, mit Schneebällen und Schlitten, jenen winterlichen Dingen, die eine Kindheit in Loyalty Island so selten zum Strahlen bringen, weil sie so außergewöhnlich sind wie ein Komet am nächtlichen Himmel.

»Ich habe nichts gesagt. Er erwähnte es nur, weißt du. Er sagte nur, ich sollte ihm Bescheid sagen, aber ich war der Meinung, der Videorecorder sei keine große Nummer. Aber dies jetzt? Das hört sich so an, als würde ich es ihm sagen müssen. Außer du versprichst mir, nicht wieder zum Haus zu gehen. Machst du das?«

Das Fenster vereiste und hielt Mondlicht in Streifen am Sims gefangen. Ich meinte zu hören, wie die Tür zu Bettys Schlafzimmer auf- und zuging. Dann krachte der Wind gegen das Haus, spie Frost aus und rüttelte an den Fenstern.

»Wahrscheinlich gibt es morgen schulfrei«, sagte ich. »Ich hau mich jedenfalls aufs Ohr.«

»Es gibt eine Menge herauszufinden«, sagte Jamie.

»Ich weiß«, sagte ich.

»Ich kann ihn nicht anrufen, weißt du«, sagte Jamie. »Er muss sich schon hier melden.«

»Ich weiß.«

»Vielleicht ruft er morgen an, vielleicht aber auch erst in einigen Wochen. Wie lange brauchst du denn?«

»Einen Tag noch«, antwortete ich.

—

Am nächsten Morgen waren die Gehwege verschneit, und Eis säumte die Bordsteine wie eine Rinde. Wir hatten schulfrei. Als ich aufwachte, stand die Sonne schon am Himmel, von der Dachrinne tropfte Schmelzwasser, und Jamie war bereits aus dem Haus. Ich hatte schlecht geschlafen und von meiner Mutter geträumt.

Ich kannte jeden Schritt auf dem Weg von Jamies Haus, aber die Straßen hatten sich jetzt mit Schnee getarnt, und ich musste mich an Straßenschildern orientieren. Die Sonne war trügerisch, die Luft beißend kalt. Unter meinen Schuhen knirschte verharschter Schnee. Im Haus schimmerte im Licht, das durch das Küchenfenster fiel, schwach silbrig die Spüle. Der Löffel war verschwunden, aber nicht die helle Holztür und der vergoldete Knauf, mit dem man sie öffnete.

Ich ging denselben Weg zu meiner Mutter, den John Gaunt immer gegangen sein musste, durchs Wohnzimmer und die Küche, durch die helle Kellertür, die Treppe hinunter, vorbei an der rostigen Heizungsanlage, durch Lichtstreifen von verschmutzten Fenstern und durch den eigentlichen Keller, der jetzt vollgestopft war mit dem Sperrmüll einer Familie und einer Kindheit. Ich stieg über Kartons mit der Aufschrift *Weihnachtsschmuck,* über alte Töpfe, einen Mixer, aufgerollte Netze und pinkfarbene Bojen zur mintgrünen Studiotür. Ich bekam eine Gänsehaut. Ich ging leise weiter. Die Studiotür war zu, aber aus dem Spalt darunter drangen die Klänge von »Kind Hearted Woman« an mein Ohr.

Ich hatte einen Plan. Ich würde laut und selbstsicher anklopfen, und wenn nach genau zehn Sekunden keine Antwort käme, würde ich die Tür aufstoßen. Ich war noch einen Schritt weit entfernt, als ich das silberfarbene Vorhängeschloss meiner Mutter an der Tür bemerkte.

Ich hörte das Klopfen in meinem Kopf. Ich spürte, wie mein Arm durch das Holz glitt, fühlte, wie ich hinter dem Arm herstolperte, ins Weltall oder auf eine ausgebleichte Straße im Süden oder in die Ruine einer ausgebrannten Fabrik im Mittleren Westen.

Aber ich konnte meinen Arm nicht bewegen. Ich konnte es einfach nicht. Ich fürchte, es war ganz einfach so. Ich steckte die Faust in die Tasche und ging zurück. Oben an der Treppe machte ich das Licht aus. Dann legte ich mich im Wohnzimmer aufs Sofa. Niemals war ich enttäuschter über mich, enttäuschter über alles und jedes. Die Musik von Robert Johnsons Bluesplatte drang aus dem Heizungsschacht und brach dann ab. Die Nadel knackte und rauschte, dann begann der Song von vorn.

Das Sofa im Wohnzimmer war älter als ich. Meine Mutter hatte einige Male angedeutet, sie fände das Sofa hässlich und unbequem, aber mein Vater hatte sich immer geweigert, es auszumustern. Jetzt vergrub ich meine Hände unter den Polstern, weil ich nicht wusste, wohin mit ihnen, und spürte uralten Dreck unter den Fingernägeln.

Ich dachte daran, wie mich meine Mutter einmal – da war ich noch ein kleines Kind – im Wohnzimmer entdeckt hatte und damit drohte, ein Sandwich aus mir zu machen. Die Polsterkissen waren das Brot, und dann stapelte sie Zeitungen und

Magazine darauf, das waren eingelegtes Gemüse, Tomaten und Zwiebelringe. Als ich mich zwischen den Polsterkissen wand, tat sie so, als würde sie davon ein ordentliches Stück abbeißen, und kaute mit großer Anstrengung, bevor sie die Nase rümpfte. »Immer noch zu süß«, sagte sie.

Ich sammelte die Polsterkissen auf. Ich musste sie mit beiden Armen gegen die Brust halten, um durch die Tür zu kommen. Draußen wischte ich den Schnee vom Verandageländer und schlug die Kissen dagegen. Das Geländer klapperte, und von den Kissen stiegen Staubwölkchen über der schneebedeckten Einfahrt auf. Danach sahen die Kissen nicht viel besser aus. Als ich wieder nach drinnen ging, hörte ich eine andere Platte. Der Song war aber immer noch »Kind Hearted Woman«, wenn auch eine andere Fassung mit gebrochenen Harmonien.

Aber die andere Stimme. Sie setzte ein und hörte auf, blendete sich ein und wieder aus, stolperte über einige Worte, war deutlich zu hören bei anderen. »Nur ein Ding bringt Mr. Johnson zum Trinken«, sang die Stimme, in der Überleitung brach sie bis zum Ende ab. Die Stimme klang schräg und falsch, aber hell, unbeugsam und voll.

Und dann war da noch eine andere Stimme, meine eigene. »Hallo?«, sagte die Stimme. »Hallo«, sagte sie zum Heizungsschacht. »Hallo.«

Die Platte war abgelaufen. Stille. Ich fühlte das Blut in meinem Hals pochen; mein Gesicht prickelte. »Hallo«, sagte ich noch einmal.

»Wer ist denn da?« Die Stimme war zögerlich und rau.

»Richard?«, rief ich.

»Wer ist da?«, fragte Richard.

6 In dem Gemisch aus Staub und Tageslicht, das durch die Fenster fiel, drückte ich mein Ohr an die Studiotür.

»Du bist es doch, Cal. Oder?«

Ich hätte mir beizeiten einen Plan überlegen sollen, aber ich war durch die Küche gerast, die Kellertreppe hinuntergepoltert und hatte die Tür hinter mir zugeschlagen, als wollte ich meiner Aktion Nachdruck verleihen. Nach so vielen Wochen, nach so vielen Stunden, in denen ich an diesen Augenblick gedacht hatte, während ich in der Schule saß oder durch Pfützen auf den Straßen lief, war ich schließlich angekommen und hatte keine Ahnung, was ich tun oder sagen sollte.

»Bist du tot?«, fragte ich.

»So fühlt es sich nicht an«, antwortete Richard.

»Was dann?«, fragte ich.

»Was wohl? Hör zu, was soll das? Was machst du hier?«

Diese Frage war schwer zu beantworten.

»Ich habe die Musik gehört«, sagte ich.

»Und?«

»Ich habe die Musik gehört.«

»Willst du dich *beschweren*?«, fragte er.

»Was?«

»Was? Was? Ich hab genug Scheiße am Bein, richtig? Was brauchst du? Was machst du hier überhaupt?«

Ich wusste, dass es die falsche Antwort war oder eigentlich überhaupt keine. Ich wusste, es war besser, einfach gar nichts zu sagen als noch mal »Ich habe die Musik gehört«.

Richard schlug gegen die Tür, und mein Atem stockte. Meine Augen brannten. Ich sprang zurück in einen Sonnenstrahl.

»Hör auf damit«, schrie er, aber dann wurde seine Stimme leiser. »Warte. Warte mal. Sag ihnen, ich hätte versprochen, die Lautstärke runterzudrehen. Ich finde, sie müssen mir nicht den Plattenspieler oder irgendetwas anderes wegnehmen.«

»Wem sollte ich etwas sagen?«

»Was?«

»Wem sollte ich etwas sagen?«

»Warte, warte«, sagte er. »Sei so nett und lass mich einfach nachdenken.«

»Richard«, sagte ich.

»Lass mich nachdenken.«

Ich ließ ihn in Ruhe. Ich setzte mich auf die Ecke eines Kartons, auf dem mit grünem Stift geschrieben stand: *Halloween-Wachen*. Ich wusste, dass wir das Haus einmal an Halloween geschmückt hatten, konnte mich aber kaum daran erinnern. Ich war noch ziemlich klein, vielleicht drei oder vier Jahre alt, aber ich sehe mich heute noch über diesen Karton gebeugt, mit beiden Armen in Spinnennetzen aus Baumwolle. »Ich habe die Halloween-Wachen«, sagte ich. »Sachen«, hatte meine Mutter lachend geantwortet.

»Wieso hast du gewusst, dass ich hier bin?«, fragte Richard.

»Ich habe die Musik gehört«, antwortete ich.

»Hör auf mit der Scheißmusik!«

»Also, das reicht«, sagte ich.

»Du wusstest es nicht? Hat es dir keiner erzählt?«

»Wer denn?«

»Verfluchte Scheiße«, sagte er. »Mach die Tür auf, Cal. Mach sie auf. Offensichtlich wollten sie es dir nicht erzählen. Cal, mach die Tür auf!«

Aber ich war wie gelähmt. Ich stellte mir meinen Vater vor, zurück aus Alaska, wie er am Küchentisch sitzt, am Kinn Kerben von der letzten Winterrasur mit stumpfer Klinge. »Cal, warum zum Henker hast du ihn nicht herausgelassen?«, sagte er. »Geht man vielleicht so mit anderen Menschen um? Ist es das, was dir dein Gefühl sagt?« Oder: »Cal, wie konntest du ihn nur herauslassen? Begreifst du überhaupt, was du da getan hast?«

»Cal?«, sagte Richard. »Cal, Cal, Cal?«

»Das Vorhängeschloss«, sagte ich.

»Was soll damit los sein? Mach die Tür auf!«

»Ich habe keinen Schlüssel.« Das stimmte, andererseits war das Schloss nicht so groß, dass man es nicht mit einem Bolzenschneider hätte knacken können. Ich konnte meiner Stimme die Erleichterung anhören.

Richard schlug wieder an die Tür, diesmal aber nicht so heftig. Es klang eher so, als würde er sich von ihr verabschieden. »Du verarschst mich. Das tust du. Genau das.« Ich dachte darüber nach, wie er da die Tür anschrie, wie sich seine Stimme buchstäblich ins Holz krallte und sich darin auflöste wie Schaum im Sand.

»Nein«, antwortete ich. »Das tue ich nicht.« Und ich hätte ihm noch mehr gesagt, hätte ich nicht durch die Rohrwindungen, durch den Holzfußboden und die orangefarbenen Küchenfliesen gehört, wie die Hintertür aufging und Schritte den Fußboden erschütterten. Richard und ich wurden sofort mäuschenstill. Einen flüchtigen Augenblick lang stellte ich mir vor, dass es meine Mutter wäre, die nun nach Hause käme.

Hier unten konntest du jedes Geräusch hören. Die Füße stampften auf der Fußmatte, um den Schnee abzustreifen. Sie liefen direkt über meinem Kopf. Wasser rauschte aus dem Hahn in der Küche.

»Cal«, sagte Richard, »kannst du dich irgendwo verstecken? Cal, wenn du nicht lügst, dann solltest du dich verstecken.«

Die Worte sprangen geradezu von seiner Zunge. Ich fürchtete mich vor dem Tonfall, vor der Panik in Richards Stimme. Ich stand wie erstarrt vor der Tür, eingespannt in einen Schraubstock aus Übelkeit. Die Schritte stampften über die orangefarbenen Fliesen, eine Bohle knarrte, Streifen eisigen Sonnenlichts schnitten durch den Keller. Sie kamen von einem verdreckten Fenster, das schon seit Jahren nicht mehr geöffnet worden war. Ich wirbelte herum, folgte dem Pfad des Sonnenlichts und wühlte mich dann auf Händen und Knien in der Dunkelheit hinter die Heizung. Es war noch hell genug, dass ich den Schmutz auf meinen Händen sehen konnte. Ich hockte auf einer weichen, flachen Schachtel neben einem grauen Tennisball und einigen Stückchen Füllmaterial aus Styropor.

Der Wasserhahn in der Küche lief. Ich konnte die Schritte beinahe sehen, die Fußabdrücke in der Decke, die wie Vögel umeinander kreisten. Die Kellertür wurde geöffnet, und ich zog mich immer weiter in die Dunkelheit zurück, fast gleichzeitig mit den dumpfen Tritten auf der Kellertreppe, wobei meine Hand, als ich mich umdrehte, in der Dunkelheit nach einem Hindernis tastete. Die Schritte verlangsamten sich; ich hörte ein Knarren und Knacken von altem Holz. Das Rascheln eines ausgefransten Läufers unter einer Schuhsohle, und ich tastete mich weiter vor in die Dunkelheit und hoffte, dass ich weder stolpern noch hinfallen würde.

Als meine Finger schließlich an der Rückwand des Kellers kratzten, fühlte es sich kalt an und roch nach süßlicher Schmiere. Die Stiefel klatschten auf dem Beton des Kellerbodens, aber nicht in Richtung des Studios. Dann Stille. Dann ein hohles, metallisches Klirren. Dann wieder die Stiefel, die dem Slalom durch die Kartons folgten. Das Vorhängeschloss wurde entfernt. Schließlich öffnete sich die Studiotür. Aber ich konnte nichts sehen.

Die Zeit schien stillzustehen und wieder anzulaufen, durch den Raum zu fließen, der sich zusammenzog, beugte und fast zerplatzte. Viele Jahre später, als ich im College eine Vorlesung über Einstein besuchte, würde ich über diesen Augenblick nachdenken. Raum-Zeit, Relativität – sie schienen nur ein Weg zu sein, das Gefühl der Angst im Dunkeln zu beschreiben.

Und dennoch: Als sich meine Augen an die Dunkelheit gewöhnt hatten, begriff ich, dass ich einen Überblick über einen Großteil des Kellers bekäme, wenn ich mich ein wenig weiter vorwagte. Ich dachte an Jamies Geschichte mit seiner Mutter, und obwohl ich Angst hatte, wollte ich mich nicht verhalten wie er, alles verpassen und nur auf Vermutungen angewiesen sein. Ich arbeitete mich vor durch uralte Staubschichten und lugte gerade rechtzeitig um die Ecke des Heizkessels herum, um eine männliche Gestalt in der geöffneten Studiotür zu sehen. Der Mann hielt ein Tablett mit Weißbrot-Sandwiches auf Schulterhöhe, wie es einer der Kellner in Belinda's Deli immer tat. Ich atmete durch die Nase, meine Lungen schmerzten schon ein wenig, hart an der Grenze zu einem Hustenanfall, und ich meinte, den chemischen Minzeduft von Ben-Gay-Schmerzsalbe riechen zu können. Als er sich nach einem Krug mit Wasser bückte, erhaschte ich einen flüchtigen Blick auf sein Gesicht: blässliche Haut, die Augen aufgequollen wie Spiegeleier, die Lippen zusammengepresst, als hätte er gerade Schluckbeschwerden. Der watschelnde Zwerg. Der Schurke meiner Kindheit. Der größte Geschichtenerzähler der Welt. Don Brooke.

Meine Brust war voller Eiszapfen. Betty North fiel mir ein, den Kopf zurückgeneigt, ein Rinnsal weißen Traubensafts am

Mund. »Don Brooke hat gerade angerufen«, sagte sie. »Richard ist in der Inside Passage über Bord gegangen.« Ich dachte an Dons Stimme, die von der Küche nach oben bis zum Treppenabsatz zu hören gewesen war. »Nun mal langsam, Sam«, hatte er gesagt. »Ich glaube nach wie vor, dass Richard es begreifen wird, wenn er es selbst sieht«, hatte mein Vater gesagt.

Ich war mir ziemlich sicher, dass ich keine Spuren hinterlassen hatte. Ich war so aufgeregt, dass ich noch nicht mal meine Jacke ausgezogen hatte. Die schäbigen Kissen lagen wieder auf dem Sofa. Ich konnte mir nicht vorstellen, dass es Don auffallen würde, dass sie nicht mehr mit einer jahrzehntealten Staubschicht überzogen waren. Ich konnte die Umrisse des Schlüssels für die Hintertür in meiner Tasche fühlen. Ich hatte die Tür abgeschlossen, als ich morgens das Haus betrat.

Die Sekunden *vergingen* nicht, sie gingen eher in Flammen auf wie Kerne von Popcorn. Während ich mühsam meinen Husten unterdrückte, belauschte ich das Gespräch zwischen Don und Richard. Einmal tauchte Don wieder im Türrahmen auf und blinzelte in den düsteren Kellerraum. Oder waren seine Augen geschlossen? Nur einen Augenblick regte er sich nicht, dann schloss er die Studiotür behutsam hinter sich und brachte das Vorhängeschloss wieder an.

Er hatte das Wasser und die Sandwiches dagelassen und einen blauen Eimer mit gelbem Bügel mitgenommen, den mir meine Mutter eines Sommers in Santa Cruz gekauft hatte. Er war nur ein paar Schritte von mir entfernt, sodass ich das rote N auf seinen Sportschuhen sehen konnte (also doch keine Stiefel) und auch die unrasierte Stelle auf seinem runden Kinn. Ich war auch nahe genug dran, dass ich die Pisse riechen konnte, die da in meinem alten Sommereimer schwappte. Don ging rüber in den anderen Teil des Kellers, den ich von meinem Versteck hinter der Heizung nicht im Blick hatte. Dann stieg er langsam die Treppe hinauf.

Als ich hörte, wie die Hintertür zufiel – sie schloss sich auf Federdruck mit dem Knallen von Holz auf Holz –, zählte ich fünfzehn Minuten ab, Sekunde um Sekunde, bevor ich aus meinem Versteck kroch und die Kellertreppe hinaufstürmte, je zwei Stufen auf einmal nehmend. Ich stürzte aus der Tür, die Einfahrt hinunter, die Seachase Lane entlang und rannte den halben Weg zu den Norths, bevor ich anhielt, meine Hände auf die Knie stützte und in meinen Schatten hineinkeuchte.

Ich musste nachdenken, alles auf die Reihe kriegen, bevor ich zu meinem Elternhaus zurückkehrte. Aber an jenem Abend und am nächsten Tag bedachte ich kaum, was meine Entdeckung zu bedeuten hatte oder welche Folgen sich daraus ergeben könnten. Ich musste nur immerzu daran denken, dass allein *ich* wusste, dass Richard noch am Leben war.

Will Percy, der in seinem verrosteten braunen VW vorbeifuhr und die Seitenscheibe herunterdrehte, um seinen Pfeifenqualm herauszulassen, hielt Richard für tot. Frank Bender, der am nächsten Tag in der Schule neben mir saß und Mannschaftsaufstellungen für die kommende Saison des Baseballteams Seattle Mariners auf den Umschlag seines Chemiebuchs kritzelte, nahm auch an, dass Richard tot sei. Das glaubte auch Mrs. Lowry, die in ihrem lindgrünen Hosenanzug das Periodensystem unterrichtete. Auch Jamie North, der keine Fragen stellte, mich aber neugierig ansah, dachte, dass Richard tot sei.

—

Ich hätte am nächsten Tag beinahe die Schule geschwänzt, zumindest hatte ich das vor, aber irgendwann nachts fiel mir ein, dass ich Don noch nie in die Arme gelaufen war, weil er zu unserem Haus ging, wenn ich noch in der Schule saß. Rituale und eingefahrene Gewohnheiten waren für Don und meinen Vater gottgegeben. Don trank jeden Morgen um sechs Uhr fünfunddreißig seinen Kaffee aus demselben gelben Becher. Laut meinem Vater stand Don auf – selbst wenn er vorher vierzig Stunden am Stück geschuftet hatte –, nur um diesen Kaffee zu trinken, bevor er sich wieder ins Bett legte. Wenn er also Richard jeden Tag etwas zu essen brachte, dann würde er es genauso machen.

Als ich aus der Schule kam, war der Schnee bis auf einige schmutzig weiße Reste auf den Rasenflächen geschmolzen. Der mit verstreuten Wolken übersäte Himmel spiegelte die Erde wider. Ich ging dreimal um den Block, bevor ich durch die Hintertür ins Haus schlich.

Die Küche war warm und rief die Erinnerung an einen längst vergangenen Traum wach, in dem Hexen die Herrschaft über die Nachbarschaft, die Stadt und die Welt an sich gerissen hatten. In meinem Traum war ich auf der Suche nach einem Verbündeten zum Haus meines Freundes Paul gegangen, aber dort gingen zwei skeletthafte Frauen mit schwarzen Zähnen an die Tür. Ich rannte nach Hause und stürzte in eine Küche, die von bedrohlichem tropischem Dampf erfüllt war.

Als ich die Kellertreppe hinunterging, machte mich die kühle Luft da unten wach. Ich klopfte mit dem Knöchel an die mintfarbene Tür.

»Richard«, sagte ich.

»Es hat geschneit«, sagte Richard.

»Wie bitte?«

»Gestern. Da hat es doch geschneit, oder? Bist du mit der Polizei da?«

Das Sonnenlicht war zusammen mit dem Schnee geschmolzen. Die Kellerfenster sahen rußig grau aus. Mein Kopf fühlte sich schmuddelig und heiß an. An die Polizei hatte ich nicht gedacht.

»Ich bin gegen meinen Willen hier eingesperrt worden von Männern, die mich vielleicht umbringen wollen.« Seine Stimme klang müde, als wäre er verpflichtet, dies festzustellen, obwohl er wusste, dass er damit nichts ausrichten würde. »Ruf die Polizei, ja?«

»Was für Männer?«, fragte ich.

»Lass mich raus, und ich erzähle es dir.«

»Kann ich nicht machen«, sagte ich.

»Doch, kannst du«, sagte er. »Kannst du wirklich.«

»Denk an das Schloss.«

»Don lässt den Schlüssel hier unten. In irgendeinem Behälter aus Metall, mit einer Klappe. Ist der Schlüssel vielleicht im Wäschetrockner?«

»Keine Ahnung«, sagte ich. Aber auch ich hatte gehört, wie Don den Schlüssel in irgendeinen metallenen Behälter tat. Ich brauchte nur eine Sekunde, um ihn zu finden. Ich ging ans andere Ende des Kellers und öffnete den Trockner. Drinnen lagen eine schwarze Socke und ein silberfarbener Schlüssel von der Größe eines kleinen Fingers.

»Der Schlüssel ist im Trockner, stimmt's?«, rief Richard.

Ich steckte den Schlüssel in meine Tasche und ging zurück zur Tür. »Ich sehe ihn nicht«, sagte ich.

»Hat es geschneit?«, fragte Richard.

Das Wetter. Was hatte Richard in all diesen Wochen gerochen, während ich zur Schule trottete oder auf der Uferpromenade entlangradelte und dabei Kiefernduft, Salzgeruch und Auspuffqualm einsog? Nur Weißbrot-Sandwiches und seine eigenen Ausscheidungen. Was hatte er berührt? Nur die Mohairdecke auf der Bank und den Flor des Läufers. Was hatte er gehört? Nur die knarrenden Dielenbretter über ihm. Und die Schallplatten.

»Ich habe über dich nachgedacht, Cal«, sagte er. »Ich habe mich gefragt, ob du zurückkommst. Ich dachte mir, dass du wiederkommen würdest, denn das hätte ich auch getan. Und du möchtest wahrscheinlich das Richtige tun, aber was ist das? Das Richtige? Du weißt es nicht. Weil du *weißt,* wer mich hier eingesperrt hat. Du könntest mich herauslassen. Das solltest du wirklich tun. Aber was würde dann geschehen? Das weißt du einfach nicht, stimmt's? Deshalb ist es besser, nichts zu tun. Im Zweifelsfall nichts tun. Hab ich recht?«

»Nein«, sagte ich.

»Du hast den Schlüssel gefunden.«

»Ja.«

»Zwei Schlüssel?«

»Einen.«

»Das macht es einfach für dich. Ich verspreche dir, wenn du die Tür aufschließt, werde ich nicht abhauen. Die haben mich an die Spüle angekettet. Bitte. Ich verspreche es dir. Hat es gestern geschneit? Sag mir doch wenigstens das.«

In dem Moment hätte ich alles getan, hätte alles aufgegeben, was ich herausgefunden hatte, wenn ich nur nicht zu entscheiden gehabt hätte, ob ich die Tür aufmachen sollte oder nicht. Ich stellte mir vor, wie mir eine Klinge in den Nacken gestoßen wurde. Ich sah Richard in einer Ecke kauern, mit schweißglänzenden Wangen, das Bein grün von einer Infektion. Ich sah vor mir, wie wir beide, am Fußgelenk aneinandergekettet, in einen Straßengraben stürzten, der randvoll mit milchigem Wasser war.

»Cal, sag es mir doch. Hat es geschneit?«

Ich rammte den Schlüssel ins Vorhängeschloss.

Drinnen im Studio lag Richard quer über der Sitzbank, den Kopf an die Wand gelehnt, ein Bein auf dem Fußboden, das andere angewinkelt. Ich hatte einen Bart wie beim Piraten Ben Gunn aus der *Schatzinsel* erwartet, aber er hatte nur einen Dreitagebart. Sein schwarzes Haar hing in Strähnen über den Augen, die wach und strahlend waren, hellbraun, fast golden. Seine Haut war schmutzig weiß wie alter Schnee.

Er machte einen ganz gesunden Eindruck, aber sein Gesichtsausdruck – der Mund halb offen, die Augen halb geschlossen – war der eines verhungernden Menschen.

Mit der Kette hatte er nicht gelogen, obwohl ich sie nicht sofort entdeckte, weil sie am Boden um sein Fußgelenk gewickelt war. Sie war zweimal um das Gelenk gewickelt und mit einem weiteren Vorhängeschloss fixiert worden. Sie schlängelte sich quer durch das Studio und war am Ablaufrohr unter dem Spülbecken befestigt.

»Warst du es, der immer über mir herumgelaufen ist?«

Meine Zunge war zu schwerfällig zum Sprechen.

»Was hast du geglaubt, was hier unten los ist? Wolltest du es nicht wissen?«

Die Frage schien sich an ein anderes Wesen zu richten. Was *hatte* ich denn gedacht, was los war? Ich konnte mich kaum erinnern.

»Seit wann bist du hier gewesen? Von Anfang an?«, fragte Richard.

Ich konnte nicht sprechen.

»Lass mich hier raus, bitte.«

Hier, das war ein Teller mit halb aufgegessenen Weißbrot-Sandwiches auf dem Fußboden, zwei Plastikflaschen mit Mayonnaise und Senf und ein zerbrochenes Plastikbuttermesser.

Ein leerer Vierliterwasserbehälter. Zwei volle Behälter neben einem Glas mit lilafarbenem Kool-Aid-Getränkepulver. Eine hochgestellte Matratze, die ans Regal gelehnt war. Ein Trampelpfad auf dem orangefarbenen Teppichboden zwischen der gegenüberliegenden Wand und der Sitzbank.

»Ich kann es nicht«, sagte ich.

Er setzte sich auf, und die Kette schlug leise ans Abflussrohr.

Ich dachte an das Gespräch mit meinem Vater, bevor er mich in Betty Norths Kombi schubste. *Hast du es wirklich geschafft, Richard umzustimmen?*, hatte ich gefragt. *Musste ich gar nicht,* hatte er geantwortet. Er hatte mich dabei angestarrt. Das alte Regelwerk, die alten Antriebsmotoren, die ich immer unter den Gehwegen arbeiten spürte, die die Welt in Betrieb hielten, waren aus dem Tritt geraten und unkontrollierbar geworden.

Richard sah mich an. Ich bemerkte, dass so etwas wie Mitleid seinen Blick verschleierte. War es denkbar, dass er tatsächlich Mitleid mit *mir* empfand, wie ich da im Türrahmen seiner Zelle stand?

»Dann setz dich eben«, sagte er. »Don war schon hier. Der kommt erst morgen wieder.« Er leckte sich die trockenen Lippen und sagte noch: »Bitte.«

Ich blieb in der Tür stehen und musterte die Kette Glied für Glied. War sie lang genug, um sie um meinen Hals zu schlingen? War das kaputte Plastikmesser scharf genug, meine Kehle durchzuschneiden? Allerdings wirkte Richard völlig übermüdet. Die Ausdruckslosigkeit, mit der er die Frage gestellt und das *Bitte* erst eine Sekunde später angehängt hatte.

»Hat es gestern geschneit?«

»Ja.«

»Danke.« Er sah auf berechtigte Weise erleichtert aus. »Don

hat mir gesagt, es schneit. Aber ich kann niemals mehr glauben, was er sagt.«

»Nein, wahrscheinlich nicht.«

»Ich *könnte* ihm erzählen, dass du hier warst, weißt du? Habe ich vielleicht was zu verlieren?«

»Keine Ahnung.«

»Setz dich doch, okay?«

Ich hockte mich in Indianerstellung auf den Fußboden, nahe bei der Tür.

Richard lehnte sich langsam auf der Sitzbank zurück.

»Okay. Gut. Okay, danke«, sagte er mit sanfter Stimme. »Wir haben noch Sandwiches.«

Ich schüttelte den Kopf. Er trug ein schwarzes Kapuzenshirt; nun zog er die Kapuze über den Kopf. »Möchtest du Musik hören?«

»In Ordnung«, sagte ich.

»Lass mal sehen, lass sehen.« Richard erhob sich von der Bank und humpelte einige Schritte bis zum Regal. Er trug eine schlabberige schwarze Pyjamahose, die im Bein lang genug war, um die Kette um sein Fußgelenk zu bedecken. Er fuhr mit dem Finger an den Schallplattenhüllen entlang und hielt bei Ornette Colemans *This Is Our Music* inne. »Ich mag diese Scheibe. Hast du sie schon mal gehört? Ist sie zu laut?« Er hockte sich neben den Plattenspieler, das orangefarbene Licht des Röhrengeräts beleuchtete sein Gesicht. »Wir können auch was anderes nehmen.«

Diese Scheibe gehörte zu den Platten, bei denen ich meine Mutter immer bat, sie gegen eine andere zu tauschen: quietschende und kreischende Saxofone, eine Melodielinie wie ein Autounfall. Das alles zusammen ließ die Atmosphäre des Augenblicks noch unwirklicher erscheinen.

»Ja, ich mag diese Platte sehr gern«, sagte Richard. »Unheimlich gern.« Er senkte die Kunststoffhaube des Plattenspielers behutsam ab. Dann schoss er zur Tür, wobei die Kette hinter ihm herglitt. Ich kroch hastig zurück und hoffte, mich aus dem Studio zu katapultieren, aber meine Füße waren wie angeschraubt. Ich warf die Schultern zurück und probierte einen Purzelbaum. Dabei schlug mein Ellbogen an den Türrahmen, und ich fiel auf die Seite wie ein hilfloser Käfer.

Er kniete sich hin, griff aber nicht nach meiner Kehle. Stattdessen klopfte er im Rhythmus des Schlagzeugs auf meinen Knien. Sein gekrümmter Mund zischte mit dem Ride-Becken, *zsssst zsst zsst zsssst.*

»Bis jetzt hatte ich nie viel Zeit, Musik zu hören.« Sein Gesicht war von meinem nur Zentimeter entfernt, sein Atem roch nach Senf. Mir war klar, ich sollte wegkrabbeln. Ich hatte keinen Grund, ihm zu trauen. Aber ich musste einfach sein Gesicht anschauen, dieses blasse Gesicht mit den hohen Wangenknochen unter den leuchtenden, irren Augen.

»Ich habe mitgekriegt, dass du Schallplatten hörst«, sagte ich.

»Stimmt«, sagte er. »Oben hast du es gehört. Jetzt weißt du Bescheid. Im Grunde war es gar nicht so, dass ich vorher keine Zeit gehabt hätte, Musik zu hören. Das hatte nichts mit Zeit zu tun. Ich war einfach nicht interessiert daran, kannst du dir das vorstellen?«

»Das wusste ich nicht«, antwortete ich.

»Du musst nicht auf dem Fußboden hocken«, sagte er. Er stand wieder auf und warf sich auf die Sitzbank. »Ich wünschte, ich hätte das eher herausgefunden; ich glaube, ich wäre gern Musiker geworden.« Er streckte eine Handfläche gegen mich aus, als erwartete er Widerspruch. »Ich sage das nicht so, wie man es normalerweise sagt. Etwa, wenn du im Flugzeug sitzt, dann denkst du natürlich: Ich möchte Pilot werden. Oder du guckst einen Film, in dem eine Kranfahrt mit der Kamera oder so was vorkommt, und du denkst: Ich möchte Kameramann werden. Aber ich glaube, aus mir wäre ein *guter* Musiker geworden.«

»Warum?« Ich nahm einen Hauch von Urin wahr, und dann fiel mir der Strandeimer unter der Spüle auf.

»Ich kann nichts verbergen, und das hat mir immer Schwierigkeiten gemacht. Das Problem bestand darin, ich wusste lange Zeit nicht, dass dies irgendwie verkehrt war. Das sind so Dinge, die einem nicht beigebracht werden. Du sollst nicht sagen, was du denkst. Selbst nachdem ich das herausgekriegt hatte, konnte ich damit kaum aufhören. Findest du, dass es überhaupt eine Beschäftigung gibt, wo das als Stärke, als etwas Gutes angesehen wird? Mir fällt dazu nichts ein außer Musik.«

Richard griff sich ein halb gegessenes Sandwich vom Teller zu seinen Füßen. Er nahm auch das kaputte Plastikmesser, aber nachdem er das Sandwich mit Senf bestrichen hatte, schob er es wieder auf den Teller. Dann griff er zu einem Plastikgefäß mit grünen Oliven.

»Wo wohnst du?«, fragte er.

Ich erzählte es ihm.

»Was ist mit deiner Mom? Wo ist sie?«

Ich erzählte es ihm.

»Sie ist einfach abgefahren, ohne einen Ton zu sagen? Das ist heftig. Meine Mom ist vor vielen Jahren gestorben.«

»Ich weiß«, sagte ich.

»Mein Dad ist auch tot«, sagte er.

»Ich weiß.«

»Weiß deine Mom, dass ich hier bin?«

»Ich glaube nicht.«

»Wenn du es ihr sagst, ruft sie die Polizei. Mehr müsstest du nicht tun. Aber«, fügte Richard hinzu, als würde er die Entscheidung treffen können, »dann bekäme dein Vater jede Menge Ärger.«

»Er hat dich hier eingesperrt«, sagte ich.

»Wie geht's mit der Schule?«, fragte Richard.

»Wie bist du hierhergekommen?«

»Du fragst dich, warum sie mich nicht einfach umgelegt haben? Willst du, dass ich dir darauf antworte? Ich frage ja nur. Über *meinen* Vater wurde immer getratscht. Frauen. Affären, solche Sachen.« Er streckte von seinem Platz auf der Sitzbank die Hand aus und drehte die Lautstärke der Stereoanlage auf. Er umwickelte einen Finger mit der Kordel seiner Kapuze. »Ich konnte ihn auf den Tod nicht ausstehen, und ich wusste schon alles, und trotzdem ist es mir unheimlich an die Nieren gegangen, das zu hören, weißt du?«

Auf der Brotkruste saß wie erstarrt eine Fliege. An Richards Lippen klebte Senf. Ich stand auf und drehte die Lautstärke herunter. Richard sank in die Ecke und zupfte an den Troddeln seiner Kapuze. Er verzog das Gesicht, als hätte er sich gerade auf die Zunge gebissen.

»Du hättest doch sagen können, dass es zu laut ist. Hatte ich dich nicht darum gebeten?«

»Mein Vater hat dich hier eingesperrt«, sagte ich.

»Würdest du mir glauben, wenn ich dir sagte, er war es nicht? Er und Sam und Don standen bei mir vor der Tür.«

»Und dann?«

»Dann passierte dies.« Er riss an den Kordeln seines Kapuzenshirts, und die Haube schrumpfte um sein Gesicht wie der Mund einer Seeanemone. »Jetzt nicht. Frag mich was anderes, los!«

»Bist du schon die ganze Zeit hier drinnen?«

»Don kommt einmal am Tag. Er bringt mir was zu essen. Und Bücher, wenn ich will. Was soll ich dir noch erzählen?«

Ich wollte wissen, was geschehen war. Ich redete mir ein, die Wahrheit wäre mir egal und auch das, was sie zerstört hatte. Ich wollte es wissen. Das, sagte ich mir, wäre mein Recht.

»Alles in Ordnung mit dir?«, fragte ich stattdessen.

»Siehst du das da?«, fragte er. »Da an der Decke über der Spüle. Den Wasserfleck.«

Da war kaum etwas zu sehen. Ein vergilbtes Stückchen Putz nahe der Decke, ein schwacher Umriss.

»Was hältst du davon?«, fragte er. »Wie sieht das deiner Meinung nach aus?«

»Keine Ahnung. Vielleicht wie ein Kaninchen?«

Er zwinkerte mit den Augen wie in echter Verblüffung. »Das war's? Mehr siehst du nicht?«

»Was soll denn da noch sein?«

»Ein Leck.«

»Ein Leck?«

»Im Augenblick sieht es nicht nach viel aus, aber manchmal ist es ganz schön schlimm. Das ist das Regenwasser. Es sammelt sich da oben. Dann läuft es hier herunter. Vielleicht hast du es mal tröpfeln hören. Nein? Das kommt vor, und ein paarmal ist es gebrochen wie ein Damm. Ohne Vorwarnung – ehrlich. Das Wasser läuft wie ein Sturzbach hier ins Studio.«

»Echt?«

»Ja doch! Der Raum hier ist klein, deshalb steigt das Wasser schnell. Ich stehe auf der Sitzbank in der Ecke, aber das Wasser steigt so schnell auf Mundhöhe, und ich habe nur ein kleines bisschen Zeit, durch die Nase zu atmen. Aber schon bald bin ich mit dem Kopf unter Wasser, und alle Schallplatten werden aus dem Regal und aus ihren Hüllen geschwemmt und schwimmen umher wie ein Schwarm schwarzer Fische. Als Nächstes springt die Tür auf, und das Waschbecken, die Kette und alles andere fließt heraus, und der Keller steht bis zur Decke unter Wasser. Und ich schwebe mitten durch und versuche, die Kellertreppe zu erreichen. Und all die Kartons da draußen schweben auch, und das Wasser hat das Klebeband von ihnen abgelöst, und deshalb schwebt der ganze Kram, den du mal gesammelt hast, um mich herum, und ich kämpfe mich da durch, um mich nach oben zur Kellertür treiben zu lassen, bevor mir die Luft ausgeht.«

»Ehrlich?«, fragte ich.

»Na ja, manchmal stelle ich mir das so vor, weißt du?«

—

Das Wetter blieb schlecht. Die Berge rissen Streifen aus den vorüberziehenden Wolken. Der Regen befleckte die Fensterscheiben und sog die Farbe aus den Bäumen. Das war die üble Phase im November, wenn sich die See um Loyalty Island herum wand wie eine graue Würgeschlange. In jener Nacht rief ich vom oberen Bett zu Jamie hinunter. Ich wusste, dass er wach war, aber er reagierte nicht. Das machte nichts. Ich hatte sowieso keine Ahnung, was ich sagen wollte.

Ich könnte sagen, es war wie ein Traum, aber das war es nicht. Fremdartig, geheimnisvoll, ja. Aber es fehlte die Mühelosigkeit von Träumen. Ich habe immer geglaubt, dass Menschen ihre Träume liebevoll hegen, weil sie in ihnen zwar handeln, aber selten *entscheiden* müssen, wie sie handeln.

Ich könnte sagen, ich fühlte mich krank, aber das stimmt auch nicht. Mir ging es gut. Ich hatte eher das Gefühl, dass ich Leiden wahrnahm und dabei immun durch eine Wolke wandelte, die herabgesunken war und sich nicht auflösen wollte. Ich lief über Gehwege, Rasenflächen und den Steilhang zur Seachase Lane hinauf und spürte dabei das Schuldgefühl und Unbehagen des Gesunden.

In erster Linie aber fühlte ich mich isoliert durch das, was ich nun wusste. Unter dem Fußboden hockte ein halb verrückter Kerl. Das war die Lösung des Geheimnisses. Ich hätte nicht so dämlich sein sollen, mir eine glückliche Versöhnung vorzustellen. Ich hätte wissen müssen, dass jedem Geheimnis allein dies zugrunde liegt: dass nämlich Menschen anderen Menschen unaussprechliches Leid zufügen. Was sonst kann man schon verbergen auf dieser Erde?

Als ich am nächsten Tag wieder den Keller aufsuchte, lagen auf dem orangefarbenen Teppichboden Kissen an der Stelle, wo ich tags zuvor gehockt hatte. Die Schallplatten steckten wieder in ihren Hüllen, die Bücher standen neben der Sitzbank. Der Bezug und die Bettdecke, die am Tag davor über der hochkant gestellten Matratze lagen, waren jetzt gefaltet. Richard schoss von der Bank hoch, als hätte er dort aufgerollt gelegen, und begrüßte mich mit einem Grinsen. Er bot mir ein Weißbrot-Sandwich an, das dick mit gelbem Putenfleisch belegt war.

»Hast du jemals eine Mundharmonika richtig *gehört?*«, fragte er.

»Du hattest doch versprochen, mir zu erzählen, was passiert ist«, sagte ich.

»Mache ich. Aber wenn du noch nie eine Mundharmonika *gehört* hast, dann musst du es tun, und zwar sofort.« Er sprach mit bebender Stimme, mit der Stimme eines Menschen, der seit einem Monat mit niemandem gesprochen hatte.

»Sonny Boy Williamson macht mir Zahnschmerzen. Du musst ihn dir einfach anhören.«

Als die Platte zu Ende war, plapperte Richard los über den Roman, den er jetzt schon zum dritten Mal innerhalb von zwei Wochen gelesen hatte: Walker Percys *Der Kinogeher.*

Das Buch gehörte mir, es stammte aus der kleinen Privatbibliothek, die meine Mutter für mich angelegt hatte. Sie hatte mehr Geld für meine Bücher ausgegeben, als wir uns leisten konnten. Sie kam dann immer aus Seattle zurück mit Einkaufstaschen voller Bücher. Einige davon hatte ich gelesen – *Dr. Jekyll und Mr. Hyde,* alle weiteren Werke von Robert Louis Stevenson, Rudyard Kipling und Edith Hamiltons *Großes Buch der klassischen Mythen.* Aber die meisten Bücher – Rachel Carsons *Der stumme Frühling,* Arthur Koestlers *Sonnenfinsternis,* Joseph Conrads *Sieg* – waren völlig daneben. Ich bekam schon glasige Augen, wenn ich nur die hinteren Umschlagseiten las.

Das sind Investitionen, sagte sie, wenn ich mich beschwerte. In einem Sommer, eine Woche vor dem 4. Juli, verlangte sie von mir, ich solle zumindest ein ganzes Buch durchlesen, sonst würde sie es mir nicht erlauben, beim Feuerwerk über Greene Harbor dabei zu sein. Such dir ein Buch von deinem oder meinem Bord aus, sagte sie. Aus der Nummer kam ich nicht heraus, aber ich nahm mir ein Buch vom Bord meines Vaters, von dem ganz oben im Bücherschrank im Wohnzimmer. Joshua Slocums *Allein um die Welt.* Das las ich in anderthalb Tagen durch. Danach, zumindest einige Wochen lang, beherrschte die Weltumseglung mein ganzes Streben. Ich machte jeden mit meinen Plänen vertraut und erntete wohlwollendes Gelächter. Ich plante die Route meiner Seereise im Kopf – *allein um die Welt* –, aber obwohl ich mir die Roaring Forties, den Kalmengürtel, Kap Hoorn und die Loyalty-Inseln vorstellen konnte, galten die meisten meiner Gedanken dem Tag meiner Rückkehr nach Hause. Ich würde bei der Ankunft in Greene Harbor mit stürmischem Beifall begrüßt werden, wettergegerbt und braun gebrannt von der tropischen Sonne.

»Ich glaube, in dem Buch geht es nicht nur um Filme«, sagte ich zu Richard. »In dem Buch da.«

Er rollte das Taschenbuch wie eine Zeitung zusammen und verpasste mir damit einen schmerzhaften Schlag auf die Schulter. »Ha!«, rief er. »Willst du wissen, worum es *wirklich* geht?« Er wartete so begierig, so ungeduldig auf meine Antwort, und das machte mich trauriger als alles andere.

»Es geht in dem Buch um ›das traurige kleine Glück von Drinks und Küssen‹.« Er erzählte mir den Roman fast Seite für Seite und sprach über den Erzähler namens Binx, als handele es sich um eine real existierende Person. Binx, den seine Tante bedrängt, Arzt zu werden, schlendert stattdessen durch die Straßen von New Orleans auf der Suche nach etwas, aber was? Alles, was ihm bleibt, ist, die Zeit totzuschlagen, und er verbringt die Tage auf langen Autofahrten mit sonnengebräunten Sekretärinnen oder in Vorstadtkinos, wo er in Filmen eine Intensität bemerkt, die ihm in seinem Leben fehlt. Und plötzlich erzählte mir Richard aus seinem eigenen Leben, von dem ersten Jahr, das er in New York verbrachte.

»Endlich«, sagte er, »lebte ich nicht mehr in diesem verfluchten regnerischen Schatten. Aber mein Vater schrieb mir immer noch diese langen Briefe. Er schrieb mir alles über seine Kindheit, seine Zeit auf dem College, über all diesen Kram, den er mir nie *erzählt* hatte.« Richard stand von der Bank auf und ging im Studio auf und ab, zehneinhalb Schritte in jeder Richtung, wobei die Kette hinter ihm herschlitterte. »Er schrieb mir Briefe, aber er rief nie an. Nie. Er sagte, der Zeitunterschied mache ihn nervös, dass er nie wüsste, zu welcher Tageszeit er mich womöglich aufwecken würde. Ich hatte ein Apartment in der Bleecker Street in Manhattan neben einer chinesischen Wäscherei, in der Lucky Strikes und Waschpulver verkauft wurden. *Nur* Lucky Strikes und Waschpulver. Das Apartment war scheiße, aber ich war nur selten da, weil ich endlich unter Menschen lebte, unter richtigen Menschen. Die Bars waren mein Wohnzimmer. Ich überlegte, wie es wohl wäre, wenn man mir die Post dorthin zustellte, so wie die ganzen Intellektuellen in Paris ihre Post in den Cafés zugestellt bekamen. Sie saßen an den Tischen und planten heimlich Revolutionen, die sich Tausende Kilometer entfernt abspielen sollten. Ich dachte immerzu an sie. Ich könnte dir nicht den Namen eines Einzigen nennen, aber ich hatte diese Vorstellung im Kopf.

Und die Mädels, Cal, das war auch so ein Ding. Ich begegnete diesen wunderbaren, verrückten Mädels. Einmal unterhielt ich mich in einer Bar mit so einer sehr gelehrt aussehenden Brünetten, einer sexy Bibliothekarin-Type mit kariertem Minirock. Wir hatten den ganzen Abend miteinander geredet, und plötzlich küsste ich sie. In Wahrheit küsste sie mich. Die Toiletten waren unten, und es war kurz vor der Sperrstunde. Geh mit mir runter, sagte sie. Nein, danke, sagte ich, meine Freunde gehen, und ich muss mitkommen. Geh mit mir runter, sagte sie, oder ich steche dich ab. Mich abstechen! Meine Güte. Um Himmels willen.«

»Richard, warum erzählst du mir so was?« Ich wollte es wirklich wissen. Sein hässlich-stolzer Gesichtsausdruck schien etwas zu bedeuten, aber was? Ich dachte, die Frage würde ihn verärgern, aber er lachte.

»Ich weiß nicht. Du hast recht. Ich weiß nicht, warum. Alles, was ich sagen will, ist, ich konnte kaum glauben, wie unwahrscheinlich das war. Vielleicht ist es so, dass mir das Ganze nicht dermaßen unter die Haut gehen würde, wenn ich mein ganzes beschissenes Leben angekettet in diesem Studio verbracht hätte.« Er hielt einen Moment inne. »Ich glaube, ich habe mich verändert. Aber ich weiß es nicht. Was glaubst du?«

»Wie hast du dich verändert?«

»Wie gesagt, ich weiß es nicht so recht.«

»Also, wie fühlst du dich?«

Sein Lächeln schrumpfte. Er zupfte an den Zugbändern der Haube seines Kapuzenshirts.

»Ich habe Angst«, sagte er. »Ich möchte dir eine Frage stellen, und du musst ehrlich antworten, hörst du?«

»In Ordnung.«

»Wie sehe ich aus?«

»Wie bitte?«

»Wie sehe ich aus? Ich habe schon seit einem Monat nicht mehr in den Spiegel geguckt.«

Richard war noch keine dreißig, aber er hatte schon das Gesicht, das er verdiente. Er hatte dieses Gesicht von Anfang an gehabt: die krumme, messerscharfe Nase. Ein Blick, so durchdringend wie eine Rückenflosse, die das Wasser durchschneidet. Ich würde ihn nicht gut aussehend nennen – eher markant.

Wenn überhaupt, hatte er ein bisschen zugenommen: Die hohen Wangenknochen spannten nicht mehr so sehr seine Haut. So eine Beschreibung hatte er aber gar nicht gewollt, und die Antwort verhieß nichts Gutes. Ich konnte fast die Welle von Furcht sehen, die sich unter seiner Haut abzeichnete. Die metallische Rinde auf seiner Zunge. Er sah aus wie schlampig zusammengeschustert, so, als würde er nicht mehr lange halten.

»Du hältst dich gut«, sagte ich.

»Wirklich?«

»Ziemlich gut«, sagte ich.

Ich blieb noch eine Stunde und zögerte den Heimweg unter dunklem Himmel und im eiskalt tröpfelnden Regen hinaus. Schließlich konnte ich es aber nicht weiter aufschieben. Als ich Richard sagte, dass man bei den Norths auf mich wartete, lächelte er und nickte schweigend. Ich folgte seinem Blick, als er den engen Kellerraum prüfend überflog, als wolle er sich darauf vorbereiten, wie es hier einmal aussehen würde, wenn er erst weg wäre.

Ich schloss die Studiotür ab und legte den Schlüssel wieder in die Trommel des Wäschetrockners. Oben an der Kellertreppe musste ich gegen das Verlangen ankämpfen, umzukehren. Nie war jemand so traurig gewesen, sich von mir verabschieden zu müssen.

—

Als ich wieder bei den Norths war, stand Jamie mit dem Telefonhörer am Ohr an der Küchentür. Ich versuchte, seinen Blick zu erhaschen, aber er sah nur auf seine Schuhe. »Sicher«, sagte er. »Er ist bei uns.« Ich erstarrte. Betty sah vom Küchentisch auf und lächelte mir zu, bevor sie mit ihrem Kreuzworträtsel weitermachte. Während ich da so dumm herumstand, sagte Jamie nur: »Mmh, hhm. Wie viel bieten sie? Mmh, hmmh. Echt? Wie groß?« Ich kannte diese Gespräche. Ich hatte sie unzählige Male mit meinem eigenen Vater geführt.

Ich ging hinauf in unser Zimmer und wartete, aber Jamie kam einfach nicht nach. Er verbrachte den Rest des Abends mit seiner Mutter am Küchentisch und las in einem Magazin. Ich sagte, ich würde spazieren gehen, aber er bot mir nicht an, mitzukommen. Als ich zurückkam, war das Licht schon aus, und er lag im Bett. Ich flüsterte: »Jamie, bist du noch wach?« Er antwortete nicht, aber ich kannte das schwache Pfeifen seines Atems, wenn er schlief. Ich wusste, dass er wach war.

Ich kletterte durch das Fenster auf das Dach. Jamie kam nicht nach. Draußen zitterte ich und rauchte, bis meine Lippen taub waren. Ich war sicher, dass er mich verraten hatte. Ich konnte mir nicht mehr vorstellen, welchen Grund ich gehabt hatte, Jamie zu erzählen, dass ich nach Hause zurückgegangen war. Ich knüllte die Zigarettenpackung zusammen und warf sie in die schwankenden Hemlocktannen.

Am nächsten Tag wartete ich nach der Schule auf ihn, gegen den Fahnenmast gelehnt, unter einem eisenhart zusammengepressten Himmel. Als Jamie durch die Doppeltüren ins Freie trat, sah er anders aus als sonst; ich brauchte einen Moment, um herauszubekommen, wieso. Normalerweise lächelte er, wenn er mich sah.

Wir hielten miteinander Schritt auf dem rissigen Gehweg und trieben allmählich auf die regennasse Straße, die aus der Stadt hinaus auf die Anhöhe führte. Der Sprühregen ließ nicht nach, und wir beschleunigten unsere Schritte.

»Hast du es ihm gesagt?«, fragte ich.

Er sah mich mit erstaunten Augen an, bevor er seinen Blick wieder auf die Straße richtete. »Nein«, antwortete er. »Habe ich nicht. Du dachtest, ich hätte es getan?«

Irgendwo hatte ich mal aufgeschnappt, dass man eine Lüge immer am Gesichtsausdruck erkennen könnte. Jamie sah bestürzt und verletzt aus – sah ein Lügner so aus? Ich wusste es nicht. Der Regen nahm zu. Bevor ich antworten konnte, blieb Jamie stehen und setzte seinen Rucksack ab. Er sah mich scharf an, während er sich bückte und einen grauen Regenschirm herauszog.

»Was willst du denn damit?«, fragte ich. Ich hatte keinen Regenschirm bei mir; kaum einer in Loyalty Island hatte einen – jedenfalls nicht die Männer.

Er sah mich an, als hätte er diese Frage erwartet. »Ist irgendwas? Ich werde nicht gern nass, ist das so bescheuert?« Er öffnete den Schirm mit einem Ruck und hielt ihn über mich. »Probier es«, sagte er. »Könnte dir gefallen.«

Und plötzlich war ich mir sicher, dass er mich nicht verraten hatte, und beinahe ebenso sicher, dass er es nie tun würde. Wir gingen schweigend mitten auf der High Street entlang. Eine grünliche Sonne kämpfte sich durch die Wolken, als wir im Slalom Pfützen auswichen und die Anhöhe hinaufstiegen, in den Nebel hinein.

»Warum nehmen die Leute keinen Regenschirm, was meinst du?«, fragte Jamie.

»Ist 'ne gute Frage«, antwortete ich.

»Stell dir vor, wir laufen einander über den Weg in der Stadt, es regnet, ich habe einen Schirm dabei, du nicht, und wir haben beide denselben Weg.«

»Okay.«

»Wenn ich dich nicht mit unter den Schirm nehme, ist das unhöflich, stimmt's? Wenn ich es dir aber anbiete, müssen wir ganz nah beieinanderlaufen und uns überlegen, worüber wir reden wollen. Wir können aber auch nicht zu viel miteinander reden, weil wir vielleicht nicht dasselbe Ziel haben, und dann wäre es noch viel schlimmer, weil wir dastehen und uns gegenseitig ins Gesicht atmen würden, während wir unser Gespräch beendeten. Und deswegen glauben die Leute wohl, es ist besser, sich einfach nass regnen zu lassen. Das ist jedenfalls meine Meinung.«

Kann sein, dass er recht hatte. Generationen von Fischern hatten ihre Gewohnheiten und ihre Sprache herausgebildet.

Mir ist das aufgefallen, als ich meinem Vater und Don und Sam und John Gaunt an unserem Küchentisch zuhörte. Sie sprangen in weit ausholenden Schleifen von einem Gesprächsthema zum anderen. Don konnte eine Geschichte über ein bildschönes, aber viel zu züchtiges Mädchen von den Aleuten anfangen, dem er in Dutch Harbor begegnet war, und dann plötzlich aufhören; aber das Mädchen von den Aleuten konnte Stunden später ohne ein auffällig gegebenes Stichwort wiederauftauchen. Für mich war das die »lange Gesprächsrunde«.

Eines Abends erzählte ich das meinem Vater, und er lächelte erfreut, beinahe stolz. »Das gefällt mir«, sagte er. »Das muss ich allen erzählen. Ich glaube, das kommt von der Arbeit. Du hast zwischendurch oft nur zwanzig Minuten Zeit zum Essen, und irgendjemand fängt an, eine Geschichte zu erzählen, und du kannst die Arbeit nicht liegen lassen, bis die Geschichte zu Ende ist. Und deshalb wartest du während der folgenden acht oder zwölf Stunden auf die nächste Pause. Das macht jeder. Es ist egal, wie lange das dauert oder was inzwischen passiert. Die Geschichte muss zu Ende erzählt werden.«

»Was glaubst du?«, fragte Jamie. Der Regen fegte schräg über die Straße unter Wolken, die vor Donner bebten. »Was hältst du von meiner Theorie?« Sein Lächeln war beiderseits eingerahmt vom grauen Zelt seines Regenschirms und vom grauen Zelt des Himmels. Ich empfand Eifersucht und Mitleid, wie es mir schon viele Male zuvor ergangen war. Jamie begriff kein bisschen, was da vor sich ging. Er hatte keine Ahnung, was Leute tun mussten, damit er seine Theorien über Regenschirme entwickeln und Dialoge zitieren konnte, die er nicht verstand, aus Filmen, die er nie gesehen hatte.

Er zitierte gern einen Satz, den er in einer seiner Filmzeitschriften gelesen hatte und der in Jean Renoirs Film *Die Spiel-*

regel vorkam. »Das Furchtbare am Leben«, pflegte er zu sagen, »ist die Tatsache, dass jeder Mensch seine Gründe hat.« Das stimmte vielleicht. Richard hatte seine Gründe, mit dem Verkauf der Firma seines Vaters zu drohen. Mein Vater, Jamies Vater und Don Brooke hatten ihre Gründe, Richard in einem Kellerverlies einzusperren und allen mitzuteilen, er sei tot. Jamie konnte aber nie begreifen, dass wir zwar alle unsere Gründe haben, dass aber dies nicht die eigentliche Tragödie ist. Die Tragödie besteht darin, dass wir, außer in ganz seltenen Fällen, Dinge tun – gute oder schlechte –, ohne jemals zu wissen, warum.

»Was hältst du von meiner Theorie?«, fragte Jamie noch einmal. »Klappt doch, oder?«

»Vielleicht«, antwortete ich, »aber welchen Unterschied macht das schon?«

Jamie spuckte in den Rinnstein, und wir gingen weiter zu zweit unter dem Regenschirm, der an der Spring Street und unter Zweigen vorbeizog, deren Blätter wie nasse Wischtücher aussahen. Der Schirm schlängelte sich den Abhang hinunter und tropfte, wenn Jamie die Hand wechselte. Er ging vorbei an der Spruce Street, schüttelte sich in einem plötzlichen Windstoß, spie Wasser und richtete sich selbst wieder auf wie eine Ansteuerungstonne. Beim nächsten Häuserblock bog der Schirm rechts auf die Seachase Lane und dann in unsere Einfahrt ab.

Die Fassadenfarbe war ergraut, die Regenrinnen waren verstopft von Kiefernnadeln. Konnte ich so tun, als hätte der Regen die Straßen überflutet und die Strömung uns hier abgesetzt?

»Du warst sauer auf mich, weil ich dich dazu gebracht habe, deinen Vater zu belügen«, sagte ich. Wir hatten mehrere Häuserblocks lang nicht miteinander gesprochen.

»Kann sein, ja.«

»Wenn ich dir das zeige, was da drinnen abgeht, musst du noch mehr lügen.«

Jamie hielt den Schirm gerade, bewegte den Arm nicht, wandte sich nur zu mir und sah mir in die Augen.

»Wenn du ihm etwas verrätst«, sagte ich, »dann werde ich ihm sagen, du hättest die ganze Zeit davon gewusst.«

Er trat einen Schritt zurück. Sein Blick war ausdruckslos. »Wovon gewusst?«

»Ich werd es dir gleich zeigen«, sagte ich.

So wie Jamie lächelte, hätte ich beinahe alles abgeblasen, ihn nach Hause begleitet und ihn im Dunkeln gelassen. Jedenfalls standen wir noch einige weitere Augenblicke im Schutz seines Schirms in unserer Einfahrt.

—

Als ich die Studiotür aufschloss, hatte ich ein eisiges und sprödes Gefühl in der Magengrube. Ich wollte Jamie sagen, er müsse nicht hineingehen, es sei noch nicht zu spät, aber ich war nur in der Lage, die aufgeschlossene Tür mit einem Finger aufzustoßen. Ich hatte noch nicht einmal angeklopft. Jamie lehnte den Regenschirm an die Wand und trat ins Licht.

»Wen haben wir denn da?«, hörte ich Richard fragen. Schweigen. »Kenne ich dich?« Immer noch keine Antwort. Die Vorstellung, dieser Augenblick könnte eine Ewigkeit dauern, zwang mich zum Handeln: Ich drängte mich durch die Tür ins Studio.

Richard war schweißüberströmt und zerrte ein weißes T-Shirt über seinen Oberkörper. Ich konnte gerade noch einen gelb-violetten Fleck auf seinem Bauch entdecken. Die Lautstärke der Stereoanlage war erträglich; es lief irgendein Klavierstück.

Er ging keuchend zum Spülbecken und bespritzte Nacken

und Kinn mit Wasser. Auch nachdem er schon den Hahn zugedreht hatte, wandte er uns weiter den Rücken zu und stützte sich mit beiden Händen an der Wand ab, heftig atmend. Ich hoffte, Jamie würde etwas sagen, weil ich es nicht konnte.

»Endlich die Polizei«, sagte Richard.

»Er ist nicht von der Polizei«, sagte ich.

»Sag bloß!« Er fuhr herum und zerrte dabei an der Kette. »Dies ist kein Scheißzoo!«

Die Fassungslosigkeit, die in seinem Blick lag, war niederschmetternd. Ich musste nur erklären, warum ich Jamie mitgebracht hatte. Aber ich konnte es nicht.

»Ich verstehe schon, dass einen das alles hier irritiert, aber es ist kein beschissener Zoo.«

»Tut mir leid«, sagte ich. Ich sah zu Jamie hinüber. Sein Mund war ein Strich, und er hatte die Arme verschränkt, als sei er gerade in die Kälte hinausgetreten.

Richard hatte sich an die Wand gelehnt, so weit weg von uns, wie es nur ging, und hielt die Arme ausgestreckt wie eine Vogelscheuche. Ich musste an Kornfelder denken und daran, dass ich noch nie eine echte Vogelscheuche gesehen hatte. Mir fehlten die Worte.

»Ich bin Jamie North«, sagte Jamie. Er sprach mit leiser, aber eindrucksvoll ruhiger Stimme.

»Sams Jamie?«, fragte Richard.

»Ja.«

»Sam Norths?« Richard drückte seine Augen zu.

Jamie wischte sich die Hand am Hemd ab und hielt sie Richard hin. Richard öffnete die Augen wieder und brach in schallendes Gelächter aus. »Du willst mir die Hand geben? Sind wir vielleicht im Country Club? Verzeihen Sie die niedrige Decke und nehmen Sie mir die Kette um das Fußgelenk nicht übel.«

Er sah mich an. »Wie steht's in diesem Fall mit der Benimmregel? Wenn du dem Sohn des Mannes vorgestellt wirst, der dich an ein Spülbecken gekettet hat, gibst du ihm dann die Hand oder lässt du dich von ihm in die Eier treten?«

»Kommt darauf an, wen du fragst«, sagte Jamie. »Ich glaube, Benimmpäpstin Amy Vanderbilt empfiehlt den Handschlag, ihre Kollegin Emily Post den Tritt in die Eier.«

»Sehr gut«, sagte Richard. »Vanderbilt war mir immer lieber. Meine Mutter besaß ihr Benimmbuch. Nach ihrem Tod stand es immer noch im Wohnzimmerregal.«

»Meine Mutter auch«, sagte Jamie. »Sie ist aber nicht tot.«

»Großartige Neuigkeiten«, sagte Richard. »Jedenfalls brauchen wir uns nicht die Hand zu geben. Ich habe euch Hunderte Male getroffen.«

»Aber nicht unter diesen Umständen.«

»Nein, das nicht.« Richard legte sich auf die Sitzbank. »Ich sollte eigentlich gar nicht überrascht sein, wir drei hier – die verzogenen, glücklichen Opfer von Loyalty Island. Soso, Jamie North. Was willst du denn wissen?«

Erst als Jamie sich auf den Fußboden gesetzt hatte, wie ich vor einigen Tagen, wurde mir klar, wie viel Angst ich gehabt hatte. Angst, dass Jamie die Kette kappen oder die Studiotür hinter sich zuschlagen und das Vorhängeschloss für immer anbringen würde. Angst, dass er im Unterschied zu mir wissen würde, was zu tun war. Aber er war ebenso vorsichtig, verwirrt und gelähmt wie ich.

Ich setzte mich neben ihn. Ich wusste, was Jamie fragen würde. Es waren dieselben Fragen, die ich gestellt hatte, und ich beobachtete ihn, wie seine Ellbogen auf den untergeschlagenen Beinen ruhten, wie sich die Fältchen um seine Augen und den Mund kräuselten, als er begriff, was los war.

»Erzähl mir, was passiert ist«, sagte Jamie.

»Jetzt nicht«, sagte Richard.

»Was wird geschehen? Werden sie dich rauslassen?« Die Frage hatte ich mir oft selbst gestellt. Vielleicht hatte ich Jamie deshalb mitgebracht: Er musste für mich die Fragen stellen, vor denen ich Angst hatte.

»Sie können dich nicht für immer hier unten einsperren«, fuhr Jamie fort. »Wenn sie das gewollt hätten, dann hätten sie dich gar nicht erst hier versteckt.«

»Kann ich nicht beurteilen«, sagte Richard. »Ruf deinen Vater an und frag ihn.«

»Sie hätten es ... schon getan«, erwiderte Jamie. »Sie müssen dich freilassen.«

Richard setzte sich auf. »Vielleicht ist es gar nicht so leicht«, sagte er, »es zu tun. Als sie mich abholten, waren sie *entschlossen,* es zu tun. Ich weiß es.«

»Das glaube ich nicht«, sagte Jamie.

»Nein? Und warum nicht?«

Insgeheim betete ich, dass Jamie darauf eine Antwort hätte. Stattdessen gab Richard selbst die Antwort. »Weil Sam North nie jemanden umbringen könnte? Stimmt das in etwa so?«

»Weiß ich nicht«, antwortete Jamie.

»Nein?«, fragte Richard. Er rappelte sich auf und fuhr mit den Fingern an den Rücken der Schallplatten entlang. »Zu Anfang, als ich hier eingesperrt war, hatte ich keine Uhr. Das war das Schlimmste. Kein Zeitgefühl. Nur anhand dieser Platten konnte ich feststellen, wie die Zeit verging und dass sie überhaupt verging, richtig? Ehrlich, ich hätte diese Stereoanlage ansonsten nie benutzt, aber ich habe die Platten aufgelegt, und ich wusste, dass zum Beispiel Bob Dylans ›Tangled Up in Blue‹ fünf Minuten und vierzig Sekunden dauert. Und dadurch wusste ich, dass ich zusammen mit der übrigen Welt gerade dieselben fünf Minuten erlebt hatte. Ihr hättet nicht gedacht, dass es so übel sein kann, stimmt's? Kein Zeitgefühl zu haben, damit man sich keine Sorgen über die Zeit machen kann. Aber es war schlimm. Du kannst es Monate aushalten, ohne mit einem anderen Menschen zu reden, ohne einen anderen Menschen zu berühren, aber wenn man dieselbe Zeit gemeinsam durchlebt und beide wissen, dass es zum Beispiel gerade sechs Uhr ist, das ist doch was, habe ich recht? So wie die Mönche, die ein Schweigegelübde abgelegt haben, sie läuten immer diese Glocken. Ihnen entgeht nicht eine Viertelstunde.«

Richard ging zum anderen Ende des Studios und hielt mit dem Rücken zu uns inne, lange genug für Jamie und mich, um einen Blick auszutauschen. Die Intensität in Richards Gesicht ließ uns frösteln.

»Verstanden«, fuhr er fort, »ich habe Leute immer klagen hören über die Einsamkeit in der Stadt. Wenn du auf dem Land lebst, hast du die Sonne und die Jahreszeiten, die dich auf dem Laufenden halten, es spielt keine Rolle, ob du meilenweit vom nächsten Nachbarn entfernt wohnst. Du siehst die Sonne zur selben Zeit wie er, ihr seid auf diese Weise vertraut miteinander.

In der Stadt aber gibt es weder Jahreszeiten noch Sonne. Die Stadt muss funktionieren, damit die Leute nicht durchdrehen. Sie müssen Zeit herstellen, um ihre Einsamkeit zu bekämpfen. Riesenuhren an Bankfassaden und am Times Square, ha, sieh mal, ja. Rush *Hour,* Lunch *Hour,* Happy *Hour.* Warum ersparen wir uns nicht einigen Ärger und führen gestaffelte Arbeitszeiten ein, warum verzichten wir nicht auf Straßen? Weil wir einen Ablaufplan brauchen, damit wir uns als Teil des großen Ganzen fühlen. Könnt ihr euch die Trostlosigkeit eines leeren

Zuges jeden Morgen auf dem Weg zur Arbeit vorstellen? Wir wollen Verkehrsstaus. Weil du frustriert bist, die Schnauze voll hast, aber du weißt, dass es um dich herum Hunderten anderer Leute genauso geht, und das ist schon ein großer Trost.«

Er hatte gegen die Decke, gegen die Regale, den Fußboden gesprochen. Er sah jetzt zu uns herüber und seufzte. Er ließ sich auf die Bank sacken und kniff seine Unterlippe zwischen Daumen und Zeigefinger zusammen, als hätte sie ihn enttäuscht.

»Schon gut. Vergesst es. Du überlegst, was das alles mit deiner Frage zu tun hat, stimmt's? Eure Väter. Wie oft habt ihr sie sagen hören: ›Ja, das ist gefährlich, aber ich könnte nie nach der Stechuhr arbeiten, deshalb ist das alles, was ich habe‹? Was erzählen sie da? Wenn die arbeiten, gibt es weder Tag noch Nacht. Keine Zeit zu essen, keine Zeit zu schlafen, keine Arbeitszeit, keine Zeit zu spielen, keine Ruhezeit. Es ist nur eine einzige große Schmiere. Sie haben alles plattgemacht, die Zeit zerfetzt. Aber sie machen alles gemeinsam. Ich glaube, das ist es, was Liebe wirklich bedeutet, dieses Ding, das Zeit zerstört. Man braucht keine Zeit mehr. So ist das. Bin ich davon überzeugt, dass die fähig sind, alles zu tun, um diesen Zustand zu erhalten? Ja, das bin ich.«

—

Jamie und ich stapften in der bleichen Abenddämmerung durch die verschlungenen Straßen – wie verschwiegene Komplizen. Ich hatte ein wenig gehofft, die ganze Angelegenheit würde sich als Traum entpuppen, dass Jamie die Tür zu einem leeren, mit Schimmel überzogenen Kellerraum öffnen würde. Jetzt aber waren Richards Entführung und Gefangenschaft sehr real. Ich fragte mich, ob Jamie die Lage ähnlich einschätzte. Als wir an der Spring Street vorbeikamen, schwenkte Jamie vom Gehweg zur Straßenmitte. Ich musste Tempo zulegen, um mit ihm Schritt zu halten.

»Hey«, sagte ich, aber er ging nur noch schneller.

»Jamie«, rief ich, aber er drehte sich nicht um. Der Abstand zwischen uns wurde immer größer, und er machte unter den regennassen Fichten auf der Martin Street lange Schritte. Ich konnte ihm nicht vorwerfen, es versucht zu haben, aber es war zu spät, um noch zu laufen. Einmal drehte er sich um, sah mich ungefähr zwei Bootslängen hinter sich und fing trotzdem an zu laufen. Ich ließ ihn im Dämmerlicht verschwinden und bedauerte nur mich selbst. Ich hatte gehofft, ich müsste diesen Weg nicht noch einmal allein gehen. Es fing an zu nieseln, aber ich ging um den Block der Norths vier- oder fünfmal herum, bevor ich das Haus betrat.

Als ich die Haustür geöffnet und meine nassen Schuhe wie mein Vater auf der Fußmatte abgetreten hatte, sah ich Betty North im Flur stehen und eine lange Zigarette rauchen. »Oh, Liebling«, sagte sie. Ihre Augen waren rot und feucht. Sie schnippte die Zigarettenasche in Richtung des Aschenbechers, der auf dem Beistelltisch stand, und biss sich auf die Unterlippe.

Ich spürte, wie das Blut aus meinen Gliedern wich. »Oh, Liebling«, sagte sie noch einmal, legte ihren plumpen Arm um meine Schulter und zog mich zu sich heran, »du kommst ein paar Minuten zu spät.« Sie sah mir in die Augen und lächelte mich an. Sie hatte weiße Zähne, aber mit gelblichen Rändern. »Deine Mutter hat gerade angerufen. Sie ist jetzt im Krankenhaus. Es ist ein Mädchen.«

Ich war zu erleichtert, um zu reden. Mitten in der Stille fing Betty an zu weinen.

»Was ist denn los?«, fragte ich.

»Ein gesundes kleines Mädchen.« Betty schniefte und wischte sich mit der Hand, in der sie die Zigarette hielt, unter der Nase. »Tut mir leid. Solche Neuigkeiten solltest du von deiner eigenen Familie hören, nicht wahr?«

»Geht schon in Ordnung«, sagte ich. »Ich werde sie anrufen.«

»Sie hat keine Telefonnummer hinterlassen. Sie sagte, sie würde anrufen, wenn sie wieder zu Hause ist.«

»Sie kommt nach Hause?«

»Na ja, nicht direkt nach Hause«, sagte Betty. »Ich wollte sagen, sie geht dahin zurück, wo sie sich gerade aufhält. Ist doch aber wunderbar, oder?«

»Hat irgendjemand schon meinen Vater angerufen?«

Betty schüttelte den Kopf in einer aufsteigenden Rauchwolke. »Ich weiß es nicht. Ich hätte fragen sollen, aber es war so eine Überraschung.«

»Und was ist mit dem Namen?«

Sie schnitt eine Grimasse und gab sich geschlagen. »Ich glaub, ich habe ihn nicht verstanden. Es tut mir so leid. Wirklich.«

Plötzlich sah ich in jedem Gesichtsausdruck, jeder Geste von Betty eine tief verwurzelte Güte. Und dennoch glitt sie durch die Zimmer ihres eigenen Hauses wie ein Gespenst, die Traurigkeit auf Zehenspitzen.

Es hing alles irgendwie miteinander zusammen: Jamies Davonlaufen, Richard im Keller und meine Mutter in Kalifornien und unsere Väter in der Beringsee und John Gaunt in seinem Grab und Betty North und ich hier im engen Hausflur, einen Fußbreit Abstand zwischen uns, wie wir über Freude sprechen und uns selbst grenzenlos hassen. Sie drückte die Zigarette aus und wandte sich wieder dem Spiegel zu.

»Es muss dir nicht leidtun«, sagte ich. »Ich mag die Spannung.«

Mitten in der Nacht rüttelte Jamie mich wach. Die Heizung lief auf vollen Touren. Das Bettzeug war klamm. Ich hatte geträumt, ich sei wach, würde hier liegen und an das Kellerstudio denken.

»Warum hast du es mir gezeigt?«, fragte er.

Ich drehte mich um zur Wand. »Leck mich am Arsch«, sagte ich. »Ich hätte es nicht tun sollen.«

Die Bettumrandung knarrte, und ich spürte Jamies Gewicht auf der Matratze.

»Tut mir leid mit der Lauferei, aber vielleicht verstehst du ...«

»Kein Stück«, sagte ich. »Und jetzt raus aus meinem Bett!«

»Das ist mein Bett«, sagte er. »Du sollst abhauen!«

»Oder?«

»Es reicht mir, wenn ich mein eigenes Bett vollpinkeln kann.«

Wir fingen beide an zu lachen. Jamie setzte sich auf, und ich lag auf dem Rücken und starrte die schattenhafte Gestalt von Sigourney Weaver auf dem Poster an.

»Hättest du nicht 'nen attraktiveren Feger über meinem Bett anbringen können?«, fragte ich ihn.

»Sie ist eine hervorragende Schauspielerin«, sagte Jamie.

»Ich habe keine Ahnung, was ich machen soll.« Es war gut, das zuzugeben, es jemandem sagen zu können.

»Ich bin froh, dass du es mir gezeigt hast«, sagte er.

»Wirklich?«

»Bist du nicht froh, dass du es weißt?«

»Keine Ahnung«, sagte ich. »Wirklich nicht.«

»Ich glaube, es ist egal, ob du darüber froh bist oder nicht.« Jamie kletterte aus dem Etagenbett und sprang auf den Boden. Ich hörte in der Dunkelheit, wie er den Reißverschluss seiner Jacke zuzog.

»Aufs Dach?«

»Eher nicht«, sagte er.

Wir gingen die Treppe zum Wohnzimmer hinunter und auf die Straße. Die Wolken waren schwer vom Mondlicht, die Gehwege die ganze Strecke den Abhang hinunter verwaist. Jamie hatte recht. Was wir bereden wollten, hatte auf dem Dach nichts zu suchen. Ich war mir nur nicht sicher, ob das so war, weil das, was wir bereden wollten, selbst für unseren geweihten Treffpunkt zu geheim oder zu grässlich war. Vom Haus der Norths waren es fünfzehn Minuten bis zur Stadtmitte. Wir gingen am winzigen Safeway-Markt vorbei, alles dunkel; die Leihbücherei, dunkel; Belinda's Deli, dunkel; Eric's Quilt, dunkel; und das Fischerdenkmal, das in einer Flut aus Straßenbeleuchtung ertrank.

Überall im Hafen dümpelten die Boote, aber er machte jetzt einen verlorenen und harmlosen Eindruck, da die großen Schiffe zur Fangsaison ausgelaufen waren. Jamie setzte sich an den Rand des Docks und ließ die Beine über dem plätschernden Wasser baumeln. Er steckte sich eine Zigarette an, lehnte sich zurück auf eine Hand und stieß gedankenvoll Rauchwölkchen aus. Er schüttelte noch eine Zigarette aus der Packung und stellte sie auf den Filter. »Ich fühle mich beschissen«, sagte er. »Ich fühle mich schon den ganzen Tag beschissen. Wie sollen wir damit umgehen? Was sollen wir machen?«

Ich kaute auf der Spitze des Filters herum und sah auf die dümpelnden Boote, während ich mögliche Antworten durchging.

»Wir könnten ihn freilassen«, sagte ich.

»Könnten wir.«

»Aber dann.«

»Was dann?«

»Dann würden sie alle in den Knast stecken, oder?«

»Wen meinst du mit ›alle‹?«

»Also, wenigstens deinen Vater, meinen Vater und Don«, sagte ich.

»Und was, wenn wir Richard dazu bringen könnten, dass er uns verspricht, nichts zu verraten? Dass er uns verspricht, nicht zu verkaufen?«

»Daran habe ich auch schon gedacht«, antwortete ich, »aber er ist ja schließlich tot, oder? Er kann nicht einfach so wiederauferstehen.«

»Nein«, sagte Jamie.

»Auf jeden Fall«, sagte ich, »hasst er sie. Wenn er rauskäme, was würde er tun?«

»Aber er scheint *uns* nicht zu hassen.«

»Nein.«

In weiter Entfernung schob sich ein Frachter durch die Fahrrinne. Allerdings konnte man wegen der Dunkelheit nur Lichter an Bug und Heck erkennen. Ich hatte mein Leben lang Schiffe wie diese beobachtet, wie sie von Singapur, Tokio oder Taiwan auf dem Weg nach Seattle durch die Fahrrinne glitten. Irgendetwas an ihnen löste bei mir immer noch ein Ziehen in der Magengrube aus. Sie waren beredte Zeugen dafür, wie riesig die Welt doch war. Im Vergleich zu diesen Giganten war die *Laurentide* ein Winzling.

Jamie schnippte seinen Zigarettenstummel ins Wasser. Alles roch nach frühen Erinnerungen an meinen Vater, bevor er das Rauchen aufgab, wenn er nach der Arbeit des Sommers nach Hause kam und mir mit klammen gelben Fingern über die Haare strich.

»Ist es in Ordnung«, fragte Jamie, »was sie getan haben?«

»Was hätten sie denn sonst tun können?«, sagte ich. »Er hat es doch darauf angelegt, oder?«

»Nein.« Aus dem Augenwinkel sah ich, wie Jamie den Kopf schüttelte. »Ich weiß nicht. Vielleicht. Ich habe ihn schon immer gehasst. Aber heute schien er …«

»Ich weiß«, sagte ich. »Kannst du dir vorstellen, in welcher Stimmung ich ihn vorfand? Er sang.«

Jamie antwortete nicht. Die Wolken teilten sich, und Mondlicht fiel auf die Wellen. Ich musste an meine Kindheit denken, wenn ich im Vorgarten spielte und eine Brise den Geruch des Ozeans an unserem Haus vorbeiwehte, an die leichten Temperaturschwankungen, an die elementare Zusammensetzung der Luft.

»Jamie?«, sagte ich.

»Es ist traurig. Das ist alles. Es macht mich traurig, wenn ich daran denke, dass er im Kellerstudio allein vor sich hin singt.«

»Ich weiß.«

»Vielleicht hat er sich geändert.«

»Und wenn?«

»Na und?«

»Wenn wir ihn herauslassen, wenn wir die Polizei holen, und es ist nicht in Ordnung, dann können wir es nicht rückgängig machen.«

»Und wir wissen, dass er im Keller ist«, sagte Jamie. »Das können wir auch nicht rückgängig machen.«

»Dann lass uns warten, okay?«

»Und wieder hingehen?«

»Müssen wir wohl.«

Wir saßen wortlos zusammen, bis uns beiden kalt wurde, bis die ersten Vögel über den ankernden und an der Pier vertäuten Trawlern kreisten und die Nacht sich ganz allmählich auflöste.

7 Wir gingen jeden Tag nach der Schule sofort zu unserem Haus, unsere Rucksäcke hingen durch vor ungelesenen Büchern. Unsere Fahrräder versteckten wir hinter Gebüschen im Henderson Park und stolperten durch das Waldstück in den Hinterhof. Damit wir in der Küche keine Fußspuren hinterließen, versteckten wir unsere feuchten Sportschuhe unter den Büschen bei der Veranda, dann warteten wir in kalten und klammen Socken, während ich an die mintfarbene Studiotür klopfte.

Richard saß das erste Mal mit untergeschlagenen Beinen auf dem Boden, die Nadel tanzte auf dem Plattenteller, ein Kriminalroman meines Vaters lag geöffnet auf seinem Schoß, eine Zigarette steckte in seinem Lächeln. Einer der dreieckigen Aschenbecher meiner Mutter stand halb voll neben ihm auf dem Fußboden.

»Es geht bergauf«, sagte er. »Don wollte mir bisher keine Zigaretten mitbringen, aber heute war es auf einmal so weit.«

»Er hat sich wohl wie ein Menschenfreund gefühlt«, sagte ich.

»Schon möglich«, sagte Richard. »Vielleicht will er, dass mich der Lungenkrebs erledigt, oder er hat endlich kapiert, dass ich kein Kandidat für Selbstverbrennung bin.« Er machte ein Plastikfeuerzeug an und hielt es zu Demonstrationszwecken hoch wie eine Fackel. »Wenn ich mich aber umbringen wollte, würde ich mich ertränken, stimmt's?«

»Was hat Don gesagt?«, fragte Jamie.

»Nicht sehr viel. Er bringt immer seine Knarre mit, wenn er kommt«, sagte Richard. »Eines Tages hat er mir erzählt, er hätte Dan Fosse umgebracht. Er hätte ihn über Bord gestoßen.«

»Und warum?«, fragte Jamie.

»Er hatte über die Jahre viele Kerle sterben sehen und wollte wissen, ob es sich irgendwie anders anfühlen würde, wenn er selbst für den Tod eines Menschen verantwortlich wäre. Er sagte, das wäre nicht der Fall gewesen. Wie auch immer, Don kommt jedenfalls nur morgens, ihr müsst euch also keine Gedanken machen. Falls ihr auch weiterhin kommen wollt. Wollt ihr?«

Wir nickten beide. Richard legte den Kopf in den Nacken und blies den Zigarettenrauch durch die Nase aus – genau so, wie er es an jenem Tag auf der Promenade getan hatte, als er das glänzende rote Hemd trug, als er zu Recht Angst hatte. Dann lächelte er.

»Schade, dass Don keine Kinder hat«, sagte er. »Dann hätten wir nämlich einen vierten Mitspieler für Bridge.«

Keiner lachte.

Richard sah uns mit gespieltem Ernst an. »Ich bin kein Bridge-Typ«, sagte er. »Das ist was für verzogene Wichser und Schwuchteln von der Ostküste. Aber verzogene Wichser von der Westküste sind keine Spielernaturen. Setzt euch jedenfalls.«

Wir setzten uns dort hin auf den Boden, wo wir künftig immer sitzen würden. Viel Platz gab es nicht, und deshalb hockten wir uns mit untergeschlagenen Beinen hin wie Richard.

»Don könnte auch uns umbringen«, sagte ich, »wenn du die Zigaretten mit uns teilst.«

»Nicht teilen«, entgegnete Richard, »sondern als Wetteinsatz benutzen, sicher. Ich könnte euch beibringen, wie man Bourré spielt. Habt ihr Karten?«

»Oben«, sagte ich. »Ich kann sie holen.«

»Gut. Ich habe es in New Orleans gelernt. Die wichtigste Regel heißt: Du musst bedienen, und das ist nicht nur eine Spielregel. Es ist Ehrensache. Ich habe mit den Souschefs gespielt, die ich da unten kannte. Das hört sich vielleicht nicht gerade großartig an, aber in der Küche gab es mehr Messer als Zähne. Und wenn du da eine Karte gespielt hast und hörtest ›Bist du etwa *boo-ray?* Hey, Mann, du bist *boo-ray,* du bist verdammt noch mal *boo-ray*‹, dann warst du kurz davor, Bekanntschaft mit einem der Messer zu machen.«

»Sollte ich von oben auch Messer holen?«, fragte ich.

»Du kannst ohne sie spielen.« Richard schüttelte zwei Winston aus der Packung und hielt sie uns hin. »Hier, spielt mit dem, was ihr habt, und bis ihr herausfindet, wie es geht, bildet ihr ein Team, in Ordnung?«

Jamie North und ich. Wir verbrachten unsere Nachmittage mit Richard im Keller, aber wenn ich die Hintertür abschloss und den Schlüssel in seine Magnethalterung am Grill zurücklegte, war es so, als hätte ich einen Schalter ausgeknipst. Wir gingen nach Hause und redeten dabei über Harrison Ford und unsere Hausaufgaben. Morgens auf dem Weg zur Schule sprachen wir über Beth Garsons weiße Beine und ihre violetten Stöckelschuhe. Beim Mittagessen redeten wir über Katherine Cloons, die sich gerade die Haare kurz geschnitten hatte, zum ersten Mal ohne Brille in die Schule gekommen war und sehr hübsch und sehr blind aussah.

Was wir wussten, hielt uns auf Trab, glaube ich. Wir versuchten, uns so zu verhalten, als wüssten wir nichts. Wir sprachen nicht über Richard oder Alaska oder unsere Mütter oder unsere Väter. Wir lebten zwei Leben, und seltsamerweise erinnere ich mich an das zweite als das glückliche. Wahrscheinlich ist es unrecht, an mein eigenes Glück zu denken, während ein Mensch in unserem Keller eingesperrt war und auf den Tod wartete, aber mein eigenes Glück hat immer Vorrang gehabt gegenüber vielen anderen Dingen.

Endlich kam der zweite *Indiana Jones*-Film ins Orpheum. Jamie und ich schwänzten die Schule für die Vormittagsvorstellung am Freitag, damit wir die Ersten wären, die den Film gesehen hatten. Als wir Will Percy das Eintrittsgeld gaben, kaute er missbilligend auf dem Mundstück seiner Pfeife herum; dann riss er unsere Kinokarten ab und kehrte uns den Rücken zu. »Ich habe euch beide nicht gesehen. Wenn man euch fragt, dann sagt einfach, ihr habt euch reingeschlichen, während ich die Spule einlegte, kapiert?« Ich wusste, wäre ich allein gekommen, hätte Will mich über den Brillenrand angesehen und mir gesagt, ich solle gefälligst zur Schule zurückgehen. Aber Jamie war fast jede Woche im Orpheum. Selbst wenn er den Film schon gesehen hatte, kam er vorbei, um sich mit Will zu unterhalten.

Wir saßen in der ersten Reihe des leeren Kinos. Nach der Vorstellung blinzelten wir im Freien in die Sonnenstrahlen, und ich sah Jamie an und imitierte den berühmten Filmkritiker Roger Ebert, so gut ich nur konnte: »Nun, Gene, Daumen hoch oder runter?«

Jamies Augen leuchteten einen Augenblick auf. Dann sah er mich vorsichtig an, um festzustellen, ob ich ihn verspotten wollte.

»Gene?«, wiederholte ich.

Er biss sich auf die Lippe, aber er konnte sich dieses herzhafte Lächeln nicht verkneifen. »Nun, Roger«, sagte er, »tut mir leid, aber da muss ich sagen: Daumen runter. Es gibt zwar fantastische Actionszenen der Marke Spielberg, und die Verfolgungsjagd mit den Loren im Bergwerk war schon fast ihr Geld wert. Aber nur fast. Denn der Rassismus ging mir eindeutig zu weit. Für mich ist der Film das Paradestück eines Regisseurs, der imperialistische Neigungen hat.«

»Ausnahmsweise sind wir uns mal einig, Gene«, sagte ich und versuchte sogar, die Backen aufzublasen. Wir bekräftigten unser Urteil per Handschlag, und trotzdem sahen wir uns den Film an den beiden folgenden Wochenenden noch mal an.

Wir radelten über die Anhöhe und sangen dabei lauthals »London Calling« von The Clash (was Jamie mir beigebracht hatte), ohne dabei die Zigaretten zu verlieren, die wir zwischen die Lippen geklemmt hatten. Aus der Bibliothek liehen wir uns Frommers Europa-Reiseführer aus und planten Trips: französische Mädchen mit Schönheitsflecken, riesige Bierkrüge, Beruhigungsmittel, Krawalle, heruntergekommene Gassen voller Prostituierter und neue Freunde. Jamie breitete die Karte auf seinem Schreibtisch aus, und wir zogen eine Linie von Portugal bis nach Prag, wobei wir beide in ausgedachten regionalen Dialekten sagten: »Ich habe eine Ziege. Sie gibt mir Käse und Butter.« Im Fernsehen guckten wir uns DeMilles *Die zehn Gebote* an und furzten jedes Mal, wenn jemand »Moses« sagte.

Warum erinnere ich mich an all das? Weil mir die Stunden mit Jamie wichtig erschienen, ungeachtet dessen, was sich im Keller unseres Hauses in der Seachase Lane abspielte, ungeachtet dessen, was mit meiner Mutter in Kalifornien und mit meinem Vater in Alaska geschah. Das Geheimnis um Richard verband mich mit Jamie. Er wusste schon das Schlimmste über mich: Ein Mensch wurde im Keller unseres Hauses gefangen gehalten, und ich unternahm nichts. Er aber auch nicht.

Wenn es nur einen Weg gegeben hätte, Jamie so nahezukommen, irgendjemandem so nahezukommen ohne die Last eines Geheimnisses. Ich frage mich, ob ich schon voraussehen konnte, was später geschehen würde, und ob ich mich vielleicht bemühte, derjenige zu sein, den Jamie in mir sehen wollte – gewissermaßen als Strafe. Ich würde das gerne so sehen, aber ich kenne keinen Menschen, der versucht hat, ein anderer *für* jemand anderen zu werden, und dabei glücklich geworden ist. Und in jenen Wochen, als der Herbst allmählich in den Winter überging, als wir mit unseren Rädern an den Schaufenstern in der Canal Street vorbeisausten und sich die silbrigen Lenker in ihnen spiegelten – da war ich glücklich.

Wir luden Katherine Cloons ein, sich mit uns *Indiana Jones und der Tempel des Todes* anzugucken, in der Hoffnung, sie würde ohne ihre Brille aufkreuzen. Als wir uns mit ihr trafen, kaute sie an ihren Fingernägeln, die Haare standen noch leicht ab, begannen aber schon, dahinzuwelken, weil sie den ganzen weiten Weg von ihrem Haus in der Cordon Street zu Fuß gegangen war. Jamie und ich teilten uns die Kosten für ihre Kinokarte, und sie setzte sich zwischen uns mit einer Cherry Cola auf dem Schoß. Wir kannten da schon das halbe Drehbuch auswendig und bellten Dialoge in die Dunkelheit. »Dieser Nohachi ist wirklich ein kleiner Kerl«, sagte ich. »Ich wenig betrügen, du sehr viel betrügen«, sagte Jamie. Katherine lachte doch tatsächlich, und als der Thuggee-Priester dem Mann das noch pochende Herz aus dem Leib riss, rang sie noch nicht einmal nach Luft.

»Wie findest du den Film?«, flüsterte ich.

»Große Klasse«, antwortete sie.

Ich lehnte mich in meinem Sitz zurück, ließ das Bild vor meinen Augen verschwimmen und strengte mich an, den Film so zu sehen wie sie, als einen Wirbel von Farben auf der Leinwand. »Glück und Ruhm, Junge. Glück und Ruhm«, zitierte Jamie. Katherine roch nach süßen Orangen. Ich bat sie um einen

Schluck von ihrer Cola und fasste in ihre Jeanstasche. Sie versteifte sich ein bisschen, zog meine Hand aber nicht heraus.

Am nächsten Nachmittag nach der Schule erzählte ich das alles Richard, als wir ihn besuchten.

»Und weiter?«, fragte er. Er hatte jeden Tag Liegestütze gemacht und war nicht mehr der schmächtige Bursche, den ich noch in Erinnerung hatte. Seine Halsvenen zeichneten sich unter der Haut ab wie die Venen auf den Händen alter Leute.

»Das Herz stand in Flammen«, sagte ich.

»Was hast *du* gemacht? In der Hosentasche?« Er griff in die ausgebeulte Tasche seiner Jogginghose und rammte seine Hand in den Stoff. »Du willst mir erzählen, deine Hand war nur Zentimeter von der feuchten Muschel der Kleinen entfernt, und dann hast du einfach aufgehört?« Er sprang auf, als wollte er damit andeuten, dass dieses Vergehen so ungeheuerlich war, dass er es höchstpersönlich in Ordnung bringen musste.

»Immerhin bin ich weiter gekommen als er«, sagte ich und zeigte auf Jamie.

»Was hätte ich denn tun sollen«, sagte Jamie, »meine Hand in ihre andere Jeanstasche stecken?«

»Da hast du's«, sagte Richard. »Genau. Du hast es für euch beide verbockt. Die Hand in ihrer Hosentasche? Du hast sie wohl nicht alle.«

»Tut mir leid«, sagte ich. »Ich wollte dich nicht enttäuschen.«

Richard setzte sich wieder hin. »Es ist nicht deine Schuld«, sagte er mit ernster Miene. »Ganz bestimmt nicht. Glücklicherweise kann ich euch helfen. Lasst mir ein bisschen Zeit, und ich kann es euch zeigen. Die Mädels von der Highschool werden glauben, ihr kämt geradewegs aus Spanish Harlem, New York.«

»Ist das gut?«, fragte Jamie.

»Auf jeden Fall.«

Um solche Dinge drehten sich unsere Gespräche im Keller: was wir unternahmen, wenn wir nicht bei ihm waren, wie wir lebten. Richard stellte uns Fragen zur Musik, die wir gehört, oder zu Filmen, die wir gesehen hatten. Oder über Mädchen. Eines Nachmittags erzählte Jamie auf Richards Drängen die Geschichte seiner zum Scheitern verurteilten Liebe zu Andrea. Richard nahm die Geschichte mit einem gefassten, bedauernden Gesichtsausdruck auf. Ein Gesichtsausdruck, der in Beichtstühlen durch die Bauweise für gewöhnlich im Verborgenen bleibt.

»Ich würde sagen, du hast alles richtig gemacht«, sagte Richard.

»Wirklich?« Jamie sah auf. »Kommt mir nicht so vor.«

»Du hast dich also in ihr getäuscht. Ich will dir etwas über Täuschung erzählen. Als ich einen Sommer lang in Savannah wohnte, fiel mir diese traumhafte Schönheit in einem Café auf, das in derselben Straße wie mein Apartment lag. Sie kleidete sich richtig klassisch und trug dazu einen dieser riesigen Sonnenhüte. Und außerdem trug sie immer einen Rock und darunter Nylonstrümpfe mit Nähten hinten, kennt ihr so was? Jeden Tag saß sie in diesem Café, und immer wenn ich vorbeiging, zog sie die Augenbrauen hoch, als ob sie mich kennen würde, als ob wir irgendwas gemeinsam hätten. Versteht ihr? Ich war Single und hatte viel Zeit zum Nachdenken, und ich dachte *unheimlich viel* über diese Frau nach.

Als der Sommer zu Ende ging und ich gerade aus der Stadt abreisen wollte, fragte ich sie schließlich, ob ich mich zu ihr setzen könnte. Sie sagte: ›Na klar, Richard. Nimm Platz.‹ Und einen Sekundenbruchteil dachte ich: Irgendwoher kennt diese Frau meinen Namen. Das ist es. Das ist das Schicksal. Und dann kapierte ich, dass dieses Mädel der *Sohn* meines Vermieters war, dem ich diverse Male begegnet war, weil mein Waschbecken immer wieder kaputtging. Sie war eine gottverdammte Transe.«

»Sag nicht so was«, sagte Jamie.

»Ich wünschte, es wäre nicht so gewesen«, sagte Richard.

Jamie und ich wälzten uns lachend auf dem Boden.

»Normalerweise sind die Grenzen nicht so deutlich gezogen«, sagte Richard. »Die Frage ist nicht, ob du mit deiner Einschätzung von jemandem richtig- oder falschgelegen hast, sondern wie falsch du gelegen hast. Völlig falsch? Hast du völlig falschgelegen?«

Auf diese Weise einigten wir uns stillschweigend darauf, uns zu verstellen. Wir sagten nichts über die Kette, die sich um Richards Fußgelenk wand, sich durch den Kellerraum schlängelte und um das Abflussrohr unter dem Spülbecken wickelte. Wir sagten nichts über den Plastikeimer. Wir sagten nichts über Richards bleiche Haut, eine Haut, die seit zwei Monaten kein Sonnenlicht gespürt hatte. Nichts über den Körper, der keine vernünftige Dusche abbekam, oder die Ohren, die keine anderen Stimmen vernahmen als Dons und unsere. Oder die Seele – ich wüsste nicht, welches andere Wort ich verwenden sollte –, die gefangen war und brachlag. Oder das Leben, von dem der Rest der Welt annahm, es sei vorbei.

Stattdessen nahmen wir Spiele aus dem Wohnzimmer mit in den Keller: Trivial Pursuit, Monopoly, Parcheesi, Vier gewinnt. Richard brachte uns noch Hearts bei, und wir spielten weiterhin Bourré. Ab sofort riefen wir bei jedem Trumpfspiel *boo-ray*, wenn einer nicht bediente, standen auf, schmissen empört die Karten hin und imitierten den Akzent aus New Orleans, den Richard benutzt hatte. »Bist du *boo-ray*? Du bist verdammt noch mal *boo-ray*, Mann!«

Jamie erzählte uns von Andrea. Richard erzählte uns von seiner unerklärlichen Furcht, einen Arm oder ein Bein zu verlieren, und dass er es dann bis zu seinem Lebensende wahrscheinlich nicht aushalten würde, wie ihn wildfremde Menschen deswegen anstarrten. Er berichtete von seinem Vater und darüber, was er in den Briefen an seinen Sohn nach New York offenbart hatte. Auch ich hatte etwas zu erzählen. Ich erzählte ihnen von meiner Mutter, dass ich wochenlang nicht mit ihr gesprochen hatte, dass ich es zwar wollte, aber zu wütend gewesen bin, weil sie einfach abgereist war. Und ich erzählte ihnen von der *Schatzinsel,* von den Geschichten meines Vaters über den guten Käpt'n Flint – bis zu dem Augenblick, da ich es ausgesprochen hatte, war mir nicht bewusst, wie wichtig diese Erinnerung war. Als ich am Ende angekommen war, herrschte Stille, bis Richard sagte: »Mann, die hätte ich gerne gehört. *Die Schatzinsel* war mein verdammtes Lieblingsbuch.«

Laut Richard kam Don nach wie vor jeden Morgen zum Haus, aber als die Nachmittage vergingen, ohne dass er sich blicken ließ, spielten wir die Schallplatten immer lauter ab. Eines Nachmittags hörten wir uns, ohne zwischendurch ein Wort zu sagen, beide Seiten von Charlie Mingus' Album *The Black Saint and the Sinner Lady* an. Im Liegen fiel mein Blick auf das Glas mit den Pennys, das wieder an seinem Platz neben dem Plattenspieler stand. Da dachte ich zum ersten Mal seit vielen Tagen wieder an meine Mutter und daran, dass sie genau dies oft getan haben musste, damit sie bei Sinnen blieb. Und ich dachte an Richards Vater, wie er fast genau dort gesessen hatte, wo ich jetzt saß, vielleicht. Und ich fragte mich, warum ich niemals darum gebeten hatte, hereinkommen zu dürfen, warum ich nie mit meiner Mutter hier gesessen hatte. Wahrscheinlich achtete ich ganz einfach ihre Privatsphäre, aber eine Privatsphäre ist eine Annehmlichkeit, die Möglichkeit, all das höflich zu übergehen, was einen nicht interessiert. Wenn es um diese Schallplatten, um dieses Kellerstudio ging, war ich nicht interessiert. Ich war es nie gewesen.

Als das Album abgespielt war, hob Jamie den Tonarm hoch, aber Richard blieb liegen. »Ich wünschte, ich würde nichts kennen außer dieser Musik«, sagte er. »Dass ich genau hier aufgewachsen wäre. Dass ich alles, was ich wüsste, von diesen Platten gelernt hätte. Das würde ich mir wünschen.«

Und Jamie und ich sagten, das würden wir auch.

—

Natürlich hatten wir immer noch Angst. Ein vorbeifahrendes Auto, ein rappelndes Fenster, ein knarrendes Dielenbrett genügten, dass Jamie und ich in den Keller hinunterflitzten und uns unter der Treppe versteckten. Wir hatten immer Plastiktüten für unsere Zigarettenstummel und die Asche dabei und gingen immer wieder dieselbe Liste durch. Den Kellerschlüssel in die Trommel des Wäschetrockners. Kellertür abgeschlossen. Hausschlüssel in die Magnethalterung unter der *linken* Seite des Gartengrills.

Eines Tages schwänzten wir die Schule, um Dons Gewohnheiten zu überprüfen, um sicherzugehen, dass wir uns nicht über den Weg liefen. Wir entdeckten seinen Pick-up auf der anderen Seite des Henderson Park. Mit dem rostigen Kühlergrill und der gesprungenen Windschutzscheibe machte der Wagen, wie er da so auf der Straße geparkt stand, einen gefährlichen Eindruck.

»Er müsste durchs Gehölz gehen, um zum Haus zu kommen«, sagte Jamie. »Genau wie wir.«

Der Gedanke, dass Don denselben Pfad einschlug, dem wir folgten – um die verrosteten Schaukeln herum und durch ein

Dickicht von Ästen –, verursachte mir Magenschmerzen. Ich fühlte mich, als hätte er mir etwas gestohlen.

Es hatte aufgehört zu regnen, und Sonnenschein fiel herab und verwandelte Windschutzscheiben in Spiegel. Im Rinnstein rieselte das Wasser, und der Regen tropfte von den Blättern. Ein Hund bellte. Ein Angstgefühl durchzuckte mich, und ich musste mich zwingen, mich umzudrehen und zu sehen, was los war. Ein großer schwarzer Labrador kam die Straße heruntergerast, ein Mann rannte hinter ihm her.

»Wer ist das?«, fragte Jamie.

Ich wusste es, war aber viel zu verdutzt, um etwas zu sagen. Der Hund hieß Dutch, und sein Herrchen hieß Bill Rathke. Er hatte mit meinem Vater auf der *Laurentide* zusammengearbeitet, bis ein schlitternder Krabbenkorb seinen linken Arm zerquetschte. Obwohl er schon seit Jahren nicht mehr mit den Schiffen hinausfuhr, abonnierte er immer noch den *Dutch Harbor Fisherman,* und im Kopf wird er wohl in jeder Fangsaison ein bisschen in Alaska gewesen sein. Leute wie Bill Rathke gab es eine Menge in Loyalty Island.

»Ich sag's nicht weiter«, sagte Bill, als er näher kam. Dutch beschnüffelte Jamies Hand. Bill verschnaufte ein wenig, kniete sich hin und legte dem Hund die Leine an. »Ihr seht besorgt aus«, sagte er, »aber ich sag's nicht weiter.«

»Wir sollten jetzt in der Schule sein«, sagte Jamie.

»Das habe ich mir auch gedacht«, sagte Bill. »Lasst es bloß nicht zur Gewohnheit werden. Das sind gute Neuigkeiten von der Fangsaison, stimmt's?«

Vor vielen Jahren wollte Bill mir einmal eine alte Luftpistole schenken; meine Mutter ließ es nicht zu, aber ich war ihm seitdem immer dankbar. Und dennoch konnte ich mich kaum aufraffen, etwas zu sagen, als wir da so mitten auf der Straße standen. Ich konnte mir nur ausmalen, dass Don um die Ecke käme und sich Bills freundliches Gesicht auf ein Zeichen von ihm in eine bösartige Fratze verwandelte, wobei sein Hund mit zurückgezogenen Lefzen nach mir schnappte.

Als wir die Spruce Street herunterkamen, bildete ich mir ein – und das nicht zum letzten Mal –, dass die ganze Stadt Bescheid wüsste, dass sie alle eingeweiht wären. So manches Mal in den folgenden Wochen, wenn ich auf der hölzernen Promenade entlangging oder in der Stadt in einer Schlange wartete, unterhielt ich mich mit Belinda oder Percy, und dann beschlich mich plötzlich die Angst, dass ich zwar sagen wollte, *die Schule ist prima, den Norths geht's gut,* in Wirklichkeit aber sagte: *Richard lebt.*

Ich fragte mich, was die Leute tun würden, wenn sie es wüssten. Was würde Bill, mit seinem verkrüppelten Arm und seinem großen Hund, wohl unternehmen, wenn er herausbekäme, dass Richard in unserem Keller gefangen gehalten wurde? Er würde behilflich sein, dachte ich, er würde es für richtig halten, Richard da unten einzusperren, ihn nie wieder herauszulassen. Ich glaube, das musste ich einfach denken. Ich musste einfach davon überzeugt sein, dass mein Vater kein üblerer Kerl war als alle anderen.

—

Das einzige Thema, über das wir im Keller nicht sprachen, war jene Nacht, in der Richard abgeholt wurde. Aber ich musste immer wieder an den gelblich violetten Bluterguss auf seinem Bauch denken. Wer hatte ihm da einen Schlag verpasst? Jamie fragte nie wieder danach, aber ich hielt es für meine Pflicht. Eines Abends im Spätherbst seufzte Richard und gab nach. »Wollt ihr das wirklich wissen?«, fragte er.

Ich musste nicken.

»In der Nacht, als sie mich holten«, sagte er, »lag ich im Bett meines Vaters und dankte Gott, dass er darin nicht gestorben war.«

Er beschrieb das Bett, die dichte Mahagoni-Maserung, die vier Bettpfosten mit ihren spatenförmigen Endstücken, die breiten Holzleisten am Kopfteil. Er erzählte uns, er erinnere sich dunkel daran, wie seine Mutter das Federbett zurückschlug und für ihn eine Stelle auf der Flanellbettwäsche glatt strich. Später, als seine Mutter schon gestorben war, hatte er sonnabendmorgens auf dem Bett gespielt. Sein Vater saß dann am Kopfende und las die Zeitung, während Richard am Fußende hockte und sich mit Malen nach Zahlen beschäftigte. Er erinnerte sich an raues Licht, das durch das Fenster drang, und an den würzigen Duft von Zichorienkaffee.

Er erzählte uns, dass er seine erste richtige Freundin in das Bett gezogen und sie ihn in die Schulter gebissen hatte. Er besuchte damals die Highschool, und John war mit der Fangflotte nach Alaska ausgelaufen, eines seiner letzten Male. »Wie hat sie dich gebissen?«, fragte Jamie. »Ist das so üblich?« Und plötzlich begriff ich, dass Richard uns hereingelegt hatte. Nie würde er uns seine Entführung in allen Einzelheiten schildern, egal, wie oft ich ihn darum bat. Und ich war enorm erleichtert, weil Richard recht hatte. Ich wollte es nicht wissen.

Richard erzählte uns weiter, dass er in der Nacht, als John mit der Fangflotte auslief, seine Freundin Melissa gebeten habe, ihre Mutter zu belügen. »Sag ihr, dass du die Nacht über wegbleibst, überleg dir einen guten Grund.«

»Und warum?«, fragte Melissa. Sie war ein Jahr jünger als Richard, aber fünfmal so schlau. Er stellte sich schon darauf ein, dass sie ihm den Laufpass geben würde.

»Weil wir jetzt ein großes Haus für uns allein haben. Es ist unseres. Wir können jeden belügen.«

Er hatte die Sätze eingeübt und wartete darauf, von ihr ausgelacht zu werden. Sie lachte auch, aber das Erröten konnte er ihrer Stimme anhören.

Später am Abend zündete Richard Kerzen an, ruinierte einen Topf voller Schwertmuscheln und klaute eine Flasche aus dem Vorrat an Sauternes-Weinen seines Vaters. Sie aßen auf der mit einem Fliegengitter geschützten Veranda mit Blick auf die spiegelglatte Bucht. Es war warm, aber trotzdem wehte ein Lufthauch, der ihm die Serviette vom Schoß blies. Er steckte sie in seinen Hemdkragen, und Melissa lachte. Nach dem Abendessen trug er sie hinauf ins Schlafzimmer, und sie lachte. Im Bett ließ sie ihn nicht an ihre Unterwäsche, aber das machte ihm nichts aus. Er war benommen vom ersten flüchtigen Eindruck davon, was es bedeuten könnte, Geld und Zeit und einen Vater zu haben, der die Hälfte des Jahres abwesend war und der alles tun würde, worum er ihn bäte.

»Schön, nicht?«, sagte er zu Melissa. Sie hatten mit der Fummelei aufgehört; die Vorhänge waren geöffnet, das Mondlicht bildete Pfützen auf dem Fußboden. Sie drehte sich schlaftrunken um, sagte kein Wort, biss ihm aber in die Schulter. Richard sagte, er werde sich immer an dieses Gefühl erinnern. Nachdem sie mit höflicher Stimme Schluss gemacht hatte mit ihm, während er in der Einfahrt zu ihrem Elternhaus stand. Nachdem er aufs College gegangen war. Nachdem er sie in der Weihnachtszeit in Eric's Quilt gesehen und Dan Fosse sich über sie lustig gemacht hatte, weil sie zugenommen hatte und kaputt und müde aussah. Nachdem Dan Fosse gestorben und Richard nach Loyalty Island zurückgekehrt war in der Hoffnung, ein vertrautes, verständnisvolles Gesicht zu sehen. Damals war sie schon nach Spokane umgezogen mit ihrem Freund, der pharmazeutische Artikel verkaufte. Richard sah sie nie wieder, und obwohl er sich kaum noch an ihr Gesicht erinnern konnte, erzählte er uns, dass er sich nach all den vielen Jahren daran erinnern konnte, wie sich dieser Biss angefühlt hatte, ihre Zähne, deren Schnitt- und Kauflächen, die drückten, aber kaum schmerzten.

—

Ende November lief *Indiana Jones und der Tempel des Todes* zum letzten Mal im Orpheum. Bei der Schlussvorstellung setzten Jamie und ich uns in die zweite Reihe, nachdem wir beinahe jeden Sitz im Kinosaal ausprobiert hatten. Ich kannte fast alle Kameraeinstellungen des Films, und jetzt hatte ich als Zuschauer eher Vergnügen an der beruhigenden Gewissheit, den Gang der Handlung genau zu kennen, als am Film selbst. Aber nachdem der Abspann gelaufen war und die Saalbeleuchtung wieder anging, flüsterte Jamie: »Dreh dich nicht um.«

Das Kino war an dem Abend ausverkauft, und ich lauschte dem Geräusch der Schritte, während sich der Saal leerte, und starrte dabei auf die leblose Leinwand.

»Okay, jetzt geht's.«

Ich sah gerade noch, wie Don Brooke den schweren violetten Vorhang beiseiteschob und ins Foyer ging. Meine Kehle fühlte sich taub an. Ich wusste, dass wir Don jederzeit über den Weg laufen konnten, dass er leben würde wie wir alle, sein Abendessen bei Safeway einkaufen und auch einen Weg finden würde, seinen einsamen Abenden zu entkommen, aber ihn tatsächlich zu sehen, sich vorzustellen, wie er sich eine Kinokarte kaufte und Spaß an einem Film hatte – das war entnervend, geradezu schmerzhaft.

»Wir sollten noch ein paar Minuten sitzen bleiben«, sagte Jamie. »Will stört das nicht.«

»War Don allein?«, fragte ich.

»Ich glaube, ja.«

»Hat er uns beobachtet?«

»Er hat sich wahrscheinlich den Film angesehen, oder?«

»Oder er hat uns verfolgt.«

»Aber warum sollte er uns bis hierher verfolgen?«

»Keine Ahnung, aber wir sollten vorsichtiger sein.«

»Sollten wir uns etwa keine Filme mehr angucken?«

»Nein. Wir sollten einfach vorsichtiger sein«, sagte ich. »Wer weiß, was er unternimmt.«

Die freundschaftliche Haltung meines Vaters zu Don war mir schon immer schleierhaft. Ich wusste, dass er und Sam keine Unschuldslämmer waren, aber ich war mir sicher, dass keiner der beiden tagein, tagaus jene Kellertür hätte öffnen können. Ich stellte mir vor, Don wäre derjenige gewesen, der darauf bestanden hätte, zurückzubleiben, weil nur er grausam genug war, das alles durchzuhalten. War meinem Vater von Anfang an klar, dass er eines Tages jemanden für eine so entsetzliche Arbeit brauchen würde?

—

Wir änderten unsere Routine, kamen zu unterschiedlichen Zeiten an und schlugen unterschiedliche Wege durch die Nachbarschaft ein. Hätten wir wirklich vorsichtig sein wollen, dann wären wir nie wieder zum Haus gegangen. Aber wir gaben es nicht auf. Wir konnten es nicht.

Ohne Tageslicht war Richards Haut merklich bleicher geworden und betonte dadurch die dunklen Ringe unter seinen Augen. Die Augen hingegen hatten ein besonderes Leuchten angenommen, sodass es, während er redete, aussah, als würde uns ein nachtaktives Tier beäugen. Außerdem hatte uns Richard allmählich das Einzige offenbart, was er mit den Fischern von Loyalty Island gemeinsam hatte: Er war ein Geschichtenerzähler.

Für gewöhnlich saßen wir im Dreieck, Jamie und ich auf dem Fußboden und Richard auf der Bank, während er uns erzählte, wie er in einem Tunnel außerhalb von Green River in Wyoming einem Zug ausgewichen war. Oder von dem Diner in Lawrence, Kansas, in dem er gearbeitet hatte und bei dem man hinten am Küchenausgang illegale Feuerwerkskörper und tropische Vögel kaufen konnte. Oder von einem Bekannten, nein, einem Freund, einem Broadway-Regisseur, der in seiner Villa in Westchester Selbstmord-Partys gab. Oder von einem Mann in Chicago, der in der Hochbahn jeden Tag zur Hauptverkehrszeit eine japanische Dämonenmaske trug.

Stimmten diese Geschichten? Das war damals schon egal, und deshalb dürfte es auch heute egal sein, meine ich. Wir gingen mit Richards Geschichten so um, als wären sie wahr; wir reagierten auf sie, als bedeuteten sie etwas, besonders Jamie. »Das ist unglaublich«, sagte Jamie dann. Oder: »*Das* ist unglaublich.« Oder einfach nur: *»Unglaublich.«* Ich hatte Jamie noch nie derart sprachlos erlebt. Das konnte er sich ausnahmsweise einmal leisten. Richard erzählte schon alles, was Jamie hören wollte.

Seine Geschichten waren Berichte aus einem Leben, dem wir nie begegnet waren. Das lag nicht etwa daran, dass sie aufregender oder dramatischer waren als die Geschichten unserer Väter über Alaska, aber die Alaska-Geschichten waren grau und durchnässt von eisigem Schleim. Sie ließen uns keuchen, aber nicht lächeln, und die Männer, die sie erzählten, lächelten – wenn überhaupt – nur, wenn sie uns keuchen hörten.

Richards Geschichten sagten uns etwas ganz anderes: Es gibt

viele Arten, sein Leben zu führen. Ich weiß das jetzt, aber wusste ich es damals? Offensichtlich war mir klar, dass es für mich ein Leben jenseits von Loyalty Island geben könnte. Ich hatte nur keine Ahnung, wie anders die Welt auf der anderen Seite des Puget Sound und des Kaskadengebirges aussah. Mir war nicht klar, was es bedeutete, in Loyalty Island zu bleiben und mir einen Platz auf den Schiffen bei meinem Vater zu erarbeiten. Es hieß nicht etwa, alles erreicht zu haben – es bedeutete vielmehr, unermesslich viel zu verpassen.

Loyalty Island hatte eine eigenartige Seite: Sein wirtschaftlicher Lebensnerv lag gut dreitausend Kilometer entfernt in der Beringsee. Wenn man also davon träumte, sein ganzes Leben lang in Loyalty Island bleiben zu wollen, dann träumte man auch davon, diesen Ort zu verlassen. Richard Gaunt verließ Loyalty Island, wie so viele andere, im Alter von achtzehn Jahren. Er hatte noch nicht ganz die Hoffnung aufgegeben, dass sein Vater ihm irgendwann einen Platz auf einem seiner Schiffe anbieten würde, dass er ihn die ganze Zeit über geprüft hatte und dass er, Richard, trotz dieser sauren Jahre die Prüfung bestanden hatte. Aber er war zu stolz, das Thema anzuschneiden, und am Tag der Abschlussfeier drückte John ihm einen Scheck über tausend Dollar in die Hand. Er schenkte Richard einen Blechkuchen und gab ihm die Autoschlüssel für den Volvo. Und er sagte ihm, wie gut er sich mit seinem Hut und dem Talar machte.

Nach der Feier aßen sie spät zu Abend auf der mit Fliegengittern geschützten Veranda. John hatte eine Flasche Laphroaig geholt, und sie blieben noch lange auf und betranken sich in aller Stille. Es war ein Abend wie geschaffen fürs Nachdenken, für Versöhnung. Die ganze Atmosphäre – der Whiskey, die Brise und das Tappen von Johns Schuh auf dem Steinfußboden – ließ Richard ahnen, dass er seinen Vater alles Mögliche fragen konnte. Und trotzdem unterhielten sie sich nur in knappen Einwürfen über Kleinigkeiten.

Richard fuhr nicht mit nach Alaska. Er ging auf die Universität von Washington. Er jubelte mit beim Apple Cup, wurde aus seiner Studentenbude hinausgeschmissen, weil er im Flur eine Flasche kaputt geschlagen hatte, schwor auf die Prinzipien der Studentenverbindung Sigma Chi, spielte den Gastgeber bei Schneepartys, las Freuds *Das Unbehagen in der Kultur* und noch einige andere Bücher, brach sich das Handgelenk bei einem Fall vom Dach und warf im Sommer vor seinem Examen das Handtuch.

Und warum? Weil er nicht schlafen konnte. Weil er seine Finger dunkelgelb gequalmt hatte. Weil er begriffen hatte, dass er sich niemals entscheiden musste, und das wollte er sich beweisen. Weil Dan Fosse in jenem Frühjahr starb und Richard einen plausiblen Grund lieferte, sich zu verabschieden. Weil Richard aus keinem ersichtlichen Grund eingesehen hatte, dass schon sein Entschluss, aufs College zu gehen, verkehrt gewesen war. Weil das so ist, wenn man nach Geld stinkt. Entscheidungen spielen keine Rolle, weil sie immer rückgängig gemacht werden können.

In einer Bar in Ballard trank er Greyhound-Cocktails und rief seinen Vater von einer Telefonzelle aus an. Es war schon nach Mitternacht, und er hatte gehofft, John aufzuwecken, diesen Vorteil ihm gegenüber zu haben, aber die Stimme, die ihm antwortete, klang zwar irritiert, jedoch klar und ausgeglichen.

»Ich gehe nicht zurück an die Uni«, sagte Richard. John seufzte, Richard lächelte.

»Was willst du *dann* machen?«, fragte John.

»Nichts«, antwortete Richard.

»Und wo gedenkst du dieses Nichtstun zu tun?«

»Irgendwo. Keine Ahnung.«

Pause. Richard dachte, dass sein Vater jetzt endlich in die Luft gehen, aus der Haut fahren und ihn wüst als verwöhnt, dumm und faul beschimpfen und ihm all die Dinge an den Kopf werfen würde, auf die Richard abgezielt hatte, aber John sagte nur: »Na gut. Geh auf Reisen. Lass dir Zeit, und wenn du Hilfe brauchst, lass von dir hören.«

Richard legte auf, verließ aber trotz des Segens seines Vaters die Universität. Er machte sich per Anhalter aus dem Staub – ein scheuer, dunkler Haarschopf mit guten Zähnen und schlechter Haltung, der vom Geld seines Vaters lebte. In der Nähe von Yakima nahm er einen Bus Richtung Osten, sah die Erde allmählich austrocknen und den Himmel nach und nach aufklaren. Die Haare wuchsen ihm über die Augen, und so band er sie zu einem Pferdeschwanz. In Bozeman in Montana begegnete er Freunden aus der College-Zeit; Skilehrern, die ihm anboten, er könne mit in ihrer Hütte wohnen, vorausgesetzt, er käme für seine eigenen Kosten auf. Sie hießen Davey und Carol. Sie wollten ihm Skifahren beibringen.

»Nein, danke«, sagte Richard.

»Was willst du denn den ganzen Tag machen?«, fragte Carol. Sie hatte sonnengebräunte Wangen und Haare, hell wie die Federn eines Schwans. Richard hatte sich schon immer gefragt, was sie eigentlich an Davey fand. »Ich glaube, ich bin Maler«, sagte Richard.

Er malte überhaupt nichts, aber er verbrachte drei glückliche Monate auf der Hütte. Jeden Abend blieben die drei lange auf, tranken und vergnügten sich mit einem Spiel, das Carol erfunden und »Blackmail Jack« getauft hatte. Eines Abends, obwohl es nur zum Spiel gehörte, musste Richard sie küssen. Und jeden Morgen bei Sonnenaufgang wich die Dunkelheit wie ein Fleck von den schneeweißen Feldern.

Als die Skisaison vorbei war, packten Davey und Carol ihre Sachen und fuhren Richtung Westen. Richard, der sich genau zurechtgelegt hatte, was er Carol sagen würde, damit sie mit ihm ging, es aber dann doch nicht ausgesprochen hatte, fuhr Richtung Osten. Zuerst nach Minneapolis, wo er sich einen Monat lang in einem Hotel in der Hennepin Avenue einmietete.

Sein Zimmer wurde täglich von einer bulldoggenhaften, zuckerkranken Schwedin gemacht, die auf ihrem quietschenden Servicewagen ein Tablett mit Orangen hatte. Sie schob den Wagen gemächlich den Flur entlang, schloss im Vorbeigehen jede Tür auf und ging denselben Weg Zimmer für Zimmer zurück, sodass die Türen am Anfang des Flurs stundenlang unabgeschlossen blieben.

Als Richard das erste Mal in eines der unabgeschlossenen Zimmer schlich, war es unbewohnt und glich seinem eigenen aufs Haar, bis auf einen blauen Fleck auf der Bettdecke. Am Tag darauf war er schon dreister. Im dritten Zimmer, in das er sich schlich, sah er auf dem ungemachten Bett einen geöffneten Koffer. Er entdeckte drei schwarze T-Shirts, die mit dem Siebdruck eines heulenden Wolfs verziert waren; ein Cribbage-Spiel; eine völlig zerlesene Ausgabe von *Der Herr der Ringe: Die Gefährten* und vier Tuben Zahnpasta, die komplett aufgerollt waren.

Richard gestaltete seine Tage um das Quietschen dieser Räder herum, um das Schnappen der Türschlösser, um die brüchige Stimme der Schwedin, wenn sie jedes leere Bett mit den Worten *»Tjena, tjena«* begrüßte. In den Wochen darauf katalogisierte er die Habseligkeiten Fremder, die Umrisse und Düfte dieser Dinge und deren zahllose Bedeutungen.

In einem Zimmer fand er gestärkte Hemden, die nach Aftershave mit Rum-Aroma rochen, und einen glatten Ledergürtel mit den in verblasstem Gold eingearbeiteten Initialen NFD. Er fand einen verklebten Kamm, eine Immobilienbroschüre aus Burlington, Wisconsin, und eine Schachtel Backpulver, die mit einem Gummiband zusammengehalten war. Richard konnte den Mann gewissermaßen sehen, der hier wohnte, wie er den Gürtel durch die Schlaufen seiner langen braunen Hose führte, wie er sich mit der Broschüre Luft zufächelte und sich über den Tisch beugte, um eine Frage besser hören zu können. Ein Mann, der nur ein halbes englisches W aussprach, wenn er eine Hand ans Ohr legte und »Vhat, vhat?« sagte. Vor Kurzem war er in Rente gegangen und hatte sich in den Mittleren Westen abgesetzt, um ein Grundstück zu erwerben, etwas, das ihn an seine Kindheit in Ungarn oder Polen erinnerte.

In einem anderen Zimmer entdeckte er eine lederne Motorradkappe mit Ohrenschützern, eine Postkartensammlung mit Ansichten der Gemälde von Filippo Lippi aus den Uffizien in Florenz, ein Fläschchen stark duftendes Parfum, dessen fehlende Verschlusskappe durch eine Plastiktüte ersetzt wurde, die mit einem violetten Band verschnürt war. Diese Dinge beschworen das Bild einer schlanken Frau mit grau meliertem Haar herauf. Ihre Tochter war von zu Hause abgehauen. Der Freundin eines Freundes einer Freundin war womöglich aufgefallen, dass sie in einer Reinigung in Dinkytown arbeitete. Die Frau war die ganze Strecke von Connecticut bis hierher gereist, um das herauszufinden.

»Ich habe mich gefragt, was ich wohl von meinem eigenen Zimmer halten würde, wenn ich es betreten könnte wie ein Fremder«, erzählte Richard Jamie und mir. »Was würde ich über meine Sachen sagen?«

Er war versucht, die Lippi-Postkartensammlung oder das Cribbage-Spiel als Souvenirs mitgehen zu lassen, aber letzten Endes unterließ er es, weil er sich den Bildern verpflichtet fühlte, die diese Dinge in ihm heraufbeschworen hatten. Stattdessen klaute er an seinem letzten Morgen im Hotel eine Orange vom Servicewagen der Schwedin.

Nach seinem Aufenthalt in Minneapolis folgte Richard dem Lauf des Mississippi Richtung Süden. Der Fluss, der Himmel, die Straße glitten an den getönten Scheiben des Greyhound vorbei, der Sommer nahte. Er hatte eine lockere Abmachung getroffen, bei einem alten Bekannten aus seiner studentischen Verbindung zu bleiben, einem legendären Säufer von der University Avenue, der nach New Orleans gezogen war, um dort sein Geld als Barpianist zu verdienen. Als Richard ankam, war der Säufer kein Säufer mehr, und Klavier spielte er auch nicht. Er saß am offenen Fenster, rauchte eine Zigarette und wischte sich das breite, verschwitzte Gesicht ab. Er hieß Mickey. »Ich arbeite als Koch«, sagte er. »Echt. Wärst du jemand anders, würde ich dir eine Arbeit besorgen.«

»Und warum mir nicht?«, fragte Richard.

Sein Bekannter zuckte mit den Schultern. »Jedenfalls gibt es da einen Platz in der Vorbereitungsküche, wenn du willst«, sagte er. »Es macht mir nichts aus, deinetwegen zu lügen.«

Richard schwitzte die nächsten vier Monate in der Küche eines Touristenrestaurants in der Canal Street. Er lernte, Krabben zu pulen, Austern aus der Schale zu lösen und Welse zu häuten. Er lernte, wie man eine Zigarette in anderthalb Minuten raucht und wie man bei Bourré die Karten gibt. Er lernte es nicht, Essen zu schätzen, aber er lernte es, in die Arbeit einzutauchen, in den Rhythmus des Chefkoch-Messers, das auf dem Schneidbrett klickte wie die Nadel einer Nähmaschine.

Er lernte eine ungehobelte Konditorin kennen, die fast zehn Jahre älter war als er, und zog zu ihr in ihre Einzimmerwohnung in der Conti Street. Er wohnte drei Monate bei ihr und schlief in der Hitze auf einer Matratze mitten auf dem Fußboden. Meistens trank sie abends vorm Schlafengehen eine Flasche Süßwein, und Richard wachte im Luftstrom eines quietschenden Ventilators auf, während sie sich auf dem klammen Laken hin und her warf.

An einem der seltenen freien Tage stellten Richard und die Konditorin ein Picknick zusammen und fuhren auf der Interstate 10 nach Biloxi, während die Sonne durch die offenen Seitenfenster strahlte.

»Was ist das für ein Geruch?«, fragte Richard.

»Das ist der Ozean, du Arsch«, sagte die Konditorin. Aber es war nicht der Geruch des Ozeans. Der Geruch des Ozeans war der Geruch von Greene Harbor: Benzin und Maschinenöl, Fisch und Trockeneis. Die Sonne war hier zu grell, das Wasser zu grün. Den Rest des Tages dachte Richard an den Geruch von Loyalty Island, und obwohl er sich bemühte, diesen Geruch mit einer Camel nach der anderen auszuräuchern, gelang es ihm nicht. Er hatte Heimweh. Er wollte nach Hause fahren. Und das tat er auch.

Diese Entscheidung war die erste Masche in einem Muster, das sich über sein nächstes Lebensjahrzehnt ausbreitete. Er suchte sich einen Ort aus: vier Monate in Boulder, sechs in Savannah, achtzehn in Chicago. Manchmal arbeitete er in Restaurants, manchmal legte er sich auf die faule Haut. Manchmal war er glücklich, manchmal war er trübsinnig. Aber er sagte sich, dass es im Grunde egal war, weil es ihn letzten Endes doch nach Loyalty Island zurückziehen würde.

Er reiste zwar immer mit dem Auto oder dem Bus ab, aber für

die Rückkehr buchte er stets einen Flug: Er landete in Seattle, nahm sich ein Taxi zum Terminal an Pier 53 und fuhr dann mit der Fähre über die Meerenge; starrte an der Reling auf dem Achterdeck nach Osten; warf Zigarettenkippen ins Schraubenwasser; dachte nach über Zeit und Raum; ging in Bainbridge von Bord, wo sein Vater, sichtlich gealtert, ihn lächelnd erwartete.

Er schlief in seinem alten Zimmer, trank mit alten Freunden in Eric's Quilt, fuhr seinen alten Wagen. Er saß auf Bänken unter zänkischen Vögeln. Er sah auf das Wasser und atmete Luft ein, die so feucht, so dick war, dass es schien, als wären die feste Erde, die Straßen und alle Gebäude kaum von soliderer Beschaffenheit.

»Warum?«, fragte ich. »Warum bist du immer wieder zurückgekommen?«

»Wenn ich das nur wüsste ...« Er zuckte die Achseln und hob seine Handflächen nach oben. »Ich erinnere mich an ein Abendessen – ich glaube, es war in diesem Haus, Cal –, und Don war, wie immer, betrunken, und er stellte mich draußen zur Rede, während ich darauf wartete, meinen Vater nach Hause zu fahren. ›Ich weiß, worauf du aus bist‹, sagte er und stieß mir mit dem Finger gegen die Brust. Er glaubte, ich würde zurückkommen, damit mein Vater mich nicht aus seinem Testament ausschließt oder so was Ähnliches. Dämliches Arschloch. Aber was konnte ich ihm schon sagen? Ich musste einfach zurückkommen. Das war alles.«

»Aber hasst du es hier nicht?«, fragte Jamie.

»Irgendwo habe ich mal gelesen«, sagte Richard, »wenn du dein Zuhause hasst, liegt das einzig und allein daran, dass du dich selbst hasst.«

»Und? Tust du das nicht?«, fragte ich ihn.

Richard lächelte, als hütete er ein Geheimnis. »Wisst ihr«, sagte er, »ihr beide seid so wie ich, besonders du, Cal. Jamie wird niemals einer von ihnen sein, aber er weiß, wer er wirklich ist. Wir aber nicht. Wir werden auch niemals einer von denen sein, aber was bleibt uns dann?«

Er erwartete eine Antwort, sein Gesichtsausdruck war sanft und traurig, als bedauerte er zutiefst, dass er Mitleid mit mir haben musste.

—

Die Tage vergingen, und Jamie und ich verbrachten immer weniger Zeit damit, auf der Uferpromenade zu spazieren, weniger Zeit im Orpheum-Kino, eigentlich überall weniger Zeit außer in seinem Zimmer und im Kellerraum in der Seachase Lane. Als Delia Dole uns eines Nachmittags in der Innenstadt auf die Schule ansprach, fehlten mir die Worte. Mir war gar nicht richtig klar, worauf sie hinauswollte. Als Heiner, der Polizist, auf seinem Fahrrad an uns vorbeifuhr und mich dabei lachend mit seinem Gummiknüppel anstupste, drehte ich mich weg. Ich brachte es nicht über mich, zu lachen, obwohl ich wusste, dass es von mir erwartet wurde. Die Gesichter, die mir ein Leben lang vertraut waren, tauchten vor mir auf wie in einem Zerrspiegel. Und die Uferpromenade, das Kino, Belinda's Deli kamen mir schon vor wie die Ruinen dieser Stätten.

Im November rief meine Mutter zweimal an, jedes Mal, wenn ihr klar gewesen sein musste, dass ich in der Schule war. Es hatte einige Probleme gegeben, weshalb sie noch eine Woche im Krankenhaus bleiben musste, aber jetzt war sie zu Hause, sagte Betty.

Betty schrieb Megs Telefonnummer mit einem lila Filzstift auf und befestigte den Zettel mit einem kleinen Magneten, der wie ein Frosch aussah, an der Kühlschranktür. »Sie möchte, dass du sie so bald wie möglich anrufst.« Sie drückte meine Schulter. In der Küche brannte nur die Herdbeleuchtung. »Und mach dir keine Gedanken über das Ferngespräch, rede so lange, wie du willst.«

Ich vermisste meine Mutter – wirklich. Ich wollte wissen, wie es ihr ging, wie es meiner kleinen Schwester ging, wer meine Schwester war. Aber verglichen mit den Nachmittagen mit Richard in unserem Keller waren diese Gedanken fern und diffus. Ich brachte es nicht über mich, zurückzurufen, und zum ersten Mal in meinem Leben hatte ich noch weniger Verlangen, mit meinem Vater zu sprechen.

In der ersten und zweiten Klasse war ich jeden Tag mit einer Frage an meine Mutter nach Hause gekommen. Hat Dad angerufen? Hat Dad angerufen? Nein, sagte sie dann, nein, nein. Ich sage es dir schon, wenn er anruft. Ich fragte trotzdem weiter. Eines Tages, beim Abendessen, griff sich meine Mutter ihre Papierserviette vom Schoß und bearbeitete sie mit einem Stift. »Dies sind Telefonleitungen«, sagte sie und malte mehrere Linien auf die Serviette. »Alles klar?« Dann zeichnete sie ein kleines rundes Schiff. »Und was ist das hier?«

Es sah nicht im Entferntesten aus wie die *Laurentide,* aber ich hatte es kapiert.

»Also, diese Linien sind weder mit diesem noch mit irgendeinem anderen Schiff verbunden. Und nun hör auf zu fragen.«

Ich konnte es aber nicht. Irgendetwas nahm mir für die meiste Zeit des Jahres den Vater, etwas, das wichtiger war als ich. Und wenn er dieses Etwas für einige Augenblicke opferte, um aus der Fischfabrik anzurufen, gestaltete ich meine Woche oder meinen Monat um dieses Gespräch herum. Ich war der Meinung, ich brauchte den Menschen, der weggegangen war, und das war natürlich nicht sehr fair gegenüber dem Menschen, der geblieben war. Ich fragte mich, ob meine Mutter zufrieden wäre, wenn sie mich jedes Mal zusammenzucken sähe, wenn bei den Norths das Telefon klingelte und ich befürchtete, es könnte mein Vater sein.

—

Anfang Dezember wurde Jamie von der Grippe erwischt. Wir einigten uns, dass ich Richard weiter allein besuchen würde, und als ich nach der Schule in den Keller ging, war er gerade dabei, mit einem Taschenbuch an der Wand herumzuwedeln. Eine schwarze Fliege hatte sich in das Studio verirrt, und Richard und ich brauchten volle zwanzig Minuten, sie in die Enge zu treiben und totzuschlagen, wobei wir lachend übereinander stolperten. Anschließend legte er Duke Ellingtons *Money Jungle* auf, und wir setzten uns hin, um Karten zu spielen. Ohne Jamie konnten wir weder Hearts noch Bourré spielen, deshalb schlug Richard Gin Rummy vor. Er zeigte mir, wie ich die Karten austeilen und die Punkte anschreiben sollte.

»Weißt du«, sagte Richard, nachdem wir einige Blätter gespielt hatten, »ich hatte es vergessen, aber mein Vater brachte mir das Spiel bei. Ich war ungefähr acht Jahre alt. An einem Wochenende sagte er mit seiner strengen Stimme: ›Ich muss etwas *Wichtiges* mit dir besprechen.‹ Und wir setzten uns an den Tisch im Esszimmer, aber er brachte mir nur bei, wie man Gin Rummy spielt. Ungefähr einen Monat später sagte er noch einmal, er müsse etwas *Wichtiges* mit mir besprechen. Er forderte mich auf, mich zu setzen, und sagte mir, er werde mich niemals auf einem seiner Schiffe mitfahren lassen. Er musste schon seit Wochen vorgehabt haben, mir das mitzuteilen. Er muss sich davor gefürchtet haben. Das ist schon ein merkwürdiger Gedanke, dass er vor etwas Angst gehabt haben soll.« Richard lächelte vor sich hin, als er die Karten neu mischte. »Rate mal, was ich dann gemacht habe. Ich ging in sein Arbeitszimmer und schlug alle Buddelschiffe kaputt, die mein Großonkel gebaut hatte. Ganz schön theatralisch, was? Vielleicht hätte ich ihn einfach nach dem Warum fragen sollen.«

»Das hat er dir nie erzählt?«

»Nicht, bis ich in New York war. Er fing dann an, diese Briefe zu schreiben, und in einem schrieb er, er habe vielleicht einen Fehler gemacht. Er schrieb, er hätte sich in mein Alter zurückversetzt. Ihm wäre klar geworden, dass er seinen Vater durch die gemeinsam vollbrachte Arbeit geliebt habe und durch das, was er von ihm lernen durfte. Und er schrieb weiter, er habe begriffen, warum ich ihn die ganze Zeit gehasst hätte, und zwar aus dem einzigen Grund, den man haben kann, jemanden zu hassen.«

»Es gibt nur einen Grund?«

»Weil du ihn lieben möchtest und er es nicht zulässt.«

»Hast du ihn gehasst?«

»Ja. Habe ich.«

Wir spielten weiter Karten. Ich blieb länger als geplant und bekam genug Appetit, um Richards Angebot an Weißbrot, Mayonnaise und Putenfleisch anzunehmen. Während wir uns Sandwiches machten, fragte ich ihn: »Was kannst du mir noch über deinen Vater erzählen?«

Glaubte man Richard, dann war der John Gaunt, der aus diesen Briefen sprach, mehr mit sich uneins, als Richard es sich hätte ausmalen können – ein Mensch, den Richard gern kennengelernt hätte. Nach dem Zweiten Weltkrieg hatte er an der Universität von Wisconsin im Hauptfach Musik, Kompositionslehre, studiert und war mit Freunden durch die Bars gezogen, wo sie sich bis in die frühen Morgenstunden über die Zukunft unterhielten, als könnte sie genau in diesem Moment gestaltet werden. Für John aber war das Gegenteil der Fall. Seit der Junior High School war John jeden Sommer mit seinem Vater und den anderen Lachsfischern hinausgefahren, und mit achtzehn Jahren hatte er den Fluch – die zwiespältige Haltung – des Hochseefischers verinnerlicht: Allein waren das Leben an Land und das auf See unerträglich, aber jedes von beiden war das Gegenmittel für das Gift des anderen. Und deshalb sehnte er sich nach dem beißenden Salzgeruch in der Nase, nach dem Vibrieren eines Schiffsdiesels unter seinen Füßen, während er die beschneiten Häuserblocks in Madison eilend durchquerte, damit seine Gitarre in der Kälte die Stimmung hielt.

Morley Gaunt starb, als John vierzig war. Er hinterließ seinem Sohn eine stattliche Trawlerflotte und eine Lachsfischerei, die am Ende war. Es war Johns Idee, die Flotte nach Norden zu verlegen und die alten Trawler für die Krabbenfischerei umzurüsten. Er war stolz auf seine Entscheidung, denn obwohl sich viel verändert hatte, war es ihm geglückt, den Lebensrhythmus von Generationen zu wahren. Fünf Jahre später floss das Geld aus Alaska, wie Loyalty Island es nie zuvor erlebt hatte. Weitere fünf Jahre danach nahm John einen Kredit für den Neubau der *Laurentide* und der *Cordilleran* sowie drei kleinerer Schiffe auf. Und noch einmal fünf Jahre später verkündete er ohne Vorwarnung, dass er nicht noch einmal nach Alaska hinausfahren würde, dass er sich zur Ruhe setzen werde.

»Er schrieb mir, er sei stolz darauf, dass er aufhören konnte, stolz darauf, zu Hause bleiben zu können«, sagte Richard. »So hätte er sich normalerweise nicht ausgedrückt. Ich glaube, er hob sich das alles für diese Briefe auf.«

»Warum? Hat er denn erklärt, warum er aufhörte?«

»Vielleicht, weil er deiner Mutter begegnet war. Das willst du doch eigentlich wissen, oder?«

Ich konnte seinem Blick nicht standhalten.

Zum Glück ersparte Richard mir die Antwort. »Er war regelmäßig hier unten, stimmt's? Und dann saß er genau hier.«

»Weißt du irgendwas über die beiden?« Ich hasste den heiseren, verzweifelten Klang meiner Worte, als ich sie aussprach.

»Siehst du das Einweckglas da oben?« Richard zeigte auf das Glas voller Pennys, das meine Mutter nach Johns Tod nach oben in die Küche mitgenommen hatte. »Mein Vater muss es mitgebracht haben.«

»Woher willst du das wissen?«

»Das ist ein alter Brauch«, sagte Richard. »Jedes Mal, wenn du eine Frau besuchst, deren Mann auf See ist, tust du eine Münze in das Glas. Glaub ja nicht, ich hätte mich nicht gefragt, wie er sich wohl gefühlt haben mag, wenn er hier saß. Ich habe viel darüber nachgedacht. Es mir vorgestellt. Du etwa nicht?«

Das war das Problem – ich hatte mir die beiden nie zusammen vorstellen können. Sobald sich die Kellertür hinter ihnen schloss, gerieten sie in Vergessenheit.

Aber nach all den Wochen, die ich im Studio meiner Mutter verbracht und dort gesessen hatte, wo sie normalerweise saß, die Musik gehört hatte, die sie sonst hörte, konnte ich mir die Situation schließlich ausmalen. Während Richard redete, sah ich John Anfang September an der Pier stehen, unter pfeifenden Frauen und heulenden Kindern, die die großen Schiffe verabschiedeten. Zum ersten Mal in seinem Leben sah er sich konfrontiert mit dem grausamsten Gefühl von Loyalty Island, dem Gefühl, zurückgelassen worden zu sein. Ich sah ihn mit dem Einweckglas die Auffahrt heraufkommen und mit seinem Spazierstock an unsere Haustür klopfen. Selbst jetzt habe ich noch das Bild vor Augen, wie er lächelt, als sie die Tür öffnet und er ihr das Glas hinhält.

Während sie im Studio Platz nehmen, fragt sie John genau dasselbe, was sie mich immer gefragt hat: »Möchtest du das Allerbeste hören?«

Das Stück, das sie meint, ist Ellingtons »Lotus Blossom« aus *... And His Mother Called Him Bill,* dem Album, das vom Duke Ellington Orchestra wenige Wochen nach dem Tod von Billy Strayhorn aufgenommen wurde.

Meine Mutter senkt die Nadel ab, schließt die Augen und lauscht dem trillernden, mit verhaltenem Tempo gespielten Piano, den regenreichen Akkorden und den Moll-Arpeggien. Und während er zuhört, begreift John, vielleicht aufs Neue, was ich mir von meiner Mutter nicht beibringen lassen wollte – dass nämlich Musik einen zeitlichen Rahmen vorgibt, ohne selbst in der Zeit gefangen zu sein. Dass der Dreivierteltrhythmus von »Lotus Blossom« einen durch das ganze Leben tragen könnte. Und vielleicht, während er da so im Dunkeln neben meiner Mutter sitzt und die orangen Röhren wie Adern pulsieren, fühlt sich John auf seltsame Weise ganz entspannt, sein Geist schwebt durch namenlose Gefühlswelten, so wie seine Augen viele Jahre lang über namenlose, meilenweite Wasserflächen glitten.

Das Piano erklingt weiter. Schließlich sagt meine Mutter: »Dies ist der beste Teil, hör dir das an.« Allmählich gesellt sich ein Baritonsaxofon dazu und veredelt die Akkorde mit lang gezogenen goldenen Tönen. Das Solo folgt der Melodie, scheint aber von ganz woanders zu kommen, von einem anderen Raum, vor der Tür, außerhalb der Erde, außerhalb des Lebens.

Wenn es Wege gibt, jemanden zu lieben, ohne andere zu

betrügen, gehört dann die Musik nicht dazu? Könnte es nicht sein, dass zwischen John Gaunt und meiner Mutter nichts war außer Musik? Vielleicht nicht, aber ich bin *fast* davon überzeugt. Weil ich die beiden so deutlich vor Augen habe, wie meine Mutter John erklärt, dass die Aufnahme mit Harry Carney am Saxofon auf dem Originalalbum gar nicht erschienen war. Sie lag jahrelang vergessen im Archiv der RCA Records herum, bis sie jemandem auffiel, der sie bei einer Neuauflage des Albums übernahm.

»Kaum zu glauben, oder?«, höre ich sie sagen. »Jahrelang weggesperrt, und keiner wusste was davon. Kannst du dir vorstellen, was sonst noch alles in Vergessenheit geraten ist?«

—

Kurz vor den Weihnachtsferien schlug das Wetter um. Drei Nächte lang fiel Eisregen. Dann klarte der Himmel auf, und die Temperaturen gingen in den Keller. Eines Nachmittags pusteten Jamie und ich in unsere eiskalten Hände, als wir beim Haus ankamen. Wir gingen durch Kellerräume, die unter dem Dröhnen der Heizung zu zittern schienen. Im Studio herrschte eine Affenhitze, und wir fanden Richard mit nacktem Oberkörper auf dem Fußboden liegend vor, die langen Haare um seinen Kopf ausgebreitet wie ein schwarzer Heiligenschein.

»Was können wir tun?«, fragte Jamie. Er kniete neben Richard, aber ich stand an der Tür. »Cal«, sagte er, »greif dir das T-Shirt da und halt es unter kaltes Wasser.«

Ich tat es und sah zu, wie Jamie mit der Behutsamkeit einer Krankenschwester Richards Stirn mit dem nassen T-Shirt abtupfte. »Das ist ja total bekloppt hier drinnen. So, jetzt haben wir's gleich. So ist es besser«, sagte er.

Schließlich setzte sich Richard auf und lehnte mit dem Rücken an der Wand. Das T-Shirt, um seine Stirn gewickelt, bedeckte seine Schultern wie der Nackenschutz einer Legionärsmütze. Seine Wangen waren gerötet. Als wollte er auf eine Frage antworten, sagte er: »Es war früher schon heiß hier drinnen, aber nicht so wie jetzt. Ich wünschte, deine Mutter hätte hier einen Thermostat einbauen lassen.«

»Sie hat das Studio nicht gebaut.« Ich spürte, wie der Schweiß meinen Nacken herunterrann, während ich redete. Richard schloss die Augen und lehnte den Kopf an die Wand.

»Bist du in Ordnung?«, fragte Jamie.

»Wäre ich ein Indianer, dann wäre ich Häuptling. Der Häuptling der Schweißhütte. Wisst ihr eigentlich, dass man mir nachsagt, ich hätte Vorfahren vom Stamm der Quinault?«

»Nein«, sagte ich, obwohl ich das schon oft gehört hatte.

»Also, sie behaupteten es. Wegen meiner hohen Wangenknochen, siehst du?« Er fuhr sich mit dem Finger über die Wangenknochen. »Und weil sie mich hassten. Das kam noch dazu.«

»Niemand hat dich gehasst«, sagte Jamie. Der Anblick Jamies, wie er da im Licht der nackten Glühbirne stand und das T-Shirt auswrang, ließ bei mir ein mulmiges Gefühl aufkommen. »Wir machen uns Sorgen um dich«, sagte er und sah zu mir herüber, als wollte er mich auffordern, etwas zu sagen, zu helfen.

»Ich hätte Lust auf ein Kartenspiel«, sagte Richard.

Jamie und ich zogen uns aus bis auf die T-Shirts. Wir spielten eine lustlose Runde Hearts und blieben wie aus Solidarität eine Stunde länger.

»Wir sollten morgen früher zum Haus gehen und uns darum kümmern, dass es unserem Freund gut geht«, sagte Jamie später, als wir im Etagenbett lagen. »Bist du wach?«, fragte er. »Wir sollten früh losgehen. Bist du wach?«

»Er ist nicht unser Freund, Jamie«, sagte ich.

»Was ist er dann?«

Er war nicht unser Freund. Aber unser Feind war er auch nicht. Was war er? Trotz der Kartenspiele, der Schallplatten und der Geschichten – trotz allem – war er immer noch unser Gefangener. Du kannst deinen Gefangenen nicht mit dem Leuchten in den Augen ansehen, mit dem Jamie es tat. Du kannst das nicht machen. Nur konnte ich zu jener Zeit nicht die passenden Worte finden, um zu erklären, wie ich mich allmählich fühlte, und deshalb sagte ich gar nichts.

Als wir am nächsten Tag zum Haus kamen, war die Heizung abgestellt. Ich schloss die Tür auf und sah Richard in eine Decke gehüllt, zitternd und mit angezogenen Knien auf der Bank hocken.

»Macht Don das absichtlich?«, fragte Jamie.

»Keine Ahnung.«

»Erst gibt er dir Zigaretten, und dann foltert er dich?«, fragte ich.

»Weiß ich nicht.«

»Versucht er dich zu foltern?«

Richard zog den Atem durch seine zusammengebissenen Zähne ein und zitterte. Er sah beinahe aus wie ein Wahnsinniger. Vielleicht hatte Don es absichtlich getan, vielleicht aber hatte seine zuckende Hand am Heizungsventil rein zufällig für zwei qualvolle Tage gesorgt. Unter solchen Umständen könnte sich Wahnsinn als Segen erweisen. Die Dinge im Leben, auf die wir keinerlei Einfluss haben – auf den Ort unserer Geburt, die Schwächen, die wir an uns entdecken, oder auf die Personen, die sich in uns verlieben –, übertreffen die Dinge, die wir im Griff haben, um das Zehnfache. Aber wir leben Tag für Tag, Entscheidung für Entscheidung und Trost für Trost und vergessen dabei, dass wir in Wirklichkeit überhaupt keine Wahl hatten. Zitternd im Keller hockend, konnte Richard nicht mehr vergessen.

»Auf diese Weise bringen sie dich um«, stellte Jamie trocken fest.

»Du solltest Kaffee trinken«, sagte ich.

»Bitte keinen Kaffee«, sagte Richard.

»Heiße Schokolade?«, fragte ich. Ich nahm sein Schweigen als Zustimmung. Oben in der Küche machte ich im blauen Kessel meiner Mutter Wasser heiß, tat eine Prise Zimt und Muskatnuss aus ihren beschlagenen Gläsern hinein und verrührte ein Päckchen Kakaopulver, wie ich es gewohnt war, als ich noch in dem Haus lebte. Ich hatte mich auch noch nicht dazu durchringen können, Kaffee zu mögen.

Als ich mit einer torpedoförmigen Thermosflasche, eingewickelt in ein Geschirrhandtuch, wieder in den Keller hinunterging, schwiegen Jamie und Richard. Ich hatte das bittere Gefühl, dass sie Dinge erwähnt hatten, die ich nicht hören sollte. Ich stand also da und wusste nichts mit mir anzufangen, und als Richard seine Decke ablegte und die Hand nach mir ausstreckte, war mir nicht klar, warum.

»Ist das für mich?«, fragte er. Er rieb mit den Händen über die Thermoskanne und hielt sie einen Augenblick unter sein Gesicht, bevor er einen Schluck trank. »Das ist gut. Danke.«

»Worüber habt ihr gesprochen?«, fragte ich.

»Ich habe geredet«, sagte Jamie. »Ich habe vorgeschlagen, dass wir die Heizung einfach wieder aufdrehen.«

»Wenn Don das absichtlich getan hat, wird er ahnen, dass wir hier waren«, sagte ich.

»Vielleicht macht es ja nichts, wenn Don es weiß.«

Jamies Stimme klang zögerlich. Ich wusste, er war sich nicht sicher, ob er auch wirklich meinte, was er gesagt hatte. »Macht nichts?«, fragte ich.

»Er holt sich noch den Tod«, sagte Jamie. »Das macht sehr wohl was, oder?«

Jamies Gesicht, immer offen, immer bereit, zuzuhören, war voller Aufmerksamkeit und wartete nur darauf, dass ich mich näher erklären sollte. Aber ich konnte es nicht.

»Das muss Richard wissen«, sagte ich.

Richard zitterte, seine Hände hielten die Decke unter dem Kinn zusammen. »Lasst nur«, sagte er mit ruhiger Stimme. »Ich weiß nicht, was er tun würde, wenn er es rauskriegt.«

»Sieh dich doch an«, sagte Jamie. »Was sollte er dir wohl noch antun?«

»Keine Ahnung. Habe ich es nicht gesagt?« Richards Stimme wurde lauter. Dann lehnte er sich gegen die Wand und schloss die Augen, als hätte er sein letztes bisschen Energie verbraucht.

Jamie biss sich auf die Lippe, wahrscheinlich überlegte er, ob es Sinn hatte, weiterzumachen. »Ich habe auch Schiss vor ihm«, sagte er. »Ich hasse ihn auch, aber wir können dich nicht einfach frieren lassen.«

Richard zog die Decke noch fester um die Schultern.

»Richard?«, sagte Jamie.

»Das ist wirklich sehr nett von dir, Jamie.«

Damit hätte es gut sein sollen, aber Jamie grub so lange weiter, bis er auf Fels stieß.

»Ich hasse ihn auch«, wiederholte Jamie.

»Ich hasse sie nicht«, sagte Richard, gerade laut genug, dass man ihn verstehen konnte.

»Wie bitte?«

»Tut mir leid, deine Theorie kaputt zu machen, aber ich hasse sie nicht.«

»Sie?«, fragte ich.

»Du weißt, wen ich meine«, antwortete Richard. Sein Kopf klebte förmlich an der Wand. »Ich will damit sagen, ich hasse sie für das, was sie sind. Aber nicht für das, was sie mir angetan haben. Dazu bin ich zu schwach. Immer wenn Don mit seinen Sandwiches herunterkommt, bin ich ihm dankbar.«

»Du wärst auch für ein bisschen Wärme dankbar«, sagte Jamie.

Richard murmelte irgendetwas.

»Was hast du gesagt?«, fragte Jamie.

»Ich sagte, lass es einfach sein.«

»Okay«, sagte Jamie und gab schließlich auf, weil er, wie ich glaube, bei Richards erster Antwort genau dasselbe herausgehört hatte wie ich.

Richard hatte gesagt: »Lasst mich einfach gehen.«

—

Nach jener Woche normalisierte sich die Temperatur wieder, was man von Richard allerdings nicht sagen konnte. Immer häufiger erzählte er seine Geschichten mit geschlossenen Augen, als ob es ihn erschöpfte, sie noch einmal zu durchleben. Im Laufe des Dezembers fanden wir ihn manchmal seitwärts auf der Bank liegend vor, die Arme über der Brust verschränkt, wie eine Art Dracula bei Tage. Jede Art Spiele, auch Kartenspiele, lehnte er ab. An solchen Nachmittagen redeten wir wenig, hockten aber stundenlang mit ihm zusammen um den Plattenspieler, als wäre er ein Lagerfeuer.

Ich erinnerte mich daran, was mein Vater immer über den Blick von Alaska-Fischern sagte, wenn sie kurz vor dem Zusammenbruch waren. Die Leere in den Augen, wenn die winterliche Dunkelheit und der Wahnsinn der Brecher in das Gemüt eindrangen. Das nannte man den Aleuten-Blick. Das passiert immer wieder, pflegte mein Vater zu sagen, dunkle Tage, kein Schlaf, die Last des Wassers, die Arbeit und der tief hängende Himmel, die einen bedrückten. Die See verbreitet allmählich ein Gefühl der Unendlichkeit, und das Schiff, in dem man hin und her geworfen wird, kommt einem quälend eng und klein vor, und der Körper, in dem man hin und her geschleudert wird, noch kleiner. Einmal erzählte er mir von einem Freund namens Wright – ein großer, starker Kerl –, der diesen Blick draufhatte und der mitten bei der Arbeit an Deck in die Kombüse ging, einen Topf Wasser aufsetzte und, als es kochte, sich das Wasser vorsichtig über seine Flanellhose goss.

Eines Nachmittags, nachdem er über eine Stunde lang nichts gesagt hatte, hob Richard den Kopf von der Bank und wiederholte etwas, das er schon vor Wochen von sich gegeben hatte. »Ich wünschte, ich würde nichts kennen außer dieser Musik. Dass ich alles, was ich wüsste, von diesen Platten gelernt hätte. Das würde ich mir wünschen.«

Wir hörten uns Sun Ras Album *The Magic City* an. Als er diese Sätze zum ersten Mal gesagt hatte, wirkten sie spontan und treffend. Jetzt klangen sie irgendwie abgedroschen.

»Weiter nichts?«, fragte ich, aber nur, weil ich das Gefühl hatte, etwas sagen zu müssen, damit Richard nicht etwa gekränkt wäre, wenn wir das Gesagte mit Schweigen übergingen.

»Wäre das nicht toll?«, sagte er.

»Ich weiß nicht«, sagte ich. »Bist du nicht froh darüber, dass du gelernt hast, wie man kaut oder geht, so was in der Richtung?«

Richard lächelte vor sich hin. Ich konnte mir beinahe ausmalen, wie sein Geist in die Sphäre abdriftete, die er sich geschaffen hatte, um sich vor den langen Stunden der Einsamkeit zu schützen. »Ich lernte, Musik zu hassen«, sagte er, »weil mein Vater sie liebte. Dümmer geht's nicht, oder? Ich habe einen Fehler gemacht.« Er stützte sich auf den Ellbogen. »Das sehe ich jetzt ein. Ich habe mich nur dadurch definiert, dass ich Dinge abgelehnt habe. Die ganze Zeit über hasste ich dieses oder jenes. Ich weiß nicht, was ich überhaupt davon hatte, ihr vielleicht?«

Ich sah Jamie an und schüttelte den Kopf.

»Freiheit?«, fragte Jamie.

»Aus so einer Einstellung entwickelt sich keine Freiheit. Ich meine, definier dich, indem du etwas ablehnst, eine Sache, einen Krieg oder so was. Ich war zum Beispiel auf Partys, und andere Gäste sagten zu mir: ›Hey, Richard, was zum Teufel ist los, Mann, entspann dich.‹ Und dann erst fiel es mir wie Schuppen von den Augen: Ich hatte über all die Dinge, Leute und Orte gewettert, die ich nicht leiden konnte. Ich musste so tun, als würde ich scherzen. Ich nahm dann einen osteuropäischen Akzent an, als wäre ich ein verrückter Exil-Pole oder so. ›Ihr müsst das doch verstehen! Ich habe eine angeborene Neigung, alles zu hassen!‹«

»Was hast du denn gemocht?«, fragte Jamie. »Da muss es doch was gegeben haben.«

»Ich bin sicher, dass es was gab. Aber ehrlich, jetzt, wo ich hier sitze, kann ich mich nicht einmal daran erinnern. Ich meine, ich habe so ein Gefühl, als würde ich mich daran erinnern wollen, was jemand anders mochte.«

»Aber es war niemand anders«, sagte ich.

»Aber so kommt es mir vor. Manchmal denke ich: Wer ist dieser Typ hier drinnen bei mir? Dieser Typ, der irgendwo gelebt hat, an einem anderen Ort, zu einer anderen Zeit. Dieser Typ mit all den Erinnerungen und den Dingen, die er hasste. Ich erinnere mich an ihn, aber er ist nicht ich, versteht ihr? Ich erinnere mich an ihn als *ihn,* nicht als mich.«

»Glaubst du vielleicht, du kannst das als Entschuldigung für *dein Verhalten* gelten lassen?« Ich hatte keinen Schimmer, warum mir das herausgerutscht war, aber ich war plötzlich wütend. Manchmal ist es schwer, nicht zu vergeben. Schließlich war es Richard, der seinen Koffer über unserem Esstisch ausgeschüttet hatte. Es war Richard, der uns hierhergeführt hatte. Es war zu spät, alles ungeschehen zu machen, und wenn er das nicht einsehen wollte, hielt er sich selbst zum Narren.

Richards Blick wurde wieder klar. Er sah mich an und zog eine Augenbraue hoch. »Was habe ich denn getan?«, fragte er.

»Halt einfach die Klappe, Cal«, sagte Jamie.

»Lass ihn nur reden«, sagte Richard. »Ich möchte es wissen.«

»Nichts«, sagte ich. »Tut mir leid.«

Richard bohrte nicht weiter nach. Er brauchte uns, und wir brauchten ihn. Wenn es nur nicht so gekommen wäre. Es wäre für uns alle viel besser gewesen, wenn wir das Wissen um Richard hätten auslöschen können, wenn wir die Tür hätten abschließen und wie unsere Väter hätten hinausfahren können bis zum Frühjahr.

—

Als das Schulhalbjahr Mitte Dezember zu Ende ging, wohnte ich schon seit fast vier Monaten bei den Norths. Ungefähr ein Vierzigstel meines bisherigen Lebens. Das hatte ich tatsächlich ausgerechnet. Es kam mir so viel länger vor.

In der Schule gab es eine Weihnachtsfeier mit bunten Kugellichtern und Punsch. Im Englischunterricht wurden wir aufgefordert, eine Liste mit guten Vorsätzen für das neue Jahr zu schreiben und sie zu erklären. Ich schrieb: *Ich will besser rächt-*

schraim lernen. Ist doch klahr? Wir verabschiedeten uns voneinander und wünschten uns gegenseitig frohe Weihnachten und ein gutes neues Jahr. Dann gingen wir auseinander und hinaus auf den Schulhof.

»Wie wäre es, morgen am Sand Point Austern zu sammeln? Wir könnten mit dem Fahrrad hinfahren«, sagte Jamie.

»Ebbe ist jetzt gegen drei Uhr morgens«, sagte ich.

»Ich dachte, du hättest Lust dazu, jetzt, wo wir Ferien haben«, sagte er und zuckte mit den Achseln.

Austernsammeln am Sand Point war ein Familienritual. In den Sommermonaten studierten mein Vater und ich die Gezeitentabellen, suchten den vielversprechendsten Morgen aus und markierten das Datum mit Rotstift im Kalender. Wenn dann der Tag gekommen war, packte meine Mutter mehrere Flaschen Weißwein und Zitronen ein. Sie saß in ihrem weißgrün gestreiften Badeanzug auf einer Decke am grauen Strand, mit einem Buch auf dem Schoß und einem breitkrempigen Sonnenhut auf dem Kopf, egal, wie das Wetter war. Mein Vater und ich wateten ins Wasser. Er hatte ein spezielles, gut sechs Zentimeter langes Maßband für mich angefertigt, weil die einheimische Olympia-Auster tabu war und selten diese Größe erreichte. Es gab in reichlicher Anzahl Pazifische Austern, mit Seepocken überkrustet, die an schwarzen Felsen hafteten.

Wenn mein Vater und ich eine Netztasche voll hatten, wateten wir zurück an den Strand und streckten uns auf den Badetüchern aus. Während meine Mutter die Zitronen in kleine Stücke schnitt, löste mein Vater die Austern mit einem stumpfen Messer aus der Schale. Richtig sonnig war es nie, und die Klinge glänzte nicht, aber in meiner Erinnerung schimmerte sie in seiner Hand; und ich erinnere mich auch daran, wie seine Augen funkelten, wenn er die eine Hälfte der Schale ins

Wasser zurückwarf und die andere meiner Mutter reichte, deren Augen dann glänzten, wenn sie sie an den Mund hob.

Hatte ich Jamie das alles erzählt? Könnte ich ihm das alles erzählt haben?

»Wir gehen nicht mitten im Winter raus«, sagte ich.

»Dann müssen wir woanders hingehen, um miteinander zu reden. Und wohin?«

»Kommt drauf an«, sagte ich.

»So kann es nicht weitergehen«, sagte er. »Das geht doch nicht.«

Jamies plötzliche Gewissheit war aufrüttelnd. Er hatte recht, dass diese Art, zwei Leben zu führen, sich am Rand des Wahnsinns bewegte – aber die Umstände waren aberwitzig, und deshalb schien Wahnsinn in gewissem Maße sinnvoll. Es war Richards Fehler. Hätte er uns nicht hereingebeten in das Kellerstudio, hätte er uns nicht Witze erzählt und Platten vorgespielt und hätte er nicht so getan, als wären wir Freunde, hätten wir ihm dann so lange zur Seite gestanden? Ich hätte ihn fallen lassen oder mich entfernen müssen, ihm den Rücken zukehren und so tun müssen, als hätte ich ihn nie entdeckt. Wie dem auch sei, die Dinge hätten sich besser entwickelt, als sie es tatsächlich getan hatten.

»Aufs Dach?«, fragte ich.

»Nicht zuverlässig genug«, antwortete Jamie.

An jenem Abend hangelten wir uns den Abhang hinunter. Der Wind war noch beißend kalt. Ich folgte Jamie ein paar Häuserblocks am Ufer entlang, vorbei an stöhnenden Wellen, die ins Mondlicht schlingerten. Schließlich setzten wir uns auf die Bank vor dem Fischerdenkmal.

»Wir müssen ihn freilassen«, sagte Jamie.

»Müssen wir das?« Es war eine ehrlich gemeinte Frage.

»Ich glaube schon«, sagte er. »Er hat es nicht verdient, Cal. Vielleicht hatte er es mal, aber jetzt nicht mehr. Er ist ein ganz anderer Mensch geworden.«

»Wie anders?«

»Als er vorher war.«

»Mag sein«, sagte ich, »aber es geht nicht darum, wer er ist, es geht darum, was er getan hat. Und ›verdient‹? Darüber wollen wir gar nicht reden.«

»Reden wir nicht gerade darüber, wie wir es richtig machen wollen?«

»Vielleicht gibt es gar keinen richtigen Weg«, sagte ich.

»Was glaubst du wohl, was sie machen werden, wenn sie zurückkommen? Ihn einfach freilassen? Denkst du das?«

»Wissen wir nicht. Das ist es ja. Sie müssen ein besseres Gespür haben als wir.«

»Da bin ich mir nicht so sicher.«

»Komm schon.«

»Bin ich nicht.«

Jeder von uns hatte dieses Gespräch Dutzende Male im Kopf geführt, und es gab, zumindest für mich, jetzt keine Überraschungen mehr. Wir verstanden einander, kannten unsere Einstellungen, und das war ein Grund dafür, warum wir über diese Angelegenheit nicht reden mussten. Meine Augen gewöhnten sich an die Dunkelheit. Das Denkmal, fast unsichtbar, als wir dort ankamen, nahm allmählich Gestalt an, seine grauen Umrisse schälten sich aus dem Dunkel, als wären sie mit einem Stift ausgemalt worden.

Genau hier auf der Bank hatte Richard gesessen, auf das Wasser gestarrt und sich ganz seinem Zorn hingegeben. Jamie hatte recht: Er schien jetzt nicht mehr derselbe Mensch zu sein. Der alte Hass hatte sich aufgelöst wie Nebel. Zum ersten Mal, seit ich ihn kannte, schien er etwas anderes zu pflegen als seinen Groll. Wäre es nicht unrecht, jemandem wie ihm eine zweite Chance zu verweigern? Ich fragte mich allerdings auch, ob man sich wirklich ändern konnte. Wenn ich an die Zeit dachte, die wir mit Richard verbracht hatten, an seine Geschichten und die Musik, dann fielen mir Zeilen eines Gedichts von Paul Laurence Dunbar ein, das wir in dem Jahr in der Schule gelesen hatten: *Wir singen, doch wie hart der Steg / auf dem wir gehn, wie tückisch und wie lang der Weg!*

Worte und Lieder können dazu beitragen, dass man sich eine Weile vergisst, aber mehr auch nicht.

»So verschieden sind wir nicht«, sagte Jamie.

»Wen meinst du?«

»Dich und mich und ihn. Hätten wir nicht vielleicht das Gleiche getan?«

»Wie er? Nein.«

Darauf konnte ich nicht antworten. Selbst zu dem Zeitpunkt wusste ich, wer ich sein wollte, und ich wusste auch, wer ich war. Mir war nur noch nicht klar, dass sich diese beiden Personen nie begegnen würden.

Ich fasste in Jamies Manteltasche und zog Zigaretten und Feuerzeug heraus. Der Feuerstein klemmte. Meine Hände zitterten vor Kälte. Jamie nahm das Feuerzeug und hielt mir die Flamme entgegen.

»Am Tag, als John starb«, sagte Jamie, »erinnerst du dich daran? Das war deine erste Zigarette, stimmt's?«

»Was willst du damit sagen? Ich rauche schon seit Jahren.«

»Ich habe immer gedacht, wir sollten Freunde sein.«

»Hast du nicht.«

»Es ist schön, mit dir ein Zimmer zu teilen und alles. Vielleicht sollte ich das ja nicht sagen, aber es ist schön.«

»Stimmt«, sagte ich.

»Mein Dad hat immer von dir gesprochen, weißt du? Was für ein guter Kerl du bist, wie gut du dich beim Baseball machen würdest. Wahrscheinlich wollte er mich damit piesacken, aber ich habe ihm immer recht gegeben. Ich glaube, er wünschte sich, dass ich mehr so wäre wie du.«

»Wie bin ich denn?«

»Das fand ich immer komisch dabei. Er hatte seine Vorstellungen von dir, und ich habe meine.«

»Ich hatte seinen Wurf nicht getroffen«, sagte ich. »Ich habe ihn belogen.«

Jamie lachte. »Na klar. Ich kann nicht glauben, dass er gedacht hat, du hättest getroffen. Ich meine, ich kann es, es ist einfach komisch, was Leute manchmal so glauben.«

»Es ist traurig, woran Leute so glauben«, sagte ich. »Meinst du wirklich, dass Richard sich geändert hat?«

»Sieht so aus, als hätte er vorher keine Chance gehabt«, sagte Jamie. »Jetzt hat er sie, oder könnte sie haben.«

»Aber wenn wir ihn freilassen, was passiert dann? Was wird wohl dein Vater machen?«

Jamie sah mich mit einer Miene an, die ich bei ihm noch nie gesehen hatte, mit einem Gesichtsausdruck, der zugleich zerknirscht und trotzig war. Er sagte sehr ernst: »Er würde glauben, ich hätte ihn hintergangen. Er würde mir niemals verzeihen. Er würde mich nach Alaska schicken und mir sagen, ich solle mich nie wieder blicken lassen.«

Bevor ich etwas erwidern konnte, legte Jamie einen Finger an die Lippen. Er stand von der Bank auf und schlich auf leisen Sohlen zum Rand der Promenade und wieder zurück. Der Wind hatte sich gelegt. Der Mond war nicht zu sehen, nur Sterne, die wie Pailletten in die Wolkendecke eingestickt waren.

Als Jamie sich davon überzeugt hatte, dass wir wirklich allein waren, ließ er sich wieder auf der Bank nieder und beugte sich zu mir herüber.

»Es müsste ja keiner erfahren, dass wir ihn freigelassen haben«, sagte Jamie. »Er könnte verschwinden. Wie sollte jemand herauskriegen, dass wir es waren?«

»Dies ist eine ernste Sache«, sagte ich. »Hast du eine Ahnung, wie verdammt ernst sie ist?« Ich konnte ihn in der Dunkelheit blinzeln sehen.

»Warum glaubst du, ich wüsste das nicht?«

»Weil du dich so benimmst, als ob das Ganze ein Film ist.«

Jamie schreckte zurück. Ich wusste, ich hatte ihn gekränkt.

»Tut mir leid«, sagte ich.

»Das bringt doch nichts«, sagte er. »Möchtest du Richard tot sehen?«

»Natürlich nicht.«

»Dann müssen wir ihn gehen lassen. Wir lassen ihn frei und sorgen dafür, dass er uns verspricht, zu verschwinden, nie zurückzukommen und kein Wort darüber zu verlieren.«

»Wie könnten wir ihm denn so ein Versprechen abnehmen?«

»Er wollte sich doch schon sein ganzes Leben von diesem Ort frei machen, oder? Nun hat er endlich einen Grund dazu.«

Ich wusste nicht, was ich davon halten sollte. Es war schwer zu glauben, dass sich Richard so einfach von seinem Erbe trennen würde. Andererseits – hatte er nicht schon *versucht,* sich davon zu trennen? Ich stellte mir Richard in einem Bus vor, der auf der Interstate 90 gen Osten sauste. Die Sonne geht auf und weckt ihn. Er hält die Hand über die Augen und schaut auf die gelben Kornfelder, deren Halme sich neigen, wenn der Bus vorbeirauscht. Er lächelt und reibt sich den Schlaf aus den Augen. Er ist jetzt in South Dakota. Crazy Horse, die Black Hills, Chicago und New York liegen vor ihm. Das Kaskadengebirge ist meilenweit entfernt, der Puget Sound noch viel weiter – nur noch Erinnerungen, die er wie Träume auslöschen kann.

»Wir müssen uns sicher sein«, sagte ich. »Wir müssen auf Nummer sicher gehen.«

»Okay«, sagte Jamie.

»Wann?«, fragte ich. »Wann wollen wir es tun?«

»Nach Weihnachten«, antwortete Jamie. »Nach Weihnachten reist es sich leichter.«

»Nach Weihnachten dann. Okay. Nach Weihnachten.«

Wir machten uns auf den Rückweg. Wir waren ein paar Hundert Meter gegangen, als ich das Licht von Scheinwerfern auf meinem Rücken spürte. Ein Auto, das man hinter den gleißenden Scheinwerfern nicht erkennen konnte, rumpelte vom Hafen kommend langsam auf uns zu.

»Das könnte die Polizei sein«, sagte Jamie.

»Könnte auch Don sein.«

»Könnte jeder sein.«

»Trotzdem.«

Jamie und ich rannten los, selbst nachdem die Scheinwerfer über die Straße geglitten waren und der Wagen den Hang hinauffuhr, hielten wir nicht an. Wir arbeiteten uns Schulter an Schulter durch den kalten Wind voran. Ich wünschte mir, wir wären noch in dem Alter, wo ein Wettlauf uns sagen könnte, was wir voneinander wissen mussten. Wir rannten weiter, unsere Tennisschuhe klatschten auf die Bohlen, das nachtschwarze Wasser trommelte zu unserer Rechten. Als sich das Ende der Uferpromenade näherte, hob ich den Kopf, um zu sehen, ob ich vorn lag.

8 Ich dachte, ich würde die nächste Woche nie überleben. Die Morgenstunden, stahlgrau und Schneeregen speiend, dehnten sich bis fast zur Abenddämmerung hin. Ich schob mich von einem Fenster zum anderen und hatte nichts als Sorgen im Kopf. Eines Nachmittags rief ich sogar Katherine Cloons an und hinterließ eine Nachricht bei ihrer Mutter. Sie meldete sich nicht. Jamie saß eine Stelle auf dem zerknautschten grünen Samtsofa durch, während er sich einige Filme zum fünften und sechsten Mal ansah.

Die Nachmittage im Haus an der Seachase Lane waren keinen Deut besser. Richard hatte sich einen hartnäckigen Husten eingefangen. Ich schaute Jamie zu, wie er ihn ansah. Ich ahnte, was er Richard fragen wollte: Würde er uns erlauben, ihn von diesem Ort zu entfernen? Aber Richard machte immer weniger den Eindruck eines Menschen, der einem Zusagen machen würde. Egal, welche neue Hoffnung wir ihm gegeben hatten, sie war ausgelaufen und im kalten Fußboden versickert.

Nur die Nächte waren erträglich, weil wir endlich etwas zu tun hatten – wir mussten eine Flucht planen. Während das Mondlicht durch die Fenster drang, gingen wir im Zimmer auf und ab. Die Schreibtischlampe warf unsere Schatten auf den Fußboden, während wir die Details der Details besprachen. Wir kritzelten seitenweise Blätter mit Notizen voll, die wir später beim Rauchen auf dem Vordach wieder verbrannten. Wir zeichneten eine Karte der Innenstadt auf die Rückseite eines Kinoposters von *Jaws*. (Warum? Was hatte die Innenstadt mit alldem zu tun?) Wir redeten uns ins Schweigen hinein und brachen es, indem wir fragten: »Aber meinst du nicht …?«

Wir setzten zwei- oder dreimal an, bis wir entschieden, dass es das Wichtigste wäre, Richard einen ausreichenden Zeitvorsprung zu geben, bevor Don sein Verschwinden bemerkte. Nachts wäre besser, aber weil der letzte Bus nach Port Angeles um vier Uhr nachmittags fuhr, mussten wir mit Tageslicht zurechtkommen.

»Welchen Tag nehmen wir?«, fragte ich. »Sollten wir uns nicht für einen bestimmten Tag entscheiden?«

»Weihnachten fällt auf einen Freitag. Wir sollten lieber bis zum Achtundzwanzigsten warten, dann gilt für die Fähre, die Richard nehmen muss, wieder der normale Wochenfahrplan.«

Wir arbeiteten unseren Plan aus, träumten uns in jede einzelne Minute hinein und gingen alles immer wieder durch, bis es so schien, als sei all das schon passiert. Wir sahen uns bereits in den letzten Zuckungen eines nebligen Morgens am Haus in der Seachase Lane eintreffen. Am Montag, dem achtundzwanzigsten Dezember. Wir hatten uns gegenüber vom Park in den feuchten Büschen verkrochen und warteten darauf, dass Don kam und wieder ging. Wir finden Richard im Keller vor, wahrscheinlich übermüdet, aber durchdrungen von Aufregung und Energie. Würden wir für ein letztes Ritual Zeit haben? Eine Zigarette, eine Schallplattenseite? Vielleicht. Hoffentlich.

Dann die Kette. Jamie öffnet seinen Rucksack und nimmt die Metallsäge seines Vaters heraus.

(»Weißt du, wie man damit umgeht?«, fragte ich Jamie, als wir uns in seinem Schlafzimmer Notizen machten.

»Sägt man nicht einfach so drauflos?«)

Jamie macht sich an die Arbeit, und der Raum fängt an zu

sirren. Nach einigen Minuten wird er langsamer, und ich übernehme. Wir haben das schon an einem Kettenglied geübt, das wir in der Garage der Norths gefunden haben – von derselben Kette? –, aber weil die Kette Richards Fußgelenk so eng umschließt und ich seinen Atem im Nacken spüre, ist das harte Arbeit. Meine Hände sind verschwitzt und verklebt mit mattsilbrigem Metallstaub.

Richard hat die Zähne zusammengebissen. Schließlich greift er selbst zur Säge, und ich lehne mich mit schmerzenden Armen zurück. Er bearbeitet die Kette noch einige Minuten lang, bis wir das Kettenglied und die Schelle auf den Teppichboden fallen hören.

Wir stehen alle auf. Jamie nimmt saubere Sachen aus dem Rucksack. Wir haben sie extra im Secondhandladen gekauft: eine Khakihose, ein rot-grau gemustertes Flanellhemd, eine waldgrüne Winterjacke, Nike-Laufschuhe. Bei den Größen haben wir über den Daumen gepeilt, aber es passt schon alles. Jamie gibt Richard eine Baseballkappe mit der Aufschrift *University of Idaho Vandals.* Eine verspiegelte Sonnenbrille. Eine Spraydose Old Spice. Richard sprüht sich damit ein. Er streckt sich. Mit den neuen Klamotten könnte er als Waldarbeiter durchgehen, der Richtung Osten zurückfährt, oder als College-Student. Er macht einen zerbrechlichen Eindruck und ist blass, aber so sehen viele Menschen aus. Er wird es schon schaffen. Wir packen seine versifften Sweatshirts ein. Später werden wir sie verbrennen.

(»Und dann?«, fragte Jamie.

»Dann bringen wir ihn zur Bushaltestelle.«)

Es müsste jetzt ungefähr elf Uhr sein. Der Bus nach Port Angeles fährt in einer Stunde. Spuckt Richard auf den Fußboden? Tritt er den Plastikeimer um? Wir sind gespannt, wie er sich von seinem Gefängnis verabschiedet. Wir lassen die Tür offen stehen und gehen nacheinander die Kellertreppe hinauf. An der Hintertür umwickele ich meine Hand mit den Sweatshirts und schlage die Scheibe ein.

(»Und dann?«

»Gehen wir.«)

Der Nebel hat sich verflüchtigt, und wir laufen durch sonnendurchflutete Straßen, gehen den Steilhang hinunter von der Seachase Lane über die Goose Street zur Morland Street. Ein Fußweg von rund zwanzig Minuten, je nachdem, wie schnell Richard es schafft. Was für ein Gesicht wird er wohl machen, wenn er nach Monaten wieder die Sonne sieht und die Straßen von Loyalty Island zum letzten Mal in seinem Leben?

(»Und wenn ihn jemand erkennt?«

»Er ist getarnt. Und überhaupt, keiner wird Richard Gaunt erkennen *wollen,* wenn er herumläuft.«)

Als die Bushaltestelle in Sicht ist – die niedrige grüne Wartebank, der blanke Stahlpfosten –, gibt Jamie Richard ein Bündel Geldscheine; alles, was wir zusammengekratzt haben, etwa zweihundertfünfzig Dollar. Er sagt Richard, dass er den Rucksack behalten kann, dass es Klamotten zum Wechseln darin gibt und einige Sandwiches, die wir selbst geschmiert haben.

Die Bank ist leer, ebenso wie die Straße. Jamie und ich sitzen rechts und links neben Richard. Wir sagen ihm, dass wir keine Ahnung hatten, wie wir ihm einen Personalausweis oder einen Pass besorgen sollten, dass müsse er schon selbst machen. Er nickt, als hätte er das erwartet. Wir sagen ihm, dass die Fähren nach Seattle alle Stunde fahren. Wir fragen ihn, ob er noch weiß, wie er in den Bus nach Bainbridge umsteigen muss, wenn er in Port Angeles ankommt.

»Keine Bange«, sagt Richard, »keiner weiß so gut wie ich, wie man aus diesem Kaff herauskommt.«

Und dann das Rumpeln, Quietschen und Klappern des Busses und keine Zeit für große Worte. Richard wendet sich zum Gehen, aber kurz bevor er den Bus besteigt, dreht er sich zu uns um und zeigt seine Zähne. Sie haben die Farbe des Sonnenlichts. Dann fährt der Bus an und hinterlässt in seinem Windschatten nichts als Sonnenlicht.

(»Und dann?«, fragte ich.

»Das war's dann«, antwortete Jamie.)

So sah unser Plan aus. Wir waren uns einig, dass es ein guter Plan war. Es gab nur ein Problem: Wir hatten Richard nichts davon erzählt.

—

An Heiligabend bereitete Betty North einen Schmorbraten zu. Sie trug ein blaues Kleid und hängte drei fusselige Socken am Kaminsims auf. Sie zündete grüne, nach Kiefernzapfen duftende Kerzen an und legte ein rotes Tischtuch auf. Sie öffnete eine Flasche Apfelsaftschorle und machte aus dem Einschenken eine Show, indem sie den Schaum gerade eben über den Rand der flachen Kelche laufen ließ.

»Frohe Weihnachten, meine Herren«, sagte sie, während wir uns zuprosteten. »Es ist mir eine Ehre, das Fest mit zwei so gut aussehenden jungen Männern zu verbringen.«

Sie hatte mehr zubereitet, als wir bewältigen konnten: den Schmorbraten, gedünsteten Brokkoli, Rosenkohl mit Käse überbacken, mit Butter angemachtes Kartoffelpüree und einen Auflauf aus grünen Bohnen und Tomaten.

Während wir aßen, fragte uns Betty über die Schule aus. Sie erinnerte Jamie daran, dass sich sein Vater auf jeden Fall bemühen würde, am nächsten Tag anzurufen. Falls er es aber nicht schaffen sollte, dann läge es daran, dass er es nicht einrichten konnte, und nicht etwa daran, dass es ihm egal wäre.

»Weiß ich«, sagte Jamie.

Betty lächelte. »Ich bin sicher, dein Vater macht es genauso, Cal.«

»Meine Mutter erinnert mich auch jedes Jahr daran«, sagte ich, obwohl sie es nicht tat. Sie hatte es nie getan. »Das Essen ist toll«, sagte ich zu Betty. »Vielen Dank.«

Betty legte Messer und Gabel beiseite und tupfte sich den Mund mit der Serviette ab, bevor sie antwortete. »Also, ich wollte mal Chefköchin werden«, sagte sie. »Als ich in eurem Alter war, sprachen meine Freundin Miriam und ich immer darüber, dass wir hier unser eigenes Restaurant aufmachen würden.«

»Hättet ihr tun sollen. Meine Mutter beschwert sich immer über die Restaurants«, sagte ich.

Betty verzog den Mund. »Na ja, ich bezweifle, dass wir ihren Anforderungen genügt hätten. Wie dem auch sei, Miriam zog während ihrer Highschool-Zeit nach San Diego. Sie arbeitet jetzt als Raumausstatterin.«

»Dann musst du es eben allein machen«, sagte ich. »Sie kann dir wenigstens beim Design helfen.«

»Ich fürchte, nicht«, sagte Betty. »Miriam macht nur noch Innendesign für Privatjets.«

Machte sie Witze? Sollten wir etwa lachen? Jamie schüttelte den Kopf und schob seinen Rosenkohl hin und her über den Teller.

»Einmal«, sagte Betty, »arbeitete sie für die Erbin eines Herstellers von Bohrerspitzen, die für ihren Privatjet einige Bilder eines skandinavischen Künstlers kaufen wollte. Die Dame konnte sich nicht entscheiden, erst wählte sie ein Bild aus, dann das andere. Miri erzählte ihr also, sie hätte eine Freundin, die sich mit skandinavischer Malerei auskennen würde, und wenn sie, die Erbin, eine Expertenmeinung hören wollte, dann müsste sie hierherfliegen und der Frau die Bilder zeigen. Sie meinte mich.«

Betty lächelte verschmitzt und schnitt einen Kopf Rosenkohl durch.

»Im Ernst?«, fragte Jamie.

»Mm-hm«, entgegnete sie kauend.

»Das habe ich noch nie gehört. Du kennst dich mit skandinavischer Kunst aus?«

»Ja«, sagte Betty. »Eigentlich nicht. Aber das wusste die Erbin nicht. Miri rief mich an und sagte mir, die Frau sei inzwischen auf dem Privatflughafen von Port Angeles gelandet und ob ich wohl hinfahren und mich als Expertin für skandinavische Kunst ausgeben könnte. Ich durfte direkt aufs Flugfeld fahren, und als ich an Bord ging, gab mir die Erbin ein spitzes Küsschen auf die Wange und deutete auf die Gemälde. Ich konnte sie kaum auseinanderhalten. Sie hatten beide eine irgendwie schnörkelige graue Struktur, nur war das eine im Grundton grün, das andere blau. Die Dame wedelte mit der Hand in Richtung der Bilder und fragte mich: ›Welches soll ich nehmen, Darling, welches?‹ Ich sah sie an und sagte: ›Wie könnte ich das entscheiden, Darling, wenn der Flieger am Boden ist?‹« Betty prustete los vor Lachen, als wunderte sie sich nach all diesen Jahren immer noch über sich selbst.

»Und hat sie dich rausgeschmissen?«, fragte Jamie lachend.

»Nein«, antwortete Betty. »Sie sagte: ›Aber ja, du hast natürlich recht.‹ Wir flogen also über das Kaskadengebirge und wieder zurück, bevor ich mich schließlich für eines der Gemälde entschied, und eine Woche später schickte sie mir den größten Obstkorb, den ich je gesehen hatte, zusammen mit einer Karte, auf der sie geschrieben hatte: ›Eines Tages musst Du mir *Dein* Oslo zeigen.‹«

Wir lachten alle. Es sah so aus, als hätte Betty die Kraft, wenigstens einige Stunden lang und vielleicht ein paarmal im Jahr zu vergessen, was sie bedrückte. In diesem kurzen Augenblick konnte man sehen, was für ein Mensch sie hätte sein können – charmant, bezaubernd und witzig.

Als wir mit dem Essen fertig waren, stellte Betty drei Schalen mit richtigem Plumpudding auf den Tisch. Die Kerzen waren heruntergebrannt, rochen aber immer noch nach Tannenbaum. Ich nahm einen Löffel von meinem Pudding und biss sofort auf etwas Hartes. Ich spuckte einen winzigen Anker aus Keramik in meine Hand, als Betty mich über den Tisch hinweg anstrahlte.

»Liebling, du hast Glück«, sagte sie. »Du bist schon beim ersten Biss auf den Preis gestoßen.«

Später am Abend, als Jamie und ich schon im Bett lagen, öffnete Betty die Tür und stand im Rechteck des Lichts vom Flur. Sie trug dasselbe blaue Gewand wie in jener Nacht, als wir sie vom Vordach aus beobachtet hatten.

»Seid ihr noch wach?«, fragte sie. »Ich wollte mich nur entschuldigen bei euch. Ich lag im Bett, und da fiel mir ein, dass ich dieses Jahr die Christmas Cracker vergessen habe.«

»Ist schon gut«, sagte Jamie. »Dann eben nächstes Jahr.«

»Wirklich. Tut mir sehr leid.«

»Ist nicht so schlimm.«

»Dann gute Nacht«, sagte sie.

»Deine Mutter ist irgendwie klasse«, sagte ich, nachdem sie die Tür wieder zugemacht hatte.

»Ja«, sagte Jamie. »Ein paarmal im Jahr.«

»Was sind Christmas Cracker?«, fragte ich.

»Das ist eine britische Tradition«, sagte er. »Wie das Spielzeug im Pudding. Vor einiger Zeit hat sie beschlossen, dass wir britisch sein sollten. Frag mich nicht, warum.«

»Vielleicht, damit du dich mit deinen schlechten Zähnen nicht so beschissen fühlst«, sagte ich.

»Na ja, wenn wir die Cracker schon nicht benutzt haben, könnten wir sie morgen zu Richard mitnehmen. Irgendetwas sollten wir ihm mitbringen. Du willst doch hingehen, oder?«

»Irgendwo sollten wir schon hingehen«, sagte ich. »Ich will nicht hier sein, wenn meine Eltern anrufen.«

»Ich eigentlich auch nicht.«

»Bei dir ist es was anderes. Du hast viel mehr Glück als ich.«

—

Am nächsten Tag fanden wir Richard vor, wie er mit geschlossenen Augen ein Ohr an die Unterseite des Waschbeckens gepresst hielt, als wäre es eine Meeresmuschel. Der arme Kerl. Wie hatte er einen Weg gefunden, in diesem Kellerraum so viele Wochen lang zu überleben – ausgerechnet Richard? Wenn aber Don oder Sam oder mein Vater geglaubt hatten, er würde daran kaputtgehen, dann hatten sie sich getäuscht. Nat King Coles *Cole Español* erklang leise aus der Stereoanlage. Richard wischte sich über die Wange. »Ich hatte heute nicht mit euch gerechnet«, sagte er. »Schließlich ist Weihnachten, nicht wahr? Ein Tag, den man mit seiner Familie verbringt.«

»An Feiertagen sind die Möglichkeiten dürftig«, sagte ich.

»Ja«, sagte er mit einem Lächeln. »Das sind sie mit Sicherheit.« Er stand auf. »Ihr habt ja sogar Geschenke mitgebracht.«

Jamie drückte uns silberne Päckchen in die Hand, die fast

nichts wogen. An jedem Ende war das dicke Papier zusammengedreht wie Bonbonpapier. Das waren die berühmten Christmas Cracker.

»Was macht man damit?«, fragte Richard.

»Man zieht an den Enden«, sagte Jamie.

»Und dann?«

»Na ja, sie krachen halt. Aber erst musst du dir was zu Weihnachten wünschen.«

Ich hatte erwartet, dass Richard bei dem Gedanken an Wünsche kichern würde, aber das kleine Geschenk und die kleine Geste unseres Weihnachtsbesuchs hatten seine Laune sichtlich gebessert. Sein Gesichtsausdruck wirkte, als hätte er die Spuren der Verwüstung der vergangenen Wochen abgestreift. Er schüttelte den Cracker nahe an seinem Ohr und zuckte die Schultern. Er war in zu guter Stimmung, um über irgendetwas zu mäkeln.

»Zuerst die Wünsche«, sagte er. »Alles klar? Ich drehe die Musik mal leiser.«

Die Cracker gaben einen kümmerlichen Knall von sich und rissen auseinander. In meinem fand ich einen Radierer in Form einer Katze und einen Papierstreifen wie in einem chinesischen Glückskeks.

»Frage: Wie begrüßen sich die Elfen des Weihnachtsmanns?«, las ich laut vor. »Antwort: Die Welt ist doch klein, nicht wahr?«

»Weil Elfen klein sind, vermutlich?«, fragte Jamie.

»Ganz offensichtlich. Ich mag den Spruch«, sagte Richard. »Hier kommt meiner. Frage: Welches Karussell besucht ein ehemaliger Sträfling auf dem Jahrmarkt am liebsten? Antwort: Das Kettenkarussell. Jamie, du hast mir den bescheuertsten Cracker gegeben. Tauschst du mit mir, Cal?«

Ich faltete Richards Papierstreifen zusammen und steckte

ihn in die Tasche. Ich habe diesen Witz noch eine ganze Weile mit mir herumgetragen, sogar Jahre, bis er mir zusammen mit meiner Geldbörse in Chicago geklaut wurde. Ich war gerade in der Stadt angekommen, ich kannte niemanden, und ohne Geld oder Ausweis musste ich die nächsten Nächte in meinem Auto schlafen. Und doch war der einzige Verlust, den ich bedauerte, der dieses kleinen Papierstreifens. Er hatte länger überdauert als alles andere aus meiner Zeit mit Richard und Jamie. Er war das letzte Beweisstück dafür, dass ich mir nicht alles ausgedacht hatte.

»Wir haben die Papierkronen vergessen«, sagte Jamie.

»Wer trägt denn Papierkronen?«

»Tradition ist nun mal Tradition«, sagte Jamie. Er zupfte das Papierfutter aus meinem halb kaputten Cracker, entfaltete es in die richtige Form und setzte mir die Krone feierlich auf den Kopf. Und so nahmen wir mit unseren Papierkronen Platz zum Kartenspiel. Richards Krone war lila, Jamies babyblau und meine rosa.

»Tauschst du mit mir?«, fragte ich.

»Tut mir leid. Nie im Leben, kleine Schwuchtel«, sagte Richard. Wir lachten.

»Was hast du dir gewünscht, Richard?«, fragte Jamie.

Wir hatten Richard noch nichts von unserem Plan erzählt, und Jamie hoffte wahrscheinlich, dass Richards Wunsch eine Tür für uns aufstoßen würde. Aber Richard zuckte nur mit den Schultern und gab Karten für Bourré aus. »Tu nicht so, als würdest du nicht an Pech glauben, Jamie«, sagte er. Er zog eine noch nicht angebrochene Packung Winston aus der Tasche seiner Jogginghose. »Hier, eine Sonderration zu Weihnachten von Don. Sei nicht sauer. Bedien dich.«

Richard zündete sich seine und Jamies Zigarette mit demselben zischenden Streichholz an, schüttelte es aber aus, als ich mich vorbeugte.

»Tut mir leid, Cal. Drei auf einen Streich bedeutet Pech.«

»Seit wann das denn?«, fragte ich.

»Wir sind abergläubisch hier oben«, antwortete Richard. »Das kommt davon, wenn man zu viel Freiheit hat, weißt du? Jeder Mensch braucht Grenzen, um bei Sinnen zu bleiben, und weil es auf dem Ozean keine gibt, muss man sie eben mit den Mitteln des Aberglaubens ziehen. Sie beschaffen sie sich von irgendwo her. Das stammt, glaube ich, aus dem Ersten Weltkrieg.«

Richard legte Bowies Album *Diamond Dogs* auf. Ich zündete meine eigene Winston an, und dann fingen wir an zu spielen. Ich genoss das Aroma der Zigaretten, das mir immer mehr gefiel. Ich fühlte mich auch wohl mit den Karten in der Hand, mit dem Klang der Gitarren, dem beschwingten Gesang und mit dem Rhythmus, auf den wir drei uns nach so vielen Stunden in dieser Enge verständigt hatten.

Wie mögen wir wohl ausgesehen haben? Was hätte ein Außenstehender gesehen? Ich beobachtete beim Spiel Jamies Gesicht, die Stirn unter seiner Papierkrone in Falten. Ihm musste aufgefallen sein, dass Richard zu sich gefunden hatte, dass er Lust auf Gespräche hatte, und dennoch sagte er keinen Ton über die Flucht. Vielleicht wusste er, genau wie ich, dass es nicht mehr viele Gelegenheiten für Spiele geben würde, für diese Nachmittage, und er wollte diesen Schwebezustand nicht gefährden. Vielleicht wusste er, dass wir nie wieder Karten spielen würden, wenn das Wort *Flucht* erst einmal ausgesprochen war.

»Der Erste Weltkrieg, war das der mit den Schützengräben?«, fragte Jamie.

»Genau«, sagte Richard. Er lächelte und legte sein Blatt hin. »Es gibt da eine Geschichte, die ich schon immer mochte, über die Feuerpause zu Weihnachten in Frankreich – oder wo war das noch? Einer meiner College-Professoren nannte sie den letzten Tag des neunzehnten Jahrhunderts.«

»Was für eine Geschichte?«, fragte Jamie. »Was ist da passiert?«

»An Heiligabend krochen die Soldaten auf beiden Seiten aus den Schützengräben, boten sich gegenseitig Zigaretten und Schnaps an, spielten ein bisschen Fußball und versprachen, einige Stunden lang nicht aufeinander zu schießen. Das gefiel mir, weil du zur damaligen Zeit wusstest, wo du standst.«

»Wussten sie nicht, dass sie Soldaten waren?«, fragte ich.

»Nein. Nein. Sie waren keine Soldaten. Ich meine, natürlich waren sie welche, aber sie waren nicht zuallererst Soldaten. Wenn du Brite warst und noch dazu aus einer bestimmten Klasse, dann hattest du bestimmte Benimmregeln. Es musste dir zum Beispiel keiner sagen, dass man an Heiligabend die Schießerei einstellt.«

»Warum?«, fragte Jamie.

»Na ja, weil man immer noch mehr gemeinsam hatte mit einem reichen Deutschen als mit einem armen Briten, selbst im Krieg. Dann fing das zwanzigste Jahrhundert an und versaute alles.«

»Das ganze zwanzigste Jahrhundert hat das verbockt?«, fragte ich.

Richard lächelte schelmisch. »Das ganze Jahrhundert. Stimmt. Damals wurdest du in etwas hineingeboren. Nehmen wir an, du bist Schlachter und siehst eine Kutsche vorbeifahren, in der ein Herzog sitzt – purpurfarbene Vorhänge, Schimmel und so weiter –, und einen Augenblick lang bist du neidisch, aber was willst du machen? Du bist Schlachter. Du gehst wieder in deinen Laden, schlachtest ein Schwein und vergisst das Ganze. Du würdest nicht mal im Traum daran denken, dass du jemals der Kerl in der Kutsche sein könntest. So war das – immer. Aber irgendwie, in diesem Jahrhundert, änderte sich alles. Ich glaube, daran ist Amerika schuld. Vor allem der westliche Teil. Wir hatten keine Ahnung, wie weitläufig dieses Land war, wie viel es davon gab, und deshalb hatten wir nicht genug Herzöge, das Land zu besetzen, als wir hier ankamen. Und plötzlich, zum ersten Mal überhaupt, hatten die Menschen Platz, sich auszubreiten, sie konnten sich verändern. Hier konnte der Schlachter tatsächlich zum Herzog werden. Das war wirklich möglich, und das ist doch eine tolle Sache, oder?«

»Ist es das etwa nicht?«

»Nein. Ein paar Generationen später verwandelt sich diese Freiheit in eine Erwartungshaltung. Nun überlegst du dir nämlich, ich bin jetzt ein Schlachter, aber wenn ich bis zu meinem Tod nichts anderes erreiche, bin ich ein Versager. Und da haben wir das Problem. Die Menschen können sich nicht ändern. Selbst wenn du alles richtig machst – du verdienst viel Geld, du bist Schlachter, dann wirst du Herzog –, bist du trotzdem *noch immer* der Schlachter. Jetzt fährst du nur noch Kutsche. Und du fühlst dich beschissen. Dir fehlen das Schlachterbeil und die Schlachterschürze. Und bis zum Tod wartest du darauf, dass jemand die Tür aufmacht und dich aus der Kutsche wieder auf die Straße schubst.«

Richard machte eine Pause und sah uns an. Was auch immer er sah, brachte ihn zum Lächeln.

»Ihr fragt euch, was das alles zu bedeuten hat? Jede Menge Sorgen. Reizbarkeit und am Ende vielleicht sogar Atomkrieg. Das waren Richard Gaunts Ansichten zur Weltgeschichte. Du kannst zitieren, was du willst, aber immer schön mit Quellenangabe, klar? Und jetzt lasst uns mal Musik auflegen.«

Jamie drehte die Platte um. Richard nahm seine Karten auf und sah sie an, als würde er Abscheu empfinden.

»Du hast doch neulich was gesagt, Cal. Das wollte ich dich noch fragen. Hast du es so gemeint? Glaubst du, dass ich hierher gehöre? Mich interessiert deine Meinung.«

»Ich habe mich schon entschuldigt«, sagte ich.

»Weil es sein könnte, dass ich deiner Meinung bin«, sagte er. »Ich habe viel darüber nachgedacht. Vielleicht verdiene ich es wirklich.«

»Wieso solltest du das verdient haben?«, fragte Jamie.

»Keine Ahnung. Es ist schwer zu sagen, wer was verdient hat.«

»Wir können dir helfen. Wir werden dir helfen«, platzte es so schnell aus Jamie heraus, dass sich seine Worte überschlugen. Ich verstand ihn nur deshalb, weil ich wusste, dass er es sagen würde.

Aber Richard hatte es offenbar auch verstanden. Er sah Jamie an und neigte den Kopf zur Seite. »Wobei willst du mir helfen?«

»Abzuhauen.«

Richard zupfte an seiner Unterlippe. Er schien die Bedeutung des Wortes *abhauen* zu überdenken, seine Folgen. »Das würdet ihr tun?«, fragte er. Der Ausdruck wich aus seinem Gesicht. »Das könnt ihr nicht«, sagte er, wobei er die Betonung auf *das* legte, als würde er noch eine Frage stellen. »Und wenn ich zur Polizei gehe?«

Jamies Gesichtszüge verhärteten sich. Er hatte das Wort endlich ausgesprochen, und jetzt musste er schnell vorgehen. Ich wusste, er hatte das Drehbuch schon im Kopf parat und es auf

Hochglanz poliert. »Das würdest du nicht tun«, sagte er. »Du müsstest uns versprechen, dass du verschwindest. Das wärst du uns schuldig. Könntest du das versprechen?«

Richard warf seine Karten in den Pott. Er stand auf und setzte sich auf die Bank. Er fuhr sich mit den Händen durchs Haar. Ich beobachtete die ganze Zeit sein Gesicht. Er sah äußerst einsam aus, verriet aber sonst nichts über seine Gemütslage – wie ein Haus, dessen Fensterläden vor einem herannahenden Sturm verrammelt sind.

»Ihr seid wochenlang jeden Tag hierhergekommen«, sagte er. »Habe ich euch vielleicht gebeten, mich herauszulassen? Habe ich euch überhaupt um irgendwas gebeten? Und jetzt kommt ihr zwei Scheißgören und meint, ihr könnt entscheiden, was mit mir passiert? Glaubt ihr vielleicht, dass es eure Entscheidung ist?«

»Wir wollen dich gehen lassen«, sagte Jamie. Er lächelte, aber sein Lächeln wirkte auf traurige Weise unangebracht.

»Ich schulde euch also etwas? Vielleicht schuldet ihr mir ja etwas«, sagte Richard. »Ich habe euch einen Gefallen getan, das wisst ihr doch, oder?«

»Ich wüsste nicht, wieso.«

»Ihr beiden habt doch keinen Schimmer, stimmt's? Und ohne mich hättet ihr erst recht keine Ahnung.«

»Ich weiß nicht, warum du das sagst«, meinte Jamie. Die Dankbarkeit, die er erwartet hatte, kam einfach nicht. Und da wurde mir klar, dass ich gewusst hatte, sie würde sich bei Richard nicht einstellen.

Ich hatte gewusst, dass es Richard nicht einfach darum ging, sich davonzumachen oder nicht. Wenn wir ihm wirklich helfen wollten zu fliehen, müssten wir ihm auch helfen, jedem zu verzeihen, den er kannte, insbesondere sich selbst. Die Kette, die um sein Fußgelenk geschlungen war, reichte bis weit in die Vergangenheit und über viele Meilen Wasser.

»Richard«, sagte ich, »vielleicht gelingt es dir nicht, wirklich klare Gedanken zu fassen. Du bist schon zu lange hier unten.«

Richard stand auf und fuhr mit der Hand über die Rücken der Plattenalben. »Ja, seht euch diesen Kellerraum an«, sagte er. »Glaubst du vielleicht, dein Vater wollte deine Mutter, weil sie so eine Schönheit war, Cal? Er hat sie geheiratet, weil sie all dies hatte, weil sie diesen ganzen Kram wusste, der für ihn unerreichbar war, und er wusste auch, dass sie kein Kind haben wollte, das nicht so dachte wie sie. Mein Vater war genauso. Er *brachte mich dazu,* das zu tun, was ich wollte. Zumindest glaube ich das.«

»Was ist mit meiner Mutter?«, fragte Jamie.

»Also, die *ist* eine wirkliche Schönheit«, sagte Richard. »Sam hat sie wahrscheinlich wegen ihres schönen Mundes geheiratet.«

»Das ist echt beschissen von dir«, sagte Jamie.

Richard setzte sich abrupt auf die Bank. Er kratzte sein Fußgelenk unter der Schelle. Die Platte war abgelaufen. Die Lautsprecher rauschten. »Ja, na und?«

Nach all diesen Jahren sehe ich immer noch Jamies verletzten Gesichtsausdruck vor mir, und ich habe immer noch Mitleid mit ihm. Wie hätte er wissen sollen, dass die meisten von uns eine Leere in sich fühlen? Wie hätte er wissen sollen, dass viele Menschen ihr Leben in dem Augenblick leben, in dem das Herz aufgehört hat zu schlagen, das Blut aber noch durch die Adern rauscht?

»Richard«, sagte ich. »Wir wollen dich rauslassen. Wir wollen dir helfen zu fliehen. Willst du das denn nicht?«

»Doch«, sagte er. Er seufzte, als würde er zugeben, dass sein

Wunsch, zu leben, dem Eingeständnis einer Niederlage gleichkäme. »Doch, natürlich möchte ich das. Ich verspreche alles, was ihr wollt.«

»Mehr wollten wir gar nicht von dir hören«, sagte Jamie. Und dann erstarrte er. Der Satz löste sich in Luft auf. Wir hatten es alle im selben Augenblick gehört. Jemand war durch die Hintertür ins Haus gekommen.

—

Ich erinnere mich noch an unsere Panik, alles andere bleibt bruchstückhaft. Ich weiß noch, dass ich aus dem Kellerstudio rannte und die Tür schon zuschlagen wollte, dann aber in letzter Sekunde meine Hand zwischen Türpfosten und Tür hielt. Ich erinnere mich noch an den höllischen Schmerz und daran, dass Jamie mich zur Seite schob, die Tür behutsam schloss und das Vorhängeschloss einschnappen ließ. Irgendwie dachten wir an unsere Mäntel. Irgendwie legten wir den Schlüssel wieder an seinen Platz. Und irgendwie standen wir kostbare Sekunden lang am Fuß der Kellertreppe, als wollten wir den Mann oben in der Küche begrüßen, bevor ich schaltete und Jamie mit meiner unverletzten Hand hinter die rumpelnde Heizungsanlage zog.

Wir stolperten durch unerträgliche Hitze bis zur rückwärtigen Mauer. Ich fiel auf die Knie und wagte nicht, mich zu rühren. In der Dunkelheit konnte ich Jamie nicht sehen, aber ich hörte seinen bebenden Atem. Ich hielt mir die Hand über den Mund. Ich wollte losschreien – ich wusste nicht, ob vor Schmerz oder aus Angst. Die Heizung brauste wie die See. Über unseren Köpfen knarrten die Stufen unter Schritten.

Ich dachte an die Pistole, die Don bei sich hatte. Wenn er wusste, dass wir Richard entdeckt hatten, wenn er sogar den

Verdacht hatte, wäre dies dann nicht der Augenblick, die Pistole zu benutzen? In meiner Vorstellung hörte ich schon den Schuss. Ich stellte mir seine langsamen, schleppenden Schritte vor, wenn er sich unserem Versteck näherte, nachdem er mit Richard fertig war. Ich stellte mir sein blasses Gesicht vor, wie er in die Dunkelheit hinter der Heizung spähte.

Ich war sicher, dass weder mein Vater noch Sam jemals in der Lage gewesen wären, jemanden umzubringen, aber mit Don war das schon was anderes. Damals glaubte ich, dass bei anständigen Menschen die Muskeln an einem bestimmten Punkt zwischen richtig und falsch unterscheiden konnten. Das war es, was ich als Kind immer meinen Vater über den guten Käpt'n Flint hatte fragen wollen: Selbst wenn sein Geist von Gier und Bösem befallen war, hätte dann nicht sein Körper – seine Knochen, die Nerven – Widerstand geleistet? Wenn sein Körper es *zuließ*, dass er unschuldige Menschen umbrachte, hätte dann sein Körper nicht schon immer Bosheit in sich getragen? Ich wusste, dass Don den Abzug betätigen konnte. Das war alles, was Don fertigbringen konnte, dachte ich, die Pistole griffbereit zu haben und den Abzug *nicht* zu betätigen.

Der Schweiß lief mir in die Augen und über die Rippen. Ansonsten spürte ich nur die sengende Hitze und Dunkelheit, während der Albtraum in meinem Kopf abrollte: der Schuss, die Schritte, das Gesicht. Jamie wollte mir etwas zuflüstern, aber ich hielt ihn davon ab, indem ich sein verschwitztes Handgelenk ergriff. Ich ließ nicht los. So vergingen einige Minuten. Wie viele? Ich hörte Geräusche. Eine zuschlagende Tür? Ein Krachen? Ich wusste es nicht. Und dann hörte ich ein vertrautes Geräusch. Die Stufen, die unter schweren Schritten knarrten. Die Kellertür oben an der Treppe, die auf- und zugemacht wurde.

Jamie wollte sich aufrichten, aber ich zog ihn herunter. Wie viel Zeit hatte ich so zugebracht, zusammengekauert, wartend, während das Leben vor meinen Augen ablief? Es kam mir so vor, als hätte ich nichts getan, als sei mir das alles gerade geschehen. Nach einiger Zeit merkte ich, wie sich Jamie losriss. Ich folgte ihm, und wir stolperten zurück in den Kellerraum, wo ich wieder auf die Knie fiel.

»Richard?«, rief Jamie.

»Er ist weg«, sagte Richard mit sanfter Stimme durch die Tür.

»Wusste er es?«, fragte ich. Keine Antwort von Richard. »Wusste er es?«

»Er hat mir eine Socke mitgebracht«, sagte Richard.

»Eine was?«, fragte Jamie.

»In der Ferse ist eine Apfelsine«, sagte Richard und lachte. »Das müsst ihr euch ansehen.« Jamie holte den Schlüssel wieder und öffnete die Tür. Richard saß auf der Bank und hatte den Inhalt einer roten Weihnachtssocke neben sich ausgebreitet – ein paar Päckchen Kaugummi, die Apfelsine, eine Tafel Schokolade und eine Dose Erdnüsse.

»Das war alles?«, fragte ich. »Er ist vorbeigekommen, um dir eine Weihnachtssocke zu bringen?«

Jamie und Richard brachen in Gelächter aus. Ich wollte mitlachen, aber es war irgendetwas an Richard, das mich davon abhielt. Irgendetwas stimmte nicht. Ich musste ein paarmal hinstarren, bis ich merkte, was es war.

»Scheiße«, sagte ich. »Oh, verdammte Scheiße!«

»Was ist?«, fragte Richard. »Was ist los?«

Ich brachte es nur fertig, auf seine Stirn zu zeigen. Er trug immer noch die Papierkrone auf dem Kopf.

—

Als wir in jener Nacht in unserem Etagenbett lagen, sprachen wir über all die furchtbaren Möglichkeiten. Könnte Don die Papierkrone übersehen haben? Möglich war es. Hatte er sie vielleicht bemerkt und nur nichts gesagt? Auch möglich. Wussten wir überhaupt, wozu er fähig war? Würden wir je wissen, wozu er fähig war?

Wir stiegen auf das Vordach. Ich vertrieb mit Rauchen das Gefühl aus meinem Mund und verfiel in blinde Panik, aber letzten Endes waren alle Mutmaßungen sinnlos. Wir beschlossen nichts. Sollten wir Richard in dieser Nacht befreien? Sollten wir eine weitere Woche warten, bis sich die Lage beruhigt hatte? Wir wussten es einfach nicht, und weil wir es nicht wussten, beschlossen wir, bei unserem ursprünglichen Plan zu bleiben. Wir würden noch zwei Tage abwarten, also bis zum achtundzwanzigsten Dezember. Wir gingen zurück ins Zimmer, und ich schlief, ohne es zu merken, noch vor der Morgendämmerung ein.

Jamie war schon weg, als ich aufwachte. Am frühen Morgen waren er und Betty mit der Fähre nach Whidbey Island gefahren, um Bettys Eltern zu besuchen. Sie hatten mich aufgefordert, mitzukommen, aber ich hatte keine Lust, mit fremden Leuten zusammenzuhocken und Weihnachtskekse zu essen, die nach Papier schmeckten, und mich zu benehmen, als wäre alles in Ordnung.

Es war der Tag nach Weihnachten, der trübsinnigste Tag des Jahres. Ich stand spät auf, so gegen elf. Zuerst nahm ich das Klopfen im Traum wahr. Ich stieg aus dem Bett, war aber noch im Halbschlaf und spürte nur die kalten Dielen unter meinen Füßen. Ich hatte die vage Vorstellung, dass Jamie an der Haustür stand, dass er zurück war und sich ausgesperrt hatte, aber das war natürlich nicht der Fall.

Don Brooke stand auf der Veranda der Norths. Er trug eine Leinenjacke, an deren Kragen noch ein wenig Lammfell zu sehen war. Seine kümmerlichen Haare klebten in öligen Strähnen an der Kopfhaut. »Deine Hand sieht übel aus«, sagte er.

Nachdem ich sie mir in der Studiotür eingeklemmt hatte, erzählte ich Betty, ich sei mit dem Fahrrad gestürzt. Sie hatte die Hand verbunden und gekühlt, und nun quollen die Finger aus dem Verband heraus. Don und ich sahen uns durch die Fliegengittertür an. Er wippte auf den Fußballen.

»Hättest du Jamies Gesicht heute früh gesehen, dann würdest du nicht so reden«, sagte ich.

»War es so schlimm, hm?«

»Weißt du doch. Weihnachten eben.« Ich zuckte die Schultern.

Don grinste. »Ich hab's deinem Vater versprochen.« Er machte eine Pause; ich spürte, wie Nadeln in meinem Rücken explodierten. »Ich habe deinem Vater vor der Abfahrt versprochen, ich würde mal nach dir sehen. Mit dir mal was unternehmen. Ich hätte wohl früher vorbeikommen sollen.«

»Macht nichts«, sagte ich. »Ich muss Jamie ja nicht *jeden* Tag in den Arsch treten.«

Da sah Don mir zum ersten Mal direkt in die Augen, vielleicht sogar das allererste Mal. »Ist es schwer für dich«, fragte er, »von zu Hause weg zu sein?«

»Irgendwie schon«, antwortete ich. »Man gewöhnt sich daran.«

»Ja.« Er fuhr sich schläfrig über den Hinterkopf. »Man gewöhnt sich schon daran. Aber es ist härter, wenn du allein bist. Ich sehe das Auto gar nicht. Bist du allein?« Er legte die Hand auf den Knauf, machte die Tür aber nicht auf. Er kaute ein lila Kaugummi. »Ist ganz ordentliches Wetter«, sagte er. Seine Stirn glänzte ein wenig in der Sonne. »Wir sollten irgendwo hinfahren. Sind ja beide allein.«

Ich hätte die Tür zuschlagen und durch die Hintertür wegrennen können. Vielleicht hätte ich es tun sollen, aber irgendetwas in Dons Tonfall hielt mich davon ab. Er hatte die Papierkrone bemerkt. Natürlich hatte er die Krone bemerkt, aber er war sich nicht sicher, dass ich etwas damit zu tun hatte. Einen Augenblick lang, bevor der Schlaf völlig aus meinem Kopf gewichen war, war ich sicher, dass Don ebenso verschreckt war wie ich.

Das Wetter war warm. Ich krabbelte auf der Fahrerseite in Dons staubfarbenen Pick-up, weil die Tür auf der Beifahrerseite festgerostet war. Große silberfarbene Bierdosen lagen auf dem Boden, die Tall Boys genannt wurden. Der Wagen roch nach abgestandenem Bier und nach Kölnischwasser mit Blütenduft.

»Wo soll es denn hingehen?«, fragte Don.

»Ich habe mir nichts überlegt«, sagte ich.

Wir bogen in die Spring Street ein, die mit Sonnenlicht besprüht war und so ausgestorben wie um Mitternacht. Das Autoradio lief mit leisem Rauschen und sirrte wie eine Tischkreissäge. Wir fuhren auf den Highway 101, beschleunigten und ließen die Stadt mit flottem Tempo hinter uns. Don kurbelte die Scheibe auf der Fahrerseite herunter und stellte das Gebläse an.

»Ich bin schon lange nicht mehr Weihnachten zu Hause gewesen.« Er musste lauter sprechen, um den Wind zu übertönen. »Es ist nicht mehr so wie früher.«

»Geht mir genauso.«

Er warf mir einen Blick zu und sah dann wieder auf die Straße. »Ich habe immer Spielzeug gemocht«, sagte er. »Dafür bist du wohl schon zu alt.«

»Das versuche ich wenigstens.«

Er schnitt eine Grimasse und schüttelte den Kopf, als wären dies wichtige und enttäuschende Neuigkeiten.

»Ich habe immer Spielfiguren für die Kinder meiner Schwester gekauft, kleine Soldaten und Autos und so'n Zeug. Taugt zu nichts. Aber ich finde es gut. Ich meine, einmal im Jahr kann man sich gern was Unnützes schenken lassen, besonders an einem harten Tag wie heute. Was meinst du?«

Er sah mich nicht an, und ich gab keine Antwort. Auf der Fahrt Richtung Osten nach Port Angeles war Dons Gesichtsausdruck lustlos, aber seine Augen sahen unnachgiebig und hart aus, wie kleine Astlöcher in verfaulendem Holz. »Für so was bist du natürlich zu alt«, sagte er. »Das weiß ich. Als ich so alt war wie du, war ich schon in Alaska gewesen.«

»So früh bist du schon mit den Schiffen rausgefahren?«

»Das erste Mal bin ich die ganze Strecke mit meinem Vater gefahren. Hier, auf diesem Highway, sind wir losgefahren.«

»Wozu?«

Don lächelte und spuckte aus dem Fenster. »Was weiß ich? Eines Abends, da war ich, glaube ich, vier Jahre alt, kam dieser Mann zu uns nach Hause und küsste meine Mutter. Ich brauchte ungefähr eine Minute, bis ich herausbekommen hatte, dass der Mann mein Vater war, zurück aus dem Krieg. Er setzte sich an den Küchentisch, schenkte sich eine Tasse Kaffee ein und fing an zu reden. Er hörte nicht auf, bis er fünfzehn Jahre später an einem Schlaganfall starb.«

»Worüber hat er denn geredet?«, fragte ich.

»Was glaubst du wohl?«, fragte Don. »Alaska.«

Anstatt nach Okinawa oder in die Normandie, Gegenden, deren Gefahren man nicht weiter erklären musste, hatte man Dons Vater auf die Aleuten, nach Fort Mears geschickt. Das begreift ihr Kerle einfach nicht, würde sein Vater zu den Männern sagen, die schweigend und kopfnickend beim Friseur saßen oder an der Zapfsäule der Tankstelle standen. Für Don, der noch nicht wusste, dass sein Vater ein Säufer und Maulheld war, wirkten dieses zustimmende Nicken und das Schweigen wie Anzeichen von Respekt. Alaska ist kein Ort, würde sein Vater sagen. Es hört nicht auf. Es ist einfach nur endlos.

Don erzählte mir, dass er es selbst herausgekriegt hatte, als er elf Jahre alt war. Als sein Vater eines Morgens erklärte, er wolle sich in jenem Sommer in Alaska etwas dazuverdienen, bat Don ihn, er möge ihn mitnehmen. Er war vorher noch nie Auto gefahren, aber sein Vater bestand darauf, er solle sich ans Steuer setzen. Wenn er mitkommen wolle, dann als Partner. Den Alaska Highway schafften sie, indem sie drei Tage lang durchfuhren. Die Nächte waren ein pechschwarzes Nichts. Aber bei Sonnenaufgang war die Landschaft immer noch flach und schmutzig grün, und auch derselbe Riss schlängelte sich nach wie vor über das Armaturenbrett. Und Don, der blinzelte, um sich wach zu halten, fragte sich, ob sich in diesem Leben irgendetwas jemals verändern würde.

Sie schlugen ihr Zelt auf einem Steilhang über dem Porcupine River auf. Das war im Spätsommer 1952. Der Silberlachs laichte in Flüssen bis zu den Rocky Mountains. Don wusste das, aber erst, als sie die Gewehre ausgepackt hatten – zwei Weatherby-Repetiergewehre, in Öltuch eingewickelt –, war ihm klar, dass sie gar keine Angelausrüstung mitgenommen hatten. Don kannte die Gewehre. Er hatte sie in der Halterung des Pick-ups von Morley Gaunt gesehen, einem der reichsten Männer von Loyalty Island. Sein Vater lieferte für Morley gelegentlich aus, aber Don war noch nicht alt genug, zwei und zwei zusammenzuzählen und daraus zu schließen, dass sein Vater die Waffen gestohlen hatte.

Kurz vor Anbruch der Dämmerung standen sie auf und trotteten mit den geölten Gewehren den Hang zum Fluss hinunter. Sie liefen im purpurnen Frühlicht zum Flussufer. Dons Vater ließ sich im braunen sommerlichen Buschwerk mit dem Bauch auf die schlüpfrige Lehmerde fallen. Sie blickten auf einen Streifen Wasser. Es war so klar, dass man darin die vorbeihuschenden Silberlachse erkennen konnte. Don konnte fast hören, wie ihre Muskeln murmelnd gegen die Strömung anarbeiteten. Er hatte schon Lachswanderungen beobachtet, aber keine wie diese feste Masse, die das Wasser förmlich überschwemmte. Da war die Sonne schon aufgegangen und schwitzte tropfendes Licht aus, wie Saft von einer Zitrone. Dons Vater fuhr sich mit der Zunge über die Lippen.

»Siehst du das?«, fragte er.

Don nickte.

Aber Dons Vater stieß seine Schulter an und wies auf die andere Seite. »Da drüben. Da!«

Don sah auf, sein Blick folgte dem Finger des Vaters. Auf dem gegenüberliegenden Flussufer, knapp dreißig Meter entfernt, reihten sich Vögel mit weißen Köpfen. Sie waren so groß, dass Don sie zunächst gar nicht als Vögel wahrgenommen hatte. Sein Vater zeigte auf einen zweiten ausgefransten Himmel voller Vögel, der dort oben hing, als hätte man ihn festgenagelt.

»Adler«, sagte Don.

»Die sind hier wegen der Lachse«, sagte sein Vater. »Für Fisch und Wildtiere gibt es drei Dollar pro Kopf. Du behältst die Hälfte von dem, was du schießt, okay?«

»Wie denn schießen?«

»Was glaubst du wohl? Mit diesem Gewehr.« Dons Vater klopfte mit dem Finger gegen das polierte Holz der gestohlenen Waffe.

Die Adler am Flussufer schlugen träge mit den Flügeln; sie wiegten sich hin und her, nickten mit den weißen Köpfen, stolzierten ein paar Schritte und setzten sich wieder zur Ruhe. Der Boden war übersät mit Innereien, rote Kiemen färbten sich in der Morgensonne braun. Sie hatten die Vögel gerade nach deren Frühstück abgepasst.

Sein Vater schoss. Don zuckte beim Widerhall des Schusses zusammen. Er hörte seinen Vater fluchen, dann vernahm er einen zweiten Schuss.

»Los, Don. Los, los!«

Don setzte seinem Vater nach, er wollte ihn nicht aus den Augen verlieren, während er über den Uferrand kletterte. Das Jagdgewehr knallte wieder und wieder und machte Don fast taub. Es schien so, als hätte Dons Vater auf die Vögel gezielt, die oben am Himmel ihre Kreise zogen, und nicht auf die Vögel, die am gegenüberliegenden Flussufer hockten. Noch ein Schuss. Und erst, als er den Rückstoß an der Schulter spürte, war Don klar, dass der Schuss von *seinem* Gewehr abgefeuert worden war. Die Adler schlugen nun mit den Flügeln. Beim Abheben sahen sie aus wie große Brocken Erde. Sie stiegen so langsam auf, dass sie mehr zu schweben als zu fliegen schienen. Der Himmel hoch oben zerfaserte sich in Wolkenfetzen; er war riesig, explodierend.

Don sah wieder nach unten und bemerkte gerade noch das rauchende Gewehr seines Vaters und wie der auf dem nassen Lehmboden ausrutschte, der sich von Braun zu Grau verfärbt hatte. Als sein Vater hinfiel und auf dem Rücken zum Ufer hinunterschlitterte, löste sich noch ein Schuss. Einen Augenblick später war er wieder auf den Beinen, schlammverkrustet von oben bis unten. Er rannte in den seichten Fluss, dann brüllte er.

Aus Frust? Triumph? Schwer zu sagen. Es war schwer zu sagen, was überhaupt passierte. Don gab noch drei weitere Schüsse auf die Adler am gegenüberliegenden Ufer ab. Er folgte seinem Vater durch den Fluss und betätigte dabei Abzug und Verschluss, so schnell er nur konnte. Spürte er die Lachse, die sich zwischen seinen Beinen hindurchschlängelten, an seinen Knöcheln vorbeischwammen? Versengte er sich das Kinn am glühend heißen Gewehrlauf? Sah er seinen Vater noch einmal stolpern und kopfüber ins Wasser fallen? In dem Moment, in dem er innehielt, um über ein Geschehen nachzugrübeln, schien es sich überhaupt nicht ereignet zu haben.

Hoch oben am Himmel zogen die Vögel ihre Kreise wie die Flügel eines Deckenventilators. Und als es den beiden endlich – zum Glück – klar war, dass sie mit dem Schießen aufhören konnten, da stellte sich auch das Murmeln des Flusses und der Silberlachse wieder ein.

Dons Vater brauchte eine Weile, bis er den Adler bemerkte, der in knapp zwanzig Metern Entfernung am Ufer lag. Ein Flügel war von einem Schuss zerfetzt, und der Vogel wand sich in einem Wirbel braun-weißer Federn. Sie näherten sich vorsichtig. Dons Vater stieß den Adler mit dem Gewehrlauf an und zog dann seine zitternde Hand zurück. Der nächste Schuss knallte. Der Vogel gab ein keuchendes Geräusch von sich. Der verletzte Flügel war fort, einfach weggeblasen. Der Vogel versuchte, sich zu drehen, brachte eine Kralle auf den Boden und fiel wieder um. Seine Augen blickten ins Nirgendwo.

Den dritten Schuss setzte Dons Vaters aus nächster Nähe an, er verfehlte den Vogel aber völlig. Er drehte sich nach Don um und zuckte die Schultern, als erwartete er von ihm, dass er in Lachen ausbrach. Die nächste Patrone fand nicht ganz ihr Ziel, und sein Vater musste mit dem Verschluss kämpfen. Währenddessen krümmte sich der Adler keuchend auf der Erde und versuchte, sich zu erheben.

Als sein Vater die Patrone endlich richtig einlegte, ging er noch etwas näher an den Adler heran und gab ihm den Gnadenschuss. Don sah angeekelt weg. Als er sich wieder umdrehte, sah er seinen Vater schnaufend und vornübergebeugt, mit den Händen auf den Knien, das Haar klatschnass, das Gesicht lehmverschmiert. Er sah Don an und grinste. »Na ja, ist immerhin ein Anfang«, sagte er.

Und wenn das ein Anfang war, wo würde es enden? Beim Zuhören hatte ich aus dem Fenster gesehen, während sich der weiße Himmel über Washington in den weißen Himmel über Alaska verwandelte. Aber als ich Don wieder anschaute – der wahrscheinlich dasselbe Modell von Ford fuhr wie sein Vater und mit seinem Fingerstumpf den gewohnten Rillen im Lenkrad nachspürte –, wurde mir bewusst, dass er jede widerliche Eigenschaft seines Vaters geerbt hatte, die er gerade beschrieben hatte: sein träges, gedankenloses Naturell, die Schwäche fürs Saufen. Der echte Don war der Mann, der sich Zeit ließ, der den Vogel leiden ließ. Nicht der Junge, der mit Entsetzen zusah. Ich drehte mich wieder zum Fenster und lehnte den Kopf an die kalte Scheibe.

»Hat dich dein alter Herr jemals zum Dungeness Spit mitgenommen, dem Naturschutzpark?«, fragte Don.

»Nein«, antwortete ich. »Ich bin aber schon mal da gewesen.«

Wir waren noch nicht an einem einzigen Auto vorbeigefahren, als Don am Stadtrand von Sequim nach links auf die Beach Road abbog.

»Hungrig?«, fragte Don.

»Es hat wahrscheinlich nicht viel geöffnet«, sagte ich.

»Wahrscheinlich nicht«, sagte er. »Gib mir doch mal ein Bier rüber, ja?«

Ich nahm eine warme Dose Olympia-Bier aus dem halb vollen Karton im Fußraum. Don trank sie aus und warf die Dose zu mir herüber auf den Boden. Wir fuhren auf einen Parkplatz, auf dem außer uns nur noch ein schlammbespritzter Jeep stand, und stiegen aus. Don haute noch ein Olympia weg, während ich meine Schuhe zuband.

»Trinkst du so was?«, fragte er. »Willst du eins?«

Ich schüttelte den Kopf.

Um die Augen hatte er verquollene rosa Ringe. Er gab einen leisen Rülpser von sich und wischte sich den Mund mit dem Rücken seiner verstümmelten Hand ab.

»Ich habe einen Revolver dabei.« Er sagte das ganz sachlich. Er klopfte auf die vordere Seitentasche seiner Jacke, als wollte er sich vergewissern, dass er sich das nicht nur ausdachte.

Ich überlegte, ob ich wegrennen sollte, einfach so, aber ich zwang mich, es nicht zu tun. Vielleicht wollte er mich auf die Probe stellen. Ich hielt ihn für dumm, oder zumindest hielt ich mich für schlauer. Ich dachte mir, wenn ich ihm etwas vorspielte, könnte ihn das überzeugen. Wir gingen nebeneinanderher, über den schwarzen Asphalt, durch einen Nadelwald und weiter auf grauem Sand.

Die schmale Landzunge von Dungeness Spit ragte ungefähr acht Kilometer weit in die Straße von Juan de Fuca hinein, gekrönt von einem Leuchtturm an der Spitze. Rechter Hand dehnte sich ein düsteres Watt aus, das mit vergilbten Grasbüscheln gesprenkelt war. Links von uns rollten trübe Wellen auf den Sand. Es war zu wolkenverhangen, um mehr sehen zu können. Wir trotteten durchs Grau – graues Wasser, graue Luft. Jeder Schritt schien uns ins Innere eines stählernen Safes zu führen.

»Hast du schon mit deinem Vater gesprochen?«, fragte er.

»Nein, längere Zeit nicht«, sagte ich. »Du vielleicht?«

»Musste ich einfach. Die Fangsaison hat großartig begonnen, einfach enorm. Typisch für mich. Meine Hüfte nagelt mich ausgerechnet in dem Jahr hier fest, in dem sie mehr Kohle scheffeln als Jesus. Dafür können wir uns bei Richard bedanken.«

»Ach ja?«

»Wenn jemand über Bord geht, bedeutet das Glück. Niemand spricht viel darüber, aber es stimmt.«

Ich wagte es nicht, Don anzusehen. Wir liefen weiter an den aufschlagenden Wellen entlang. In der Mitte war der Strand übersät mit verknäueltem, ausgebleichtem Treibholz, das sich wie ein Rückgrat über die ganze Landzunge hinwegzog. Graue Vögel hüpften zwischen den verschlungenen Ästen hin und her. Dons Gang war unbeholfen, und einmal stützte er sich mit einer Hand auf meiner Schulter ab.

»Hast du dir viele Gedanken um ihn gemacht?«, fragte er.

»Über Richard? So viel wie jeder andere auch, glaube ich.«

»Woher willst du das wissen?« Dons Stimme hörte sich plötzlich hart, ja beleidigt an. »Wie willst du wissen, wie viel alle anderen an ihn gedacht haben?«

»Wie oft hast du denn an ihn gedacht?«, fragte ich.

»Er ist tot«, antwortete Don.

»Ich weiß«, sagte ich.

»Nein, er ist jetzt tot«, sagte Don.

Bevor ich etwas dagegen tun konnte, trafen sich unsere Blicke; sein Gesichtsausdruck wird meinen eigenen gespiegelt haben – entsetzt und elend. Wir liefen weiter an der Sandbank entlang. Ich beobachtete, wie Dons Stiefel Abdrücke im Sand hinterließen. Er bückte sich, hob einen Zweig auf und warf ihn ins Watt. Er konnte nichts unternehmen, es sei denn, er *wusste* etwas. Ich musste Abstand wahren. Er sog die Luft durch die Zähne ein und stöhnte. Neben uns gab das Meer dumpfe Töne von sich. Richard sollte tot sein? Ich war viel zu ängstlich, um das zu glauben oder nicht zu glauben.

So gingen wir weiter nebeneinanderher, bis sich Don ohne Vorankündigung absetzte und durch das Treibholz stapfte, das sich zwischen der Meeresseite des Strandes und dem Watt dahinzog. Wir gingen parallel zueinander den Strand hinauf, bis Don vor Schmerz aufjaulte und sich steif hinunterbeugte.

»Diese Scheißhüfte«, sagte er. »Komm mal her, ich will dir was zeigen!«

Ich war zu verwirrt, um ihm zu widersprechen. Ich kletterte über einen ausgebleichten Klotz und hockte mich neben ihn. Er spähte in einen Gezeitentümpel.

»Sieh dir das an. Pazifischer Blutseestern, so heißen die Dinger hier.« Don zeigte auf drei Seesterne auf dem fusselig grünen Grund des Tümpels. Die Seesterne waren blutrot, mit einer Spannweite von knapp zehn Zentimetern. »Siehst du?« Er griff sich einen Seestern und hielt ihn mir auf der Handfläche hin. »Sieh dir das an.«

Er hielt den Seestern an einem rauen Arm und ließ ihn wie ein Hypnotiseur vor meinem Gesicht baumeln. »Das meine ich«, sagte er. »Diese Dinger. Wozu sind die gut? Was machen sie? Ich meine, warum leben sie hier mit uns zusammen auf der Erde? Da kommt man ins Grübeln. Berühr ihn. Na los!«

Der Anblick, wie er so den Seestern hielt, den Mund halb geöffnet zu einer Grimasse oder einem Lächeln, war entsetzlicher als alles andere. Ich stand auf. Don versuchte auch, sich aufzurappeln, aber sein Bein machte nicht mit, und er kippte zur Seite. Er streckte den Arm aus, um sich abzustützen, und bohrte dabei die Hand, die den Seestern hielt, in den Sand. Ich ging weiter. Im Nu war ich ihm einige Meter voraus. Don war aber wieder auf den Beinen. Ich hörte ihn hinter mir keuchen, während er sich anstrengte, mit mir Schritt zu halten.

»Hey«, rief er. »Hey. Wir wollten doch zusammenbleiben.«

Ich lief in den grauen Nebel hinein.

»Komm zurück«, rief er. »Hey, nicht so schnell.«

Aber ich ging weiter.

»Hey, Cal. Hey, Cal.« Ich hörte einen panischen Unterton in seiner Stimme, einen Unterton, der mich dazu antrieb, schneller zu gehen. Ich konnte den ganzen Weg bis zum Leuchtturm laufen, aber was dann? Dennoch beschleunigte ich meine Schritte, die mich immer weiter hinaus in die Meerenge trugen.

»Du musst auf mich warten«, rief Don inständig. »Hey, du *musst*!«

Ich fing an zu rennen. Ich war vielleicht zehn Meter weitergelaufen, als der Revolver mit einem trockenen Krachen losging. Ein Schwarm Vögel löste sich von einem Stück Treibholz und zerstob in den Wolken.

Zuerst dachte ich, er hätte mich angeschossen, aber ich spürte nichts. Ich drehte mich um. Don lag auf der Seite, s-förmig zusammengekrümmt. Von meinem Blickwinkel aus konnte ich kein Blut erkennen, aber ich sah es in meiner Fantasie – Knochensplitter vom Schädel und ein zerfetztes Hirn. Ich setzte mich einen Augenblick in den Sand, stand dann wieder auf und rannte den Strand hinunter. Ich hatte wohl vor, weiterzurennen, zurück zum Highway 101 und dann nach Port Angeles. Es war egal, wo ich ankommen würde, solange ich nur weit genug weg war von dem, was sich hier abspielte.

Aber als ich mich Don näherte, fiel ich auf die Knie und drehte ihn zu mir herum. Er hatte die Augen geöffnet, und sein

Schädel war heil. Er blinzelte. Er hielt noch den Revolver. Er hob ihn hoch und zielte auf eine Stelle neben meinem Kopf. »Ich habe so getan, als ob ich mich erschießen würde«, sagte Don. Wir atmeten heftig, alle beide. »Du kannst meinen Revolver haben, wenn du mir aufhilfst.«

»Warum?«, fragte ich.

»Verdiene ich es vielleicht nicht?«

Ich hätte heulen können vor schierer Verwirrung. Wie in Trance half ich Don auf die Beine, und er wischte sich den Sand vom Hemd. Er klopfte seine Jackentaschen ab wie ein alter Mann, der seine Brille sucht.

»Der Revolver liegt im Sand«, sagte ich.

»Behalt du ihn«, antwortete er.

Ich hob den Revolver auf und steckte ihn in meine Jackentasche. Er sah klein aus, war aber schwer und heiß.

»Ich hatte schon immer Unsinn im Kopf, nicht viel anderes, aber immerhin Unsinn. Damit fiel ich John Gaunt auf. Ich tauschte alle Zeitschriften an Bord gegen Pornohefte aus – mit Kerlen, die es miteinander trieben. John musste mir erst beibringen, so ein dummes Zeug zu unterlassen.« Er hielt seine Hand hoch und zeigte auf den Fingerstumpf. Dann brach er in Lachen aus. »Siehst du, ich habe dich überführt!«

Er rieb sich Gesicht und Kopfhaut mit den Knöcheln beider Hände. »Ich wollte dir was sagen«, sagte er. »Ich habe dein Gesicht gesehen, als ich dir erzählte, er wäre tot. Ich habe es gesehen.«

»Ist er denn tot?«, fragte ich.

»Ist er nicht. Das war auch nur ein Streich.« Don ging einen Schritt und zuckte dann zusammen. »Wenn ich dieser Tage was trinke, gibt meine Hüfte den Geist auf. Ich brauche deine Hilfe.«

Der Nebel verwandelte sich in Sprühregen, und Dons Ellbogen lastete auf meiner Schulter, während wir über den dunkler werdenden Strand zurückliefen. Ich fühlte mich so grau und platt wie die Sandbank; es kam mir so vor, als wäre mein Vorrat an Gefühl, meine Fähigkeit, überrascht zu werden, völlig aufgebraucht, und eine unbestimmte Kälte hätte sich stattdessen meiner bemächtigt.

Don redete weiter. »Als wir Richard da unten bei euch im Haus eingebuchtet hatten, versuchte ich, mit ihm zu reden, habe ihm den Sportteil der Zeitung mitgebracht und so Zeugs. Aber er fragte dann nur mit seiner leisen Stimme, ob er die Musik wieder lauter drehen dürfte. Dein Vater hatte mir gesagt, ich solle die Stereoanlage da unten wieder hinausbringen, aber ich habe gedacht, was soll's, da hat er wenigstens Gesellschaft. Ich klopfte dann immer an die Tür, wollte nachgucken, ob alles in Ordnung ist mit ihm. Aber ich stieß auf Schweigen. Kein Wort von ihm. Und irgendetwas sagte mir, er löst sich allmählich auf, weißt du, und das wäre unter den Umständen vielleicht das Beste. Aber vor etwa sechs Wochen kam er wieder zu sich. Er bat mich um Zigaretten, machte Liegestütze und sah wieder eher wie ein Mensch aus und nicht wie ein schauerliches, beschissenes *Ding*. Und ich war glücklich, ehrlich gesagt, glücklich, dass er wieder einigermaßen unter den Lebenden war. Und ich war glücklich, dass irgendjemand anders Bescheid wusste, dass irgendjemand diese Last mit mir gemeinsam trug. Es war schlimm, was ich gemacht habe. Weißt du, manchmal geht es in Ordnung, aber nach so langer Zeit ...«

»Du hast gewusst, dass ich es war vor sechs Wochen?«

»Wer sonst hätte Richard in diesem Keller finden und ihn nicht herauslassen sollen? Du musstest es einfach sein.«

»Wir waren zu zweit«, sagte ich.

»Ach so?«, fragte Don. »Das leuchtet mir ein, aber ich konnte mir nicht vorstellen, dass Jamie es fertigbringen würde, so wie du. Es gehört schon was dazu, jeden Tag in dem Kellerraum aufzutauchen, Cal. Ich habe mir gedacht, dass du es kannst, aber nicht er.«

Ich weiß nicht, ob Don das als Kompliment meinte, aber ich gebe zu, ich habe es so aufgefasst. »Warum bist du mit mir hier herausgefahren?«

»Du hast es die ganze Zeit richtig gemacht. Ich dachte mir, dass du ihn entdeckt hattest, aber ganz sicher war ich nicht, und deshalb konnte ich mir auch jeden Tag sagen, ich müsste in dieser Sache eigentlich nichts unternehmen. Nicht, bis ich mir sicher war. Leuchtet dir das ein?«

Ich nickte, weil ich meiner Stimme nicht traute.

»Na ja, aber dann sah ich die Papierkrone auf seinem Kopf. Das wirkte fast wie ein Zeichen. Deshalb habe ich dich heute früh abgeholt. Ich würde gern genau wissen, warum. Ich würde gern wissen, warum ich überhaupt irgendetwas gemacht habe in all diesen Monaten.«

Nach einigen Minuten kamen wir wieder zum Parkplatz. Don atmete schwer. »Fährst du?«, fragte er. »Weißt du, wie das geht? Der hat ein Automatikgetriebe.«

Ich war erst einmal mit meinem Vater auf dem Parkplatz der Highschool herumgefahren, aber ich glaubte, ich würde es schon schaffen. Ich half Don in den Pick-up.

»War es für dich auch schwer?«, fragte er.

Ich fuhr den Pick-up auf den Highway und zurück Richtung Loyalty Island. Der Himmel hatte sich ein bisschen aufgehellt, und im Westen sah ich einen Streifen Licht. Das Lenkrad fühlte sich glitschig an, auch die Fahrbahn kam mir rutschig vor. »Ja«, sagte ich. Wenn Dons Einlage am Strand ein Trick war, dann hatte er funktioniert. Es schien mir sinnlos, einem Mann etwas zu verheimlichen, der gerade so getan hatte, als wollte er sich erschießen.

»Yeah«, murmelte Don. »Tritt nicht immer auf die Bremse. Sie ist in Ordnung. Du musst dich auf Dinge einlassen können. Das ist wichtig. Du hast also mit Richard gesprochen, dann weißt du wahrscheinlich alles. Wir hatten ausgemacht, dass, wenn Richard erst mal weg war, na ja … Aber dann …«

»Du wolltest nicht?«, fragte ich.

»Sam sollte es machen. Er sagte, also gut, wenn es sonst keiner tun will, tu ich es eben. Ich erinnere mich genau an seine Worte. Aber dann konnte auch er es nicht tun, dein Vater nicht und ich auch nicht. Und dann gerieten wir in Panik. Wir änderten in Windeseile unseren Plan, weil wir das Ding nicht drehen konnten. Wir hassten diesen Kerl, und wir hätten es nur so einrichten müssen, dass er mit aufs Schiff kam und dann irgendwie über Bord ging, weil das ziemlich häufig passiert. Es war sogar mit Richards Freund passiert.«

»Dan Fosse.«

»Ja, Dan Fosse. Wir wussten nicht mal, was ihm zugestoßen war. So sollte es auch mit Richard gehen, aber wir haben es verbockt. Wir haben ihn in den Keller gesperrt. Dann fuhren sie weg. Dein Vater ist schlauer als ich, aber irgendwie sind wir alle bescheuert.«

»Warum du? Warum bist du geblieben?«

»Tja, das ist die Frage. Ich habe eine angeschlagene Hüfte und keine Familie, der ich mein Verhalten erklären müsste. Das haben sie mir jedenfalls gesagt. Ich wollte die Kerle nicht enttäuschen. Ganz bestimmt nicht.« Don richtete sich in seinem Sitz auf. Er rubbelte seine Stirn mit den Knöcheln. »Deshalb erzähle ich dir wahrscheinlich alles. Weil ich deine Hilfe brauche.« Die Dämmerung traf die Windschutzscheibe. Ich schaltete das Licht ein, die Scheinwerfer glätteten den Beton. Ich gab dem Lenkrad einen Stups und umklammerte die gelbe Fahrbahnmarkierung, die sich um den nordwestlichen Rand der Vereinigten Staaten wand. Dass wir mit Sicherheit am Ende von etwas angelangt waren und nicht auf dem Weg zu etwas anderem, war immer irgendwie beruhigend.

»Ich kann dir nicht helfen, ihn umzubringen«, sagte ich. »Das kann ich nicht.«

Don seufzte. »Wir reden aneinander vorbei. Wird wohl mein Fehler sein.« Er seufzte noch einmal. »Ich möchte, dass du mir dabei hilfst, ihn freizulassen.«

—

Ich fuhr durch die Dunkelheit nach Hause, während Don auf dem Beifahrersitz schnarchte. Das Armaturenbrett leuchtete orangefarben, die Mondsichel strahlte am Nachthimmel. Auf der ersten Teilstrecke von Richards Flucht würden wir ihn mit dem Auto fahren müssen – das hätte uns von vornherein klar sein sollen. Ihn in Loyalty Island in den Bus zu setzen, in einen Bus, der nur bis Port Angeles fuhr, das wäre viel zu riskant. Selbst die Fähre wäre zu riskant. Nein, wir würden mit ihm Richtung Süden fahren müssen – mit mir am Steuer –, zumindest bis Tacoma; Olympia oder Portland wären noch besser. Von dort könnte Richard überallhin fahren. Ich stellte ihn mir mit Sonnenbrille vor, höllisch blass, wie er nervös am Radio herumfummelt. Das atmosphärische Rauschen. Eine plötzliche, heftige Böe, ein Schleudern und Schlingern, vorübergehend, aber deutlich genug, dass wir Witze reißen, wie tragisch es am Ende wäre, wenn wir unser Leben in einem Autowrack aushauchen würden.

Als wir bei Dons Bungalow in der Monroe Street ankamen, musste ich ihn wach rütteln. Die vordere Haustür war nicht abgeschlossen. Wir tasteten uns in der Dunkelheit ins Wohnzimmer vor, sein Arm auf meiner Schulter. Ich war noch nie bei Don zu Hause gewesen und hatte mir eine Kammer des Schreckens ausgemalt, in der es nach Blut roch. In Wirklichkeit roch es nach feuchter Wolle und Tabak.

»Die Couch steht hier«, sagte er.

Ich merkte, wie er sich auf die Polster sinken ließ, und hörte, wie er an der Stehlampe herumfummelte. Bei Licht sah man grobmaschige Schondecken auf den Armlehnen. Einen grünen Lehnsessel mit einem Zierdeckchen, das auf dem Polsterhocker ausgebreitet lag wie ein Spiegelei. Eine Kuckucksuhr, die an einer mit Kiefernholz verkleideten Wand hing. Ein halb fertiges Puzzle von Rembrandts *Nachtwache* auf dem Couchtisch.

»Das ist mein Elternhaus«, sagte Don. »Ich bin nie hier, deshalb habe ich es so gelassen wie zu Zeiten meiner Mutter.«

»Auch das Puzzle?«, fragte ich.

»Das Puzzle gehört mir. Ich mag's.« Don griff sich eine orangefarbene Pillendose vom Tisch. Er schluckte zwei Pillen ohne Wasser, dann legte er sich auf die Couch.

»Was soll ich für dich tun?«, fragte ich.

»Wenn wir darüber redeten, versicherten wir uns immer gegenseitig, es wäre die Sache wert. Wir mussten diesen einen Kerl einfach loswerden.«

»Ist mir klar«, sagte ich. Was ich sagen wollte, war: *Was soll ich jetzt für dich tun?*

»Und das war ja nicht irgendjemand. Immerhin drehte es sich um Richard Gaunt. Wenn Gott oder wer auch immer mir vor fünf Jahren gesagt hätte: ›Don, such dir jemanden aus, und der wird dann sterben‹, dann hätte ich mir wohl Richard ausgesucht. Und da war ich nicht der Einzige. Ich meine, glaubst du vielleicht, wir hätten es schwer gehabt, die anderen Jungs auf der *Laurentide* zu überreden, über seinen tödlichen Abgang zu lügen?«

»Und nun?«, fragte ich.

»Richard hatte damit nichts am Hut – Alaska, Fischen und all das. Er wusste doch nie, was er wollte. Er ist einfach nur ein Arsch, weißt du? Kennst du diese Angewohnheit von ihm? Er kneift seine Unterlippe mit Daumen und Zeigefinger zusammen, zieht an ihr und dreht sie herum. Kennst du das?«

Don strich sich mit der Hand über eine Wange, als gäbe es da etwas abzuwischen. »John hätte Richard aus allem heraushalten sollen. Es war *sein* Fehler. Mit mir redet Richard nicht, aber ich will ihn nicht tot sehen. Ich kann es nicht. Aber du kannst mit ihm reden. Erklär ihm alles, mach ihm klar, dass er verschwinden muss.«

»Was ist mit meinem Vater?«

»Na ja, du wirst ihn belügen müssen, Cal. Das müssen wir beide. Ich übernehme den harten Teil und erzähle ihm und Sam, ich hätte es getan, ich hätte ihn erschossen. Die Einzelheiten werden sie nicht wissen wollen. Du musst nur so tun, als wüsstest du von nichts, als wäre dies nie passiert. Bringst du das fertig, und kannst du Jamie auch dazu überreden?«

»Ich glaube schon«, sagte ich.

»Sollten Sam und dein Vater dahinterkommen, dann müsste ich ihnen sagen, dass du es gewusst hast, Cal. Das würde ich nicht gerne tun, aber ich müsste es tun.«

»Verstehe.«

»Ich bin froh, dass du ihn gefunden hast, Cal. Wirklich. Ich habe schon gedacht, ich würde durchdrehen, so als hätte ich alles nur erfunden. So hat sich das angefühlt. Kannst du das jetzt ein bisschen verstehen? Sprich mit Richard, sag ihm, er soll verschwinden.«

»Was ist, wenn er nicht will, was passiert dann?«

Er zuckte wieder zusammen und versuchte, sich auf der Couch aufzusetzen, aber es gelang ihm nicht. »Tja«, meinte er. »Vielleicht ist es viel verlangt, zu glauben, wir würden ihn nie wiedersehen, aber das ist mir egal. Mir ist es wirklich scheißegal, was passiert. Sorg einfach dafür, dass er abhaut.«

Don schloss die Augen. Er zog seine Stiefel nicht aus, und während er sich umdrehte und eine bequeme Lage suchte, hinterließ er feuchten Sand auf der Couch seiner Mutter.

9

In der Nacht, in der sie ihn holten, lag Richard im Himmelbett und dankte Gott, dass sein Vater nicht darin gestorben war. Wie so viele Gegenstände im Haus – bestimmte Türen, bestimmte Fenster – war auch das Bett aus gedanklichen Verknüpfungen zusammengesetzt. Und ich stelle mir vor, dass Richard in jener Nacht Zeit hatte, dafür dankbar zu sein, dass dies Bett mit den spatenförmigen Aufsätzen auf den Pfosten nicht das Totenbett seines Vaters gewesen war, sondern immer noch der Ort, an dem er sich an seine Mutter erinnerte, an das Malen nach Zahlen und an den Druck von Melissas Zähnen. Er hatte Zeit, sich darüber zu wundern, dass er so liebevolle Erinnerungen an einen Ort hatte, den er gleichzeitig hasste.

Er hatte Zeit, weil es erst um drei Uhr früh an der Tür klopfte. Nachdem mein Vater in unserer Küche im Haus an der Seachase Lane das Radio zertrümmert hatte. Nachdem ich ins Bett gegangen war, um den Weg der *Voyager*-Raumsonde an Pluto vorbei zu verfolgen. Aber davon wusste Richard nichts.

Ich malte mir aus, dass seine Hände immer noch ein wenig nach salzigem Blut rochen. Als er zwei Tage zuvor vom Festessen zum Gedenktag nach Hause kam, hatte er den Donald-Duck-Koffer in die Ecke bei der Hintertür gefeuert. Es wäre schlauer gewesen, die Sachen zu packen und sich sofort davonzumachen, aber er wehrte sich dagegen, das einzig Vernünftige zu tun – so wie man sich dagegen wehrt, aus einem interessanten Albtraum zu erwachen.

Er konnte die Erinnerung an die Gesichter, die sich um unseren Esstisch drängelten, einfach nicht abschütteln. Er dachte an die schrammenden Stuhlbeine, an den Tisch, der vor seinen Augen zu explodieren schien. Er hatte sich eines derart melodramatischen Auftritts bedient, weil er sich nur ein einziges Mal die Männer und Frauen am Tisch ansehen wollte, ohne neidisch zu werden.

Aber es klappte nicht. In dem Moment, als Glas splitterte und sich die Salzlake über die Tischdecke ergoss, sah er die Angst in unseren Gesichtern. Wir waren schutzlos, entsetzt. Und trotzdem wollte er auf einem unserer Stühle sitzen, anstatt am Kopfende des Tisches zu stehen. Er wollte immer noch zu uns gehören, der hasserfüllte Richard Gaunt, der Rache schwor.

Ich stelle mir also vor, dass er barfuß und ohne Hemd zur Tür geht, als er das Klopfen hört. Das Licht im Flur ist an. Auf der Veranda ist es dunkel. Draußen stehen drei Männer, die im Schatten Rauch ausstoßen.

»Reichlich spät für so was«, sagt Richard. Er kann nicht anders. Wenn er sie sich so ansieht, merkt er, wie der alte Hass wieder aufkeimt. Er lächelt sogar, obwohl ihm danach nicht zumute ist. »Andererseits – es gibt kaum einen Grund, so früh aufzustehen, oder?«

»Darüber wollen wir reden.«

»Zieht eure Schuhe aus«, sagt Richard. »Die Teppiche.«

Die Männer knien sich hin und schnüren ihre Stiefel auf. Mein Vater schaut auf zu Richard. Seine Wangen sind bleich, und die Haut unter seinen Augen ist angeschwollen und violett. »Willst du dir was anziehen?«, fragt er.

Richard schüttelt den Kopf und führt die drei ins Wohnzimmer. Er zieht an der Kette einer antiken Lampe mit viereckigem Glasschirm, die einmal seiner Mutter gehört hat. Die Männer sitzen in fast gleicher Haltung auf einem Plaid-Sofa, die Ellbogen auf die Knie gestützt. Sie werfen sich Blicke zu, als hätten sie noch nicht entschieden, wer von ihnen reden soll und was sie ansprechen wollen.

Sam räuspert sich. »Richard, das, was du an dem Abend gesagt hast, was du vorhast, das können wir nicht zulassen.«

»Moment mal.« Richard zieht die Augenbrauen hoch, als sei er verwirrt, als sei er wirklich so ahnungslos, wie Sam glaubt. »Warum nicht?«

»Warum?«, fragt Sam. »Warum?«

Mein Vater legt seine Hand auf Sams Knie und bringt ihn zum Schweigen. Und dann erklärt er in wohlgesetzten Worten, warum. Zunächst erläutert er die wirtschaftlichen Aspekte: die Betriebskosten für die Schiffe, die Ausrüstung und die Fanglizenzen, und er erklärt auch die Infrastruktur von Köder- und Treibstoffversorgung, die über ein Jahrhundert der Fischerei aufgebaut wurde. Er führt Forks an, unten an der Pazifikküste, und wie es ausgeweidet worden ist. Er nennt Port Townsend, weiter östlich, und wie dort die alten Diner und Läden umgemodelt wurden zu Boutiquen für Touristen, die den Leuten teuren Krempel und Weine andrehen. Und er zählt auf, was man Jahr für Jahr, Leben für Leben geopfert hat. Und natürlich ist es Richards Entscheidung, aber wenn ihm auch nur die geringsten Zweifel kommen, warum dann nicht alles verschieben bis nach der Fangsaison, wenn man das Geld für ein ganzes Jahr erwirtschaftet hat?

Richard hat das Gespräch kommen sehen. Er hatte sich vor ihren Anfragen gedrückt und nach New York abgesetzt, weil er es auf sich zukommen sah. Und auch wenn mein Vater lange redet und viele Dinge erwähnt, dann sprechen doch sein Tonfall und die Art, wie er seine Hände ruhig auf den Knien hält, eine andere Sprache: Er weiß, dass Richard schon alles begriffen hat, man muss ihn nur noch einmal daran erinnern.

Aber es ist schon zu spät. Richard möchte ihnen wohl zuhören, ihnen sagen, dass er es versteht, dass er einwilligt, aber er kann es nicht. Er kann es einfach nicht. Er hat keine Wahl, er muss alles tun, um sie zu verletzen und zu beschämen. »War das alles?«, fragt er.

Mein Vater holt tief Luft und schließt die Augen. »Fast«, sagt er ruhig.

»Na, dann war's das also«, sagt Richard. »Geht nach Hause. Ich bin müde.«

Sie bewegen sich zunächst kein Stück, tauschen nur verwirrte Blicke aus.

»Okay, Don«, sagt Sam, während er aufsteht. Auch ohne Schuhe ist er ein Riesenkerl, so wie er sich da im Dämmerlicht abzeichnet. Don rührt sich nicht. Seine Hände scheinen festgeklemmt zwischen den Knien. Mein Vater sitzt da mit geschlossenen Augen.

»Gut. Steht jetzt gefälligst alle auf und geht!«, sagt Richard.

Die Aufforderung scheint Don wachzurütteln. Er steckt seine Hand in die Jackentasche und zieht einen schwarzen Revolver heraus – mit einer Miene, als hätte er die Waffe dort gerade eben gefunden. Der Revolver sieht lächerlich groß aus, wie ein Requisit. Don hält ihn in der rechten Hand, in der mit dem verstümmelten Zeigefinger, und zielt probeweise auf Richard.

Richard kann sich nicht beherrschen und fängt an zu lachen: Don wäre mit seinem Stummelfinger gar nicht in der Lage, den Abzug zu betätigen. Richard hält seine Hand hoch, als wolle er um einen Moment bitten, sich zusammenzureißen, aber er weiß, dass ihm das nicht gelingen wird. Er hält seine

Hände vor das Gesicht. Wenn er noch einmal zu Don hinübersieht, wird es nur noch schlimmer. Er weiß, wie wahnsinnig er auf die anderen wirken muss, aber lieber wahnsinnig als ängstlich.

Nun verpasst Sam ihm einen Schlag mit der offenen Hand, knapp unter dem Ohr. Richard geht zu Boden, während ein stechender Schmerz durch seine Augen schießt.

»Halt«, sagt mein Vater. Richard stützt sich mit einem Knie auf. Don zielt immer noch mit dem Revolver, macht aber ein Gesicht, als sei er sich nicht sicher, wie das Ding funktioniert. Sam steht schwer atmend über Richard gebeugt. Die Hand, mit der er ihn geschlagen hat, steckt nun in seiner Jackentasche. Sein Gesicht wirkt irgendwie entrückt, wie eine Ansammlung von Formen und Konturen, wie dekonstruiert.

Mein Vater geht einen Schritt auf Sam zu, dann einen zurück und wendet sich Don zu. »Dann gib ihn mir«, sagt er.

Richard rappelt sich auf, stolpert aber in die Lampe beim Sofa, wobei der Glasschirm unter seinem Gewicht in Stücke geht. Er rechnet damit, dass es schlagartig dunkel wird im Zimmer, aber die Glühbirne ist heil geblieben. Als Nächstes geht der Revolver los: ein gewaltiger Knall, ein Lichtblitz, der die nackte Glühbirne überlagert.

Die drei Männer sehen sich an, als wären sie gerade aufgewacht und wunderten sich, wie sie an so einen eigenartigen Ort gelangen konnten. Der Revolver baumelt an Dons linker Hand; er zieht ein Gesicht, als wolle er nichts damit zu tun haben. Richard rappelt sich erneut auf, hört im Geist aber immer noch den Schuss.

»Alles in Ordnung mit dir?«, fragt Sam. Richard ist sich nicht sicher, mit wem Sam redet. Sam greift nach dem Revolver. Während er in Richtung Küche rennt und im Laufen das Licht ausmacht, merkt Richard, wie sich Glassplitter in seine Fußsohlen bohren und Tränen aus seinen Augen quellen. Er spürt den Vorteil, den ihm die Dunkelheit gibt, er weiß, dass die Männer nicht mit den Wegen im Haus vertraut sind, die sich ihm seit seinen Kindheitstagen eingebrannt haben, egal, wie oft und wie lange sich die Kerle in seinem Elternhaus aufgehalten haben. Richard kann sich absetzen.

Durch den hinteren Hausflur, ins Esszimmer, in die Küche. Er weiß, dass er durch die Küchentür auf die mit Fliegengittern geschützte Veranda kommt, wo er mit Melissa saß, und von der Veranda aus geht es in den Hintergarten. Der Abhang läuft in den Wald hinein, wo Jamie und ich auf dem Rücken lagen und rauchten – an dem Tag, als Richards Vater starb.

Vielleicht wollte Richard nicht, dass Jamie und ich erfuhren, wozu unsere Väter fähig waren, aber Menschen wie Richard, Menschen wie ich verbiegen sich nicht, um andere zu schonen. Wir schonen uns selbst. Und deswegen bilde ich mir ein, dies sei es, was er Jamie und mir verschwieg: dass er hätte abhauen können. Er muss nur losrennen.

Er kann abhauen, aber er sieht sich selbst, barfuß, ohne Hemd, wie er den Abhang hinunterläuft, um Hilfe rufend. Er sieht sich an Türen, an dunkle Fenster klopfen. Er sieht Augen in den Türspionen und verschwommene Gesichter am Fensterglas. Lächelnd. Er hört das Lachen. Grausames Gelächter, das sich von Haus zu Haus schneller verbreitet, als er laufen kann. Er sieht sich barfuß rennen, wobei er seine nackte Brust mit den Armen schützt. Er sieht sich, wie er an zwei Angestellten von Safeway vorbeiläuft, die an der Einfahrt zu einer Gasse rauchen. Sie fangen an zu lachen. Er sieht sich an zwei alten Frauen vorbeilaufen, die einen alten weißen Hund ausführen. Sie fangen an zu lachen. Er sieht sich an zwei Polizisten vorbeilaufen, die ihre Fahrräder an eine Bank auf der Uferpromenade gelehnt haben und sehnsüchtig auf die See starren.

Es gibt in dieser Stadt, die er sein Leben lang gekannt hat, meilenweit nicht eine Menschenseele, die nicht die Gerechtigkeit dieses Augenblicks erleben möchte. Sein bestürztes Gesicht ihren bestürzten Gesichtern entgegenhalten und zusehen, wie sie allmählich begreifen, was geschieht – das kann er nicht.

Während er rennt, erinnert er sich daran, wie sein Vater im Schlafzimmer an der Kommode stand. Er erinnert sich daran, dass er ihn vom Himmelbett aus beobachtete, wie er seinen Seesack packte, für die Fahrt nach Alaska. Er erinnert sich daran, dass ihm durch den Kopf ging: Du musst ihn fragen, du musst ihn fragen. »Kann ich mitkommen?« Er erinnert sich daran, dass sich sein Vater mit ihm an den Esstisch setzte, dass er ihn mit seinem grauen Blick fixierte, als er sagte: »Nicht in diesem Jahr. Und überhaupt nie.«

Er erinnert sich an die engen Hälse der Weißglasflaschen mit den Buddelschiffen, die sein Vater in Ehren hielt und die sein Großonkel in mühevoller Kleinarbeit gebaut hatte. Und er erinnert sich an die Befriedigung, die das splitternde Glas ihm gab, und an seinen blutenden großen Zeh, weil er vergessen hatte, sich Schuhe anzuziehen.

Aber er erinnert sich nicht daran, enttäuscht gewesen zu sein, und das kann er keinem anderen Menschen je sagen. Sein ganzes Leben lang hatte er Geschichten über Alaska gehört. Sie waren unbegreiflich und entsetzlich. Sie waren unvereinbar mit seinem Leben aus Weihnachtsfeiertagen, Baseballspielen auf verwilderten Grundstücken, Fernsehen und kuscheliger Bettwäsche. Diese Zukunft, diese Verantwortung türmte sich auf am Horizont als der Preis, der für seine Bequemlichkeit gezahlt werden musste. Und als er nun erfuhr, dass er nicht mit hinausfahren musste, war er erleichtert, gleichzeitig aber schämte er sich so sehr über dieses Gefühl, dass er spürte, wie seine Knochen und seine Eingeweide so spröde und zerbrechlich wurden wie die Glasflaschen.

Er ist jetzt halb den Abhang hinunter, der Wald ist in Sicht. Er rutscht aus, fällt hin, rappelt sich wieder auf, rutscht noch einmal aus und bleibt im nassen Gras ruhig liegen.

Sam ist zuerst bei ihm und bremst seinen Lauf ab. Er setzt einen Fuß auf Richards nackte Schulter, um ihn am Boden zu halten, aber das ist gar nicht nötig.

»Hier ist er«, ruft Sam. Richard schaut zum Mond, der wie ein Säbel die Wolken zerteilt. Nun stoßen zuerst Don und dann mein Vater zu Sam. Mein Vater hält den Revolver gegen sein Bein, seine Lippen sind weiß im Mondlicht.

»Hier?«, fragt er.

Keine Antwort. Richard kneift die Augen zu.

»Hier?«, fragt mein Vater noch einmal.

»Ja, hier«, antwortet Sam.

»Er rührt sich nicht. Ist er überhaupt wach?«, fragt mein Vater.

»Was macht das schon?«

»Richard«, sagt mein Vater. »Hörst du mich?«

Er beugt sich nieder, und Richard riecht den Kaffeeduft in seinem Atem, die Schlaflosigkeit. »Richard?«

Aber Richard weigert sich, zu antworten. Er weigert sich, die Augen zu öffnen.

Nun verpasst mein Vater Richard einen Fausthieb in die Magengrube, einen diamantharten, peinigenden Fausthieb. Erst einen und dann noch drei mehr. Jeder Hieb ist eine persönliche Explosion. Richard kneift die Augen noch stärker zusammen.

Er spürt den Revolverlauf an der Kinnlade. Er fühlt sich viel kleiner, viel ungefährlicher an, als er aussieht.

Richard wünscht sich nur, dass es vorbei ist, aber die Stimme meines Vaters wird sanft. »Richard. Warum will ich dir dies antun?« Richard versucht wegzurollen, nicht um vor meinem Vater zu fliehen, sondern um der Frage auszuweichen. Der Fuß auf seiner Schulter hält ihn am Boden.

»Erklär es mir. Wie kannst du mich dazu bringen, dir dies anzutun?« Die Stimme meines Vaters nimmt einen beinahe flehentlichen Ton an. »Weißt du, wozu du mich treibst?«

Zu schade, denkt Richard, dass von allen Sinnen das Sehvermögen der einzige ist, den man einfach abschalten kann. Könnte er jetzt doch nur seine Ohren ausblasen, könnte er doch nur einige Sekunden lang in aller Ruhe im weichen Gras liegen.

»Hank«, sagt Sam, und Richard vernimmt die Panik in seiner Stimme. Raue Finger packen sein Kinn und drehen seinen Kopf zurück. »Na los«, sagt mein Vater. »Sag es mir.«

»Hank«, sagt Don, »ich glaube nicht ...«

»Wir können nicht warten«, sagt Sam.

»Verdammte Scheiße. Seht euch doch mal an, wie er heult«, sagt Don.

Richard will sich aufsetzen, aber der Fuß hält ihn am Boden. Er will einen Satz hinausschreien. Das ist es – einen Satz –, dann können sie ihn erschießen. *Ich heule nicht, wie sollte ich heulen können? Meine Augen sind zu.* Aber als er seinen Mund aufmacht, entfährt ihm ein Ton, den er in den kommenden Monaten immer wieder in seinem Kopf hören wird. Der Ton bringt einen üblen Geruch nackter Angst mit sich, so unwürdig, dass mein Vater den Revolver wie aus tiefer Besorgnis zurückzieht.

—

Als ich aus Dons Bungalow trat, stellte ich mir Jamies Gesichtsausdruck vor, das ungläubige Erstaunen, den Neid, wenn ich ihm alles erzählte. *Don will ihn freilassen. Er möchte, dass wir ihm dabei helfen, Richard freizulassen.* Als ich die Fir Street erreichte, fing ich an zu laufen, stellte mir den nächsten Tag vor, die Kette entfernt, schlapp wie abgelegte Schlangenhaut auf dem orangefarbenen Teppich. Beim Laufen war ich nicht mehr ich selbst, sondern Richard, der vor Don Brooke wegläuft. Ich sah seine Flucht im kristallklaren Blick meines inneren Auges, der Bus fährt ab, ein letzter Blick durch die getönte Scheibe zu den beiden Jungen, die da auf der Straße stehen und nicht winken dürfen.

Aber anstatt zum Haus der Norths zurückzukehren, lief ich zu unserem Haus in der Seachase Lane. Ich stand unter der gelben Faust der Straßenbeleuchtung und spürte ein übelkeiterregendes Summen in der Brust, das mich davon abhalten wollte, ins Haus zu gehen. Aber ich ging hinein. Ich warf meine Jacke auf den Küchentisch und zuckte zusammen, als der Revolver, der noch in der Tasche steckte, auf die Resopalplatte knallte. Im Keller füllte ein Lichtstreifen den Spalt unter der Studiotür aus. Drinnen saß Richard auf der Bank und las. Er trug noch die Papierkrone, deren Zacken, durchtränkt von Schweiß, jetzt schlapp herunterhingen.

»Wie spät ist es?«, fragte er.

»Du trägst das Ding immer noch?«

»Oh«, meinte er und nahm die Krone ab, »ich will mich nur ein bisschen aufheitern.«

»Er will dich rauslassen«, sagte ich.

Richard legte das Buch hin und beugte sich zu mir herüber. Sein Gesicht war so blass, dass selbst sein Lächeln es nicht mehr zum Leben erwecken konnte. »Sie wollen mich freilassen?«

»Nur Don«, sagte ich. »Und Jamie und ich.«

»Wann?«

»Übermorgen. Wir haben alles geplant. Vielleicht aber auch eher, vielleicht schon morgen.«

»Morgen?« Er berührte mit der Zunge die Lippen. Er sprach mit heiserer und leiser Stimme. »Er würde das tun? Und ihr auch?«

»Wir haben es dir schon gesagt«, antwortete ich.

»Ich habe euch nicht geglaubt. Einfach nicht geglaubt.«

Er hatte gut daran getan, uns nicht zu glauben. Durch Don war alles Wirklichkeit geworden, und nicht nur für Richard. Bis zu dem Zeitpunkt waren Jamie und ich nur zwei Jungen gewesen, die mit irgendetwas herumspielten, aber plötzlich kam es uns vor, als könnten wir *tatsächlich* die Kette durchtrennen, als könnten wir Richard *tatsächlich* durch die Küche und zur Hintertür hinausführen. Zum ersten Mal war ich in meinem tiefsten Inneren davon überzeugt, dass wir es packen könnten, und Richard glaubte das auch.

»Aber du musst schwören, wie Jamie gesagt hat. Du musst es versprechen«, sagte ich. »Du musst versprechen, dass du dich hier nie wieder blicken lässt. Du musst alles aufgeben und darfst nie wiederkommen. Das ist die Bedingung.«

Das waren zwar nicht meine Worte, aber ich spürte die Macht, die sie ausstrahlten. Richards Miene änderte sich. Hatte er es vergessen? Er war auf der Flucht zurück ins Leben, und im Leben gibt es immer ein *fast* oder ein *außer.*

»Lass uns eine rauchen, Cal«, sagte er.

Ich beugte mich hin zu der Flamme, die in seiner Hand züngelte. »Du kannst niemals zurückkehren. Du bist tot, klar?«

»Ich möchte abhauen. Nur abhauen, das ist alles.«

»Wo willst du hingehen?«, fragte ich.

»Willst du es herausfinden?«, fragte er. »Willst du mitkommen?«

Wir lachten.

»Nein, wirklich«, sagte ich. »Wohin?«

»Wahrscheinlich überall und nirgends. Ich versuche, es mir noch vorzustellen. Ich hätte nie geglaubt, dass ich die Chance bekommen würde.«

»Aber was glaubst du?«, fragte ich. »Versuch es.«

Er runzelte die Stirn und hielt mir die Handflächen entgegen. »Meine Güte! Kannst du mir dafür nicht mal zehn Sekunden Zeit lassen? Ich weiß einfach noch nicht, was ich tun soll. Oder wohin ich will.«

»Sicher. Entschuldige. Ich bin aufgeregt, das ist alles.«

Ich setzte mich hin, und wir rauchten wie alte Freunde. Reden war nicht nötig. Auf dem Plattenteller lag keine Scheibe. Und in der nun einsetzenden Stille hörte ich Jamies und Dons Stimmen im Kopf. *Richard hat sein Leben lang auf einen Vorwand gewartet, Loyalty Island verlassen zu können,* hatte Jamie gesagt. Aber das stimmte nicht. *Richard hat dies alles nie gewollt; er wusste nie, was er wollte,* hatte Don gesagt. Auch das stimmte nicht. Typen wie Richard oder ich wissen immer, was sie wollen – wir wissen nur nicht, wer uns will.

»Ich wollte dich schon immer etwas fragen«, sagte ich. »Hast du wirklich vorgehabt, alles zu verkaufen, die ganze Firma, wie du es beim Festessen zum Gedenktag gesagt hast? Hättest du das wirklich tun können?«

»Das fragst du mich jetzt?« Er schien nicht wütend zu sein, nur amüsiert.

»Wann habe ich noch Gelegenheit dazu? Jamie und ich haben Geld darauf gesetzt.«

Das war natürlich gelogen. Ich hatte ihm die Frage gestellt, weil ich nach Hoffnung Ausschau hielt, nach einem Vorwand, das abzustreiten, von dem ich wusste, dass es stimmte. Hätten wir Richard erst einmal freigelassen, dann hätte er nur einen Polizisten auf einem Fahrrad auftreiben müssen, aber das war nicht weiter riskant. Ich war überzeugt davon, dass er sich nicht mit der Polizei, mit Rechtsanwälten, mit Versicherungen und mit Sam und meinem Vater abplagen wollte. Ich glaubte ihm; er wollte *wirklich* nur abhauen.

Aber dann stellte ich mir ein schwarzes Band Highway Richtung Süden vor. Mitten in der Nacht steigt Richard in San Francisco aus dem Bus aus und geht durch die verlassene Innenstadt. Das Licht klammert sich an die Fenster der Wolkenkratzer wie Schweißperlen. Sein alter Name und sein altes Leben vergilben. Er kann nicht lange in San Francisco bleiben. Und deshalb geht es weiter auf der Interstate 80 nach Osten, der Himmel wird ungeheuer weit und ist durchsiebt von einer Schrotladung Sterne. Über die Grenze geht es zuerst nach Wyoming, dann nach Nebraska. In Des Moines ist es so eisig kalt, dass die Luft an seinem Mund wie Glas zu zerbrechen scheint. Er könnte weiterfahren, aber er ist schon gegen seinen Willen in Salt Lake City, in Omaha und in Des Moines gewesen. Hält er es aus, sich gegen seinen Willen in Chicago, Cleveland und New York aufzuhalten? Loyalty Island wird nach wie vor da sein. Was hält ihn davon ab? Ein Versprechen, das er gegeben hat, als er an einer Wand angekettet war?

Ich wollte einfach glauben, dass, wenn Richard alles hätte verkaufen können, wir auch darauf bauen konnten, dass er niemals zurückkehren würde. Wenn er in dem Fall hätte wegbleiben können, vielleicht könnte er dann auch unter diesen Umständen wegbleiben.

»Ist schon komisch, nicht?«, sagte er, als wäre nur die Tatsache überraschend, dass ich ihn nicht schon früher gefragt hatte. Er steckte sich noch eine Zigarette an. »Ist schon eigenartig, wozu Menschen fähig sind und wozu nicht. Noch vor drei Monaten hätte ich nie geglaubt, dass dein Vater mich in dieses Kellerloch stecken könnte. Und vor einer Viertelstunde hätte ich nicht geglaubt, dass Don Brooke mich freilassen würde. Warum sollte man sich überhaupt Gedanken darüber machen? Es gibt einfach keine Antworten, außer auf ein paar wenige Dinge.«

Richard muss gewusst haben, dass ich keine Wette mit Jamie hatte, aber ich frage mich, ob ihm klar war, dass ich ihm geglaubt hätte, egal, was er von sich gab.

»Hast du es vorgehabt?«, fragte ich noch einmal und wünschte mir, ich wäre schon zurück in Jamies Schlafzimmer, hätte Richards Flucht festgelegt und die Zukunft geplant. Richard musste nur noch mit dem Kopf nicken und ein Wort sagen: Ja.

Aber er sagte: »Wie hätte ich das können?«

Der orangefarbene Teppich war mit Zigarettenasche verschmutzt, der dichte Flor hatte sich abgenutzt. Zum ersten Mal bemerkte ich den langen Streifen, den die Kette an der Scheuerleiste hinterlassen hatte. Dies war nicht der Raum, den mein Vater eingerichtet oder meine Mutter als Zuflucht genutzt hatte. Es war Richards Raum. Genauso, wie ich nicht mehr derjenige war, den sie geformt hatten, sondern Richards Schöpfung geworden war. Ich konnte nur noch die unwichtigste Frage stellen: »Warum hast du es ihnen nicht gesagt?«

Richard zuckte die Achseln und schüttelte den Kopf, als wollte er sagen, das könne man nicht herausfinden, als wollte er sagen, dass, wenn er es gewusst hätte, sich ausnahmslos alles anders entwickelt hätte. Ich drückte die Zigarette aus und zündete mir noch eine an. Viel mehr sagten wir nicht, und schließlich legte Richard Miles Davis' Album *Nefertiti* auf. Er saß mit ausgestreckten Beinen auf dem Boden, den Kopf im Nacken, sodass sich sein schwarzes Haar in Wellen auf der Bank ausbreitete. Ab und an summte er einige Takte mit. Ich rauchte, bis meine Mundhöhle brannte, und als die Platte zu Ende war, stand ich auf. »Morgen«, sagte ich, »oder übermorgen. Dann gehst du, klar?«

»Ja«, antwortete er. »Ich verschwinde. Wir sehen uns dann.« Das waren die letzten Worte, die ich von ihm gehört habe.

Ich schloss die Studiotür ab und legte den Schlüssel in den Trockner. Die Heizung war aus, im Keller herrschte Ruhe. Oben an der Kellertreppe drückte ich die Tür ins Schloss und betrat die dunkle Küche. Ich dachte daran, wie es roch, wenn meine Mutter kochte, und plötzlich überkam mich Heißhunger. Der Kühlschrank war leer bis auf die alte Flasche French's-Senf. Ich drehte den Verschluss ab und nahm mir eine Portion mit dem Finger und dann noch einige mehr. Der Senf hatte Wasser abgesondert und eine Kruste gebildet; er verursachte mir fast sofort Magenschmerzen. Ich ließ die Flasche offen auf dem Tresen stehen, ging zum Telefon, das in der Küche stand, und wählte die Nummer, die mit vergilbtem Klebeband an der Wand befestigt war.

Mehr als dreimal ließ ich es läuten, dann antwortete eine Frauenstimme, was mich überraschte.

»Pacific-Fischfabrik«, sagte sie.

»Ich muss mit Henry Bollings sprechen«, sagte ich. »Es ist wichtig. Hier ist sein Sohn.«

—

Das Telefon klingelte gegen vier Uhr früh. Ich lag auf der Couch im Wohnzimmer und wusste nicht genau, wie ich dorthin gekommen war.

»Cal?«, sagte mein Vater. »Was ist los, was gibt's?«

Ich schwieg einen Augenblick. Ich war eingeschlafen, war noch etwas traumverloren und hatte noch die sanften Akkorde von »Lotus Blossom« im Ohr.

»Cal?«

»Sie wollen Richard freilassen«, sagte ich. Und um sicher zu sein, dass ich mich richtig ausgedrückt hatte, sagte ich es noch einmal: »Sie wollen ihn freilassen.«

—

Am nächsten Morgen legte ich den Hausschlüssel an seinen Platz an der Unterseite des Grills, wie mein Vater es mir gesagt hatte, und ging zurück zum Haus der Norths. Das gute Wetter hatte sich gehalten, und die wenigen Wolken am Himmel sahen warm und zerknittert aus. Ich fühlte mich müde und dreckig, aber nicht schuldig, jedenfalls noch nicht. Ich ging und folgte den Worten meines Vaters wie einem Pfad.

»Wer weiß darüber Bescheid?«, hatte er gefragt.

»Don«, sagte ich, »und ich und ...«

»Und?«

»Jamie North«, sagte ich. »Er ist mir eines Tages gefolgt. Ich musste es ihm sagen. Aber sonst weiß es keiner.«

Zuerst war nur Rauschen in der Leitung zu hören. Atmosphärische Störungen. Ich hatte die Schuhe ausgezogen – aus Gewohnheit – und spürte den kalten Fußboden.

»Bist du noch dran?«, fragte ich.

»Ich muss jetzt Schluss machen«, sagte er. »Verlass jetzt das Haus und geh nicht zurück. Versprich es mir.«

»Ich verspreche es.«

»Ich muss gehen.« Dann sagte er noch mit einer Stimme, die buchstäblich nach Schlaf schrie: »Cal? Tut mir leid, dass du anrufen musstest.«

Als ich zu den Norths zurückkam, stand Jamie am Küchentresen und trank heißen Kakao. Er trug eine graue Cordhose und einen roten Pullover, in den über dem Herzen eine Elfe in Schnabelschuhen eingestickt war. Seine Haare waren verfilzt und aufgewühlt wie eine wütende See. Entweder war er gerade aufgestanden, oder er hatte überhaupt nicht geschlafen. Er setzte den Becher zu heftig auf, und der heiße Kakao spritzte auf den Tresen.

»Ich wollte gerade in eurem Haus nach dir sehen«, sagte er. »Ich musste meine Mutter anlügen. Wo warst du?«

»Ich habe die ganze Nacht nicht geschlafen«, sagte ich. Ich war mir nicht sicher, ob das stimmte, aber es fühlte sich so an.

Ich weiß nicht, was Jamie in meinem Gesicht sah, aber sein Lächeln verschwand. »Was ist los?«

Die Frage schien sinnlos. Ich spürte nur eine krankhafte Eifersucht, weil ich ihn hatte betrügen müssen und er mich nicht.

»Alles klar wegen morgen, oder?«, fragte ich. »Ich bin kaputt. Lass mich ein bisschen ausruhen.«

Ich ging nach oben und verzog mich auf das untere Bett. Als ich aufwachte, waren die Fenster dunkel. Die Deckenbeleuchtung brannte. Jamie saß über seinen Schreibtisch gebeugt, mit einem geöffneten Notizbuch und zwei dampfenden Tassen. Das Zimmer roch nach Kakao. Unten klingelte das Telefon.

»Wie geht's dir?«, fragte Jamie.

»Besser«, antwortete ich.

Er trug immer noch den Pullover mit der aufgestickten Elfe. Er bemerkte, dass ich ihn ansah. »Ein Geschenk meiner Grandma. Ich wollte dir nur zeigen, was du gestern verpasst hast, bevor ich das Ding verbrenne. Ich trage es jetzt schon seit ungefähr zwölf Stunden. Wo warst du? Du hast dich jetzt ein bisschen ausgeruht. Wo warst du?«

Seine Stimme war hoch und angespannt. Das Bettlaken, auf dem ich lag, roch nach ihm. Die Ecken des *Jaws*-Filmplakats glänzten von neuen Klebestreifen. Das Telefon klingelte immer noch. Ich hatte keine Ahnung, wessen Stimme aus meinem Mund sprechen würde, keine Ahnung, was sie sagen würde.

»Ich war bei Don«, sagte ich. »Sie wissen, dass wir es waren.«

Jamie musste sich wohl auf schlechte Neuigkeiten eingestellt haben, aber trotzdem entgleisten ihm die Gesichtszüge. Er blinzelte, als wollte er die Panik zurückdrängen. »Don? Wieso wusste er es?«

»Richard muss es ihm gesteckt haben«, sagte ich.

Das Telefon hörte auf zu klingeln. Ich spürte die erste Flutwelle an Schuld, als mir klar wurde, dass die Furchen, die meine Falschheit hinterließ, niemals zu beseitigen waren. Es gab keinen Grund, Jamie glauben zu lassen, dass wir *beide,* Richard und ich, ihn betrogen hatten.

»Bist du ... bist du sicher?«

»Nein. Es ist nur so eine Ahnung.«

»Eine böse Ahnung«, sagte er. »Warum sollte Richard das tun? Warum hast du es mir nicht gesagt? Wir müssen los. Wir müssen ihn jetzt da rausholen.«

»Das können wir nicht«, sagte ich. Jamies Nase lief jetzt. Ich schüttelte den Kopf und schüttelte ihn immer weiter, um Jamie nicht in die Augen sehen zu müssen. »Können wir nicht.«

»Was soll das heißen?«

Ich durfte nicht einmal davon träumen, mein Handeln jemals begründen zu können, aber das musste ich auch nicht, jedenfalls nicht Jamie gegenüber. Er konnte es mir ansehen. Und das Schlimmste war, dass er bestürzt, aber nicht überrascht aussah, als er aufstand, mit seinem wirren Haarschopf und der laufenden Nase, mit dem Elfenpullover, der sich über seiner Brust spannte, weil er eine Nummer zu klein geraten war. Und ich konnte ihm ansehen, ohne ihn fragen zu müssen, dass er mir niemals verzeihen würde. »Zieh doch bloß diesen Pullover aus«, sagte ich. »Du siehst so bescheuert damit aus.«

Er gab mir keine Antwort, und ich schloss die Augen. Betty Norths wohlklingende Stimme war unten im Haus zu hören.

»Jamie«, rief sie. »Dein Vater ist am Telefon. Er will dich sprechen.«

10

Mitte Januar lud mich mein Vater zum Dinner in einem neuen Restaurant ein, das man in ein Gewerbegebiet für Autohändler am östlichen Stadtrand von Loyalty Island hineingeknallt hatte. Zu der Zeit war er schon seit drei oder vier Wochen wieder zu Hause, zumindest seit Silvester. Das wusste ich nur, weil ich mitbekam, wie sein Pick-up am letzten Nachmittag der Ferien in der Innenstadt durch eine Pfütze pflügte.

Sein Eintreffen bei den Norths kam genauso plötzlich wie meine eigene Ankunft bei der Familie Monate zuvor. Eines Morgens klingelte er an der Haustür, und als ich nach unten ging, zog er mich zu sich heran und erdrückte mich fast an seiner Brust. »Wir sollten nach Hause gehen, hm?«, sagte er. »Sobald du fertig bist.«

Mein grüner Seesack, sein alter grüner Seesack, war schon gepackt. Ich zog ihn unter dem Bett hervor und verließ das Zimmer, wobei ich mich an Jamie und seinem Schreibtisch vorbeizwängte. Seit Weihnachten hatten wir nicht mehr miteinander gesprochen, aber ich hatte seine kalte, stille Wut jeden Tag gespürt. Eines Nachts hatte ich ihn auf dem Vordach schluchzen hören. In jenem Augenblick wünschte ich mir inständig, sein Gesicht nie wieder zu sehen.

Das Restaurant hieß Mr. Steak. Mein Vater und ich bestellten Rumpsteak mit Backkartoffeln. Wir saßen da und taten so, als wären wir viel zu beschäftigt, die hölzerne Wandverkleidung und die beleuchteten Fotografien von Ansel Adams zu betrachten, als dass wir uns hätten unterhalten können. Als das Essen serviert war, steckte sich mein Vater die Serviette in den Hemdkragen und sagte mit sanfter Stimme, so wie er immer sprach, als hätten die Worte kein Existenzrecht: »Hast du irgendetwas auf dem Herzen?«

»Keine Ahnung«, antwortete ich.

Die Kellnerin brachte einen Krug mit Cola.

»Ich wollte Cola light«, sagte mein Vater. Sie entschuldigte sich und ging. »Wenn du was auf dem Herzen hast, solltest du es jetzt sagen.«

»Nein«, sagte ich.

Er schloss die Augen und seufzte. »Gut.« Er tätschelte meine Hand. Seine Hand war rau und schwielig. »Bist ein guter Kerl.« Und die Art und Weise, wie er das sagte, immer noch mit geschlossenen Augen, verriet mir, dass Richard tot war. Das hätte mich nicht überraschen sollen. Schließlich hatte ich ungefragt den Revolver auf dem Küchentisch liegen lassen.

»Meinst du, deiner Mutter würde es hier gefallen?«, fragte mein Vater.

»Glaube ich nicht.«

»Na ja, ich mag es jedenfalls. Wir sollten hierhergehen, wenn sie nach Hause zurückkommt. Mir kommt es so vor, als hätte ich ein Jahr lang nichts gegessen. Bist du sicher, dass es sonst nichts zu sagen gibt?«

Es gab sonst nichts zu sagen. Ich hatte schon das Bild vor Augen, wie mein Vater den Revolver vom Tisch nimmt. Wie er und Sam denselben Weg durch den Keller gehen, den Jamie und ich so oft gegangen waren. Noch deutlicher hatte ich Richard vor Augen.

Er ist volle drei Tage lang allein gewesen, als er es an der Tür klopfen hört. Eigentlich rechnet er mit mir, aber durch das zweimalige dumpfe Pochen weiß er, dass es nicht geklappt hat. Sam und Henry sehen müde und wettergegerbt aus. Sie riechen nach Hafen. Sie sagen nichts, und er ist froh, dass sie schweigen.

War er dankbar für die extra Zeit, die sie ihm gelassen hatten, für diese Monate des Atemholens, auch wenn es nur abgestandene Luft war? Oder wünschte er sich, dass sie es schon vor Monaten auf dem Rasen hinter seinem Elternhaus erledigt hätten?

Der Revolver guckt heraus aus der Reißverschlusstasche der Cordjacke meines Vaters, aber er fasst ihn nicht an. Er und Sam öffnen das Kettenschloss und entfernen die Kette vom Abflussrohr, aber nicht von Richards Fußgelenk. Sie verkleben ihm den Mund mit grauem Isolierband. Sie sammeln die Kette vom Fußboden auf, und Richard hält die Hände hin, um sie festzuhalten.

Sie fahren durch die dunklen Straßen, mit Richard in der Mitte zwischen meinem Vater und Sam. Der Pick-up riecht nach Kölnischwasser. Die Straße ist schmutzig weiß im Scheinwerferlicht. Es ist zu dunkel, als dass man noch etwas anderes sehen könnte, und das findet Richard unerklärlicherweise enttäuschend. Sie fahren am Hafen entlang und biegen am Black's Beach ab. Es ist Flut, sie müssen also nicht weit laufen.

Er sitzt, wie angeordnet, im Bug des Ruderbootes. Er wartet, während sie die Kette fest, aber nicht schmerzend, um seine Beine wickeln, vom Fußgelenk bis zum Oberschenkel, und dann das Schloss wieder anbringen, um den Sitz der Kette zu sichern. Das Boot ist drei Meter fünfzig lang und unterscheidet sich damit kaum von dem Boot, mit dem Richards Urgroßvater angeblich am Strand von Loyalty Island angelandet war. Mein Vater sitzt im Heck, während Sam das Boot ins Wasser hinausschiebt. Nach zweimaligem Ziehen der Anlasserschnur springt der Außenborder stotternd an.

Richard zieht das Isolierband vom Mund – mein Vater protestiert nicht – und schaut auf das Wasser, das sich am Boot entlang unsichtbar kräuselt. Alles kommt hier zusammen: die Geräusche, die Gerüche und die absurden Wahrnehmungen, vor denen es kein Entrinnen gab.

Nach zehn Minuten stellt mein Vater den Außenborder ab. »Steh auf, Richard«, sagt er. Und Richard steht auf, beinahe automatisch. Das Mondlicht fällt aufs Wasser. Eine schwache Brise weht den Geruch der See herüber, dieser besonderen See.

Mit den Schultern und Beinen bringt mein Vater das Boot zum Wippen. Zuerst sieht er dabei richtig komisch aus, so, als wolle er tanzen. Dann aber krängt das Boot heftig. Er mag mich nicht einmal berühren, schießt es Richard durch den Kopf. Sein Körper sagt ihm, er solle auf sein Gleichgewicht achten, aber er kann die Füße nicht bewegen, und er kippt über Bord, seine Wange klatscht auf das Wasser, das Wasser verursacht ihm brennenden Schmerz. Er rudert mit den Armen und will sich am Dollbord festkrallen. Er schluckt kaltes Wasser. Sein Haar verklebt die Augen. Als er mit dem Kopf untertaucht, hört er, wie der Außenborder wieder angelassen wird. Seine Beine wollen treten, seine Lungen wollen atmen, aber er kann beides nicht. Was muss das für ein grausiges Gefühl sein, leben zu wollen.

Das ist nur eine Vermutung. Ich glaube, mein Vater hätte mir alles erzählt, wenn ich danach gefragt hätte, aber ich sagte nichts, und er tätschelte mir die Hand und sagte noch einmal: »Bist ein guter Kerl.« Und entfernte die Alufolie von seiner Backkartoffel und aß.

Zwei Wochen später kam meine Mutter aus Santa Cruz zurück. Mein Vater war hinuntergeflogen, um sie zu überreden, nach Hause zu kommen, und sie hatte schließlich nachgegeben. Ich müsste ihr gegenüber schwören, sagte er, dass Richard meines Wissens im September in der Inside Passage über Bord gegangen und ertrunken war. Es würde zwischen meinem Vater und mir nie wieder Geheimnisse geben, aber ich begriff allmählich, was das bedeutete: Geheimnisse vor allen anderen zu bewahren.

Ich machte den Hausputz, füllte den Kühlschrank auf, und dann kehrte sie schließlich zurück. Sie sah jünger aus als damals, als sie abgereist war. Ihre Haare, die sie jetzt hellrot gefärbt hatte, reichten ihr bis zur Taille. Sie trug ein grünes Sommerkleid mit weißen Streifen, viel zu leicht und luftig für einen Januar im äußersten Nordwesten.

Ich öffnete ihr die Haustür, weil mein Vater bei der Arbeit war. Sie umarmte mich sofort und hielt mich minutenlang fest. Sie stellte mir meine kleine Schwester Em vor, die grüne Augen und weißes Haar hatte. Zu Mittag aßen wir Sandwiches, die ich gemacht hatte, weil meine Mutter zu müde zum Kochen war, und dann legten wir Em in ihr neues Kinderbett und sahen ihr von der Tür aus schweigend beim Schlafen zu.

Meine Mutter ging hinunter ins Kellerstudio, ich folgte ihr. Seit Dezember war ich das erste Mal wieder hier unten. Die mintgrüne Tür stand offen. Sie hatten den Teppich gereinigt und die Platten zurück ins Regal gestellt, aber ich konnte immer noch die schwache schwarze Linie erkennen, die die Kette an der Scheuerleiste hinterlassen hatte. Der Raum roch immer noch nach unserem Zigarettenrauch. Meine Mutter fuhr mit den Fingerspitzen an den Schallplatten entlang und rümpfte die Nase.

»Bist du hier unten gewesen?«, fragte sie.

»Ja«, antwortete ich. Im nächsten Augenblick fing ich an zu weinen.

Sie sah mich mit einem seltsamen Blick an. »Ist schon in Ordnung«, sagte sie. »Geht in Ordnung. Das macht überhaupt nichts.«

Welchen Verdacht sie hegte, was sie wusste, wurde niemals deutlich. Aber sie wusste genug. Einige Wochen nach ihrer Rückkehr waren wir beide in Mrs. Zhous Reinigung.

»Ihr Mann«, sagte Mrs. Zhou, »schuftet so schwer. Es muss schlimm für ihn gewesen sein, den jungen Kerl sterben zu sehen.«

Meine Mutter starrte nur vor sich hin, da sprang ich ein mit einer klischeehaften Bemerkung: »Ja, das war eine schwierige Zeit für alle«, oder so ähnlich. Meine Mutter lächelte unterkühlt und schwieg, bis wir wieder im Auto saßen. Dann wandte sie sich mir zu und sagte: »Sei kein Lügner, Cal. Lügner sind lästig.« Seitdem gebe ich mein Bestes, sie zu widerlegen.

Sie kam nie wirklich aus Kalifornien zurück, und in dem Sommer, als ich achtzehn wurde, verließ sie Loyalty Island für immer. Sie hatte nur meinen Abschied von zu Hause abgewartet, bevor sie Em mit zurücknahm nach Santa Cruz. Ein Kind hatte sie schon an Loyalty Island verloren, glaube ich, und das sollte, wenn es nach ihr ging, nicht noch einmal passieren.

Wie viel wusste sie? Obwohl ich mir immer noch einbilde, dass ich ihr irgendwann alles erzähle, weiß ich, dass ich es nie tun werde. Ab und zu reden wir miteinander, aber nie über Loyalty Island oder meinen Vater. Nach der Scheidung heiratete sie einen Rechtsanwalt, der sich offenbar auch gut um Ems Erziehung gekümmert hat. Am Telefon hört sich Em intelligent an. Vor Kurzem schickte sie mir ein Bild von Monterey Bay, das sie gemalt hatte. Im vergangenen Jahr gewann sie einen Preis in Latein an ihrer Schule, und inzwischen spielt sie im Highschool-Orchester schon erste Violine, obwohl sie gerade einmal vierzehn Jahre alt ist.

—

Eines Abends, kurz vor dem Highschool-Abschluss, war ich betrunken auf einer Party und schrie irgendjemanden an – ich weiß nicht mehr, wen. Ich stolperte nach draußen, oder jemand warf mich raus, auf eine breite, gemauerte Veranda. Vermutlich hätte ich mir den Schädel aufgeschlagen, wenn nicht Jamie North auf der Brüstung gesessen und eine Zigarette geraucht hätte.

Seit unserem Winter mit Richard hatten wir kein Wort miteinander geredet, aber ich hatte ihn im Auge behalten, so gut es ging. Ich wusste zum Beispiel, dass er nicht mehr regelmäßig das Orpheum-Kino besuchte, entweder aus eigenem Entschluss oder auf Anordnung. Ich wusste, dass er die vergangenen beiden Sommer im Norden auf Lachsfang verbracht hatte. Und mir war auch zu Ohren gekommen, dass er wegen seines hitzigen Temperaments gefürchtet war und vor Kurzem einem Freund während eines spontanen Basketballspiels die Nase gebrochen hatte.

Er umklammerte meine Brust und stellte mich auf die Beine. Ich bin mir nicht sicher, ob er mich gleich erkannt hat, wahrscheinlich nicht. Er war schon fast so groß wie sein Vater und viel kräftiger, als ich ihn in Erinnerung hatte, viel stärker als ich. An Kinn und Wangen zeichnete sich ein roter Bartschatten ab.

»Du siehst beschissen aus«, sagte er.

Ich machte mich los und rückte mit übertriebener Geste meinen Kragen zurecht. »Hey, ich sehe aus wie immer.«

»Das stimmt.«

Er war Sam unglaublich ähnlich, nur hatte sein Gesicht nicht die weichen Züge seines Vaters. »Hey, Mann«, sagte ich, »hör mal …«

»Was denn?«, fragte er. »Was soll ich mir anhören? Geh lieber nach Hause.«

Es war das letzte Mal, dass ich ihn sah. Im nächsten Sommer lief Jamie wieder aus nach Alaska, im Sommer vor unserem Abschlussjahr, und entschied sich, bei der Fangsaison für Königskrabben an Bord der *Cordilleran* zu arbeiten.

Auch ich bekam meine Chance. Am Tag meines Highschool-Abschlusses hörte ich die Worte von meinem Vater, auf die ich schon seit einer Ewigkeit gewartet hatte. Zu der Zeit hatte er in der Firma schon in allen Bereichen das Sagen und war dabei, das Geld zu beschaffen, um den Laden ganz offiziell zu übernehmen.

Er war gerade von der Arbeit nach Hause gekommen. Er hatte abgenommen, und sein Haar war an den Schläfen geisterhaft ergraut. An seinen Händen waren Farbflecken, sie rochen nach Terpentin, eines seiner Hosenbeine war feucht von dem Zeug, das andere war trocken.

»Ich wollte dich noch erwischen«, sagte er.

»Hast du.«

»Du kannst einen Platz auf der *Laurentide* haben, wenn du noch willst. Oder du arbeitest mit Jamie zusammen. Das kriegen wir hin. Er übernimmt bald Dons alten Kutter.«

»Glaubst du vielleicht, dass ich das will?«, fragte ich. »Glaubst du das wirklich?« Und ich lachte, als wäre dieses Angebot das witzigste auf der Welt, als könnte er sich nicht noch mehr irren, was mich anging.

Ich setzte meine Ausbildung auf dem College fort. Ich ging

so weit weg wie irgend möglich. Und ich sagte mir, dass das, was geschehen war, sich nicht ereignet hatte. Von Richard hatte ich genug gelernt, um mir darüber klar zu werden, dass ich nie nach Loyalty Island zurückkehren könnte. Aber ich hatte auch gelernt, dass es mich lange Zeit, vielleicht den Rest meines Lebens, kosten könnte, nach einer Möglichkeit zu suchen, mich zu verabschieden.

Eines Abends, viele Jahre nachdem ich von zu Hause weggegangen war, lief ich mit einem Mädchen am Arm durch dichten Schnee. Sie hatte volle Wimpern, auf denen sich die Schneeflocken niederließen, ebenso wie auf ihren Haaren und dem weißen Pelzkragen ihres Mantels. Ich machte kleine Schritte, weil es glatt war, und auch, weil sie gelbe Stöckelschuhe trug. Wir waren unterwegs zu einer gut geheizten Bar, in der wir viele Freunde treffen würden. Ich wusste, sie würde über Nacht und auch zum Frühstück bei mir bleiben. Davor aber lag das Ritual des Eintreffens in der Bar, das Abschütteln der Schneeflocken vom Mantel, das Aufhängen der Mäntel an einem Garderobenständer an der Tür und das Bestellen von Getränken und die üblichen Begrüßungen mit Kopfnicken und Händeschütteln und Schulterklopfen. Und das Ritual, unter den anderen Freunden unsere guten Freunde zu finden, die an der polierten Bar lehnten und sich unterhielten. Und zu sagen: »Jetzt, wo wir alle da sind, sollten wir ins Separee gehen.« Und sich dann ins Separee zu quetschen, mit drei oder vier Leuten, wo nur zwei Platz haben, und Zigaretten anzuzünden und zu reden und zu lachen. Ich stellte fest, dass es nichts weiter gab, auf das ich mich freuen konnte. Es gibt nur zwei Gefühlsregungen, die diesen Mangel an Erwartung und Enttäuschung zulassen – Glück und Angst. Und ich schaute das Mädchen an und hatte keine Angst.

An Abenden wie jenen gibt es beinahe keine Erinnerung und beinahe keine Vergangenheit. Aber in anderen Nächten liege ich hellwach im Bett, und die Dunkelheit um mich herum wandelt sich zum nasskalten Licht von Loyalty Island.

Ich warte darauf, dass das Telefon klingelt und ich Neuigkeiten von meinem Vater oder Jamie North erfahre. *Komm zurück,* werden sie sagen. *Wir brauchen dich.* Ich stelle mir den Flug nach Seattle vor, die Fähre über die Meerenge, den Parkplatz in Kingston, wo Jamie und mein Vater im blassen Sonnenlicht warten und Kaffee aus Pappbechern schlürfen.

Was würde ich ihnen dann aber sagen wollen? Ich kann keine passenden Worte finden. Es sei denn, ich könnte mir die unendlichen Weiten kalter Ozeane auf der Erde vorstellen. Es sei denn, ich könnte mir vorstellen, auf dem Rücken zu liegen und durch das Wasser zu sinken, das von Sonnenstrahlen durchdrungen ist, durch Farbschichten, vom Himmel zur See, von Grün zu Tintenschwarz. Ich kann diese Worte nicht heraufbeschwören. Es sei denn, ich stellte mir vor, selbst ertrunken zu sein.

DANKSAGUNG

Es ist mir fast unmöglich, den Dank auszudrücken, den ich so vielen Menschen schulde. Also los.

Mein Dank gilt allen Mitarbeitern bei Riverhead, besonders Becky Saletan für ihren Scharfsinn, ihre Geduld und ihren Humor und Sarah Bowlin, die mich von Anfang an entscheidend unterstützt hat.

Dank auch an Julie Barer, deren Energie, Hingabe und Klugheit immer wieder erstaunt.

Ich konnte mich bei der Recherche für meinen Roman auf ausgezeichnete Quellen stützen, besonders auf Spike Walkers hervorragendes Buch über Fischfang in Alaska, *Working on the Edge.*

Mein Dank gilt ferner der Michener-Copernicus Society of America, deren großzügige Unterstützung die Fertigstellung meines Romans enorm erleichterte. Ein herzliches Dankeschön auch an alle Mitarbeiter des Iowa Writers' Workshop, insbesondere an Connie Brothers.

Mein Dank auch an Peter Bognanni, Brad Liening, Danny Khalastchi, Sara Houghteling, Jeremy Snodgrass und John Howard: liebenswerte Freunde und Leser von unschätzbarem Wert. Meinem Vater Stuart Dybek danke ich für jahrelanges Lesen und Wiederlesen.

Meiner Familie – Caren, Stuart, Anne und Tim – danke ich für viel mehr, als ich jemals mit Worten ausdrücken könnte.

Und Dank auch an Madeline McDonnell; ohne sie hätte ich dieses Buch nie geschrieben. Die einzigen guten Zeilen gehören ihr. Werde bitte alt an meiner Seite.